Chick Lit

www.quebecloisirs.com

UNE ÉDITION DU CLUB QUÉBEC LOISIRS INC.

Dépôt légal — Bibliothèque et Archives nationales du Québec, 2011
ISBN Q.L. 978-2-89666-080-3
Publié précédemment sous ISBN 978-2-89585-115-8

Imprimé au Canada

Amélie Dubois

1

La consœurie qui boit le champagne

À ma chère alliée et mère, Nicole.

Les points : la vie = 1, moi = 0

Et vlan ! un autre coup dans les dents ! Ça fait déjà plusieurs que j'encaisse depuis le dernier mois ! J'accumule échecs, coups durs, déceptions et mauvaises nouvelles. On dirait que chaque moment heureux se termine par de la tristesse, de la frustration ou de l'amertume (et j'exagère à peine). Les scénarios que j'ai soigneusement imaginés ne sont jamais les bons.

Pourtant, je me suis toujours considérée comme assez chanceuse. Habituellement, les morceaux du casse-tête s'emboîtent selon mes aspirations, mes désirs ou mes objectifs. Depuis toujours, la vie organise bien les choses. Être condamnée à un dur labeur… moi ? Non, vous vous trompez de porte ; ici, c'est la porte : « La vie est douce et paisible ». En fait, je suis née dans la bonne famille et sous de bonnes étoiles, ce qui m'a permis de me forger une personnalité pas si mal et d'avoir du caractère, beaucoup de caractère ! Je suis une fille qui fonce et qui conduit le fameux train, au lieu de le regarder passer ou de s'y asseoir confortablement.

Or, ces derniers temps, le train déraille ! La vie trace des voies dans des directions que je n'avais nullement envisagées : une opération inattendue qui chamboule ma vie et qui amène son lot d'anxiétés, une pathologie nébuleuse et inquiétante, un collègue misogyne et carnassier qui s'amuse à me faire la vie dure et, enfin, pour couronner le tout, un membre potentiel de mon H (vous comprendrez plus tard ce qu'est mon H) qui me largue pour une fille qu'il connaît à peine en plaidant, pour sa défense, le « coup de foudre ». Notez que le coup de foudre en question est survenu au moment où je devais m'absenter de ma Gaspésie d'accueil pour subir ladite opération dans mon Estrie natale. Vous voyez le tableau ? Impossible à quiconque de me voler le scénario de ma vie pour en faire un film. Tout aurait l'air juste trop pour le grand écran !

Depuis un moment, les morceaux du puzzle de ma vie créent tout sauf le beau paysage promis sur la boîte. Mais une question me trotte toujours dans la tête : pourquoi ? Pourquoi ce changement de direction de mon train et pourquoi ce changement de dessin sur mon puzzle ?

On dirait que dans la vie on se fait toujours des scénarios qui ne sont jamais conformes à la réalité. Trop souvent, c'est LA situation que nous n'imaginons pas qui se produit, comme si la vie nous disait : « *Hey !* Le contrôle, c'est moi qui l'ai ! » Pour contrer ce phénomène, j'ai mis au point un système « trompe-la-vie ». Ainsi, j'envisage toujours la pire des situations pour ensuite me convaincre qu'une meilleure se produira. Ou bien, j'imagine tous les scénarios possibles. De cette façon, lorsque l'un d'eux se produit, je peux me faire croire que je connaissais la suite. Malgré ces stratégies d'adaptation loufoques et psycho-pop, la vie réussit toujours à me surprendre, et ce, à mon grand désarroi.

Aujourd'hui, l'appel de ce gars m'a fait l'effet d'une gifle brutale en plein visage. Un coup si fort que j'en ai perdu deux dents. Une dent naturelle et une couronne à mille dollars posée il y a à peine deux mois par ma dentiste, mais heureusement payée par mes assurances collectives.

Ma vie gaspésienne...

Pour vous mettre en contexte, je vis en Gaspésie depuis bientôt six mois, soit depuis le début de la session d'automne. Plus précisément, je demeure à Carleton-sur-Mer, petite ville sympathique de la Baie des Chaleurs. J'ai quitté mon patelin en Estrie dans l'unique et ultime but de me réaliser professionnellement comme chargée de cours au cégep et, du coup, m'initier à la pêche au homard sportive. (Non, je blague pour la pêche !)

L'équation qui m'a conduite ici est simple : annonce affichée sur le site d'Emploi-Québec (professeur de psychologie recherché au cégep de la Gaspésie et des Îles) + une envie constante de me déstabiliser + un trouble bipolaire avec hyperactivité non diagnostiqué = *let's go*, on s'en va en Gaspésie !

Tout s'est fait en trois semaines, y compris l'aller-retour pour l'entrevue d'embauche. Parcourir deux mille kilomètres pour aller faire savoir au comité de sélection que mon plus grand défaut est d'être perfectionniste : faut le faire, avouez-le.

Suis-je heureuse en Gaspésie ? Heu... c'est loin... mais les gens sont tellement gentils. Ce n'est ni de l'ironie ni un cliché ; c'est la vérité. Mais je m'ennuie... je m'ennuie de mes amis, de ma famille, de ma ville, du facteur, de mon ancienne voisine qui faisait sans cesse cuire ses *grilled cheese* sur le barbecue (pourquoi ?)... Je m'ennuie. Cet ennui est en fait responsable de ma déception d'aujourd'hui face à ce mec qui vient de me larguer. J'avais trouvé un passe-temps distrayant dans ma vie de pseudo-Gaspésienne solitaire. Pourquoi me l'enlever ?

Afin de vous faire comprendre mon désarroi, je vous explique comment j'avais rencontré ce gars, il y a un mois et demi...

L'histoire du dieu gréco-gaspésien

À la suite d'une confession de ma part sur mon célibat et ma vie sexuelle inactive, les filles qui composent mon embryon de réseau social gaspésien avaient décidé de faire le tour de leurs connaissances respectives (c'est-à-dire tous les gars de vingt à trente-cinq ans de la Baie des Chaleurs au grand complet) afin de me dénicher un mec convenable. Le but était de meubler ma vie, du vendredi soir au dimanche matin, tout en échangeant quelques fluides corporels !

Après discussion, les filles m'expliquèrent que le plus simple était de se rendre à l'événement de la semaine, c'est-à-dire au match de hockey du samedi. La ligue de garage la plus douée de la place. Bon, parlez-moi d'une activité culturelle enrichissante ! « Tous les gars y sont, d'habitude », m'avaient dit les filles. Le match avait été agréable (j'aime bien le hockey !), mais ce n'est qu'après ledit match que la chasse fut la plus fructueuse (j'adore la chasse sportive !).

En arrivant au bar-billard où avait lieu l'après-match, le « dieu grec, mâle alpha, super chouette mec sensass, gars ultra, homme parfait… gros *buck* de dix pointes » s'immisça discrètement dans mon territoire de chasse. Il vint se placer avec des amis pas trop loin de notre table de billard. Il commença à me regarder. Il semblait visiblement s'interroger sur l'identité de la grande inconnue jouant au billard. Je me mis donc à lui lancer quelques carottes du regard.

Parenthèse, pour vous instruire sur cette histoire de carottes. Les pommes et les carottes sont utilisées à la chasse pour appâter le gibier. Avant que la saison de chasse commence, les chasseurs déposent stratégiquement les appâts, habituellement des pommes et des carottes, là où ils désirent que la bête se dirige afin de l'abattre. Il y a quelques années, mon grand frère Chad avait commencé à utiliser cette expression lors d'un voyage au Mexique. Il nous expliquait qu'il déposait des pommes sur la plage en espérant que de jolies filles viennent « manger » ses pommes. Il allait en fait les voir pour flirter. Dans sa métaphore recherchée, les filles en question personnifiaient le gibier. Donc, lorsqu'il voyait des filles potentielles, il nous disait : « Bon, je reviens plus tard, je vais aller mettre quelques pommes au bar… »

Mes amies et moi avions trouvé ce dialecte très amusant. Nous avons par contre opté pour les carottes afin de respecter les droits d'auteur de mon frère pour les pommes. Depuis ce temps, nous déposons fictivement des carottes un peu partout pour attirer l'homme de nos rêves.

Au fil du temps, l'expression fut modifiée à toutes les sauces. On l'emploie maintenant comme nom commun, « On va lancer une carotte », lorsqu'on flirte avec un gars ; comme nom propre, « Comment va ta Carotte ? », en parlant d'un homme ; comme adjectif qualificatif, « Celui-là est vraiment carottable », en parlant d'un gars potentiellement intéressant ; et comme verbe, « Je vais aller carotter par là », en signifiant qu'on se déplace pour flirter. On peut donc envoyer des carottes à un gars qui nous intéresse et on peut également en recevoir de ces messieurs. Donc, vous voyez que le mot est parfait pour nous procurer une polyvalence linguistique discrète et tout à fait à notre niveau (c'est n'importe quoi !).

Revenons donc à nos moutons, en fait à mon *gibier* de un mètre quatre-vingt-cinq, avec qui j'échangeais des carottes depuis déjà une bonne heure. Des échanges de carottes du regard, bien sûr. La vérité est que je doutais fort que ce gars soit célibataire. En Gaspésie, presque tout le monde est en couple. Une urgence de se *caser* est sûrement créée par le manque de possibilités d'aller rencontrer quelqu'un ailleurs. Selon moi, les gens font tout pour que leur couple fonctionne à long terme. Réaction probablement motivée par une peur de se retrouver seul, sans aucun aspirant intéressant pour le prochain quart de siècle ! Ou par une crainte de devoir aller « chasser » à Rimouski, une ville à trois heures de route.

Au fil de la soirée, son regard insistant commença à me faire croire qu'il n'y avait peut-être pas conjointe de fait dans le décor. Bref, vers deux heures trente, il mit son manteau. Son départ imminent créa chez moi un état d'urgence. Je décidai illico de foncer. Je me dirigeai vers eux : « Bonsoir », dis-je aux trois gars. En moins de deux, je me retrouvai seule avec lui à discuter. Bon, il avait mordu dedans. Il n'était pas trop tôt ! La carotte commençait à ramollir à force de pendre au bout de son nez.

Première cueillette d'information sur la bête en question : célibataire (c'était confirmé), il était grand, beau, avec de grands yeux bleus, une carrure impressionnante et un style vestimentaire plutôt simple – jeans, chaussures sport et chandail à motifs colorés. Il semblait à première vue sympathique à souhait et il n'avait pas trop d'accent (désolée pour les gens de la Gaspésie, mais j'ai de la difficulté avec l'accent pour un mec potentiel !).

Cependant, autant vous expliquer tout de suite que j'ai un problème quand je rencontre un gars qui m'intéresse vraiment : lorsque je flirte et que je suis nerveuse, c'est comme si mon cerveau ne captait plus d'information verbale, trop occupé à gérer ce stress. Je parle donc en me concentrant pour ne pas dire de conneries et pour être intéressante, et ce, sans écouter. Le résultat est que je discute, je pose des questions, mais lorsque le mec me répond, j'entends les mots qui sortent de sa bouche sans que mon cerveau enregistre quoi que ce soit. Aucune connexion ne se fait entre mes oreilles et ma mémoire à long terme. Dommage, car la collecte d'information du premier contact est si importante. Notez que le phénomène est amplifié quand j'ai pris un verre de trop. Ce qui était le cas ce soir-là !

Après quinze minutes de bavardage, assis côte à côte sur le bord d'une table de billard, je fis un constat : je suis amoureuse de lui... Bien non, je blague, mais je quittai le bar un peu troublée de cette rencontre de *last call* plus qu'intéressante.

Dès le lendemain, nous avons commencé à échanger quelques messages textes. Vive cette technologie rapide et pas trop angoissante. Moins directe que le téléphone et plus rapide que le courriel !

Par la suite, on s'est vus deux fois sans formalité : on est allés prendre un verre. Après la seconde fois, j'ai finalement commencé à retenir ce qu'il me disait pour enregistrer de l'information. Visiblement, ce gars me faisait beaucoup d'effet ! Comme pas un ne l'avait fait depuis longtemps.

Pour notre deuxième rendez-vous, nous sommes sortis dans un pub sportif, entre son lieu de résidence et le mien. Un terrain neutre, quoi ! Il est venu me chercher chez moi en gentleman. Pour qu'il n'entre pas dans mon appartement (je suis un peu sauvage avec mon chez-moi), je l'ai attendu en surveillant par la fenêtre, quinze minutes avant l'heure fixée… Bah ! Pour être vraiment honnête, trente minutes avant son arrivée… Bon d'accord, quarante-cinq minutes, je l'avoue…

Je faisais dans mon appartement la danse contemporaine de la « fille qui attend une nouvelle *date* ». J'étais techniquement prête depuis une heure, mais je faisais les cent pas. Je me promenais entre la salle de bain, le salon, la cuisine, pour retourner au salon et ensuite retourner à la salle de bain. En alternance, je refaisais une retouche à mon maquillage, je regardais mes dents, je replaçais mes fringues, j'ajoutais une touche de parfum, sans oublier le remodelage du *brushing*. J'étais allègrement compulsive en attendant ce mec qui me semblait tellement parfait. Un moment excitant, mais si angoissant en même temps. Un genre d'état contradictoire entre un « Oui, je veux y aller ! » et un « Ah non ! finalement, je vais mettre mon jogging et écouter un bon film ».

Il est arrivé pile à l'heure convenue (et non à celle de mon délire de compulsion de perfection). Stratégiquement, j'ai attendu qu'il sorte de son véhicule pour descendre l'escalier. Il m'a dit : « Ah ! Allô ! Tu es déjà prête ? » Je lui ai envoyé une réplique stupide du genre : « Ce n'est pas très long, me préparer… » Quelle connerie ! Ce soir-là, j'ai au moins nécessité deux heures peut-être trois pour être sur mon trente-six, si je compte l'heure passée à me faire des retouches. Je dois reconnaître que j'ai des traits de personnalité obsessionnelle compulsive.

La soirée a été simple et agréable. Il s'est montré très intelligent et très sensé. Ses yeux étaient plus que magnifiques et son sourire craquant, mais ce n'était que de la confiture sur la *« toast »* alléchante qu'il semblait être dans son ensemble.

Le chemin du retour a été truffé de certains malaises réciproques : situation normale dans un cas de *date* de ce genre. On se pose toujours plein de questions relatives au premier rapprochement sensoribuccal avec un nouveau mec.

En écoutant la chanson d'Ariane Moffatt *Je veux tout* qui jouait à la radio, je me demandais déjà si j'allais l'embrasser. Je m'étais promis de faire les choses autrement et de ne pas lui donner un baiser dans sa voiture. Un cliché que je trouve dépassé et trop classique. Je ne voulais pas l'inviter à monter chez moi non plus. Lorsqu'on est arrivés dans la cour, mon cœur battait à cent milles à l'heure. Je tentais de réfléchir de façon rationnelle à ce premier baiser… si important…

Après avoir immobilisé son véhicule, il semblait aussi perplexe que moi face au déroulement des minutes à venir. Nous avons discuté d'une manière futile, terminant la conversation amorcée durant le chemin du retour. Fidèle à ma spontanéité légendaire, je lui ai communiqué le fait que je ne voulais pas l'embrasser dans son automobile parce que c'était trop éculé. Il a répondu en souriant : « Ah ? Tu as raison, on ne fera pas ça… » Il s'est ensuite retourné vers moi avec un air visiblement contradictoire à son affirmation. Je me suis avancée d'instinct pour que mes lèvres touchent les siennes. Il s'est aussi approché et ce fameux baiser a eu lieu. Un baiser tout d'abord un peu maladroit, mais qui s'est vite transformé en embrassade sensuelle et tendre.

Après quelques minutes passées à pratiquer l'activité en question, il a dit : « Je ne veux pas te décevoir Mali, mais tu m'as embrassé dans mon char... » J'ai pouffé de rire pour lui répliquer : « Ah non ! Désolée, TU m'as embrassée le premier... » Nous avons débattu la question en délimitant les territoires de chacun selon la console et le tableau de bord. Il me disait : « Tu t'es avancée plus loin que le cendrier ici qui est juste au milieu de nous deux... » Je lui ai répondu : « Ah non ! Tu es venu m'embrasser par-dessus la boucle de ma ceinture de sécurité... »

Le petit interlude d'obstinations anodines servait à dissiper le malaise qui vient toujours après le premier baiser. Nous nous sommes finalement embrassés près de vingt-cinq minutes dans sa voiture comme deux adolescents en rut. Je me suis sauvée au moment où j'en ai déduit que mon monsieur semblait vouloir venir chez moi.

Après le quatrième rendez-vous, j'ai décidé de le laisser entrer dans ma tanière. Bonne décision, je vous jure ! La température de l'appartement a augmenté de plusieurs degrés, car l'ambiance était *muy caliente* ! Je me souviens d'un moment chaud où il m'a littéralement soulevée de terre pour me tenir dans ses bras et m'appuyer sur le mur pour m'embrasser partout. Et ce, tout habillés ! Imaginez-vous ! Mais il n'y a pas eu de sexe. Nous avons tous les deux conservé nos vêtements dans leur intégralité. Faire durer le plaisir est si excitant. Les gens se lancent toujours trop vite dans des parties de jambes en l'air. C'est tellement plus satisfaisant lorsque l'élastique du désir est tendu à son maximum afin que la tension sexuelle devienne presque insupportable.

De plus, je ne couche pas avec des inconnus. Jusqu'à ce jour, je n'ai vécu qu'un seul *one night stand* dans ma vie sexuelle. Ce fut une baise pathétique, sans complicité. Je suis de nature un peu sauvage. J'ai une bulle assez titanesque. Lorsque je laisse quelqu'un la pénétrer, c'est que j'ai vraiment envie qu'il le fasse...

Mais ce gars faisait en sorte que ma bulle allait exploser, tellement j'aimais la façon qu'il avait de m'embrasser et de me toucher !

Mais comme je l'ai dit précédemment, j'ai dû retourner en Estrie pour subir une intervention chirurgicale. Un diagnostic de nodule thyroïdien possiblement malin m'obligea à quitter la Gaspésie pour quelques semaines. Je mis donc le mâle alpha en attente pour aller me faire « dé-noduler » la gorge à mon grand malheur. Je partis, anxieuse face à mon opération, mais excitée d'avoir à mon retour un candidat potentiel en Gaspésie.

Lors de mon séjour de convalescence dans les Cantons-de-l'Est, les messages textes venant du beau mâle se faisaient nombreux. Vint ensuite le moment des appels téléphoniques de plus d'une heure ! Imaginez : on se parlait dans notre lit comme deux prépubères qui s'ennuient !

Soudainement, quelques jours avant mon retour en Gaspésie, les nouvelles cessèrent. Ça alors ! Après deux semaines de flirts téléphoniques intenses, plus rien ou presque ! Ne comprenant pas ce changement subit, je le questionnai discrètement. Il se faisait évasif dans ses réponses et m'expliqua qu'il traversait un moment difficile de sa vie. Je ne le rappelai pas. De toute façon, je retournais en Gaspésie deux jours plus tard.

Lorsque j'arrivai dans mon minable quatre et demie gaspésien (horriblement meublé à l'ancienne), j'attendis l'appel qui me permettrait de lui annoncer que j'étais revenue. Comme une surprise : « Je m'ennuie de toi Mali, j'ai hâte de te voir… », « Je suis là ! Je peux aller te voir maintenant si tu veux… »

Beaucoup de scénarios avaient pris forme dans ma tête. Certains directement sortis d'un film de princesse de Walt Disney, d'autres plus terre à terre, mais agréables. Bref, j'avais très hâte de le voir.

Cependant, lorsque je lui parlai, la conversation tourna différemment de tous les scénarios que j'avais imaginés, encore une fois. Eh oui ! c'est rendu cent à zéro les points pour la vie ! Il me largua !

Il a tenté en vain de m'expliquer ce matin que, sans crier gare, il a rencontré une fille inconnue qui l'a fasciné… il croit avoir eu un coup de foudre pour elle. Quoi ? Un coup de foudre ? Vous avez bien lu ! Non seulement je me fais *flusher*, mais en plus c'est pour une fille qu'il ne connaît même pas. Aïe ! Aïe ! Aïe ! Pourtant, je suis une fille géniale… il me semble…

Voilà où j'en suis avec lui.

Qui suis-je ?

Une fille géniale ? Honnêtement, je ne le sais plus. Je m'appelle Mali et j'ai vingt-neuf ans. Eh oui ! Mali, comme le pays ! Mes parents étant des voyageurs, ils ont eu de la difficulté à faire abstraction de leur passion en choisissant le prénom de leur progéniture. Mon grand frère, lui, se nomme Chad. Vous voyez le beau concept africain !

La description physique que je vous fais de ma personne aujourd'hui ne sera sûrement pas très avantageuse, car j'ai l'estime de moi dans les talons depuis ce matin.

Je suis grande, mince (ça commence pas si mal), heu… non… plutôt maigrichonne, je n'ai pas de fesses, mes seins sont asymétriques et pendants, j'ai les yeux pochés à l'année (aucun Maybelline ou Biotherm n'a réussi à en venir à bout), j'ai les cheveux ternes quand ils ne sont pas fraîchement lavés, ma bouche est trop petite pour mes grandes dents, mes bras trop longs, et depuis que j'ai vu les photos de mon dernier voyage à Cuba, je pense que j'ai les jambes croches… Eh ! je vous l'avais dit que le score ne serait pas fort aujourd'hui ! J'avoue que j'exagère un peu à cause de mon épisode de dépression majeure situationnelle. Je ne suis pas si moche en réalité. Ni trop belle ni trop laide. Juste normale.

Tout compte fait, j'aime beaucoup les vêtements en fourrure, tous les sports extrêmes, autant dans les airs, sur terre que sous l'eau, jouer au poker, les chats pas de poil, la lecture rafraîchissante, les mets asiatiques et affronter des situations inhabituelles pour me déstabiliser. Je déteste par-dessus tout faire de la raquette (ça n'avance pas !), les sushis (j'essaie fort d'aimer ça !), aller à l'hôpital, les films d'époque anglais où les gens ne font que boire du thé (ça ne mène à rien !), les téléréalités de tous genres, et j'ai horreur des gens pas « vrais ». Je les flaire à cent milles à la ronde.

Je me considère comme une fille extravertie. Une fille passionnée et pleine de surprises : façon polie de dire que je suis une fille un peu instable ! J'en suis consciente. Pardon, je veux dire : j'essaie de l'être. Je tente de me faire une analyse psychopathologique professionnelle depuis la fin de mes études. Je note mes observations dans un cahier. Le but est de me voir évoluer, certes, mais surtout de voir venir les problèmes de santé mentale qui me guettent. La conscience est le meilleur antidote contre la folie. Mon travail avance bien. J'ai déjà trouvé une quantité impressionnante de mécanismes de défense que j'utilise sans me gêner pour rendre ma petite personne moins anxieuse. Je me paie quatre-vingts dollars l'heure les consultations que je me fais à moi-même. Le tout est déposé dans un compte d'épargne. Je dépense cet argent pour me gâter quand je suis triste. Cet exemple en soi montre bien que je recours au mécanisme de défense de compensation[1] pour faire taire mes émotions négatives.

Instable pourquoi ? Je change souvent d'emploi, d'appartement, de ville, de pays. J'aime quand la vie va vite. Quand il y a plein de projets sur la table. Vous en déduisez que j'aime les émotions extrêmes. J'ai peur de la stabilité, peur de la routine, donc peur de la vie de couple.

La peur de l'engagement… C'est la nouvelle maladie mentale des jeunes hommes et des jeunes femmes des générations X et Y. On a tellement vu de gens divorcer dans des litiges familiaux qui n'en finissaient plus de finir qu'on a la trouille ! On n'y croit plus. À quoi bon s'investir dans une relation qui se terminera brutalement devant un notaire, un avocat et un psychologue ? J'ai cependant (si j'écoute la petite voix dans mon cœur) envie d'émotions fortes, de tendresse et d'amour. Contradictoire ? Eh oui ! Je vous ai dit que je suis un peu instable.

Depuis ce matin, je puise à deux mains dans ma boîte de mouchoirs douze épaisseurs pour pleurer le fait que je suis nulle, pas intéressante et pas jolie du tout. En plus, je me retrouve maintenant avec une cicatrice de dix centimètres au milieu de la trachée…

---

[1] Compensation : consiste à investir son énergie massivement dans un domaine où il existe des espérances de succès pour fuir les situations difficiles ou l'échec. Pour la fille moyenne, la compensation s'investit dans le magasinage, la crème glacée au chocolat Häagen Dazs ou encore les soins esthétiques divers.

C'est justement à cause de cette maudite cicatrice que mon gibier potentiel est sorti gambader le soir où il a rencontré une autre femelle. Si j'avais été en Gaspésie, ce samedi-là, nous aurions sûrement passé la soirée ensemble. Cupidon ne lui aurait probablement pas lancé une flèche en plein cœur.

J'analyse la situation depuis ce matin. Je me demande pourquoi la vie a placé sur ma route un prince si charmant qui n'aura servi qu'à me donner un coup droit dans le visage.

Dommages collatéraux : mon estime personnelle, habituellement à une hauteur raisonnable, est descendue se loger dans le fond de mes bottes. Ai-je vraiment besoin de ça ? La roue de ma vie tourne déjà un peu carré depuis un certain temps. J'essaie en vain de déceler logiquement ce que je dois comprendre dans cette histoire et rien ne vient.

Depuis ce matin, mes amies (je vous les présente bientôt) m'expliquent que je dois probablement apprendre à être vraiment toute seule pendant un certain temps et à apprécier d'être « célibat-star » sans avoir quelqu'un à mes côtés, et blablabla... OK ! Cette théorie a du sens : il y a longtemps que je n'ai pas été célibataire plus que quelques mois. Mais pourquoi ne pas seulement faire en sorte que je ne rencontre personne et que je reste seule tout simplement ? Pourquoi me présenter une « carotte » intéressante pour ensuite me l'enlever de façon brutale, en me décoiffant au passage ?

Le plus pathétique dans cette histoire, c'est que ce gars va devenir temporairement mon collègue. Il donne un cours au cégep où j'enseigne. Il commence dans quelques semaines. Malheur ! Je devrai donc côtoyer ce dieu grec qui va arborer le sourire niais du mec heureux dans sa nouvelle relation. Il est selon moi évident (dans mon scénario de torture mentale) que cette fille va voudra connaître l'individu « tripant » qu'il semble être, et qu'une relation heureuse découlera de ce coup de foudre. Je serai témoin, contre mon gré, de la naissance d'une belle aventure qui ne sera pas la mienne…

Mais il y a une chose heureuse dans ma vie : il me reste un peu plus d'une semaine de convalescence avant de recommencer à enseigner. Que vais-je faire ? Si j'avais été en ville, j'aurais pu aller magasiner ou aller dans un spa (compensation !, vous vous souvenez ?). Avouez que ça réfléchit toujours mieux dans un spa extérieur ou dans un sauna finlandais. Mais non, ici, il n'y a aucun centre de santé à moins de trois cent cinquante kilomètres. Et pour les magasins ? Il y a une quincaillerie et un magasin à grande surface *cheap* où je ne vais pas, par principe de ne jamais magasiner sous le signe du grand R. C'est une de mes règles de base, ne jamais consommer sous le signe soit du grand R, du grand Z ou du grand W.

Reste le quincaillier du coin. Peut-être que je pourrais acheter des outils et des matériaux pour me barricader chez moi jusqu'à la fin des temps…

Par chance, j'ai dans ma vie de fidèles alliées : mes consœurs adorées. Nous vivons toutes depuis peu un célibat plus ou moins assumé. Nos derniers souvenirs de célibat-star remontent à plusieurs années, c'est-à-dire à l'époque de notre jeune vingtaine. Avec le chiffre trente qui est à nos trousses, la situation pourrait s'avérer bien différente…

Les consœurs

Permettez-moi de vous présenter mes fidèles amies, toutes membres en règle du conseil exécutif de notre consœurie secrète.

Premièrement, Sacha, vingt-neuf ans. Inscrite sur Facebook, elle est la *rock and roll* des quatre. Notre petite bombe blonde fait tourner les têtes depuis qu'elle a l'âge où cela peut être acceptable pour les hommes de le faire. On peut la décrire physiquement comme étant musclée et ayant un visage parfait. Mais pour elle, au-delà de son corps, ce sont ses yeux qui la mettent le plus en valeur. Je n'en ai jamais vus de semblables : ils sont en amande et avec des reflets jaunes, comme les yeux d'un tigre. Pas besoin de chercher en quel animal elle fut incarnée jadis ! Et je ne dis pas ça seulement à cause de ses yeux. Plusieurs de ses ex nous ont déjà fait des témoignages là-dessus, en pansant leurs blessures ! Elle aime les Harley-Davidson, les cœurs d'artichaut, les *tattoos* (surtout sur le corps des gars qu'elle fréquente), les restaurants « Apportez votre vin », pelleter son entrée (mais seulement son entrée), se déguiser (n'importe quand), le camping, porter des bonnets de douche (l'horreur) et ne pas pêcher lors de nos voyages de pêche (elle dit toujours qu'on n'a pas le temps). Elle est inhalothérapeute en Estrie et elle fait son travail par obligation. Contrairement à tout le monde qui le pense, mais qui ne le dit pas, elle clame depuis toujours haut et fort qu'elle n'aurait aucun problème à ne pas travailler et à vaquer à ses rages de magasinage, et ce, à temps plein. Son pain quotidien est le plaisir. Elle est toujours de bonne humeur et elle entretient un réseau social gigantesque qui la réclame à tout moment pour un souper, une sortie ou simplement pour être avec elle. Car c'est bon d'être simplement avec Sacha. Elle déteste par-dessus tout qu'il y ait des vêtements sur son portemanteau (on ne sait donc pas à quoi il sert), faire du ménage, le vent (parce que ça décoiffe), les bonbons surs, l'autorité (elle est du genre rebelle) et les douches téléphones.

Deuxième membre en règle, Coriande, vingt-neuf ans. Eh oui ! c'est son nom. Il a été inspiré de l'épice « coriandre », mais je le trouve encore plus joli sans le « r ». Ses parents, qui sont tous les deux chefs cuisiniers, ont de la difficulté à décrocher du boulot. Même syndrome que les miens. Elle est la sportive du groupe et elle n'existe pas sur Facebook. Maniaque de vélo et de *snowboard*, celle-ci disparaît parfois momentanément de nos vies, trop éprise avec ses compétitions et ses sorties en plein air. Chaque fois que dame Nature se charge de recouvrir le sol de neige blanche, elle jubile. Les précipitations sont une jouissance pour elle, un cadeau des dieux. Elle est sportive mais féminine à la fois. Pas très grande, elle a les lèvres d'Angelina Jolie, sans le collagène, et le visage racé d'une danseuse de flamenco espagnole. Elle a de longs cheveux épais, noirs, parfaitement droits. De quoi faire rêver n'importe quelle coiffeuse ! Elle travaille à Drummondville comme représentante pharmaceutique pour une compagnie prometteuse. Elle aime par-dessus tout ce qui est fait en inox, magasiner chez Winners (pendant des heures), les céréales santé (avec plein de tofu et de graines pour les oiseaux), s'attacher les cheveux, les gars qui portent des lunettes, griffonner sur du papier en parlant au téléphone et draguer dans les après-ski (en gardant sa combinaison de ski !). Elle déteste que les gens l'embrassent sur les joues (je suis pareille !), les films western, accorder les participes passés (par paresse), les décors de style champêtre, les gars en chômage (elle dit : travaille !) et les chips sel et vinaigre (ça lui fait mal à la langue). C'est une femme forte et très sensible à la fois. Elle est vraiment comique au quotidien, mais un peu difficile d'approche lorsqu'on ne la connaît pas. C'est une leader dans le groupe en ce qui a trait au bien-être et à la santé. Elle a un réseau social élargi à la grandeur du Québec à cause de ses nombreuses compétitions sportives.

Finalement, Geneviève, trente ans, la douce et explosive, qui existe « tellement » sur Facebook. Une dépendance ! Ge est notre grande femme aux vrais seins à faire pâlir de jalousie les femmes qui ont déboursé les fameux cinq mille dollars afin de porter la paire tendance. Elle est dynamique et si belle avec ses yeux vert émeraude à faire craquer n'importe qui. Sa chevelure épaisse change de couleur au gré de son humeur. Nous la mettons souvent en avant-plan lorsque nous franchissons la porte d'un bar ou d'un restaurant. C'est comme si le seul fait d'être en sa compagnie nous met toutes en valeur. Notre Montréalaise est experte en bactériologie et elle a d'ailleurs participé de très près à la découverte de la crise de la listériose. Elle aime écouter la même chanson sans arrêt (c'est un peu ennuyeux), les vêtements de couleur rouge, tous les tartares (ouache !), porter des foulards dans les cheveux, faire pousser des fines herbes, les téléréalités de tous genres, les cochons roses (quétaine !) et surprendre les hommes en les embrassant par surprise (elle fait toujours ça). Elle a horreur des émissions trop sérieuses, des pâtes trop cuites, des gens qui ont les pantalons trop courts (elle leur dit !), de peinturer (elle rate toujours son découpage) et des électroménagers jaunes. Geneviève est une battante, une fonceuse. C'est la plus indépendante de toute la clique. Elle n'attend après rien dans la vie et fait son chemin. Elle dit tout haut ce que les gens pensent tout bas. Je l'admire beaucoup. Très équilibrée, elle nous apparaît comme étant celle qui a le moins de dépendance affective et de *patterns* malsains en amour. Elle vit depuis toujours ses peines d'amour en une semaine top chrono et elle ne réussit même pas à avoir l'air abattu par la suite. De plus, gare à vous, les hommes : c'est une chasseuse redoutable !

Avant de vous expliquer ce qu'est notre consœurie secrète, faisons un retour en arrière afin de vous raconter de quelle façon nous nous sommes toutes retrouvées célibataires un peu avant Noël…

Le week-end fatidique

J'avais quitté mon coin de pays dans un tournant de nos vies où les bulles de l'amour nous éclataient une à une en plein visage. Bu-bulles qui explosaient en nous inscrivant un « i » au milieu du front. « I » pour « insatisfaction ». Toutes nos relations amoureuses étaient dépourvues de désir, d'amour et de plaisir, donc sans intérêt. Mon copain de l'époque avait déménagé avec moi dans le but de se trouver un emploi en terre gaspésienne. Il avait perdu le sien en raison de restrictions budgétaires. Eh oui ! J'oubliais : il m'avait suivie parce qu'il était follement amoureux de moi…

Les choses se déroulèrent difficilement à mon arrivée en terre inconnue. Au moins, j'adorais mon travail et j'avais vite trouvé un appartement. Il était vieux et décoré de mauvais goût, mais je n'avais pas des critères exigeants pour me loger.

Le problème majeur : mon couple qui n'en finissait plus de battre de l'aile et qui me grugeait une énergie vitale à mon adaptation ! La cohabitation était difficile et je regrettais un peu sa présence ici. Je travaillais sans arrêt, et lui, pas du tout.

Mon nouvel emploi fut au départ très prenant en temps et en investissement. Je n'avais donc ni le goût ni la patience de gérer, en plus, des conflits conjugaux inutiles. Chaque soir, il me reprochait de travailler douze heures par jour et de ne pas avoir le temps de faire des activités avec lui. À mon tour, je le sermonnais de ne rien faire de ses journées. Bref, la roue des conflits sans issue tournait continuellement dans cet appartement minable.

Je vivais cette période difficile de ma vie à distance de mes amies si importantes pour moi. Par chance, j'ai un forfait cellulaire « ma clique de dix », avec interurbain en tout temps. Je pouvais appeler les désillusionnées de l'amour sans trop me préoccuper de la précarité de mon portefeuille. Précaire portefeuille, qui payait pour deux, étant donné que mon conjoint de fait du moment frôlait la faillite personnelle.

Les conversations quasi quotidiennes avec l'une et l'autre des filles nous permettaient de faire le point sur nos vies amoureuses respectives. Conclusion : un désastre total !

En octobre, ce fut la surprise : une expédition s'organisa. Sacha, Coriande et Geneviève décidèrent de venir me visiter dans ma nouvelle ville d'accueil. L'excitation étant à son comble, je planifiai une virée au Nouveau-Brunswick. Le but : sortir et ne pas rencontrer d'élèves, avides d'histoires croustillantes sur leur nouvelle professeure venue de la ville : « Hé ! c'est notre prof la fille qui danse la lambada sur le coin du bar en buvant de la tequila... » Non merci !

Aussitôt les filles arrivées, nous nous sommes dirigées vers la ville en question, qui n'était ni trop proche ni trop loin, afin d'aller y faire un « *meeting* de *girls* » express.

Le week-end fut une révélation pour toutes. La vérité était que nous n'étions plus heureuses dans nos relations de couple.

Nous sommes allées prendre un verre les deux soirs du week-end. En nous préparant dans la chambre d'hôtel du Howard Johnson de la place, nous discutions à tour de rôle. Nous analysions les relations de chacune en tentant d'y voir clair. Nous tentions de comprendre « le pourquoi du comment » des relations de couple. Gros contrat pour un seul week-end !

Une parenthèse croustillante s'impose : je fis une rencontre plus qu'intéressante durant cette fin de semaine. Je vous raconte : le samedi soir, un chanteur populaire connu sur tout le territoire québécois (que je ne nommerai pas, mais que j'appellerai Bobby pour ne pas le dévoiler) fit son apparition dans le bar où nous étions. Après quelques carottes échangées mutuellement du regard, je me décidai à aller lui parler afin d'assouvir ma curiosité de le rencontrer. Il m'expliqua qu'il était en tournée depuis déjà deux ans et qu'il visitait les villes franco-canadiennes du Nouveau-Brunswick, et patati, et patata... Il se révéla être très sympathique. Il nous invita même à son spectacle du lendemain soir, moi et ma bande de joyeuses luronnes.

En discutant avec lui, je jetai un regard en direction de mes chères amies, qui étaient maintenant debout sur le comptoir à commander une autre tournée de vodka-lime. Après une conversation intéressante avec lui, je rejoignis la troupe en me faisant un chemin au travers de la dizaine de gars qui avaient pris d'attaque mes trois amies restées au bar. Je leur partageai l'idée de rester une nuit de plus et elles acceptèrent avec joie le projet de se rendre au spectacle de Bobby. Celui-ci quitta le bar en me remettant son numéro de portable griffonné à l'intérieur d'une pochette d'allumettes.

— On déjeune ensemble demain matin ? m'avait-il dit en s'éloignant.

— Ouais, pourquoi pas ?

Super ! Cependant, les vodkas-lime ne cessèrent pas parce que j'avais un déjeuner-rancard au petit matin, bien au contraire...

Je me réveillai vers les dix heures, la perruque et l'estomac à l'envers, avec une peur évidente de me voir dans un miroir. Mon téléphone sonna vers dix heures trente. C'était Bobby qui confirmait son invitation à déjeuner. Ouf ! De peine et de misère, la bande se leva et toutes mes amies me suivirent au restaurant dans le but d'ingurgiter une carafe de café, question de se remettre les idées en place. Je me souviens être arrivée à table à ce point nauséeuse que je me demandais si j'allais être capable d'avaler quelque chose. Il nous présenta brièvement à toute son équipe de tournée et nous avons discuté légèrement en leur avouant que, pour nous, la soirée ne s'était pas terminée à minuit comme eux. Ensuite commencèrent les autographes et les photos. Les gens reconnaissaient le chanteur et venaient à notre table pour discuter, prendre une photo avec lui ou lui faire signer des bouts de papier. Visiblement, le quatuor « lendemain de veille » n'était pas à l'aise du tout d'être à la table d'honneur en cette matinée de remise en vie à l'aide de café.

Plus tard, nous avons écouté un film dans la chambre d'hôtel de Bobby puis mangé un morceau avant d'aller au fameux spectacle. Tout au long de cette journée, j'ai ressenti qu'il me tendait parfois certaines carottes, mais sans plus. Le soir, après le spectacle, nous avons partagé quelques bières avec lui et son équipe (encore de l'alcool, nous n'avons pas de cœur !) dans une de leurs chambres d'hôtel.

La carotte fatale vint lorsque tout le monde se leva pour aller se coucher : il m'embrassa sur le front en me disant de passer à sa chambre si je voulais. Ma réaction fut la même que vous : Bon ! Bon ! Bon ! un artiste en tournée qui se console dans les bras d'une nana différente dans chaque ville pour vaincre une solitude redondante probablement provoquée par une longue période de temps passée loin de chez soi ! Une chose était certaine, je ne coucherais pas avec lui. Je ne couche pas avec les hommes que je ne connais pas en général. Imaginez-vous, un artiste connu. Jamais ! Et en plus, on semble tous l'oublier : j'étais officiellement en couple.

Dans le couloir de l'hôtel, je lui avais expliqué qu'il avait l'air bien gentil, mais que je n'étais pas libre et que c'était dommage que je sois en couple, et blablabla. Il me dit, en souriant : « Casse-toi pas la tête » et il m'embrassa encore une fois sur le front en me souhaitant bonne nuit. Voyons ! Qu'est-ce que c'était que ces baisers frontaux à répétition ? Ne sachant pas trop quoi penser, je regagnai notre chambre d'hôtel, occupation quadruple, bien trop petite pour quatre poulettes de luxe comme nous.

En entrant dans la chambre, j'avais ressenti un immense dégoût devant la pathétique scène : mes amies, comateuses, dormaient. L'une d'entre elles (Coriande, pour ne pas la nommer !) ronflait à cœur joie. Des vêtements jonchaient le sol. Une odeur nauséabonde de trois jours de *fiesta* régnait dans l'air, le tout pimenté du parfum d'un fromage Pied-de-Vent, déballé deux jours avant lors de l'apéro à la chambre. La vision de Coriande, couchée à l'horizontale sur le matelas peu confortable des chambres économiques, me donna une vague envie d'être ailleurs… Ailleurs, comme dans la chambre plus luxueuse – avec deux lits – de mon nouvel ami chanteur…

J'enfilai sans réfléchir une camisole et un caleçon boxeur. Je pris ma brosse à dents pour me diriger vers l'ascenseur dans le but précis de demander l'hospitalité à ce Bobby, qui deviendrait alors mon sauveur.

Je frappai. Il ne dormait pas. Je lui exposai la situation de la chambre en ajoutant les détails concernant l'odeur. Je lui proposai de prendre le deuxième lit en précisant, sans reprendre mon souffle, qu'on ne coucherait pas ensemble. Il me regarda d'un air amusé. Il récidiva d'un autre baiser sur le front (manifestement, c'est son truc !) et il m'invita à joindre mon lit pour la nuit. Nous avons discuté un moment pour ensuite nous coucher.

Après une nuit entrecoupée de réveils légers servant à me rappeler où j'étais, j'allai à la salle de bain. Encore sans réfléchir, je le rejoignis dans son lit en prétextant la froideur de la chambre. « Bah ! je peux au moins profiter de ses bras musclés un peu », m'étais-je dit pour me déculpabiliser. Nous avons somnolé légèrement, enlacés. Je constatai le confort de son large torse en souhaitant bien sûr qu'il ne prenne pas ces marques d'affection comme un revirement à propos de mes précisions de la veille. Mais non, les contacts s'arrêtèrent là, à mon grand soulagement. Ce fut donc agréable et non engageant.

Au réveil, je me rendis compte que mes amies, prêtes à partir, tentaient depuis un moment de me rejoindre sur mon cellulaire. Je dus donc déserter ce lit douillet pour affronter le retour à la réalité.

Avant de me quitter, il m'invita à le rejoindre plus tard, car il donnait un autre spectacle à environ soixante kilomètres de chez moi.

Quand je vous dis qu'habituellement la vie me sourit, en voici un bon exemple. Mes amies, qui retournaient en Estrie, avaient pour mission de ramener avec elles mon copain. Nous avions décidé de prendre un peu de recul, vu la situation difficile de notre couple. Il devait prendre une semaine de vacances dans sa famille. Mes amies vinrent donc me reconduire et elles repartirent avec lui, me laissant seule toute la semaine pour mon plus grand bonheur. Cela signifiait que je n'avais personne à qui rendre des comptes pour la soirée. Je dis à Bobby de m'appeler à son arrivée dans cette ville afin que je confirme si j'y allais. Pff ! Je savais très bien que j'irais à ce rendez-vous.

Je rejoignis mon nouvel ami dans cette ville avant le souper. La soirée se déroula légèrement : souper, partie de cartes et match du Canadien à la télévision. Il n'y avait qu'un lit dans sa chambre. Pas de ma faute ! Une partie de Skip-Bo compétitive décida qui prendrait le côté droit du lit, car nous avions la même habitude à ce sujet. La nuit fut douce, affectueuse et confortable, sans aucune allusion ou tentative de rapprochement de nature sexuelle. Bizarrement, cela semblait convenir aux deux parties.

Je me levai le lendemain avant lui pour regagner ma ville, car j'enseignais à neuf heures. J'étais confuse par rapport à ce qui allait résulter de cette rencontre inattendue. Je présumais que le train de vie de ce chanteur allait faire en sorte que je ne le reverrais probablement jamais...

Mon *chum* était revenu une semaine après et la situation avait continué à se dégrader. Il était maintenant impossible pour moi de vivre plus longtemps dans cette ambiance de reproches incessants. J'avais une décision à prendre.

Conclusions du week-end

Les répercussions de ce week-end furent non négligeables pour toutes les filles. Ayant fait le plein d'amitié, nos contacts téléphoniques furent plus espacés. Chacune avait beaucoup de choses qui remuaient dans sa vie. En l'espace d'un mois, nous avions changé la lettre « i » inscrite sur notre front pour la lettre « c » du célibat. La démarche en soi avait été pénible pour chacune. En résumé, il y avait eu pour toutes : beaucoup de larmes, d'insécurité, de souffrance, de peur d'avoir agi sur un coup de tête, ou bien sûr, la pire de toutes les peurs, celle de le regretter. Je vais vous décrire la situation matrimoniale que chacune avait. Vous comprendrez mieux l'urgence qui nous a motivées à faire le grand saut.

Sacha vivait depuis déjà deux ans avec Steve, un *bum* au supposé cœur tendre qui lui faisait encore croire que les petites culottes qu'elle trouvait dans sa voiture appartenaient à sa sœur. Elle faisait depuis longtemps un déni évident sur les escapades extraconjugales de son *chum* qui ne réussissait même pas à se trouver un boulot plus de quatre mois consécutifs par an. Entre deux grosses Molson Export au bar avec ses amis, il revenait à la maison le temps de lui dire à quel point il l'aimait, tout en prenant les messages de ses nombreuses maîtresses. Le mensonge était son mode de fonctionnement en couple. Nous tentions, depuis déjà longtemps, de faire comprendre à Sacha qu'elle méritait mieux que ce pauvre con. Au début du mois, elle balança enfin délicatement ses affaires dans le bac de recyclage, qui était trop grand pour accueillir le peu de choses que ce gars profiteur avait pu accumuler au cours de sa vie.

Coriande, quant à elle, avait pris sous son aile un médecin français dépressif et sans emploi. Il avait de la difficulté à faire reconnaître sa scolarité au Québec. Il était frustré contre la terre entière et il refusait de faire un travail moins bien payé sous prétexte que la société québécoise devait reconnaître sa compétence en tant que médecin. N'ayant rien à lui, il avait vécu aux crochets de Cori durant presque un an. Il « squattait » littéralement dans son appartement sans payer un sou. Elle le soupçonnait même d'avoir déjà volé quelques billets dans son portefeuille. Il était arrogant, méprisant et il savait manipuler les femmes, et ce, sans jamais outrepasser la limite de l'inacceptable. Cori n'avait été amoureuse de lui qu'au tout début. Elle s'était ensuite laissé envahir par un sentiment maternel de pitié envers ce pauvre immigré, triste d'être loin de sa famille et de vivre des échecs. Sa pseudo-dépression le laissait avachi sur le divan à longueur de journée et il n'était même pas foutu de lui donner un coup de main dans l'appartement. Il quitta également le logement de Cori avec le peu de choses qu'il possédait au Québec, remplissant à peine trois sacs d'épicerie réutilisables.

Geneviève, pour sa part, avait un homme dans sa vie depuis peu et celui-ci n'habitait pas avec elle. C'était un scientifique prétentieux, qui levait le nez sur quiconque n'avait pas un doctorat d'inscrit à son CV. Elle le remercia donc de ses services, qui, à ce qu'il paraît, n'en valaient même pas le coup. Selon elle, il faisait l'amour en intellectuel en tentant de tout calculer et de tout prévoir. Il était narcissique, monotone et, en plus, il se croyait le chaud lapin de l'année en se vantant à lui-même de ses performances sexuelles. Comme ils devraient continuer à se côtoyer pour le travail, Ge avait organisé la rupture pour que tout le monde au bureau croie que c'était lui qui l'avait demandée. Elle avait voulu éviter les problèmes potentiels qui pouvaient être causés par un désaxé égocentrique qui se sent humilié. Sacrée Ge ! Toujours aussi brillante. Elle dit respirer mieux depuis qu'elle ne partage plus son air avec lui.

Pour ma part, je renvoyai finalement l'homme en question dans un autobus d'Orléans Express direction : retour au bercail, mon coco ! Trajet qui le ramenait, selon ses dires, à une régression totale. Il me précisait, chaque fois qu'il en avait l'occasion avant son départ, qu'il avait tout quitté pour m'accompagner ici. Il ne voyait pas clairement les problèmes de notre cohabitation. Il refusait de croire que j'avais fait tous les efforts nécessaires au fonctionnement de cette relation. Il n'avait pas tort. Je sentais que je ne voulais plus être en couple. Que je ne voulais plus faire d'efforts. Que la synergie de couple qui finit par s'effriter au fil du temps et qui devient monotone n'était plus un objectif pour moi. Je crois que j'étais mûre pour être seule dans ma vie, du moins pour un temps. Durant les cinq dernières années, j'avais été en couple. Presque quatre ans avec le même et, ensuite, quelques mois avec celui que je venais de quitter. Je sentais en moi une urgence de ne penser qu'à ma petite personne, en pure égoïste. Je suis avide de liberté et je crois que je dois me faire à l'idée que je ne pourrai peut-être jamais cohabiter avec un homme.

Avec les filles, les contacts téléphoniques ont repris de plus belle lorsque chacune s'est retrouvée seule avec son petit bonheur. Après mille trois cents minutes d'écoulées sur mon cellulaire, je constatai que la conclusion se ressemblait pour toutes. Nous sommes maintenant seules dans cette jungle qu'est la vie. Et moi, je me trouve à l'autre bout de la province, à mon grand désarroi.

Après quelques semaines de dépression groupale, nous avons rangé nos boîtes de mouchoirs pour nous poser certaines questions. OK, c'est fait, nous sommes célibataires. Quelle est l'étape suivante ? Que faisons-nous maintenant ? Aller à la chasse à l'homme de notre vie ? Comment faire ? Et dans quel but ? Pour nous retrouver en couple et ainsi revivre la même situation de rupture dans un an, deux ans ou trois ans ? Non merci !

Ce qu'on veut

À vingt ans, le célibat est une période d'attente normale entre deux petits amis : l'ex et le prochain. Nos exigences sont moins élevées, les façons de rencontrer des gens sont plus faciles, les occasions de flirt sont plus fréquentes, bref, ça coule. Mais à presque trente ans, le fameux scénario semble un peu différent. Nous sommes stables professionnellement. Installées dans un appartement adéquat (sauf moi !). Nous rencontrons de moins en moins de gens nouveaux à cause de la stabilité de notre réseau social, qui rétrécit de plus en plus. Nous devenons plus sédentaires et plus prudentes avec l'âge et, surtout, plus confortables dans notre petit chez-soi. Cela a deux conséquences : de un, les possibilités de rencontrer des gars diminuent parce que nous faisons des dîners entre amis à la maison et, de deux, les critères de sélection augmentent, mais de façon démesurée.

On veut : un gars de un mètre quatre-vingts (dans mon cas, je fais un mètre soixante-treize), joli minois, intéressant, qui a quelque chose à dire, mais qui ne parle pas trop, intelligent, mais pas trop intellectuel, imprévisible, mais cohérent, drôle, mais capable d'être sérieux et avec un bon emploi, donc autonome financièrement. On veut qu'il n'ait pas d'enfant, pas d'ex-copine trop folle, pas de manies trop excentriques et, surtout, pas de dépendance affective (même si je suis en train de m'en diagnostiquer une !). Qu'il soit indépendant, mais pas trop, qu'il ait une vie sociale, mais assez de temps pour nous, bref, un gars vrai, pas de cachotteries, de non-dits ou d'envois de messages à n'y rien comprendre. Et, ah oui ! j'oubliais ! Un gars qui prend les devants, car nous sommes tannées, nous les filles, de faire les premiers pas, du souper jusqu'au coucher. Bon ! Vous voyez que c'est simple !

Vous vous doutez que ce n'est pas vraiment ce qu'on croise à tous les coins de rue. Bien au contraire ! Depuis toujours, nous accumulons les rencontres avec gars complexes et instables, mariés ou avec des enfants, qui ne savent pas ce qu'ils veulent et qui truffent les premières rencontres de non-dits et d'explications nébuleuses.

Mais une question majeure reste en plan pour mes amies et moi : voulions-nous vraiment être en couple maintenant ? Nous n'en étions pas certaines. Nous avions surtout besoin de quelque chose qui nous rassemble, un objectif commun, une orientation de vie, un genre de mode de fonctionnement collectif pour nous amener à évoluer et à nous épanouir.

Voici un extrait de la conférence téléphonique où l'idée de former une alliance secrète a émergé :

— Donc, là, comment ça fonctionne ? Qu'est-ce qu'on fait ? (Sacha)

— Bien, on vit joyeusement notre célibat… (Moi)

— Regardez Mali qui pense qu'elle va vivre un célibat excitant dans un trou avec des pêcheurs de homards, édentés, comme *prospects* intéressants ! (Ge)

— Bon, un préjugé contre la Gaspésie ! Tu sauras que je suis sûre que l'homme idéal à ma situation se cache quelque part ici. Je ne l'ai juste pas encore rencontré… (Moi)

— Je pense qu'on ne peut pas se remettre sur le marché tout de suite. J'ai l'impression qu'on va encore rencontrer des cons sans ambition. On va finir par se créer un organisme communautaire à force de recruter des imbéciles sans intérêt comme *chums* potentiels ! (Cori)

— C'est vrai que moi, je fais vraiment une « écœurantite » aiguë du couple, je vous le jure. Je fais des mauvais choix. Ça fonctionne jamais ! (Sacha)

— « Pour le meilleur et pour le pire », c'est n'importe quoi, et « jusqu'à ce que la mort nous sépare », je n'en parle même pas ! (Moi)

— J'ai rencontré un gars hier au Pub à Sherbrooke. Un autre profiteur pas de fierté, qui voulait juste que je paie la facture en fin de soirée. Non, mais franchement ! (Sacha)

— Oui, mais si tu arrêtais de fréquenter des bars de motards finis, brûlés par la surconsommation d'alcool, peut-être que tu trouverais quelqu'un de plus potable, Sacha ! (Cori)

— En tout cas, je me confesse : je commence à trouver les nuits longues toute seule sous ma couette. C'est un peu ennuyant d'être célibat-star ! (Ge)

— Je te comprends, pareillement pour moi, mais en même temps, je ne voudrais tellement pas que quelqu'un soit là tout le temps non plus. On dirait que je ne sais pas ce que je veux, mais je sais ce que je ne veux pas. (Cori)

— On le sait ce qu'on veut, non ? (Geneviève)

— Pour l'instant, je serais due pour une relation simple, pas compliquée. On ne se doit rien et, surtout, on ne s'appelle pas quatre fois par jour… (Sacha)

— Je suis d'accord ! Le genre : on va manger au resto, on fait des activités, on se colle toute la nuit, mais le lendemain tu t'en vas chez toi et on se reparle la semaine prochaine ou l'autre selon notre horaire. (Ge)

— Mais la question est : est-ce qu'on est capables de faire ça ? On finit toujours par avoir des attentes et par vouloir plus… (Moi)

— Je pense qu'on réagit comme ça parce qu'on en a juste un ! (Cori)

— Ah ! Tu penses que si on avait plusieurs amants dans notre vie, on pourrait fréquenter les hommes sans tomber amoureuse d'eux ? (Sacha)

— Ça a du sens… Les fois où j'ai été la plus indépendante dans ma vie amoureuse, c'est quand je fréquentais mon journaliste et mon soudeur en même temps. Comme si le fait d'avoir deux gars dans ma vie me comblait et que cela me suffisait. (Ge)

— C'est donc dire que si l'on tombe amoureuse, c'est parce qu'on n'a rien d'autre à faire ? On est pathétiques ! (Moi)

— Un peu, une fille qui veut être en couple et qui rencontre un gars va parfois tellement vouloir que ça arrive que ça va arriver. Et vlan ! frappée par le grand A ! (Ge)

— Si je réfléchis... La formation d'un harem nous protégerait de s'amouracher du premier gars qui nous fait de beaux yeux ? (Sacha)

— Un harem ? Ouache ! Juste le mot fait immoral ! Un concept où plusieurs gars qui viennent te baiser chez vous à tour de rôle... C'est pas propre ! (Moi)

— Non, mais un harem politiquement correct avec deux ou trois gars sympathiques ! Tu les vois en alternance, mais tu les as choisis et ils ne viennent pas juste coucher avec toi... Vous faites des activités ensemble. Voyons, toi ! Ça fait longtemps que tu n'as pas eu d'amant puis c'est vrai ! (Ge)

— C'est vrai que la relation d'amant n'est plus ce qu'elle était. Aujourd'hui, c'est comme plus ami-amant que juste amant tout court. Moi, avec mon charpentier-menuisier, on allait au cinéma, manger au resto et, ensuite, on dormait ensemble et on se rappelait des fois juste deux semaines plus tard, selon nos horaires. Mais moi je trouve que ce qui est compliqué dans l'histoire, c'est d'en trouver plusieurs, non ? (Cori)

— Non ! Ça vous est arrivé combien de fois, dans votre vie, de rencontrer un gars intéressant, et puis quelques semaines après d'en rencontrer un autre, sorti de nulle part ? Bien sûr, notre jugement moral faisait toujours en sorte qu'on ignorait le nouveau sous prétexte qu'on avait déjà un mec dans notre vie. (Ge)

— C'est l'histoire de ma vie. Chaque fois que je rencontre quelqu'un, j'ai toujours un ou deux gars « tripants » qui me tournent autour juste au moment où ça commence à être sérieux avec le premier ! (Moi)

— Moi aussi ! J'ai toujours attribué ça à la bonne humeur de la fille qui rencontre quelqu'un. Il paraît qu'on dégage une hormone de plaisir qui attire les mâles ! (Sacha)

— Donc là, si je comprends bien, il faudrait exploiter tous les candidats en même temps sans s'engager officiellement avec aucun ? J'aime ça. (Ge)

— Candidat ! J'aime ça ! Ce serait un genre de pacte pour ne pas tomber dans nos vieux *patterns* débiles. (Cori)

— On doit vraiment se recentrer sur nous-mêmes pour un temps et penser à ce qu'on veut vraiment... (Moi)

— Faudrait mettre notre *brainstorming* de ce soir sur papier. Vraiment, je pense qu'on tient une partie de la solution à notre problème affectif ! (Sacha)

Comme vous pouvez le constater, nous savions ce que nous voulions. Être libres pendant un temps pour réfléchir. Ce soir-là, nous avions, sans connaissance de cause, commencé à tisser la toile de fond de ce qui allait devenir notre consœurie secrète !

La naissance de la consœurie

Lors de nos conversations subséquentes, nous avons lancé l'idée de fonder officiellement une organisation nous aidant à atteindre notre but de satisfaction affective et sexuelle, sans pour autant être en couple. Le but était de prendre un temps d'arrêt et de s'interroger sur les « Qui suis-je ? » et les « Où vais-je ? ». Comme le congé de Noël avançait à grands pas, j'ai proposé l'idée du siècle de se rendre à Cuba pour le premier congrès de notre organisation secrète en devenir. Les trois célibat-stars concernées ont répondu affirmativement à ma proposition, très excitées.

Le voyage se dessina rapidement et les achats de dernière minute furent avantageux et adéquats en fonction de nos besoins de *playa y del sol*. Avant le départ, j'ai envoyé à toutes l'ordre du jour du congrès, avec les points importants concernant entre autres l'organisation de la consœurie. Le voici :

Ordre du jour « Congrès Noël »

Lieu : Varadero, Cuba

- *Cocktail et mot de bienvenue au premier congrès de la consœurie.*
- *Présentation des quatre membres du conseil exécutif ainsi qu'explication de leur motivation.*
- *Identification des objectifs de l'organisation (célébration des objectifs de l'organisation).*
- *Énumération des règles régissant la consœurie (célébration des règles régissant la consœurie).*
- *Modalité d'entretien du harem et critères de sélection des candidats formant le harem (célébration des modalités et des critères de sélection du harem).*
- *Exploration des possibilités de recrutement de consœurs pour une expansion de l'organisation.*
- *Possibilité de développement d'un partenariat externe à la consœurie.*
- *Initiation des consœurs.*
- *Célébration officielle de la consœurie et de ses membres.*

Vous voyez qu'il y a beaucoup de célébrations dans ledit ordre du jour. Ouf ! Malgré la cirrhose du foie au retour, le voyage fut mémorable. La fusion entre nous quatre était totale ! Nous avons eu un plaisir fou à « travailler » sur la plage à la mise sur pied de cette organisation.

Le résultat est très bien. En gros, les filles doivent former un harem (appelé le H) de gars intéressants avec qui elles entretiendront des relations amicales, affectives et sexuelles (appelées le S) tout en clarifiant avec eux que le couple n'est pas un objectif. Le but est d'avoir du plaisir, sans souffrir, afin de voir clair dans nos vies affectives respectives. Pas question de passer presque un an sans sexe comme lors de ma dernière épopée de célibataire. Eh oui, un an ! Pas question non plus d'assouvir un désir sexuel latent avec un imbécile soûl à la sortie d'un bar le samedi soir. Les *one night stand* sont tolérés dans la consœurie, mais comme mesure d'exception seulement. La recherche active de vrais candidats potentiels doit être la priorité.

Certaines règles furent établies quant au choix des candidats :

Interdictions non négociables

- *Le port de la moustache.*
- *Le port du Speedo (sauf dans le cas d'athlètes de natation).*
- *Les pantalons modèle « eau dans la cave » (Ge a insisté pour ajouter ce point).*
- *La « coupe Longueuil ».*
- *Être âgé de plus de quarante-cinq ans.*
- *Être bénéficiaire de l'assurance-emploi depuis plus de six mois.*
- *Avoir comme revenu l'aide sociale.*

Les autres critères sont à la discrétion des consœurs. Chaque gars est présenté, si possible avec photo, aux autres membres du conseil exécutif. Vous vous souvenez qu'on fait de mauvais choix. Le but est de s'éduquer en groupe ! En cas de refus de la majorité des membres, la consœur peut faire appel de la décision devant un jury impartial.

Un partenariat externe fut créé à cet effet. Ce tentacule de la consœurie est composé de femmes en couple qui ont la tâche de délibérer dans le cas de refus d'un candidat et de donner divers conseils aux membres. Nous avons déjà proposé un siège du partenariat externe à deux mamans mariées (la mienne et celle de Sacha).

Mais attention ! L'organisation doit rester secrète...

La transparence entre les membres du conseil exécutif a aussi été votée. Aucune activité de S (sexe) ne doit être cachée aux autres, sous peine de payer une amende devant être versée en champagne brut lors du congrès suivant. Le soutien moral entre les consœurs est un objectif primordial et le fait de ne pas tomber amoureuse (appelé grand A), un défi de taille. Il ne nous reste maintenant qu'à former notre H respectif et à vivre selon les règles de la consœurie. Nous devons garder en tête notre théorie de base : une femme qui n'a qu'un homme en tête risquera de tomber amoureuse de lui plus facilement. Pour officialiser la chose, j'ai signé une prescription à chaque fille. Prescription disant que chacune doit vivre sous le mode de fonctionnement de la consœurie, sans être en couple, et ce, pour six mois. Après, on verra...

Voilà donc le scénario idéal pour éviter l'échec du couple à nouveau ! L'échec qui nous a éclaté en plein visage à la fin de l'automne.

À cette étape, une question d'importance cruciale restait : comment appeler cette consœurie ? Sacha a tout d'abord proposé : « La consœurie des bipolaires vieillissant prématurément ». Bof ! Pas très flatteur ! Geneviève l'a relancée avec la CIA : « La consœurie des instables affectives ». Un peu trop défaitiste ! Finalement, Coriande nous a parlé d'une chanson française devenue un *hit* et cela nous apparut comme une révélation. Paf ! dans le mille ! La chanson française intitulée *La petite bourgeoisie qui boit le champagne* nous donna le ton pour appeler l'organisation « La consœurie des célibat-stars qui chassent en buvant le champagne », ou plus simplement « La consœurie qui boit le champagne ». Parfait !

État actuel du H des membres du conseil exécutif

Nous vivons depuis quelques semaines sous ce mode de fonctionnement. Voyons voir comment se porte le H de chacune…

Depuis la rupture avec son ex, Sacha a renoué avec une ancienne flamme avec qui elle n'avait jamais eu la chance d'explorer des avenues plus intimes. Le gars, qu'on ne connaît pas, nous est décrit par elle comme étant attentionné, doux et très protecteur. Sacha adore ça. Il la gâte énormément en lui achetant toutes sortes de choses, mais ils se voient peu. C'est pour l'instant le seul candidat dans son H. Nous devons vite lui en trouver un autre. La dernière chose que nous souhaitons est qu'un membre du conseil exécutif devienne un membre de partenariat externe parce qu'elle est tombée amoureuse.

Le H de Coriande est vide pour le moment, et ce, depuis notre retour de vacances. Nous avons par contre dressé la liste des gars potentiels avec lesquels elle devra tenter quelque chose sous peu : un ex de longue date, une connaissance qui la voit dans sa soupe, son garagiste et un barman avec lequel des échanges de carottes ont lieu chaque fois qu'ils se croisent. Elle doit vite passer à l'attaque. De plus, sa relation antérieure a été dévastatrice en ce qui concerne sa vision de l'homme, et surtout en ce qui a trait à son portefeuille. Elle doit vite prendre du bon temps avec des hommes matures et amusants.

Geneviève, quant à elle, est un exemple pour toutes. Elle gère, à ce jour, le H le plus actif du groupe. Deux candidats bien assumés : son voisin d'en bas et un collègue de travail. Son voisin est du genre un peu bohème. Tout le contraire de Ge. Il travaille dans l'aménagement paysager et joue de la guitare. Ils se font souvent des soupers et dorment ensemble chez l'un et chez l'autre, selon leur horaire. Pour ce qui est de son collègue, nous ne le connaissons pas. Il est apparu dans sa vie à notre retour de Cuba. Elle nous a montré sa photo lors de la présentation de son candidat. Il est de la même grandeur que Ge, tout au plus. Châtain avec les cheveux en bataille. Sur la photo, il semblait être beau gosse. Il est très comique selon Ge. Dès qu'il fut engagé dans la compagnie, des rapprochements ont eu lieu. Ge semble libre de tout attachement amoureux pour l'instant et elle roule très bien sa bosse dans les règles de l'art de la consœurie.

Pour ma part, je viens de perdre un prétendant ce matin même. Je détiens dans mon H seulement mon chanteur populaire. Je l'ai revu à quelques reprises après l'épopée du Nouveau-Brunswick, mais je ne couche pas encore avec lui. Je garde en tête qu'il va peut-être un jour ne plus me rappeler, sans crier gare. Trop occupé à gérer son propre H. Quelle merde ! Sinon, personne d'autre en vue. Pour l'instant, je ne suis pas en danger d'être amoureuse de mon chanteur, car je le vois rarement et souvent juste le temps d'un dodo collé. Le risque est de toute façon moins grand quand il n'y a pas de sexe dans la relation.

Depuis notre retour de Cuba, nos H respectifs sont loin d'être satisfaisants pour les exigences de la consœurie, surtout du côté de Coriande et de moi. Sacha m'a avoué que la police du SEXE allait bientôt me donner une contravention étant donné mon activité sexuelle inexistante. Voyez-vous la scène ?

— Bonjour, madame Mali. Vous savez pourquoi je vous arrête aujourd'hui ?

— Non, monsieur l'agent, je ne vois pas ?

— Vous saviez que vous étiez en dessous de la limite légale de sexe exigée pour une fille de votre âge ?

— Ah oui ! Tant que ça ?

— Nous sommes dans l'obligation de vous donner une contravention. On aimerait bien que vous fournissiez des efforts, s'il vous plaît.

— Promis, monsieur l'agent, je vais faire mon possible.

— Qu'on ne vous y reprenne plus. Bonne journée !

Pathétique !

Je reçus un courriel en fin d'après-midi : celui-ci nous convoquait justement à une réunion express par webcam. Depuis que j'habite ici, nous discutons à l'aide de nos webcams toutes les semaines, vu que ce contact est plus intéressant que le téléphone. Lorsqu'une des filles ressent le besoin de discuter, elle demande un rendez-vous par courriel. Les filles pouvant y être se joignent à la conversation.

Rendez-vous express

Le rendez-vous webcam d'aujourd'hui est fixé pour dix-huit heures. Chacune s'installe confortablement chez elle. Parfois, on prend un petit verre de vin. C'est un truc qu'on fait à distance, prendre un verre ensemble au téléphone ou sur la webcam. « Est-ce qu'on prend un verre ensemble ce soir ? » « Oui, je t'appelle à dix-neuf heures trente. » Très drôle !

Je vais souvent dans une brasserie artisanale gaspésienne, où je me suis liée d'amitié avec les quatre propriétaires. Quatre hommes tous en couple (comme le veut la règle de vie ici). J'ai souvent l'impression de faire rêver ces gars avec mon célibat supposément excitant. S'ils savaient ! Habituellement, lorsque je quitte le bar, ils me questionnent : « Quels sont tes plans pour la soirée, Mali ? » Comme mon réseau social est peu garni par ici, je leur réponds : « Ah ! je prends un verre avec des amies ! »

La seule chose que j'omets de dire, c'est que ce verre, nous le prenons ensemble, mais à huit cents kilomètres de distance. Détail !

Une fois, Sacha et moi, après avoir bu notre bouteille de vin respective, nous nous sommes endormies en même temps sur nos divans, presque au beau milieu d'une conversation téléphonique. Ouf ! Je m'étais réveillée dans la nuit avec un mal de tête et un téléphone cellulaire les piles à plat. Ce n'est pas de l'amitié pure et dure, ça ?

À dix-huit heures tapant, tout le monde est branché. C'est bon de voir toutes les filles. Chacune avec sa coupe de vin à la main, vêtue de son plus beau jogging de maison. Coriande porte aujourd'hui un truc bleu poudre, douteux, très ajusté sur le corps.

— Allô ! dit-elle, enjouée.

— Cori, qu'est-ce que tu portes, merde ? que je lui demande en fronçant les sourcils.

— Ah ! C'est mon nouveau kit : sportive *sexy*. Je porte ça pour « cruiser » dans les après-ski, répond-elle en se levant pour nous permettre de la voir de plain-pied.

— C'est... c'est bleu poudre, hein ! dit Sacha.

— Vous ne connaissez rien aux vêtements sportifs. C'est la tendance hivernale de Salomon dans la collection « la parfaite skieuse » ! explique-t-elle, fière.

— Ce n'est pas avec ça que tu vas te recruter de nouveaux candidats ! précise Ge.

— Vous saurez qu'il y a beaucoup de mecs très chouettes qui font du ski et qui aiment mon style. Vous devriez toutes vous mettre au ski, d'ailleurs... C'est sûr que, dans ton cas, Mali, il faudrait que tu arrêtes de fumer un paquet de cigarettes par jour pour pouvoir faire au moins une descente sans mourir d'un arrêt cardiorespiratoire..., me lance Cori.

— Tu me répètes ça depuis que j'ai fumé ma première cigarette à quatorze ans... reviens-en ! que je réplique.

Petite précision : nous nous connaissons depuis notre tout jeune âge. Étant les quatre originaires de Danville, une petite ville des Cantons-de-l'Est, nous avons grandi ensemble dans un parcours scolaire relativement similaire. Nous avons vécu ensemble : l'acné, la poussée de nos seins (qui pour Sacha n'a jamais eu lieu), les premiers *French kiss* trop mouillés, les cours de sciences physiques, l'algèbre, les fantasmes à propos de Marc (le beau professeur de géographie) et le début de nos déboires amoureux. L'amitié entre nous est vraie et fondée sur du solide.

— Changeons de sujet ; toi, Mali, toujours en peine d'amour ? me demande Sacha.

(Ce matin, j'ai texté les filles illico après la conversation avec ce gars.)

— Ben oui ! Laissez-moi un peu de temps, il m'a larguée ce matin, que je lui réponds, contrariée.

— Il faut par contre préciser que tu le connaissais à peine depuis un mois et demi et que vous n'aviez même pas couché ensemble, réplique Ge.

— Je sais, je sais, mais il est parfait. Je vous l'ai déjà dit ? que je demande, l'air innocente.

— Oui, six cent mille fois..., répond Cori en faisant rouler ses yeux vers le haut.

— Mais, on n'est pas là pour louanger le gars sublime qui m'a balancée sans même qu'on se soit touchés. C'est un pauvre con ! Dossier réglé ! que je leur dis.

— Ge, c'est toi qui as demandé la rencontre de ce soir, alors on t'écoute, propose Sacha.

— C'est grave. Je soupçonne que le gars du travail tombe tranquillement en grand A avec moi et je me demande comment je vais gérer ça.

— Tu ne lui as pas donné ton adresse, j'espère ? que je lui fais.

— Non, mais justement, il l'a demandée à la secrétaire au bureau. Il veut supposément m'envoyer quelque chose. Ça m'intrigue vraiment, explique-t-elle.

La force du H de Geneviève découle du fait que son lieu de travail est à une heure de route de chez elle. Les deux candidats habitent donc deux villes différentes. Le voisin est le seul à venir dans son *condo*. Elle voit l'autre chez lui en prétextant que chez elle, c'est trop petit, trop loin, trop de trafic… Le gars du travail ne doit jamais avoir son adresse pour ne pas tenter un jour une visite-surprise. Surtout qu'on commence à le soupçonner de bien l'aimer. La consœurie ne valorise pas la présence d'un homme en grand A au sein du H. L'amour peut entraîner une implication émotionnelle difficile à gérer pour la consœur. Il posera trop de questions, tentera de surprendre la fille, de la chercher, de la contrôler et ce n'est pas l'objectif du groupe.

— Ouf ! ma belle, ça sent vraiment le grand A ! La secrétaire ne la lui a pas donnée, j'espère ? s'enquit Coriande.

— Non ! Non ! Elle n'a pas fait ça. C'est confidentiel.

— Ge, t'as pas le choix, il faut que tu lui parles. Tu lui expliques que tu ne veux pas être en couple… t'es encore trop bouleversée de ta dernière relation… tu le trouves super, mais qu'actuellement ce n'est pas possible… et blablabla. Et tu ne le rappelles pas pour au moins deux semaines, que je lui ordonne.

— Deux semaines ? répond-elle, surprise.

— Je suis d'accord avec la sentence, dit Cori.

— Minimum deux semaines ! appuie Sacha. En passant, continue-t-elle, grande nouvelle, mon amant m'invite au Mexique dans deux semaines !

— Et sa blonde ? lui demande Coriande.

Dans les règlements établis par la consœurie, rien n'empêche une consœur d'avoir dans son H un homme en couple ou marié. Je m'étais opposée à cette règle au départ, mais le vote a donné raison aux trois autres membres du conseil exécutif. Nous sommes démocratiques. Les filles tentent depuis ce temps de me convaincre que le candidat en couple est idéal. Elles m'expliquent que sa relation matrimoniale fait en sorte que les risques de grand A sont moins probables. De plus, s'il découvre par malheur la présence d'un autre candidat, il est très mal placé pour juger quoi que ce soit. De plus, les filles me confirment que ce sont des amants hors pair étant donné leur vie sexuelle souvent monotone avec leur conjointe. Mais « madame la conscience du groupe » que je suis n'ira certainement pas choisir un candidat marié pour garnir son H.

L'unicandidat de Sacha est donc, comme vous l'avez deviné, en couple depuis longtemps avec une fille dont on ne connaît même pas le nom au complet.

— Sa blonde ne le saura pas. On se rejoint à l'aéroport, de l'autre côté des contrôles de sécurité, et on sera tranquilles pour toute la semaine, explique-t-elle, enthousiaste.

— Une semaine ? Tu ne l'as jamais vu aussi longtemps. Ça t'angoisse ? lui demande Ge.

— Un peu, je ferai mes trucs et il fera les siens. Il n'aime pas trop la plage et je n'aime pas le golf, dit-elle.

— T'es chanceuse ! Il n'y a pas de chance que ça m'arrive avec ma vedette qui ne me paie même pas un souper, que je confie.

Comme je vous ai dit, j'ai revu Bobby à quelques reprises. Une fois avant Noël, il m'a appelée parce qu'il était à Rimouski pour un spectacle. Il a un ami qui habite près de là et il m'a invitée à me joindre à eux pour le week-end.

Je vous raconte : je me suis rendue là après avoir fait au moins deux conférences téléphoniques d'urgence pour que les filles m'aident à planifier ma valise. Le seul détail que j'avais concernant ce week-end était que nous allions coucher dans le « camp de chasse » de son ami Luc.

Un « camp de chasse » ? Était-ce un truc en décomposition en bois rond ou un chalet confortable ? Les conversations téléphoniques avec Bobby ne durent jamais plus de trois minutes. Il va droit au but, en oubliant presque certains mots : « Si ça te tente… chez mon ami… camp de chasse… *show* le soir… Bye. » Une fille comme moi a besoin de beaucoup plus d'informations pour faire sa valise de façon adéquate. Devais-je apporter mes bottes de pluie ou mes talons hauts ? Ma veste de cuir ou mon imperméable ? J'allais au spectacle ou je les attendais au camp ? On allait souper au resto ou on se faisait de la truite mouchetée sur le barbecue ? Et le pire, couchait-on tous ensemble dans un genre de salon rempli de divans-lits puants ou avait-on une chambre ? Non, mais il me manquait beaucoup de détails importants ! Les filles et moi avons décidé que la meilleure stratégie s'avérait la polyvalence : les souliers à talons hauts pour le soir et les bottes de marche pour le bois, des jeans *skinny* pour le soir et un blue-jean pour le camp, avec de beaux chandails et des t-shirts, vous voyez le genre. La dernière chose que je voulais, c'était de passer pour la princesse qui détonne dans le paysage. Il faut vous dire aussi que j'ai quand même été élevée près de la nature.

Lorsque mes parents voyageurs ont décidé de procréer, leur passion pour les voyages s'est déplacée vers le plein air. Moins cher et surtout moins compliqué avec deux mômes en bas âge. J'ai donc été initiée jeune à la pêche et à la chasse. Vous comprenez mieux maintenant nos allusions au « trappage » d'hommes !

Aussi absurde que cela puisse paraître, nous avons annuellement un voyage de pêche toutes les filles. On troque cependant les cannes de *beans*, les hot dogs et les canettes de Molson Export contre les côtes levées, les fromages fins et les bouteilles de merlot. Quand même, on peut bien bonifier un peu le menu !

Je n'étais donc pas déroutée de me retrouver en forêt, mais ce dont j'aurais l'air demeurait quand même important à mes yeux. J'ai pris la route après mon cours du jeudi. Direction : la banlieue de Rimouski. Me rendre dans cette ville avant la fin du week-end se présentait comme un défi de taille. Je ne connaissais point Rimouski et encore moins les forêts qui ornent sa banlieue. Finalement, par la force des choses, j'ai réussi à m'y rendre dans un délai raisonnable.

En arrivant là, j'ai vite compris que ce n'était pas du tout un « camp de chasse ». J'aurais pu habiter cette résidence à deux étages sans problème. Non mais, un spa de huit places dans une verrière est-il vraiment représentatif du camp de chasse standard de la majorité des Québécois ? Pas vraiment !

À mon arrivée, Bobby était seul avec son ami, car son équipe travaillait à la salle de spectacle. Rapidement, j'ai remarqué les chambres, à mon grand bonheur. Ouf ! L'après-midi se déroula doucement entre rires et discussions. Bobby cuisinait tout en jouant aux cartes avec moi. Le soir venu, j'allai au spectacle. Pour la quatrième fois, j'ai assisté à ses performances musicales depuis l'arrière-scène. Seule dans le noir, j'appréciais sa musique et la douceur de sa voix. Voix de plus en plus mélodieuse à mes oreilles.

Plus tard, lors d'une discussion sur l'oreiller, il m'a finalement avoué une vérité cruciale :

— C'est quand même drôle qu'on fasse dodo comme ça et qu'on ne couche pas ensemble. Tu ne trouves pas ? commença-t-il.

— Ah ! je ne sais pas, mentis-je.

— Sais-tu quoi ? Moi, je trouve ça correct. Je me suis déjà fait sauter dessus par des *groupies* connes qui pensaient que plus vite on couchait ensemble, plus vite que je voudrais les revoir. Eh bien, non ! Désolé, les cocottes, c'est le contraire justement ! avoua-t-il.

— Ah bon..., répondis-je, un peu sans mots face à ses confidences.

— Je ne te dis pas que je n'en ai jamais profité. Je n'essaie pas de passer pour un ange à tes yeux, mais est-ce possible de ne pas chercher de blonde et de vouloir tout de même que ses relations soient un peu significatives ? En fait, savoir à qui on a affaire avant de se mettre tout nu ? demanda-t-il un bras dans les airs.

Le chat sortait du sac à ma grande surprise ! Il partageait mon opinion sur les baises avec des inconnus sans lendemain. Il me confia aussi avoir de la difficulté à faire confiance aux gens. Beaucoup de femmes lui ont allègrement menti pour lui mettre le grappin dessus afin de profiter de sa notoriété. J'ai fait mine d'être empathique à sa situation. Eille ! Je ne suis tellement pas là pour son argent. Mais à quoi bon le lui dire, d'autres l'ont probablement fait à outrance avant moi. J'espère tout de même qu'un jour il s'en rende compte par lui-même. Je n'ai aucune arrière-pensée mesquine avec lui. À ce moment-ci, je suis la seule à le savoir.

C'est pour toutes ces raisons que, chaque fois que nous allons au restaurant ensemble, je prévois le coup auprès des serveurs afin d'avoir ma facture et de payer moi-même l'addition. Je tiens à ce qu'il sente que je ne veux pas profiter de lui.

Revenons à la conversation avec les filles...

— Il ne paie pas pour toi au resto ? s'exclame Coriande en s'avançant exagérément dans sa webcam.

— *Hey* non ! gros nez ! Je ne veux pas avoir l'air de la profiteuse, que je dis, hésitante, en regardant sur la table.

— Puis il ne couche pas avec toi non plus ! Non mais, c'est quoi cette relation vide et ce « jouage » de carte de niaisage ! réplique Coriande.

— Excuse madame J'ai-le-H-inexistant, je ne m'aviserais pas de commenter celui des autres ! que je lui dis en riant.

— Les filles, justement, parlant de H, on est la semaine du changement d'huile, explique Cori, joyeuse.

Cori a le béguin pour son garagiste depuis très longtemps. Un classique, hein ! Elle le soupçonne même d'avoir déjà déposé des carottes sous le capot de sa voiture lors de ses dernières visites. Mais le problème est qu'elle ne connaît pas sa situation matrimoniale. Et vous avouerez que c'est un peu laborieux d'introduire une question à ce sujet dans une conversation d'huile à transmission et de plaquettes de frein ! Elle attend donc avec impatience chaque visite à son garage afin d'aller saliver en le regardant s'incliner sur son moteur. Elle reste toujours sur les lieux le temps que monsieur s'exécute, prétextant s'intéresser à la mécanique. N'importe quoi ! On l'accuse même d'utiliser son véhicule inutilement pour faire grimper le compteur afin de se rendre au garage plus rapidement. C'est bien la seule femme au monde qui se réjouit d'un bris mécanique sur son véhicule !

— Bon, le dossier du garagiste ! C'est le temps de passer à l'action. Prends ton rendez-vous en fin de journée et invite-le à prendre une grosse Molson après, lui conseille Sacha, très sérieuse.

— Franchement. Une grosse bière ? Ce n'est pas parce qu'il est garagiste qu'il parle en gars de taverne et qu'il boit de la Laurentide tablette. Il a de la classe quand il est propre et habillé avec autre chose que ses vêtements de travail. Je l'ai vu l'autre fois à la pharmacie, dit Cori.

— Hein ? Tu ne nous avais pas dit ça ? que je lui rétorque.

— Ce n'est pas le détail croustillant de l'année : je l'ai croisé dans la rangée du papier de toilette chez Jean Coutu, répond-elle.

— C'est la première fois que tu le croises en dehors du garage ? ajoute Ge.

— Oui et il est très séduisant sans ses Big Bill, mais il est aussi très *sexy* avec..., dit Cori en se frottant les mains.

— Arrk ! C'est répugnant ! J'espère que tu ne cultives pas le fantasme de coucher avec lui dans l'arrière-boutique de son garage, entre deux rangées de pneus, dans une odeur ambiante d'huile à transmission ? que je lui lance.

— Madame la dédaigneuse, pleine de manies désaxées, qui me juge ! répond-elle en me pointant du doigt dans sa caméra.

— Je te comprends Cori, moi aussi mon homme m'excite quand il est tout sale parce qu'il travaille sur sa moto, ajoute Sacha.

— Bon ! Revenons à mon amant. Que dois-je faire avec mon collègue amoureux ? Ne pas lui parler pendant deux semaines, c'est ça ? C'est long, fait valoir Ge.

— Oui ! Il faut ce qu'il faut ! que je dis.

— Ouais... De toute façon, je m'en vais en congrès ce week-end à Québec à propos d'une nouvelle bactérie dans le lait ou je ne sais pas trop, explique Ge.

— Donne-nous des nouvelles en primeur qu'on puisse prévoir la fin de l'humanité, que je suggère.

— Promis ! Je vous quitte. J'ai rendez-vous dans l'appartement d'en bas, ajoute Ge.

— Ah bon, ton voisin ! Bonne soirée, croqueuse d'hommes, lui dit Sacha.

Ge se déconnecte après avoir fait une imitation de grognement de félin en nous montrant ses dents.

Nous continuons la conversation en l'absence de Ge.

— Je vous ai parlé de ce prof débile qui continue à me haïr de plus belle ? que je leur demande.

— Il n'a pas de vie, lui ? commente Cori.

— Imaginez-vous donc qu'il y a un gros colloque de psychologie d'organisé à Québec. Comme c'est lui qui s'occupait d'inscrire tout le monde du département, eh bien, devinez qui n'a pas été inscrite ? que je balance aux filles.

— Non, il n'a pas fait ça ? dit Sacha.

— Eh oui, mesdames ! Mais là, ça va trop loin, la direction s'est rendu compte de son stratagème. J'ai eu vent qu'il est passé au bureau. Ça commence à se parler qu'il m'a prise entre ses crocs de vipère.

Depuis mon arrivée au cégep, je sens que ce gars, Éric Meloche, ne tourne pas rond. Et comme je l'ai dit précédemment, j'ai un sixième sens pour flairer les pourritures de son genre à des kilomètres à la ronde. Il dégage une fausseté trop mal gérée et une méchanceté digne du pire trouble de personnalité antisociale. En public, il détruit toujours mes commentaires ou opinions avec tact. Il trouve toujours le moyen de me faire sentir inférieure. Je crois qu'il a de la difficulté à gérer le fait que j'ai un diplôme de deuxième cycle et pas lui, et que j'ai complété ma maîtrise à l'Université de Montréal plutôt qu'à celle de Rimouski.

Depuis le début, j'ai décidé d'utiliser la tactique de l'indifférence. De faire comme si de rien n'était. Je ne me plains à personne de ses commentaires déplacés. Je ne fais pas de vagues. De toute façon, comme il est déjà au département depuis longtemps, mes pleurnicheries auraient pu être perçues comme un manque de confiance en moi. Et je vous jure, c'est bien la dernière chose que je veux qu'il pense de moi.

Ses deux sports préférés sont de se vanter et de mal s'habiller ! De plus, il s'amuse fréquemment à prendre un élève en otage pour le ridiculiser devant les autres. Notez qu'il prend toujours soin de choisir le plus vulnérable. J'ai toujours été, depuis ma tendre enfance, la « sauveuse » des pauvres âmes rejetées. Vous pouvez imaginer qu'il est tombé sur un os la première fois qu'il m'a fait une démonstration de son manque de savoir-vivre en se moquant d'un élève devant moi ! Il doit avoir une estime de lui-même très médiocre pour agir de la sorte. Mais je m'en fous. Je ne ressens aucune pitié pour lui. Au contraire, je le hais au plus profond de mon cœur.

— Alors là, tu vas y aller finalement ? me demande Cori.

— Oui ! Et lui, il ne vient plus. Il a improvisé un rendez-vous super important. Mais, au fait, le colloque est à Québec, dans deux semaines. On se fait un congrès de la consœurie dans ma chambre d'hôtel ? que je propose.

— Ah oui ! Moi je peux, c'est ma fin de semaine de congé, dit Sacha.

— Moi aussi, je vais en profiter pour aller faire du ski au Massif, affirme Cori.

— Parfait ! On s'en reparle. Moi, je dois vous quitter, je rejoins Cath au pub, elle me sort ce soir ! Elle sympathise avec moi au sujet de la rupture que j'ai vécue et elle me promet de travailler fort pour remplacer le dieu grec qui m'a filé entre les doigts. Je vais donc aller enfiler mon plus beau col roulé pour cacher mon cou de Frankenstein ! que je dis aux filles en riant jaune, leur montrant à la webcam mon cou encore orné de rubans médicaux.

— Bonne attitude ! Bonne soirée, mets-toi belle et amènes-en des bien fraîches ! Tu dois être la plus belle fille des environs ! s'écrie Sacha.

— Bye vous deux ! que je leur lance en me déconnectant.

Cath est tombée du ciel lors de mon déménagement ici. Elle fut engagée en même temps que moi. Elle travaille actuellement au département en donnant les cours de droit et d'éthique. Elle est originaire du coin, mais elle a fait ses études à Montréal. Comme elle est en couple avec un gars d'ici (Gaspésie oblige), elle était revenue dans le but de fonder éventuellement une famille heureuse avec son homme. Le boulot au cégep a été pour elle la nouvelle de l'année. Cath est une fille tellement vraie. Ah ça, oui !

Elle aime par-dessus tout les soupers entre amis, les bons vins rouges italiens, discuter des sujets politiques chauds de l'heure, les chats (même si elle y est allergique), les vêtements de designers peu connus, faire des « virées dans le bois » (synonyme : promenades en forêt, c'est du dialecte gaspésien) et les pâtes (à toutes les sauces). Elle déteste les injustices sociales (elle fut procureure de la Couronne), les gens militant contre la chasse, que son *chum* fume des cigarettes (il se cache par peur de la sentence), tous les fruits (c'est bizarre), se lever avant sept heures le matin, et elle a une phobie des oiseaux (je veux tenter de lui faire une thérapie à cet effet !).

Elle me traîne partout avec elle comme un *chum* qui ne veut pas rester tout seul à la maison. C'est la pierre angulaire de mes contacts sociaux gaspésiens. Elle a un grand réseau composé de gens variés qu'elle me présente depuis mon arrivée ici.

Elle a été au parfum des moindres détails de l'histoire avec mon beau dieu grec. Elle était très contente pour moi au début. Trop contente ! Elle me voyait déjà mariée et habiter définitivement la Gaspésie.

Au boulot, c'est la complicité totale. Nous formons une équipe du tonnerre. Je la remercie souvent d'être là, pour rien. Elle me répond toujours par un grand sourire. Une bonne personne comme ça, on en rencontre rarement dans une vie. Elle est donc très chagrinée de ma situation de rupture de ce matin (sans qu'il n'y ait jamais eu de couple !). Elle ne me donne pas le choix de souper avec elle et des amies au pub. Ce pub est le seul endroit décent l'hiver pour un souper entre amis. Elle me dit en plus qu'il y a un groupe de musique ce soir-là…

Je dois maintenant essayer d'avoir l'air *sexy* dans un col roulé…

Sortie au pub

Bon, je pense avoir réussi à me rendre présentable en public ! Je porte mon plus beau jeans pâle, en fait celui qui avantage le plus mon postérieur absent, et un chandail noir à col large pour cacher mon cou. J'ai les cheveux naturellement bouclés, et ce soir je ne les ai pas attachés. Je me suis maquillée discrètement le dessus des yeux et j'ai généreusement badigeonné le dessous, qui me paraît encore un peu bouffi à cause des larmes versées en début de journée.

Je me dirige au pub avec ma rutilante Corolla bleue 1998, qui a beaucoup trop de kilométrage inscrit à son tableau de bord. Deux cent vingt-cinq mille kilomètres ! J'aime le risque ! L'intérieur de ma voiture est décoré de plusieurs colliers de fleurs de plastique exotiques. J'ai aussi collé dans les vitres divers autocollants, achetés lors de mes nombreux voyages. Une couverture orange et bleu turquoise recouvre le siège arrière. Une décoration intérieure signée : designer Mali !

Sur la route, je me concentre sur mon objectif de mise en valeur. J'entre donc dans le resto-bar, qui est plein à craquer. Je comprends en voyant les ballons et les décorations que c'est l'anniversaire de l'établissement. Tous les regards se tournent vers moi à mon entrée dans la pièce. Pièce beaucoup trop petite pour autant de monde. Est-ce parce que je suis encore le visage inconnu de cette petite ville ou ai-je vraiment réussi à faire de ma personne quelque chose de présentable ce soir ?

Je rejoins Cath, qui est déjà attablée avec six autres personnes. Elle me présente rapidement ses amies du jour. Chaque souper au pub, je rencontre de nouvelles personnes assises à la table de Cath. Je présume qu'avant la fin de mon contrat au cégep certains visages reviendront.

À ma grande surprise, les filles sont toutes déjà au courant des déboires de ma vie sentimentale. Cath n'a pu s'empêcher de leur raconter. Elles m'offrent à tour de rôle leur sympathie en présumant que ce gars doit être un con d'avoir fait cela à une belle fille comme moi. Ah bon ! Un compliment ! Merci, mais mon estime de moi-même reste quand même dans mes talons. Sachez que les compliments de filles ne pèsent pas beaucoup dans la balance pour rehausser l'estime de soi. Surtout lorsqu'ils sont dits à une femme en détresse. C'est comme se faire lancer une carotte prépubère (d'un adolescent) ou encore une ramollie (d'un grand-père de soixante-dix ans). On ne rejette pas la carotte au visage de celui qui l'a lancée, mais on la laisse par terre sans la ramasser et notre estime de nous-mêmes n'en est pas rehaussée.

Je commande vite un verre de vin blanc. Je fais un balayage visuel de la place pour constater qu'aucun dieu grec n'est en vue. Mais non ! Où avais-je la tête ? Il doit être en train de courir après sa nouvelle flamme afin d'avoir beaucoup d'enfants et d'être heureux pour l'éternité...

Nous commandons notre repas. Je me fais discrète en écoutant les histoires amusantes de chacune sans trop m'imposer dans les conversations. Je suis la dernière au bout de la table, à moins d'un mètre des musiciens. Je regarde un instant la guitare à côté de moi en songeant à mon chanteur.

Il est rare que je pense à lui comme ça. Habituellement, je pense à lui lorsque je le vois à la télévision ou lorsque je parle de lui aux gens qui savent que je le connais. En fait, presque personne n'est au courant. J'ai une fierté à préserver. Tout le monde croirait que la pauvre Mali doit se faire niaiser par le beau Bobby qui n'en a rien à foutre d'une petite professeure de cégep de la Gaspésie.

Je me rends compte que je n'ai pas eu de ses nouvelles depuis longtemps. Je me retiens à deux mains de lui écrire un message texte par peur de le déranger. Le repas arrive. Bonne diversion ! Je discute avec Cath du congrès à Québec. La musique commence. Les deux chanteurs, très près de moi, me regardent trop longtemps, en souriant. Bon, des carottes de chansonniers. Ça ne compte pas non plus pour rehausser l'estime de soi. C'est dans leur description de tâche, juste après : jouer de la guitare…

Les deux gars commencent à chanter dans mes oreilles. Si je m'étirais le cou (je ne peux pas, j'ai encore un peu mal), je pourrais fredonner dans le micro avec eux. En fait, je suis assise presque sur la scène. C'est ma place, que puis-je faire ? Les chansons des Trois Accords, de Mes Aïeux et des Cowboys Fringants se succèdent. « Ah non ! Pas *Le vieux du bas du fleuve* ! » me dis-je. Les chanteurs, déjà visiblement « pompettes », viennent de se faire payer chacun un verre. Un liquide bleu et vert qui ressemble à du lave-glace. Le plus près de moi me demande de déposer son verre sur ma table. Pourquoi pas ! De toute façon, ma bulle d'intimité est déjà envahie depuis qu'il m'a postillonné allègrement dessus en chantant le refrain de la petite grenouille truc machin, qui dit je ne sais quoi au crapaud ! Mali, c'est une belle soirée ! Sois heureuse…

Je continue ma discussion avec Cath. La chanson se termine et, comme je suis en avant-plan, je donne l'exemple et j'applaudis les deux joyeux lurons. L'un d'eux me regarde alors langoureusement. Il attrape son verre en me faisant un clin d'œil et… non ! Son verre lui glisse des mains ! Ah ! merde ! Eh oui, le contenu en entier de son verre se retrouve où ? Sur les jeans pâles de bibi ! En sentant le liquide me dégouliner entre les cuisses… je souris jaune, en faisant comme s'il n'y avait rien là. Pas de problème ! Je me fais renverser un verre dessus, comme ça, tous les jours. Cath me regarde, compatissante, en me tendant des serviettes de table. Non mais, en plus de me cracher dessus, il me lance son verre maintenant ! C'est quoi l'affaire ? Tout le monde me regarde. Je fais la fille sympathique qui gère la situation. Aaaaaah ! Je me dis que cette journée n'est que de la merde et que j'aurais dû rester chez moi ce soir. Je m'en retourne à mon appartement, mon estime personnelle non pas dans les talons, mais dans le coffre arrière de ma superbe voiture !

Le plus cocasse dans l'histoire est que, quelques jours plus tard, je me rends chez ma nouvelle dentiste gaspésienne. Son hygiéniste, qui m'a reconnue, me questionne à mon entrée dans le cabinet :

— *Hey !* C'est toi la fille qui s'est fait renverser un cocktail dessus mercredi passé au pub ?

Wow ! Je viens de passer de la nouvelle professeure *cute* de la ville à la fille au pantalon trempé du pub ! J'augmente vraiment mon statut dans le cœur des habitants de la Baie des Chaleurs !

Ma blessure physique

Après l'éloge de cette blessure narcissique, parlons de ma blessure physique. Je vous raconte : il y a de ça presque un an, jour pour jour, je me rendais à l'urgence de ma ville natale en Estrie. Mon *chum* du moment (celui que j'ai retourné sur le bus d'Orléans Express) m'amena de force à l'hôpital parce que je perdais des cheveux de façon anormale.

Le médecin me posa des questions de routine sur mon alimentation et sur ma santé en général. Celui-ci me tâta le cou et, immédiatement, il me demanda ce que c'était… avec des points d'interrogation dans le visage. Je palpai la bosse qu'il avait découverte après moins de deux minutes en ma compagnie. Assurément, ce n'était pas là hier ou avant-hier ! Ce qui me roulait sous les doigts en plein milieu de ma trachée était gros comme une balle de golf. Selon lui, cela semblait être un nodule thyroïdien. Il m'envoya passer une échographie afin d'éclaircir la situation, et là s'enchaînèrent les événements.

Je vous ai dit précédemment que j'aime bien imaginer dans ma tête tous les scénarios possibles d'une situation pour être certaine de pouvoir terminer l'histoire en me disant : « Je le savais ! » Cette fois, je n'utilisai pas ce mode de réaction. Je présume que, pour des problèmes physiques, le positivisme est la meilleure approche, vu que ça envoie des ondes bénéfiques au corps. Cela ne peut qu'être positif sur toute la ligne. Ça fait beaucoup de positif dans une même idée, mais j'étais dans une vague de positivisme aigu ! Ce qui est très rare dans mon cas.

Mon dossier fut transféré à mon nouveau médecin spécialiste avec qui je tombai raide dingue amoureuse dès le premier coup d'œil. Bon, j'exagère un peu, mais il est très charmant. De plus, je l'avoue, je cultive un peu le fantasme du docteur *sexy* !

Il m'expliqua que les résultats de l'échographie le poussaient à investiguer plus loin en faisant une biopsie. Aaaaah ! Le mot qui fait peur : B-I-O-P-S-I-E. Jusqu'à maintenant, il s'agit du mot le plus médical que j'aie prononcé face à ma petite personne. L'intervention se déroula rapidement et sans trop de douleur. Ensuite vint l'attente. Mais entre chacune de ces étapes, j'étais sûre que le processus d'investigation se terminerait et qu'on me dirait : « C'est bien, pas besoin de revenir. Tout est beau Mali, on laisse ta balle de golf là où elle est, et tout est bien qui finit bien. »

Mais chaque fois je fus déçue. Le médecin m'annonça finalement qu'il devait m'enlever cette masse qui avait trop de chances de se révéler cancéreuse. Ah non ! pas à vingt-neuf ans ! Je refusais que mes oreilles entendent ce mot terrifiant. Je dédaignais que mon cerveau le comprenne. Je n'allais pas être la pauvre fille de qui on parlerait en disant : « Ben oui ! vingt-neuf ans et le cancer, c'est jeune, hein ! Ah ! On ne sait jamais quand ça peut arriver… ouais ouais ouais. » Pas moi, je suis invincible !

Le docteur m'expliqua les modalités de l'opération : quelques jours d'hospitalisation, un mois de convalescence, possiblement des pilules à vie pour remplacer la glande thyroïde… Difficile à accepter…

Durant cet été-là, je vivais dans un contexte plus que parfait pour réfléchir à cette future intervention chirurgicale. J'habitais en ermite, dans le camp de chasse et pêche familial. C'est près de Lac-Mégantic, en Estrie. Ville où mes activités professionnelles estivales avaient lieu. Il n'y a ni eau courante ni électricité pour un maximum de tranquillité dans le bois. Un vrai camp de chasse. Pas un chalet de luxe comme celui où Bobby m'a emmenée.

Le soir, je me promenais sur le bord de l'eau, lançant ma ligne à pêche du quai. Je profitais de la beauté du bois, seule, complètement seule. Je m'éclairais avec une génératrice que je devais parfois tenter de démarrer à plusieurs reprises, étant donné la circonférence peu avantageuse de mes bras trop longs. Je me lavais à l'eau de pluie dans une tente-douche qui me donnait une eau tiède, mais confortable. Le soir, je fumais des cigarettes en regardant le ciel, couchée sur la table de pique-nique, souhaitant de tout mon cœur que le bruit que j'aime le plus au monde se manifeste… La chance me souriait presque tous les soirs et les huards chantaient pour moi.

Ces doux mois de juillet et d'août passés en nature me rendaient zen par rapport à mon opération de septembre. Cependant, l'offre d'emploi du siècle arriva début août : « Gaspésie…

cégep… professeur de psychologie… » Et vous connaissez la suite. Mon médecin accepta de changer la date de mon intervention chirurgicale.

Je fis donc ma session de septembre à décembre, ensuite ce fut le congrès de Cuba, puis Noël en Estrie, et février, le mois de cette opération. Un mois que je déteste de toute façon. Ma tante, qui travaille comme infirmière avec mon beau médecin ORL (otorhinolaryngologiste, cent vingt-cinq points au scrabble !), m'a offert un traitement cinq étoiles au sein de son hôpital. Je traversai avec beaucoup de facilité mon séjour là-bas (probablement à cause de la morphine injectée aux quatre heures !).

Mon médecin m'a rappelée hier pour me dire que l'analyse du nodule n'était pas terminée. La masse est maintenant rendue dans un laboratoire spécialisé de Pennsylvanie. Les résultats devraient arriver la semaine prochaine. Qui l'eût cru ? Moi qui étais certaine que le ciel au complet était tombé sur ma tête, mais non ! Une pointe du firmament restait encore à s'échouer sur ma pauvre personne !

C'est donc un résumé de la raison pour laquelle je me retrouve dans cet état, début mars, le cou meurtri.

Je me lève ce matin en souhaitant parler à quelqu'un. Sacha a écrit sur Internet qu'elle est malade. Cori est en ski je ne sais où. Ge a son fameux congrès sur « la bactérie dans le lait » qui va peut-être tous nous faire crever. Je me sens seule. Comme avec un trou béant dans mon ventre et rien pour le remplir. « Je dois trouver quelque chose d'excitant dans ma vie », me dis-je intérieurement. Malheureusement, mon compte de dépenses de « compensation » est à sec…

Mali Bougon

La soirée au pub a eu comme répercussion de me retenir dans mon appartement, qui commence à me paraître presque douillet ! Probablement à cause de ma santé mentale précaire. L'opération, le dieu grec qui me largue, je m'ennuie en Gaspésie : je me considère en déséquilibre. Dans une situation semblable, on choisit souvent des activités non adéquates pour retrouver un équilibre potentiellement acceptable. Par exemple, écouter la même chanson triste sans arrêt ou encore se taper *Les feux de l'amour* tout l'après-midi. Malheureusement, ces exemples ne sont pas vus comme des passe-temps susceptibles de redonner un sentiment d'accomplissement à une personne. Dans mon cas, j'ai adopté un mode de vie tout sauf sain pour le corps et l'esprit : je mange pour survivre, et ce, à même les chaudrons. Je me lave parce que je sens. Je fume une cigarette après l'autre, et heureusement que je n'ai rien à boire dans l'appartement... Je dois noter cette mauvaise attitude dans mon livre :

> *Mali adopte un comportement végétatif et stationnaire à la suite d'une série de mauvaises nouvelles dans sa vie. Elle semble consciente de l'aspect inapproprié de ses réactions, mais elle ne tente pas d'y remédier. Se complairait-elle dans ce mode de vie léthargique ?*

Il neige depuis trois jours. Je n'ai pas mis les pieds dehors une seule fois. Je suis probablement prise au piège sous deux mètres de neige et ma voiture n'existe plus. Le déneigeur la contourne depuis deux tempêtes consécutives. Elle réapparaîtra sûrement à la fonte des neiges du mois d'avril !

Je dois réfléchir à quelque chose qui pourrait me sortir de mon état presque catatonique. Je ne peux pas passer le reste de ma convalescence à dépérir de la sorte. « Travailler ? » me dis-je à moi-même en regardant les piles de corrections qui sont éparpillées un peu partout dans le salon. Ouache ! Répercussions négatives d'un congé de maladie en plein milieu d'une session collégiale !

Je donne beaucoup de cours liés à mon domaine depuis septembre. Peut-être un peu pour ne pas avoir trop de temps libre et pour m'assurer de travailler sept jours sur sept. Comme je n'ai pas d'expérience, j'enseigne chacun des cours pour la première fois. Je me dois de tous les bâtir afin de préparer des notes pour les élèves jusqu'aux examens. Mais, en ce moment, je suis en démotivation professionnelle totale. Me concentrer sur *Les feux de l'amour* est bien plus facile que de vulgariser la théorie de Freud au sujet de la structure de la personnalité. Je suis sur mon divan non confortable, devant mon téléviseur, les cheveux gras, à écouter la série en question lorsque quelqu'un frappe à la porte. Je réponds un « Ouais » d'un ton rauque et non mélodieux, digne d'un épisode des *Bougon*.

— Allô, t'es revenue ma chouette ! me dit Hugo en ouvrant la porte déverrouillée de mon appartement. J'ai vu ton automobile du chemin, ce qu'on peut en voir en fait. Savais-tu qu'on a besoin d'un Ski-Doo pour atteindre ta porte ? me dit-il en riant.

Hugo est mon « ami gai qui n'est pas gai », comme l'appelle Sacha. Hugo n'est pas gai, mais elle trouve qu'il joue un rôle de confident et de grand frère qui ressemble au cliché de l'ami homosexuel. Selon elle, la société devrait attribuer à chaque femme qui naît un ami gai qui serait là pour elle durant toute sa vie. Pour Sacha, c'est un besoin essentiel, comme manger des sushis ou boire du vin.

Hugo, que j'appelle affectueusement « You Go », est un étranger tout comme moi dans cette Gaspésie. Je connais ce gars depuis longtemps. Durant l'été de mes dix-sept ans, j'étais partie à l'aventure en Colombie-Britannique pour travailler et apprendre l'anglais. Hugo fait partie des gens que j'ai rencontrés durant ce voyage.

Lors de mon arrivée en Gaspésie, j'avais décidé d'arrêter au gym de la ville pour aller m'y inscrire. Lorsque je passai la porte, un gars en sueur sur un tapis roulant m'avait saluée gentiment. Je m'étais avancée et j'avais reconnu Hugo. Quelle surprise de le voir ici ! Je n'avais pas eu de nouvelles de lui depuis des années. Il m'expliqua rapidement qu'il avait déménagé ici avec une fille. Ladite fille, qui avait été lesbienne dans le passé, était retournée avec une de ses anciennes flammes, le laissant pour compte dans la péninsule (Hugo a toujours de ces histoires avec les filles !). Il a finalement décidé de rester ici, car il aime bien le coin. Hugo aime vraiment les montagnes, les voitures européennes, inventer des recettes de soupes thaïlandaises (en nous faisant croire que c'est la recette originale), mettre des rouleaux dans les cheveux des filles, le sexe (avec n'importe qui !), rouler le bas de ses pantalons quand il pleut (c'est laid) et le patinage artistique. Il déteste les gens qui se blanchissent les dents, les parasols (pour lui les rayons UV n'existent pas), changer les bonbonnes de gaz propane du barbecue, les croûtes de pizza et les gens qui lui disent qu'il parle un peu sur le bout de la langue (c'est un sujet tabou !).

Il fait partie de ceux qui meublent agréablement ma vie gaspésienne. Hugo est souvent perçu par les gens comme un homosexuel. Son timbre de voix ? La façon qu'il a de se déplacer ? Je ne sais pas trop.

Il n'est pas très grand, pas très musclé non plus. Pas trop laid, ni trop beau. Il a les cheveux pas trop brun foncé, mais pas trop blonds. Il n'est pas trop efféminé, mais pas très viril non plus. Il soigne son apparence physique, mais pas de là à avoir une crème de jour et une de nuit. Vous voyez, même son apparence physique est trompeuse. Il le sait et c'est pour lui une grande frustration. Il dit que cela lui nuit avec les filles. Ce qui n'est pas vrai ! Il est le gars ayant la vie sexuelle la plus active et la plus désaxée que je connaisse. Nommez n'importe quoi qu'on puisse faire sexuellement avec un ou des partenaires : Hugo l'a fait ! Assez que parfois je dois le ramener à l'ordre en lui disant : « OK, stop ! C'est un peu trop pour moi, You Go ! » Et je suis une fille ouverte d'esprit... alors imaginez ce qu'il me raconte.

Je constate alors que, avec la tonne de briques qui m'est tombée sur la tête depuis mon retour ici, je ne l'ai même pas appelé. Je lui raconte en rafale les déboires de ma vie. Il n'en revient pas. Surtout pour la fin prématurée de l'histoire avec mon dieu grec. Il réfléchit tout haut à la façon dont lui aurait géré cette situation.

— Il aurait pu au moins coucher avec toi avant d'aller voir l'autre..., dit-il.

— Bien oui, ça m'aurait vraiment fait plus de bien à l'*ego* qu'il couche avec moi une fois et qu'il décampe immédiatement après..., que je réplique, sarcastique.

— Vu comme ça..., dit-il, se rendant compte de la spontanéité de sa réponse.

— Et toi, comment vas-tu ? que je lui demande.

— Je donnais un *lift* à ma nymphomane qui avait un rendez-vous chez sa gynécologue aujourd'hui, m'explique-t-il.

Hugo a quelques fréquentations, dont cette fille avec qui il ne fait que du sexe sans arrêt.

— Elle n'est pas enceinte, toujours ? que je dis en me trouvant drôle.

— Non ! Examen annuel. Mais le pire, c'est qu'hier on a fait du sexe toute la nuit et qu'elle s'est rendue à son rendez-vous la chatte vraiment irritée au max...

— OK, trop d'informations ! Tu me dégoûtes, You Go.

Il rit.

— T'as une tête à faire peur, tu le savais ? Ça fait combien de temps que t'es pas sortie d'ici ? s'informe-t-il, en faisant visuellement le tour de mon environnement, l'air écœuré.

— Quelques jours, je ne sais plus.

— Bon là, assez d'enfantillages, je te sors d'ici ! Va t'habiller ! Je vais essayer durant ce temps de creuser un tunnel devant ta porte.

— Correct, correct ! De toute façon, je n'ai plus de cigarettes.

Je m'habille donc rapidement avec les premiers vêtements que je trouve. Je m'enfonce une tuque jusqu'aux yeux et je mets mes lunettes de soleil. Je rejoins Hugo dehors, qui blasphème en maniant brusquement ma pelle dans les escaliers. L'air est doux et frais. Le soleil puissant. Je ressens un léger apaisement intérieur.

Je passe la journée à suivre Hugo sans broncher. Il m'amène dans un café-brûlerie où je prends un thé marocain tout en mangeant quelques bouchées d'un morceau de gâteau au fromage. Nous discutons de tout et de rien. Je suis contente d'être là, mais je me sens un peu absente. Comme si je n'habitais pas mon corps. Un genre de sentiment neutre qui ne fait rien en dedans.

En revenant, je contemple la mer gelée qui entoure la péninsule gaspésienne. Un panorama splendide. La glace brillante à perte de vue nous donne l'impression que la côte est bordée d'un long miroir filiforme. La route 132 est le seul chemin qui nous conduit à chaque ville de la Baie des Chaleurs. Les pentes parfois abruptes des rochers qui séparent cette route de la mer donnent une allure dramatique au paysage. Un arrière-goût de danger provoqué par le fait de n'être protégé que par un simple garde-fou d'un demi-mètre de hauteur. Je rêve en silence au printemps. Ma saison préférée. Mais nous ne sommes qu'au début de mars. Je regarde alors la date exacte sur mon cellulaire. Le sept mars. Je me rends compte à cet instant que je vais vieillir d'un an dans onze jours.

Contrairement à la plupart des filles de mon âge, vieillir ne me dérange pas. Bien au contraire. Depuis que j'ai terminé l'université, mon âge nuit à ma recherche d'emploi. Je trouve que l'approche de la trentaine me donne une certaine crédibilité quant à mon travail. Mais l'idée de passer ma fête seule en Gaspésie me rend nostalgique. Ici, personne ne sait la date de mon anniversaire. Cette journée sera donc une journée comme les autres et je vieillirai seule et en silence.

Hugo me reconduit vers les dix-sept heures, après que j'ai été acheter trois paquets de cigarettes (au cas où) et quelques bières. Il me dit qu'il viendra me chercher le lendemain pour aller patiner. Je lui fais une moue hésitante et il me pousse hors du véhicule en ajoutant que ce n'est pas un choix.

Je ne fais rien d'autre samedi que de naviguer sur le Net. Je regarde des photos de paysages exquis, entre autres en Polynésie française et au Kenya. Deux destinations que je me promets de visiter sous peu.

Le voyage est mon oxygène, mon essence, ma vie. Je carbure à la liberté de voyager depuis que j'ai quitté la maison, la première fois, à dix-sept ans. Jusqu'à présent, j'ai visité près de vingt pays partout en Amérique centrale, en Amérique du Sud et en Asie. Je voyageais en routarde, avec mon sac à dos, mon passeport et mon portefeuille trop vide, ne sachant pas où j'allais me retrouver. La plupart du temps, j'accomplissais ces périples avec un copain ou une amie. Cependant, lors de mon dernier voyage, je me suis aventurée seule en Asie, durant six mois. Ce fut le moment le plus déstabilisant de ma vie. Mais, comme je vous l'ai confié, j'adore ça. Des côtes de la Thaïlande jusqu'au désert entre l'Inde et le Pakistan, je découvrais le monde en même temps que je me découvrais moi-même.

Pour ma part, les plus grands moments de lucidité concernant qui j'étais n'ont pas eu lieu au cours de l'adolescence ou durant mes années de cégep. Non, beaucoup plus tard, autour de vingt-deux, vingt-trois ans. Je considère que j'ai encore les deux pieds dedans aujourd'hui à presque trente ans. Est-ce positif ? Je ne le sais pas. Mais au moins, je tente d'évoluer et je ne m'abrutis pas en m'assoyant sur mon steak. De toute façon, j'ai le « steak fessier » assez mince ! Il ne me procure pas un grand confort lorsque je m'assois dessus.

Je vous jure que je rêve, en ce moment, d'être à Istanbul, à Bagdad ou à Delhi pour faire une belle utilisation du déplacement[2]. Un mécanisme de défense que j'aime bien utiliser à l'occasion.

---

[2] Mécanisme de défense de déplacement : transposer une angoisse ou une anxiété en investissant l'énergie et l'attention dans une occupation positive et enrichissante. Les gars en colère qui font de la boxe ou les femmes en détresse qui se tapent le ménage de la maison au complet, à une vitesse du tonnerre, en sont de bons exemples.

Dimanche, Hugo et moi

La plupart des gens qui ne vont pas bien psychologiquement dorment trop. Malheureusement, ce n'est pas mon cas. J'aurais bien hiberné jusqu'en avril ! À la place, je dors cinq pauvres heures chaque nuit. Je me lève toujours autour de six heures du matin, incapable de refermer l'œil. Je suis insomniaque et je m'aperçois que Daniel Bélanger a tort de dire que les insomniaques s'amusent dans sa chanson. C'est faux !

Hugo arrive à treize heures. Je le suis docilement, mes patins sur mon épaule. Il fait beau. Nous allons souvent faire des tours de patinoire ensemble, en discutant. J'adore glisser sur l'eau gelée. Nous restons souvent là, de longues heures, à déblatérer sur n'importe quoi.

— You Go, crois-tu au destin ?

— La question est large un peu…

— Crois-tu qu'une voie est déjà tracée et que, dans le fond, on n'a aucune influence sur rien ?

— Non. Moi, je pense qu'on a une influence, mais pas un contrôle total, dit-il.

— Bien, c'est un peu ce que j'ai toujours pensé. Que la vie brasse les cartes pour nous, mais qu'on doit les jouer. D'un autre côté, je vais t'avouer que récemment j'ai l'impression de ne pas avoir le temps de rien jouer et que les cartes tournent toutes seules, trop vite et toutes croches, sans que j'aie le temps de réfléchir à mes stratégies de jeu.

— Non, moi, ma belle chouette, je pense juste que la vie place des choses sur ta route justement pour que tu prennes du recul, pour bien jouer les prochaines cartes.

— Pour l'instant, j'ai rangé mon paquet dans le fond de ma garde-robe et j'ai décidé que je n'avais plus le goût de jouer…, que je dis en faisant une moue d'enfant déçu.

— Tu ne pourras pas rester dans un « non-contrôle » de ta vie comme ça longtemps, Mali.

— Pourquoi ?

— Parce que t'as bien trop de caractère pour laisser quelqu'un placer UNE carte à ta place. Quand ça va être à ton tour de jouer, tu vas le faire, je ne suis pas inquiet pour toi.

Je me tourne vers Hugo, qui me sourit avant de déguerpir rapidement. Je le regarde s'éloigner de moi à toute vitesse. Il fait quelques tours de patinoire à plein régime. Il a fait du patinage artistique toute sa jeunesse et son coup de patin en témoigne. Je continue tranquillement à me laisser glisser, en réfléchissant à cette conversation. Il a peut-être raison.

Il vient me reconduire plus tard, après qu'on soit allés à la SAQ. Il me fait promettre de ne pas boire toute la bouteille de chardonnay que je viens d'acheter.

— Bien non ! Quand même, je ne vais pas devenir une alcoolique finie, ne crains rien.

— On ne sait jamais. Stable comme tu es…

— C'est ironique, ça ? OK, je suis un peu instable parfois, mais ce coup-ci, je te ferais remarquer que j'ai eu mon lot d'obstacles depuis un bout de temps, hein. Si je peux avoir une petite pause, je te promets d'être aussi stable que toi ! que je lui réponds, un peu en levant un sourcil vers le haut.

— Heu… ça va être difficile, je suis tellement équilibré.

— Oui, équilibré avec quatre tuteurs et des bons câbles d'acier pour te maintenir droit, t'es un gars solide, You Go !

— Bon, la psy qui recommence. Vas-y, fais-moi un diagnostic.

— Pas aujourd'hui, je vais aller me soûler à la place, que je fais en soulevant la bouteille de vin avant de sortir de son véhicule.

— Je le savais ! dit-il en me faisant un clin d'œil.

Immédiatement en entrant, je me connecte au réseau. On a un rendez-vous webcam ce soir. Ah ! Sacha est déjà là.

— Hé là ! Peigne-toi un peu au moins, me dit-elle en guise de salutation.

— J'ai eu ma tuque sur la tête tout l'après-midi.

— Dieu soit loué ! T'as recommencé à vivre. À moins que tu ne la portais en dedans ? me demande-t-elle.

Cela aurait vraiment pu être mon genre. Souvent, lorsque je me sens drôle, les gens qui me connaissent peuvent le savoir juste à voir comment je m'habille. Si je porte des couleurs qui ne vont pas ensemble, des foulards bizarres, des chapeaux spéciaux sur la tête, des bas par-dessus mes pantalons ou d'autres trucs complètement différents de mon *look* mode habituel, c'est que quelque chose cloche dans ma vie. Je me suis toujours exprimée par mes vêtements. Jamais de façon trop spéciale en public, vous comprendrez que je veux quand même préserver une certaine crédibilité.

— Non, je suis allée patiner avec Hugo, que je lui explique.

— Aaaah ! Ton ami gai qui n'est pas gai ! Chanceuse, moi aussi j'en veux un, pleurniche Sacha.

Sacha se cherche officiellement un ami gai depuis au moins trois ans. Elle a même toujours dans son sac de carottes des munitions spéciales qui servent à attirer un gai. Elle a déjà fait la grande demande à deux gars homosexuels au cours de la dernière année. Elle a essuyé un refus les deux fois. Imaginez la tête du gars : « Bonjour, mon nom est Sacha. Veux-tu être mon ami gai ? » On avait dû gérer ses déceptions en équipe, presque comme des peines d'amour.

Je suis de celles qui croient que l'amitié homme-femme est possible. Cependant, il arrive que le désir sexuel vienne envenimer la relation. D'où le concept si populaire de l'ami gai. Dans le fond, l'ami gai amène la richesse de l'amitié avec un homme, en sachant qu'il ne t'imagine pas toute nue secrètement. C'est ce qu'Hugo est pour moi. Qu'il soit gai ou pas, je m'en fous. Mais dans le cas de Sacha, il doit vraiment être gai. Dans les moments de fragilité (par exemple en état d'ébriété), celle-ci saute parfois au cou de ses amis comme s'il n'y avait pas de lendemain. Avec le gars homosexuel, les chances de flirt venant de lui sont presque nulles et, venant d'elle, l'ami gai saura les gérer.

— Salut les filles ! dit Ge en arrivant.

— Bon, Cori fait quoi ?

— Ah oui ! c'est vrai, elle m'a texté ; elle va être un peu en retard, il neigeait à Québec, répond Sacha.

— Dites-lui que Louis-José Houde est à T*out le monde en parle*. Tu vas voir qu'elle va descendre de Québec à toute vitesse, suggère Ge.

— C'est clair ! Elle est en amour avec. C'est malsain ! Madame a même eu une réaction de jalousie quand il a révélé être en couple avec sa percussionniste, fait remarquer Sacha.

— Je le sais. Elle est bien trop impliquée émotionnellement. Elle a encore acheté des billets pour son spectacle cet été à Magog ! Elle va bientôt recevoir des ristournes pour tous les billets achetés, explique Ge. Et le pire de tout – êtes-vous bien assises ? –, elle lui a écrit sur le site Web de son *fan-club* que sa blonde n'était pas une fille pour lui, révèle Ge.

L'hilarité est générale durant trois bonnes minutes. Je n'ai pas éclaté de rire depuis presque une semaine. Ça fait du bien !

— Pour qui elle se prend ? Moi, je ne vais pas au spectacle avec elle, je vous le dis ! J'ai bien trop peur qu'elle me fasse honte, que je certifie.

— Parlant de *jet set* québécois, des nouvelles de « Bobby la guitare », toi ?

— Non.

— Écris-lui que tu vas être à Québec le week-end prochain, conseille Ge.

— Je ne sais pas…

— Bien là, fais quelque chose ! Ose, Mali. T'es plus fonceuse que ça habituellement, me chicane Sacha, les bras en l'air.

— C'est vrai que ça pourrait te faire du bien de le voir.

— Aaah ! Il est sûrement trop occupé… et de toute façon, il doit avoir une femelle dans chaque région administrative du Québec. Déjà que j'ai le territoire de la Gaspésie–Îles-de-la-Madeleine et celui du Bas-Saint-Laurent, je ne vais pas aller empiéter sur la région de la Capitale-Nationale, que je fais, ironique.

— Justement, étant donné qu'on en parle, je voulais te dire quelque chose d'un peu décevant. Il était en *show* à Québec en fin de semaine. J'ai soupé avec Julie samedi soir. Elle m'a parlé de lui parce que toutes ses collègues de travail allaient au spectacle. Elle m'a dit que l'amie de son esthéticienne couche avec lui de temps en temps, me révèle Ge avec un air mal à l'aise.

— Bon, je vous l'avais dit ! Le territoire de la ville de Québec est déjà occupé par quelqu'une. Ce n'est pas une surprise du tout pour moi, que je déclare aux filles.

Et c'est vrai. C'est clair depuis le début qu'il ne veut pas de blonde. De toute façon, je ne veux pas de *chum* non plus. On se connaît à peine et, des fois, je me demande même ce que je lui apporte dans sa vie. Je me dis qu'un jour il ne me rappellera pas. Ça aurait été ça et c'est tout. De toute manière, je ne suis pas du genre à faire une scène à un gars après un rejet ou une rupture.

Habituellement, je me recroqueville sur moi-même toute seule. Tout comme je le fais présentement. Un animal blessé qui se cache dans son trou pour se lécher la patte. Je suis aussi émotive que toutes les autres femmes, mais en silence. C'est moins dérangeant pour les messieurs.

La dernière fois que j'ai vu Bobby, c'était avant mon opération, lors de mon retour en Estrie. Je l'avais rejoint à Trois-Rivières, où j'en avais profité pour voir des amis que je n'avais pas vus depuis longtemps. Je l'avais donc retrouvé après son spectacle. On était allés prendre un verre dans un petit pub tranquille puis on s'était couchés vers minuit. Le lendemain, tout de suite après le déjeuner, on était retournés passer le temps dans sa chambre d'hôtel, en jouant aux cartes et en écoutant n'importe quoi à la télévision. C'est un gars simple, tellement drôle, et l'ambiance avec lui est toujours légère et fluide. J'aime la sensation de désinvolture que j'ai toujours avec lui.

Je crois que je ne serai jamais amoureuse de lui. J'ai comme un blocage naturel dans ma tête. Je me doute qu'il a plein de filles dans sa vie et je m'en fous. Même si je sais qu'il veut me faire croire le contraire pour m'épargner. Il m'avait dit, durant le week-end à Trois-Rivières, qu'il devait aller appeler sa mère dans sa voiture. Voyons donc ! Je ne suis pas dupe à ce point. Mais j'ai trouvé ça délicat qu'il veuille me ménager. Comme s'il avait peur de me faire de la peine. Mais la stratégie était quand même de premier niveau.

— Comment fonctionne le H de Bobby s'il a des candidates partout dans le Québec ? Quand tu reviendras vivre en Estrie, vas-tu pouvoir te faire échanger dans la région administrative de l'Estrie, ou tu resteras prise avec le Bas-du-Fleuve pour tout le temps ? me demande Sacha très sérieuse.

— Je ne sais pas ! Faudrait que je regarde dans mon contrat l'annexe concernant les modalités d'échange, que je lui réponds tout aussi sérieuse.

— Moi, je pense que plus tu fais du bon sexe, plus tu montes dans le classement et plus tu peux choisir toi-même la région administrative où tu veux être zonée, ajoute Ge.

— Ils ne font même pas de sexe, dit Sacha.

— Justement, il est plus indulgent parce que c'est en région éloignée, mais Mali baisse dans son classement, j'en suis sûre, explique Ge, convaincue de sa théorie.

— Bon, bon, bon ! Du calme avec vos spéculations. Comme si j'étais la seule responsable de notre vie sexuelle inactive, que je dis en riant.

— C'est vrai que mon homme est à *Tout le monde en parle* ? demande Cori en arrivant, l'air en pleine névrose.

— Non, calme-toi ! Respire, respire. Dis-moi que ce n'est pas vrai que tu lui as écrit sur la page de son *fan-club* ?

— Oui ! Je suis membre ! Et il ne m'a même pas réécrit, s'insurge-t-elle.

— J'espère..., que je fais, en pensant qu'il avait peut-être lu ce message.

— On irait tellement bien ensemble. Vous ne trouvez pas ? dit Cori en souriant.

— Tu délires, Coriande ! Bon, les filles qui ont eu une vie ce week-end, on veut des nouvelles ! Sacha et moi, on a rien fait sauf utiliser des Kleenex, que je déclare.

— J'ai lancé des carottes de congrès toute la fin de semaine. Il y avait énormément de *bucks* potentiels, dit Ge.

Les carottes de congrès sont une classe à part de munitions. Tout le monde sait qu'habituellement, dans les congrès, beaucoup d'échanges ont lieu. On s'est créé une sorte de carotte spéciale pour les congrès. Elle est plus petite et plus rapide pour être lancée précisément afin de trouver un petit divertissement efficace. Je vais apporter les miennes au congrès de la fin de semaine prochaine.

— Et puis... on doit tout dire, hein ? rajoute Ge, hésitante.

— Vas-y, dis ! ordonne Sacha.

Vous vous souvenez de la règle très importante dans la consœurie : les membres du conseil exécutif ne doivent cacher aucune activité de S aux autres membres. Ge a déjà écopé d'une sentence qui lui a coûté quatre bouteilles de champagne. Elle avait omis de nous raconter une partie de jambes en l'air avec un de ses ex. Elle a appris de sa leçon.

— J'ai un peu couché avec un gars dans le spa de l'hôtel…, dit-elle en se cachant le visage avec ses mains.

— Comment ça, un peu ? Et dans le spa ? Hé, miss Bactérie ! Tu ne sais pas qu'un spa public, c'est assez garni de germes corporels de tous genres ? lui lance Sacha.

— En fait, j'étais très « cocktail » et on s'est un peu laissés emporter dans un élan de passion, explique-t-elle.

— Qui ? demande Cori.

— Un biologiste à lunettes du Connecticut. Trop craquant ! répond-elle.

— Madame se tape des carottes anglaises maintenant ! As-tu compris quelque chose au moins ? que je lui demande.

— Oui, oui, mais je vous jure que la conversation fut brève, dit-elle.

— Et le congrès, lui ? C'était intitulé : « On va tous crever » ? demande Sacha.

— Non, la bactérie n'est pas encore ici. C'est un virus provenant de l'Équateur qui se propage dans le lait. Malheureusement, il semble monter tranquillement vers le Nord. Les États-Unis paniquent. Mais c'est *top secret* les filles ! Ils nous ont vraiment avertis de ne rien dire à personne, explique Ge, sérieuse.

— Pas de problème, répond toute la consœurie. Tiens-nous au courant.

— Et toi, Cori, les après-ski ? s'enquiert Ge.

— J'étais avec la même *gang* que la semaine dernière, dit-elle.

— Justement, tu n'avais pas lancé une carotte dans un sous-bois quelque part ? lui demande Ge.

— Parlons-en. J'ai dû travailler à récupérer cette carotte-là toute la fin de semaine. Il n'est pas mon genre en fin de compte, explique-t-elle.

— Comment ça ? que je lui fais.

— Je ne sais pas trop… pas de béguin. C'est vraiment un ami finalement, explique Cori, plus ou moins précise.

— Donc, une autre carotte égarée pour Coriande ! Et là, pourquoi toute la fin de semaine ? Il ne voulait plus te la redonner ? s'informe Sacha.

— Pas trop. Disons qu'il la tenait bien fort dans sa mitaine, dit Cori.

Les carottes doivent être gérées de façon adéquate, car cela peut apporter des ennuis de ce genre. Là, on peut en déduire que Coriande a été prise pour gérer un gars probablement trop content d'avoir reçu des avances de sa part la semaine précédente. Cori a une tendance à avoir la première carotte facile ou encore à carotter un peu n'importe qui, en ne pensant pas aux conséquences.

Exemple concret : le premier soir de notre arrivée à Cuba, nous étions sorties chasser au bar de l'hôtel. Nous avions reçu plusieurs « grappes » de carottes. En toute humilité, je dirais même qu'elles fusaient de toutes parts. Le lendemain de cette belle première soirée, un gars anglophone nous avait rejointes sur la plage dès la première heure. Il s'était installé une chaise à côté de Cori. Le midi, il vint dîner avec nous et il commença à vouloir organiser notre horaire pour le souper et la soirée. Nous avions demandé à Cori si elle n'avait pas, par hasard, « échappé » une carotte à cet Anglais. Elle nia les faits. Ce soir-là, nous n'étions pas allées au rendez-vous qu'il nous avait fixé. Le lendemain, monsieur était venu nous faire des reproches, insulté que nous ne soyons pas allées le rejoindre au lobby de l'hôtel à l'heure convenue. Ce fut le *running gag* de la semaine, comme quoi Cori avait encore laissé tomber une carotte. Comme nous en subissions toutes les conséquences, elle devait aller la récupérer au plus vite. Elle se débattit toute la semaine en disant qu'elle n'avait rien lancé.

— Les filles, il doit l'avoir prise dans mon sac alors que j'avais le dos tourné…

— Ben oui, c'est ça…

Bref, elle avait dû aller dire à ce type de nous donner un peu d'air et qu'on ne devait pas rendre de comptes à personne, car nous étions en vacances. Ce fut très drôle.

— Ça a fini comment, cette histoire ? que je m'enquiers.

— Je pense qu'il a fini par comprendre. Mais, c'est délicat les filles, il est tout le temps avec la *gang* de *snow* et c'est un gars correct, dit-elle.

— Je suis sûre que t'as fait ça en championne, lui dit Ge.

— Tu recommences à travailler cette semaine, Mali ? me demande Cori.

— Oui, je dois recommencer à vivre ma vie. Je vais faire de la correction et planifier mon nouveau cours qui commence dans trois semaines. En passant, j'arriverai à Québec jeudi soir avec Cath. Venez me rejoindre à l'hôtel quand vous pouvez. On restera là jusqu'à lundi matin, je pense.

— Parfait !

Et chaque fille feignit de donner un coup de poing à sa webcam en guise d'au revoir.

Redémarrage du lundi matin

Je me suis couchée après avoir ingurgité deux verres de vin devant la télévision. En me levant, je me répète que ma dépression est terminée. Je dois me ressaisir ! Je vais au cégep ce matin, confiante, avec un *look* professionnel. Mes cheveux attachés en queue-de-cheval derrière ma nuque me donnent un air sérieux et dégagent mon visage. Celui-ci, à ma grande surprise, ne paraît pas si exténué ! Il faut dire cependant que je lui ai donné deux couches, au rouleau, de produit L'Oréal Paris et Maybelline New York. Mon cou est entouré de mon beau foulard léopard, qui s'agence bien avec mon chandail mauve foncé et mon pantalon noir. Je n'ai pas envie que tout le monde me regarde la trachée meurtrie en me prenant en pitié.

Je n'aime pas recevoir la pitié des gens. Certaines personnes la déversent sur les autres allègrement en la confondant avec de la compassion. Mais il y a une grande différence entre les deux. La compassion fait habituellement du bien, et la pitié fait sentir les gens misérables. C'est entre autres pour cette raison que mon réseau social élargi n'est, à ce jour, pas au courant que j'ai subi cette intervention chirurgicale. Je veux éviter de crouler sous les déversements de condoléances insipides.

Cath n'est pas au bureau. Je ne sais pas par où commencer. Je décide d'aller voir Lucie, une de mes patronnes que j'affectionne particulièrement pour son soutien dans toute mon histoire avec Éric « Du Con » Meloche.

— Allô ! me dit-elle. Tu n'es plus en congé, toi ?

— Oui, mais je fais juste passer, j'ai des livres à commander pour mes nouveaux cours. Et toi, comment vas-tu ? que je lui demande.

— Ah ! Moi, ça roule, mais toi, comment s'est passée ton opération ? me questionne-t-elle.

— Pas trop souffrant. J'ai été bien traitée. Je suis en forme !

Qu'on peut donc être menteur dans la vie ! Et ce, avec les gens au travail, le vendeur à la caisse, le serveur au restaurant, le voisin, la belle-sœur, et même parfois avec sa propre mère ! Certains appellent ça de l'intelligence sociale, d'autres de l'hypocrisie. Mais en fait, ce sont les questions d'introduction qui sont selon moi superflues ! Que ce soit en anglais, en français ou en espagnol, la phrase qui suit un « Allô ! » ou un « Bonjour ! » dans les trois langues est « Comment ça va ? *How are you ? Cómo está ?* ». Voyons donc, c'est trop large comme question ! Et est-ce qu'on veut vraiment le savoir ? Dans certains pays, entre autres en Asie, on n'utilise pas ce genre de propos avec des inconnus.

J'ai déjà fait le test dans le temps où j'étudiais au baccalauréat. Je m'étais levée un bon matin et ça n'allait pas du tout, sans raison. Une mauvaise journée, tout simplement. J'ai donc décidé que, à tous ceux qui me demanderaient si ça allait, je répondrais

« non » toute la journée. Je me disais : « Ça ne va pas, ça ne va pas, j'ai bien le droit ! » Mon expérimentation sur le comportement humain a donc commencé à la cafétéria où la dame à la caisse a été déstabilisée de mon « non ». Elle en a presque renversé mon café sur le comptoir. Ensuite, les gens dans mes cours, deux profs, une connaissance, une voisine, le gars au dépanneur, celui au resto-pub et la fille de la caisse populaire avaient tous eu droit à la même réponse, et ce, sans que je ne sois bête ou quoi que ce soit. Je ne faisais que répondre « Non ! » ou « Non, pas aujourd'hui ! » à la fameuse question. Les seuls qui ont pris les devants pour m'interroger sur le pourquoi du « non » en question ont été une amie, un professeur et le gars du resto-pub (mais lui, c'était parce qu'il voulait coucher avec moi). Les autres ont tous changé de sujet, détourné le regard, ou vécu un très grand malaise.

En fait, on pose une question qu'on n'assume pas. Moi, honnêtement, la jeune fille du dépanneur, elle me semble bien gentille, mais si elle ne va pas bien, je n'ai pas le temps de l'aider. J'ai l'air bête ? Avouez que c'est la vérité.

— C'est vrai que tu as l'air en forme, me dit Lucie.

Ah ! Ça, c'est un vrai compliment. Cette femme n'a pas l'habitude de dire ce genre de commentaire pour être gentille. Donc, j'ai l'air en forme. Bien !

Elle poursuit :

— Tout s'organise finalement pour le congrès. Je suis contente. Mali, au nom de la haute direction du cégep, je suis vraiment désolée de tout ça. On ne partage pas son opinion et on n'endosse surtout pas ses comportements. J'espère que tu le sais, me lance-t-elle, l'air vraiment sincère.

— C'est correct, Lucie. Je sais faire la part des choses. Vous n'avez pas de pouvoir là-dessus et moi non plus. Je ne comprends juste pas, c'est tout. Je trouve que ça va un peu loin. Mis à part tout ça, j'ai bien hâte au congrès. J'ai choisi une conférence sur la psychopathologie adulte et une sur les interventions en situation de crise pour me donner du contenu pour mes cours d'été.

— Parfait ! Contente que t'aies trouvé quelque chose à ton goût. En passant, ce n'est pas de mes affaires, mais j'ai eu vent que tu connaissais le professeur qui va se joindre à l'équipe pour le cours de psychologie criminelle dans un mois.

— Heu… oui !

— Bien, si tu le croises, dis-lui qu'il m'appelle. Je dois lui faire signer son contrat et personne ne trouve ses coordonnées, me dit-elle, avec un sourire amusé.

— Ah ! OK. Bon bien, je vais aller travailler là, moi. *Ciao*, bonne journée !

Merde ! Merde ! Et re-merde ! Pourquoi je ne lui ai pas dit que je ne le connaissais « plus », finalement ? J'aurais dû me douter que la nouvelle ferait le tour du cégep. Quand nous étions allés prendre un verre au pub, le professeur d'éducation physique, qui connaît mon dieu grec, était là. Les deux gars avaient échangé des regards narquois. Le genre de regard de gars qui veut dire : « *Yes* ! Le gros ! Tu te tapes la nouvelle prof du cégep ! » Je comprenais donc comment la nouvelle avait pu se répandre allègrement dans la salle des profs.

Et là, je fais quoi ? Au secours, Cath ! Je la trouve à la machine à café de la cafétéria.

— Tu ne sais pas ce que vient de me demander la directrice adjointe ?

— Non, quoi ?

— De dire à « Dieu grec » de l'appeler quand il aura une chance.

Elle comprit tout de suite.

— Tu es restée là sans rien dire ?

— Exactement.

— Il faut que tu l'appelles ou que tu retournes voir Lucie pour lui dire la vérité.

— Bien non ! Moi qui suis discrète sur ma vie, je me vois mal aller lui dire : « Ah Lucie ! Bien, en fait, le gars qui va donner le cours, eh bien, on s'est vus quelques fois, on s'est pelotés dans mon appartement tout habillés, on s'est parlé au téléphone comme deux ados pendant des heures, mais, finalement, il m'a larguée il y a quelques jours parce que je suis trop nulle, donc je ne veux pas l'appeler. OK ? »

— J'avoue que c'est ordinaire. Envoie-lui un texto disant que Lucie a perdu ses coordonnées. Vous êtes deux adultes quand même ! Tu es capable de faire ça.

Cath n'a pas tort. C'est une circonstance de la vie. Je vais lui envoyer ce texto ce soir pour lui transmettre le message.

Le fameux texto

Je suis dans l'auto. Je reviens de l'épicerie où rien ne m'a semblé alléchant. Je tente de composer dans ma tête ce que je vais écrire dans ce texto.

(Allô, j'ai fait mon retour au cégep aujourd'hui et ce fut tout un choc.)

Ah non ! On s'en fout de la façon dont j'ai trouvé ma journée. C'est nul ! Plutôt :

(Allô ! puis comment va la vie de ton côté ?)

Non, là j'ai presque l'air de lui demander si sa nouvelle flamme fait bien l'amour, c'est trop intrusif.

(Lucie a perdu tes coordonnées, appelle-la.)

Non, je semble être bête, froide et frustrée. Mauvais. Voyons, j'ai la plume facile habituellement. Allons droit au but.

(Salut ! J'ai vu Lucie aujourd'hui et elle a perdu tes coordonnées, elle m'a demandé de te faire le message de la rappeler. Bye !)

C'est court, agréable et sans balivernes inutiles. En arrivant dans ma cour, je prends mon cellulaire et j'écris la phrase en question. Je l'envoie. Allez... Appuie... Voilà ! C'est fait. En empoignant mes sacs d'épicerie, je spécule dans ma tête sur le message de retour qu'il m'enverra. Probablement quelque chose du genre :

(Merci à toi, je le ferai) ou encore (Ah ! c'est bien, bonne journée !).

Je m'imagine même, à cause de mon mode de pensée « trompe-la-vie », tous les autres scénarios possibles. Du genre : qu'il ne me réponde pas, ou pire, qu'il inscrive seulement (OK). Vous me trouvez paranoïaque ? Un peu, oui. Mais je n'ai pas d'hallucinations, ce qui infirme la thèse de la psychose. Dans ce cas, je l'inscris juste en petits caractères, dans le bas d'une page de mon livre de suivi psychopathologique…

La cliente semble présenter certains symptômes paranoïdes notamment en lien avec une potentielle réponse à un message texte futile… Madame doit se conditionner, peu importe le contenu de ladite réponse, son humeur (redevenue acceptable) ne devra en aucun cas être touchée.

En franchissant la porte, les bras chargés, je me rends compte que mon téléphone sonne.

— Bon ! que je me dis à haute voix.

Je réussis à déposer rapidement mes sacs d'épicerie dans l'entrée et je réponds.

— Oui allô !

— Allô, Mali ! En forme ?

— Ouais ! que je réussis à balbutier sur une intonation trop peu naturelle, en me disant que la vie se joue de moi encore. Jamais je n'avais prédit qu'il m'appellerait.

— Je n'étais pas sûr de bien comprendre ton message. Lucie n'a plus mon numéro de téléphone ?

Quoi ? Je reprends mes esprits en clarifiant les pensées qui défilent dans ma tête.

— Oui ! C'est ça, je suis allée au cégep, je l'ai croisée et elle m'a dit avoir eu vent que je te connaissais et m'a demandé de te faire ce message. Et comme je n'avais pas envie de lui expliquer que tu m'avais larguée en début de semaine, j'ai décidé de t'écrire.

Qu'est-ce que je viens de dire encore ? C'était une pensée que je devais garder dans ma tête ! Pas la dire !

— Hé là ! « Larguée », t'exagères, dit-il, l'air sérieux.

— OK, « flushée » d'abord, que je dis en riant nerveusement.

Bon maintenant, je rigole de la situation. Cette conversation est un désastre !

— Regarde… Je t'ai expliqué la situation. Je n'aurais pas été honnête si j'avais continué à te voir là, maintenant. Et ce, à commencer avec moi-même.

— Je sais, mais avoue que c'est nul comme situation.

— Je sais, mais ce sont des événements dans la vie sur lesquels on n'a pas de contrôle.

Bon ! Il va me chanter la ritournelle du coup de foudre qui frappe toujours sans crier gare. Il se déculpabilise avec ça…

— Ton cou, ça va bien ?

— Pas si mal, j'attends encore des résultats qui tardent à venir.

Il a fait la même chose au dernier appel. Il a fini par aborder le sujet de ma santé pour ensuite raccrocher. Est-ce que ça l'intéresse vraiment ou est-ce qu'il utilise ce stratagème comme transition entre le sujet chaud et la fin de l'appel ?

— Ben… donne-moi des nouvelles quand t'auras les résultats finaux.

— Si tu veux…

— Bye !

Je ne sais quoi penser. Je me trouve stupide parce que je suis heureuse qu'il m'ait appelée. Mais je me demande pourquoi il l'a fait. J'entre rapidement dans mon appartement, car je constate que je suis demeurée à moitié dans le cadre de porte, les sacs d'épicerie tombés à la renverse, et il fait un froid de canard. J'enlève mon manteau et je relis le texto que je lui ai envoyé :

(Salut ! J'ai vu Lucie aujourd'hui et elle a perdu tes coordonnées, elle m'a demandé de te faire le message de la rappeler. Bye !)

Il me semble que c'est clair. Pourquoi m'a-t-il dit ne pas être certain de comprendre mon message ? Avait-il envie de me parler ? Avait-il cherché une raison pour m'appeler ? Tant de questions se bousculent dans ma tête.

Je tente de me programmer pour réfléchir « masculinairement » (un mot de vocabulaire que je veux soumettre éventuellement à l'Office de la langue française !). C'est une erreur monumentale que les filles font depuis que les relations de couple existent : les demoiselles pensent en filles en croyant savoir comment les gars pensent. Je vous explique : les gars et les filles ont des modes de pensées et de raisonnements complètement différents. Mars et Vénus ! Il faut s'en souvenir ! La pire erreur à faire est d'attribuer les modes cognitifs de raisonnements vénusiens à nos chers Martiens. Les gars ne se posent pas les mêmes questions que nous et ils ne réfléchissent pas aux situations de la même façon.

On le sait, ils sont plus concrets, habituellement plus cartésiens et plus manuels, ça va de soi. Les filles quant à elles ont un mode de pensée plus déductif, plus abstrait, plus spéculatif. Bref, elles se posent plus de questions et eux agissent plus spontanément. Mon erreur est donc de chercher l'arrière-pensée de ce gars en sachant qu'il est possible qu'il ait vu mon message et qu'il ait appelé. Tout simplement. Sans calculer de midi à quatorze heures les conséquences et les répercussions de cet appel. Lorsque nous avons raccroché, il est probablement retourné faire ce qu'il faisait avant d'avoir mon texto, et la vie continue. Il ne se doute pas que, de mon côté, cet appel va être revécu, analysé et qu'un rendez-vous de la consœurie risque d'être improvisé ce soir pour évaluer chaque phrase, chaque silence et chaque soupir qui ont été livrés dans sa performance vocale.

Plus tard dans la soirée, j'envoie un texto à Sacha pour lui demander de me téléphoner à sa pause. Elle me rappelle trente minutes plus tard.

— Salut, quoi de neuf docteur ? me demande-t-elle.

— Il m'a appelée.

— Quoi ?

— Mais je l'avais texté : ma patronne, imagine-toi donc, avait perdu ses coordonnées et elle m'a demandé de lui dire de l'appeler.

— Comment savait-elle que c'était ta carotte ?

— Ah ! Le prof d'éducation physique était au pub les deux fois où on est allés prendre un verre. Il a dû partager cette information cruciale avec la direction du cégep.

— Puis laisse-moi deviner : tu n'as pas été capable de répondre à ta *boss*, donc tu l'as texté et il t'a rappelée ?

Suis-je vraiment si prévisible ?

— C'est ça.

Je lui ai fait la description de l'appel en détail et quand je dis en détail, c'est en détail.

— Bien là ! Un peu plus et il t'invitait à souper ou quoi !

— Pourquoi dis-tu ça ?

— De un, il n'avait pas de raison de t'appeler. De deux, il te sort la phrase poche de la vie qui décide à notre place ; et de trois, il prend de tes nouvelles et il t'ouvre la porte pour que tu le rappelles. C'est évident qu'il se garde une porte ouverte ce gars-là ! Si ça se trouve, il est peut-être déjà plus certain pour cette nouvelle fille.

Quand je vous dis que nous analysons trop, c'est exactement le genre d'exemple parfait d'une dissection de conversation faite par une fille en mode de pensée de fille. Trop profond, trop songé, trop calculé ! Je ne vous dis pas que les gars ne sont pas de fins renards, au contraire, mais il faut faire attention. Autant leurs réactions peuvent être calculées, autant il peut s'agir d'un pur hasard.

— Je ne sais pas trop. Tout compte fait, il a toujours une aussi belle voix.

— En tout cas, s'il revient dans le décor, j'espère qu'il sait qu'il va devoir ramper, le pauvre !

— Je suis bien trop en manque pour laisser ramper un beau gars de même. Ma vulnérabilité sexuelle est à son apogée.

Demain, s'il m'invite à souper, j'accourai chez lui. Le brûleur à fondue ne sera même pas allumé que mon soutien-gorge « revolera » dans le bouillon… Je n'ai pas de fierté, hein ?

— Bien non, ma chérie, ce n'est pas ça. Tu es juste toute seule à l'autre bout de la province. On va te voir bientôt et te donner plein d'énergie. Et soulignons que le seul gars présent dans ta vie, il joue aux cartes avec toi quand tu le vois, au lieu de jouer avec tes seins. Ça n'aide pas ta cause.

— Ha ha ha, très drôle !

— Bon, je retourne travailler, on se parle demain ma chérie.

— *Ciao*.

Mardi matin, le roi, sa femme et son petit prince

Il neige ce matin. Je dois me rendre au cégep, car j'ai oublié deux livres importants au bureau.

En retournant chez moi, après avoir passé quelques heures à travailler, je réfléchis au fait que ma vie manque actuellement de piquant. À court terme, c'est difficile de trouver quelque chose qui peut la rendre plus émoustillante.

À long terme cependant, c'est plus facile. J'ai trois rêves que je dois accomplir avant mes trente ans. Le temps presse, c'est ma fête bientôt ! Le premier rêve se passe sous l'eau. Lors de mes nombreux voyages, j'ai obtenu deux certifications de plongée sous-marine. J'adore plonger. Mon projet est donc de retourner soit au Honduras ou en Asie pour terminer la certification de plongée qui me permettra de devenir guide professionnelle. Cela implique que je suive un cours intensif d'environ un mois assez dispendieux. Je pourrais ensuite travailler partout sur la planète. Ce sera un beau passeport sur le monde que j'aurais dans ma poche d'en arrière et qui me permettra de me sauver chaque fois que j'en aurai envie.

Le deuxième rêve se passe dans les airs. J'ai sauté en parachute quelques fois quand j'étais plus jeune et j'aime beaucoup voler. Je veux donc obtenir ma licence de pilote d'hélicoptère. C'est le rêve le plus extravagant de ma liste. Le tout est assez onéreux et cela demande quand même un investissement de temps considérable. Mais n'ayant pas de famille ou d'hypothèque, je pourrai sûrement parvenir à me payer un jour ce luxe tellement farfelu. Je n'aurai probablement jamais d'appareil de ma vie, mais je pourrai en louer un de temps à autre pour m'offrir des balades de plaisance. Un rêve secret, complètement fou, que je réaliserai un jour.

Le troisième se passe sur la terre ferme. Je veux suivre mon cours de moto. Sacha, qui ne jure que par sa Harley-Davidson, m'a, au fil du temps, transmis sa passion. J'aimerais la rejoindre dans cette grande famille de motocyclistes sillonnant les routes du Québec vêtus de cuir. Cependant, le prix exorbitant des immatriculations me fait un peu peur. Il me faudrait des surplus budgétaires. Est-ce que ça arrive dans la vie, ça ?

Voilà les trois rêves que je veux réaliser. Mais bon, je peux modifier les délais, disons jusqu'à ce que j'aie trente-trois ans. Cependant, une chose est claire : ils ne se transformeront pas au fil du temps en projets de retraite. C'est trop loin ! Je ne comprends pas que les gens planifient tous les moments excitants de leur vie pour leur retraite. Ce n'est pas à soixante ans que la vie est la plus enthousiasmante et que le corps nous fournit le plus d'énergie. Par ailleurs, je comprends que la logique du boulot, des deux enfants, de la maison et du chalet fait en sorte que le travail devient une garantie afin de conserver tout ça. Mais pour ma part, je sais que je n'aurai jamais le même emploi durant vingt-cinq ans, car j'aime les changements professionnels. Je sais aussi que je ne m'endetterai pas de choses coûteuses pour dépendre d'une institution financière qui me tiendra par la peau du cou.

Je sais aussi (mais je ne le dis pas trop fort) que je n'aurai probablement pas d'enfant. Mais il est interdit de dire ça haut et fort de nos jours, on passe pour une égoïste. Les gens jugent le fait qu'une personne dise ne pas vouloir procréer un jour, surtout quand on est une femme. C'est le fondement même de la vie… C'est bon, je sais tout ça. Mais j'ai ce discours depuis déjà longtemps, et ce, avec tous ceux qui démontrent une ouverture. Au tournant de mes trente ans, j'abonde toujours dans le même sens. J'ai des amies autour de moi qui vivent ce grand voyage qu'est la maternité. Je n'envie aucunement leur nid familial douillet. Je ne veux pas voyager en pensée avec Dora l'exploratrice, je veux être cette Dora ! Même si certaines personnes me disent : « Ça ne change rien avec des enfants, tu peux voyager, faire tout ce que tu veux. » Ce n'est pas vrai. En ayant des enfants, on devient responsable de quelqu'un pour le reste de sa vie. Je n'assume pas ça. La plupart me disent que je changerai d'idée, que je suis trop jeune encore et trop instable dans ma vie, mais qu'un jour j'en voudrai, comme tout le monde. Chaque fois, je fais un signe affirmatif de la tête en souriant. Peut-être, mais je me dis : pourquoi ça dérange que je tienne ce discours prônant la non-stabilité ? Pourquoi les gens tentent de me prouver que j'en voudrai un jour, comme tout le monde ? C'est obligatoire ? Garant du bonheur dans la vie ? Je ne sais pas.

Je travaille le reste de la journée sur mes notes de cours « Développement des enfants de deux à cinq ans ». J'apprécie donner des cours sur le développement. Au risque d'être en contradiction avec mes propos précédents, j'adore les enfants. Ce que je n'endosse pas dans le fait d'avoir un bébé, c'est le contrat « pour la vie » qui vient avec. Dans les soupers entre amis où des couples viennent avec leurs rejetons, je suis toujours celle qui finit au sous-sol à construire une forteresse en coussins avec eux, pendant que les adultes discutent boulot en prenant un digestif. J'ai l'impression de comprendre ce qu'ils ressentent, la manière qu'ils pensent.

Mon téléphone sonne. C'est Ge.

— Salut !

— *Hey* allô !

— Je vais être brève, j'ai juste deux minutes. Sérieux, c'est gros : la bactérie du lait dont je vous ai parlé hier ?

— Oui.

— Il y a eu trois morts au Mexique ce matin et il paraît que l'Institut de recherche et le gouvernement pensent que ça pourrait être lié à ça. Trois bambins de trois mois, six mois puis deux ans. Dénominateur commun du décès : du lait provenant du même troupeau de vaches laitières de Puerto Escondidos, une ville au sud. La machine vient de partir. Les dirigeants des trois pays ont pris la décision de ne rien dire pour le moment, car personne n'a associé les décès à cette cause. On fait croire dans les médias que les enfants sont morts d'un virus de grippe. Les gens vont le croire pour un temps.

— C'est grave !

— Bref, je m'en vais à New York dans deux jours, je ne serai donc pas avec vous ce week-end.

— Complètement fou ! Pour le week-end, je comprends. Il faut que tu sauves la planète avant de venir faire la fête avec nous !

— Oui, et depuis ma promotion à la suite de l'histoire de la listériose, mon patron me fait vraiment confiance. Et comme j'ai fait ma maîtrise sur les bactéries laitières, il m'envoie dans le trafic. Il faut qu'on cherche à comprendre comment ça évolue. Les échantillons vont arriver à New York cette nuit.

— OK.

— Je peux être partie longtemps, donc on se voit sur la webcam. Faites-moi part des rendez-vous par courriel, je me joindrai à vous quand je pourrai. Fais le message aux filles et mangez du tofu et du brocoli pour un bout de temps au lieu de boire du lait.

— Je vais penser fort à toi Ge et ne crains pas pour nous ! Donne-nous des nouvelles.

Je raccroche, ébranlée par ce que Geneviève vient de me dire. Depuis qu'elle travaille pour cette firme panaméricaine qui collabore souvent avec les différents gouvernements, il y a des histoires de désastres bactériologiques tous les deux mois. Mais la plupart du temps, personne n'est au courant, et les crises sont contrôlées sans que la population soit jamais alertée. Habituellement, le tout se déroule sans trop de dommages collatéraux. Il y a eu entre autres un microbe virulent voyageant dans la salive des abeilles qui causait des problèmes aux reins, des enzymes douteuses qui rendaient les gens malades et qui étaient sécrétées par des vers se nourrissant de maïs. Une ferme de culture de fraises qui avait utilisé des pesticides de la Corée du Sud qui donnaient aux gens des problèmes respiratoires… Bref, autant d'exemples de drames en devenir qui avaient été maîtrisés, éliminés puis cachés à la population pour éviter des crises sociales irrécupérables. J'admire le travail de Ge. Elle doit tenter de trouver des solutions pour éviter la propagation de ces malaises, souvent d'ordre national.

Le soir venu, je transmets l'information par courriel aux deux autres filles. Je vais me coucher à vingt et une heures, exténuée, en me disant que je suis impatiente d'avoir des nouvelles de mon beau docteur…

Divertissement Hugo.com

Je me réveille de bonne humeur. Le voyage à Québec m'excite au plus haut point. Afin de faire suite à mon état d'exaltation situationnelle, j'enfile mes vêtements d'été pour travailler. Ça me rend encore plus joyeuse. De toute manière, les thermostats sont tellement imprécis dans ce pitoyable appartement que soit je gèle, soit je sue. Bien évidemment, je choisis la deuxième option, de toute façon, je ne paie pas le chauffage. Chut !

Après une journée productive, je fais mes bagages pour mon congrès ce week-end, qui tombe à point en tant qu'élément stimulant dans ma vie. Ma valise, bien trop grosse pour un séjour si court, est remplie de mes tenues les plus élégantes. Non mais, je vous rappelle que j'ai encore l'estime de moi plutôt basse. Je compte sur cette fin de semaine pour la faire grimper au moins à la hauteur de mes genoux !

Bon, ma valise ne ferme pas ! Un classique tellement burlesque ! Naturellement, au lieu de tenter de soustraire certains items, je saute à pieds joints sur la mallette pour la fermer. Un dernier petit centimètre avec la fermeture éclair… Voilà ! Bon, je m'habille en vitesse. Je soupe avec Hugo ce soir. Il fait la meilleure soupe thaïlandaise au monde. Miam, miam !

— Ah ! T'es redevenue belle ! me déclare Hugo à mon arrivée.

— Très drôle ! Toi, ça va ?

— Bof ! Je suis un peu triste. Ma nymphomane en avait assez de moi. Elle est partie rejoindre son militaire en Nouvelle-Écosse. Je pense qu'on est au moins trois gars dans sa vie.

— Hein ! C'est une vraie samouraï ! Mais là, elle a un *chum* plus sérieux ou juste des amants ?

— Juste des amants ! Et c'est clair avec chacun qu'elle ne veut pas de *chum* et pas d'enfant. De toute façon, elle est ligaturée. Et elle va errer dans la vie, à briser des cœurs... comme le mien présentement..., soupire Hugo, la voix triste.

— T'as des sentiments amoureux pour elle You Go ? que je lui demande, sérieuse.

— Je m'attache oui, j'ai passé la semaine avec elle. Elle a tout ! Elle sait quand rire pour être charmante, quoi dire pour faire craquer un gars, c'est une bête au lit... Elle nous séduit d'une façon irrésistible. On ne peut plus s'empêcher de la voir. On est là, les pauvres types, à attendre qu'elle nous appelle à tour de rôle.

Je me dis dans ma tête : « Il faut que je rencontre cette fille et que je l'invite comme conférencière au prochain congrès de la consœurie. » C'est une vraie machine ! Non, mais *wow !* Trois gars ensorcelés ! Elle gère son H au su de tous et elle est tellement géniale que ses candidats acceptent la situation pour le simple plaisir de passer du temps avec elle. Je la veux comme amie, cette fille !

— C'est la première fois que tu m'en parles plus sérieusement et pas juste pour me raconter vos ébats sexuels de la veille. Je pensais que c'était toi qui ne voulais pas d'une relation plus sérieuse.

— Non, moi, je suis devenu son petit pantin de bois. Elle fait ce qu'elle veut avec moi maintenant. Je couche avec d'autres filles parfois, mais elle reste ma *top number one*.

— Je veux la rencontrer pour qu'elle me dise comment elle s'y prend !

— Oublie ça, toutes les filles la haïssent.

— Justement, c'est évident que je vais l'aimer.

Mes amies et moi avons un côté masculin assez développé. Les filles trop « filles » dans leur attitude ne font habituellement pas partie de nos amies intimes. Je m'explique : celles qui crient pour rien, qui pleurent quand elles ont pris trois bières, qui rient exagérément fort, qui ont une petite voix aiguë et qui parlent en bébé provoquent chez nous un malaise. Une sorte de honte comme si, en tant que femmes, on se sentait compromises par les comportements *too much* de ces filles.

Pour notre part, on a des voix normales, sauf la mienne qui est particulièrement rauque (Garou peut aller se rhabiller !). On peut se mesurer à n'importe quel cégépien pour un concours de calage de bière et on ne parle jamais en babillant. De plus, on ne bavarde pas en disant du mal des autres en leur absence. On jase des autres, oui, en s'échangeant des nouvelles ou des faits, mais on dit ce qu'on a à dire à qui de droit, tout le temps. Parfois, ça explose, mais on traverse les tempêtes en se disant que c'est ça les contacts humains vrais. On ne se mêle jamais des guerres de filles au bureau ou des commérages de machines à café. Peu d'entre nous entretiennent des liens avec les collègues de travail, autres que professionnels. Je pense que, dans mon cas, Cath est la première. Bref, pour toutes ces raisons, nous sommes souvent victimes d'une certaine jalousie. Nous avons l'air autosuffisantes, nous ne parlons que rarement de notre vie privée, tandis que les collègues du bureau carburent aux histoires à potins de tout le monde.

Et souvent, ce type de filles ne vit que pour les téléréalités. C'est un sujet chaud entre Ge et moi. Elle adore ça ! Pourquoi j'aurais le goût d'épier de jeunes adultes captifs qui tentent de se draguer férocement dans le but de gagner une Toyota Matrix et un bungalow sur la rive nord ? Belle joute de flirt, vide de contenu, orchestrée dans une cage, meublée d'inox et de divans en cuir ! Je n'en ai pas le temps. Ça ne m'intéresse pas. Les filles au bureau où je travaillais avant de venir ici ne parlaient que de ces émissions sans arrêt. Une vraie obsession.

« Luc a eu un rapprochement avec Cindy dans le spa hier !

— Je sais, je pensais qu'il « tripait » sur Julie, moi !

— Bien non, il a fait une alliance avec Tom pour niaiser Cindy pour qu'elle pense que... »

Ouf ! Mais bon, plus d'un million de Québécois écoutent ces émissions religieusement. Ce doit être moi qui suis excentrique finalement !

Hugo me fait sa fameuse soupe, épicée à point. Une recette originale d'une île au sud de Bangkok, il paraît. Le tout, accompagné de crevettes et d'une bonne bouteille de vin blanc. J'ai l'eau à la bouche pour la première fois en une semaine. Je dévore le tout en jouissant d'avoir retrouvé mon appétit et en perdant, du coup, le mal de cœur que j'ai traîné toute la semaine à la vue de toute nourriture. On discute tout au long du repas. Mais en regardant mon ami ce soir, je suis triste pour lui. Je le sens épris de cette fille. En absence totale de contrôle. Je ne connais pas Hugo intimement depuis longtemps, mais je déduis qu'actuellement il souffre. Il rit moins que d'habitude et il brasse machinalement sa soupe, songeur, au lieu de la manger. En revenant chez moi ce soir-là, je me dis que chacun transporte dans son sac à dos ses propres tourments par rapport aux relations hommes-femmes.

Direction Québec

Nous partons ! Hourra ! Nous prenons la voiture de Cath pour aller à Québec. La mienne étant plus ou moins fiable, nous voulons maximiser nos chances de nous rendre sans embûches. La route est belle et l'ambiance joyeuse. C'est tellement agréable de discuter avec Cath.

Nous exprimons ce que nous envions du métier de l'autre. Pour ma part, j'aurais aimé être avocate. Cath, elle, a commencé une maîtrise à distance en intervention en santé mentale. Elle idéalise beaucoup le métier de psychologue. Nous divaguons sur une potentielle fraude afin de falsifier le nom sur nos diplômes respectifs. Mais bon, pour l'instant, nous avons le même emploi : professeure de cégep.

Nous arrivons à l'hôtel en fin d'après-midi. *Wow !* Ma chambre est spacieuse et confortable. J'adore les hôtels. Je pourrais vivre ma vie dans des hôtels en changeant toujours de place. Cinq minutes après mon arrivée, je me sens comme chez moi dans ma chambre avec, en prime, une impression d'être en vacances. Je me rends à la salle d'entraînement du complexe hôtelier, dans le but de courir un peu afin de désencrasser mes poumons de la nicotine que j'ai consommée de façon abusive durant les derniers jours. Un bel homme s'y trouve. Tiens donc ! Je le salue en me disant que j'ai bien fait de glisser une carotte de congrès dans mon sac de sport avant de venir au gym. Chasse facile : le gibier est stationné sur son vélo ! Après les présentations, le beau Nick m'explique qu'il est originaire de Montréal et qu'il est à l'hôtel pour un congrès de psychologie. Ah bon, quelle coïncidence !

— Moi aussi, que je lui dis.

— Tu as un bureau privé ?

— Non, j'enseigne au collégial pour l'instant. Toi ?

— Je travaille pour une équipe de football.

— Intéressant ! Dans une université ?

— Non, pour les Alouettes.

— Ah bon !

— Oui, j'adore ça ! J'ai fait ma maîtrise en psychologie sportive.

— T'as donc dû choisir les deux conférences sur la psychologie des groupes, je suppose ?

— Exact.

C'est un domaine que je ne connais pas du tout, mais que je trouve intrigant. Le *prospect* est, quant à lui, grand, brun foncé, assez athlétique, environ trente-cinq ans. Il a l'air autosuffisant en me regardant uniquement du coin de l'œil en faisant ses exercices. J'adore les gars qui ont l'air de n'avoir besoin de rien dans la vie. Je trouve ça viril, comme si cela témoignait d'une certaine force de caractère. La dépendance affective d'un gars est tellement un élément répulsif pour moi dans mes relations amoureuses. Il poursuit la conversation :

— Es-tu toute seule ? me demande-t-il.

Ho ! Déjà la question qui tue ! Même Guy A. Lepage aurait attendu un peu avant de poser une question de ce genre.

— Non, je suis avec quelques collègues du département.

— OK.

Je ne lui renvoie pas la question, que je trouve un peu intrusive. Nous conversons plutôt sur le parcours professionnel de chacun, sur nos études, sur certaines aspirations pour le futur. Bref, rien d'engageant. Tout en lien direct avec le travail.

Ma course terminée, je me dirige vers la piscine, juste à côté. J'ai mon maillot sous mon vêtement d'entraînement. Je me dévêts en tentant d'être *sexy*, tout en sachant très bien que monsieur derrière la baie vitrée du gym doit jeter un œil discret vers moi. Tout doucement… sensuellement… Merde, ma bretelle est coincée… Voyons… Ah bon ! Voilà ! Bon, on repassera pour le *strip-tease* séduisant à la Sharon Stone, c'est raté. Je saute à l'eau et je fais quelques longueurs.

Tentons maintenant de sortir de l'eau de la façon la plus gracieuse possible. Un pied à la fois… Langoureusement… Je jette un œil vers Nick. Il est maintenant sur un appareil, dos à moi ! Je suis ridicule ! Je me sèche rapidement et je lui fais un signe de la main en me dirigeant vers la sortie.

Je ne sais pas si ce type peut être mon genre. Il semble un peu trop sérieux. J'aime bien les hommes amusants et drôles, surtout pour un week-end d'amour « en canne » de congrès.

Cath a laissé un message sous ma porte de chambre : « Je soupe chez des amis, à plus. »

J'ai aussi un message de Sacha sur mon cellulaire. Elle me rejoindra demain, vers la fin de l'après-midi. Coriande ne m'a pas écrit.

Donc, je vais manger seule ! Je regrette alors de ne pas avoir demandé à ce gars s'il mangeait au restaurant de l'hôtel. Peut-être qu'il sera là ?

Je me rends au dit restaurant, vers dix-neuf heures, habillée décontractée. Il y a affluence. Je m'installe au bar. Je mange toujours là lorsque je suis seule. Je peux discuter avec les serveurs et les serveuses qui connaissent habituellement cette tactique et qui s'occupent des gens n'ayant personne avec qui partager leur repas. Deux charmants garçons me servent à tour de rôle à boire et à manger en me faisant la conversation. Après le repas, je regagne ma chambre en me disant que c'est bien que je me repose ce soir, car, demain, les filles arrivent.

Congrès de Québec : premier jour

Sacha me texte à seize heures pour me dire qu'elle est arrivée à l'hôtel et qu'elle a pris possession de sa chambre. La 112. Je la rejoins vers dix-sept heures au bar de l'hôtel. Nous prenons un verre en attendant Cori qui arrivera vers dix-huit heures. En me promenant à pied cet après-midi, j'ai déniché un resto de cuisine des îles créoles où nous pouvons apporter notre vin. Sacha, qui aime ce genre de restaurant, semble ravie. Cori arrive et s'installe dans la chambre de Sacha avant de venir nous rejoindre.

— Vous auriez pu coucher dans ma chambre, les filles ! que je dis.

— Bien non ! T'es en congrès, les poches remplies de carottes et en manque de chair fraîche. Tu as besoin de ta chambre toute seule ! observe Sacha en riant.

Le resto est chaleureux et confortable. Notre table, à l'écart un peu des autres, nous convient parfaitement. Les deux bouteilles de vin que nous avons apportées promettent une soirée festive et animée.

— Il nous manque une membre pour que ce soit officiellement un congrès de la consœurie ; levons notre verre à Ge, qui aurait sûrement bien aimé être avec nous…, dit Cori.

— Est-ce que quelqu'un a un dossier particulier à discuter ?

— Moi ! Moi ! Je suis tannée que mon H soit vide… je vais m'inscrire à un site de rencontre…, nous confie Cori.

— Hein, t'es sérieuse ?

— Bien, je ne sais pas trop, j'y pense… C'est le calme plat et je m'ennuie. Je sais même plus à quoi ça ressemble un gars tout nu…, pleurniche-t-elle.

— Bien je te fais une description : c'est beau, musclé, avec des tatouages et une petite barbichette finement taillée avec un gros… ouf ! Ça nous prend doucement par les épaules quand on fait l'amour, en nous chuchotant des mots doux à l'oreille, ensuite on jouit en même temps que lui en s'affaissant dans une émotion de plaisir et d'extase mutuelle…

— *My god !* T'es vraiment intense ! C'est comme ça avec ton amant marié ?

— Quand il ne vient pas chez moi à la course entre deux choses à faire, oui ! C'est comme ça.

— *Wow !* Je m'inscris vraiment à un site de rencontre demain matin ! confesse Cori, excitée.

— Prends-moi un abonnement aussi, que je dis avec la bouchée de poulet encore dans ma fourchette depuis trois minutes, trop ébranlée par le monologue de Sacha pour manger.

Sacha, dans la lune depuis quelques instants, joue de la fourchette dans ses légumes vapeur.

— Ça te dérange vraiment pas qu'il soit en couple ? que je lui demande, curieuse.

— Je mentirais si je te disais que ça ne me dérange vraiment pas. Mais Mali, avec ce gars-là, je profite intensément des moments quand je le vois. Je suis un peu triste quand il part, mais en même temps ça m'aide aussi à comprendre que je veux plus que ça dans ma vie. Je vois l'envers de la médaille de l'infidélité, explique-t-elle.

— Et cette fille, ça ne te fait pas un peu mal au cœur ? T'as vécu ce qu'elle vit..., s'informe Cori.

— Je sais, mais je ne la connais pas, et c'est tant mieux. Je ne veux même pas la voir, ou savoir c'est qui. Je ne suis quand même pas insensible, dit Sacha.

— Moi je ne pourrais pas. Excuse-moi, mais je ne sais pas comment tu fais, que je mentionne.

— Tu la juges, Mali ! dit Cori, un peu offusquée.

— Non, je dis ce que je pense, c'est tout.

Selon moi, l'infidélité compulsive devrait être mise à l'index dans le livre des diagnostics de santé mentale. OK, certaines personnes peuvent faire des erreurs un soir, une fois. Mais les hommes et les femmes qui ont des amants ou des maîtresses toute leur vie, malgré une relation de couple stable, ont un problème. C'est un signe de mécontentement, d'insatisfaction. Le gazon semble toujours plus vert ailleurs. Ils ont fait les mauvais choix quelque part et des gens souffrent ou souffriront de leurs galipettes extraconjugales. Toutes les personnes concernées font pitié selon moi dans ce type d'histoire : les infidèles, qui courent après le bonheur, les cocus, qui sont trahis, et les amants qui attendent.

Nous restons au restaurant durant trois heures, quittant les lieux à la fermeture, à vingt-trois heures. Nous sommes un peu « cocktail », mais sans plus, étant donné que nous avons bu et mangé durant de longues heures. J'accompagne les filles prendre un verre en leur précisant que je ne fais qu'une brève apparition. J'ai une conférence le lendemain à neuf heures trente, donc je ne veux pas me coucher trop tard ni faire la *fiesta*.

Le *lounge* branché où nous amène Cori est génial et, surtout, peuplé de beaux jeunes hommes d'affaires âgés de trente à quarante ans, agréables à regarder. Nous trouvons vite une place debout autour du bar central, fidèles à notre habitude de ne jamais nous asseoir. Nous commandons des gin tonics. Verres que nous appelons des « Gin Tony ». Le barman nous offre les verres, en précisant que c'est une gracieuseté des quatre gars qui se tiennent au bar à l'opposé de nous. Nous leur faisons un signe en levant notre verre. Nous continuons notre conversation, comme si de rien n'était, pour ne pas accourir comme des désespérées.

— Déjà ! On vient d'arriver. Laissez-nous le temps de mettre nos bottes dans le bain, les gars ! nous dit Sacha en riant.

— Je ne suis pas sûre qu'on va carotter ici. On devrait plutôt cravater, que je suggère.

— C'est vrai que tout le monde semble revenir de travailler, fait remarquer Sacha.

— Les filles, ne vous laissez pas divertir par un bout de tissu en forme de flèche pointant vers leur phallus ! que je dis, convaincante.

— En tout cas, les carottes volent vite aujourd'hui ! Ah ! Justement, Mali, le gars qui vient de passer en a déposé une dans ton verre, observe Cori.

— Il m'a fait un beau sourire, hein ?

Bon, mon estime personnelle commence son ascension vers la gloire !

— Mais moi, je trouve craquant celui assis à cette table ! que j'exprime aux filles en le montrant du nez.

— Celui avec la cravate rouge ? questionne Sacha.

— Oui !

— Ah ! C'est vrai qu'il est ton genre ! approuve Sacha.

— Là, va falloir gérer tout ça en équipe parce qu'il y a les gars à l'autre table à droite qui nous regardent depuis déjà trop longtemps, constate Cori qui regarde droit dans cette direction.

— Voyons ! Est-ce la pleine lune ou quoi aujourd'hui ? C'est moi ou on dirait qu'il y a juste des gars *sexy* dans ce bar ? J'espère que vous avez toutes en poche votre permis au gros gibier ! demande Sacha.

— Oui, madame ! T'as raison : beaucoup de gars carottables ici et presque pas de filles ! C'est un *lounge* gai ou quoi ?

— Si c'est un bar gai, moi je m'en accroche un, c'est sûr ! crie Sacha, excitée par la possibilité.

Nous continuons à prendre un verre tranquillement. Les carottes volent dans tous les sens sous forme de regards insistants et de sourires en coin.

J'aime tout le processus du jeu de la séduction. Attention ! Une séductrice audacieuse ! Je suis du genre à fixer droit dans les yeux un gars au loin qui m'intéresse pour observer sa réaction en lui faisant clairement comprendre que je le regarde. Comme j'aime les hommes forts de caractère, ceux qui survivent à mes fusillades du regard méritent de passer à l'étape suivante. L'étape du premier contact verbal. Je suis aussi du genre à me lever et à aller voir le gars en question pour me présenter. J'aime ce moment où la conversation nous dit si étape subséquente il y aura. On se dévoile doucement, en tentant d'être charmants dans le but de déceler si l'autre peut être intéressant ou pas. Habituellement, je manque de zones grises et de nuances pour cette étape. Souvent, je me fais une idée en moins de cinq minutes, et ceux qui ne passent pas le test ne me revoient pas de la soirée. Je suis peut-être un peu trop intransigeante dans mes conclusions parfois. Mais je me fais rendre la pareille à l'occasion.

Après avoir fait nos indépendantes pendant une dizaine de minutes, nous rejoignons les gars qui nous ont payé un verre à notre arrivée. Après l'étape deux, soit celle de la conversation de présentation, aucun des quatre ne m'a envoûtée. De plus, pas un ne m'a témoigné de l'intérêt… En revenant des toilettes, je m'assois au bar, seule, pour regarder la scène de loin. Sacha semble en grande discussion avec un des gars, et Coriande joue au billard avec un autre.

J'aime adopter le rôle d'observatrice dans les bars. C'est fascinant de voir les gens agir dans ce contexte. Surtout de voir évoluer le lien de cause à effet avec le flirt et le taux d'alcoolémie. J'ai été barmaid pendant plusieurs années afin de payer mes études et mes voyages. J'ai donc souvent analysé mes clients. J'observais leurs comportements au fur et à mesure que les verres vides s'accumulaient. Certaines personnes deviennent drôles, volubiles. Cori, très expressive, est justement en grande conversation avec son ami, près de la table de billard. « La noire au coin, Coriande ! » Pour d'autres, les inhibitions tombent et les mains deviennent baladeuses. Oh, Sacha fait le coup à son nouvel ami de la main sur l'épaule, justement. Il récidive en posant sa main sur sa hanche gauche. Ah ! la saga du flirt...

Soudain, quelqu'un vient se placer tout près de moi ! Je me retourne :

— Salut, Mali !

C'est le gars du gym que j'ai vu la veille.

— Ah ! salut Nick ! Je n'avais pas vu que tu étais ici.

Super ! Je suis très contente de le voir !

— Je viens juste d'arriver, j'ai mangé avec des amis de Québec et on a décidé de venir prendre un verre. T'es avec tes collègues de travail ?

— Non, avec des amies, que je dis en pointant Cori et Sacha.

Il regarde les filles de loin un moment pour me dire en riant :

— Tu t'es fait planter là ou quoi ?

— Ouais, elles s'amusent bien, je pense.

— Je peux m'asseoir ? me demande-t-il.

— Avec plaisir.

Il commande un verre. Nous discutons pendant presque une heure. Je le trouve finalement agréable et plus décontracté qu'à la salle d'entraînement, hier. Je pense qu'au fond il doit être un peu timide.

Je me lève finalement pour partir, car il est déjà une heure du matin. Je veux être en forme pour mes conférences du lendemain. Je vais dire au revoir aux filles, visiblement très occupées. Je vois Nick faire de même avec ses amis. Il me rejoint et me propose de marcher avec moi. Pourquoi pas ? Durant la balade, il me demande :

— Es-tu en couple ?

Décidément, il n'y va pas avec le dos de la cuillère dans sa cueillette d'informations !

— Non.

— Moi non plus.

Bien là, je ne lui ai même pas renvoyé la question. Il tenait vraiment à ce que je le sache ! Je continue de marcher en silence, un léger sourire aux lèvres. Il me regarde et dit :

— Là, tu dois te dire que je t'ai demandé ça parce que je veux coucher avec toi, n'est-ce pas ?

— Heu… Oui, entre autres, qui je lui réponds en riant.

— Je suis vraiment niaiseux des fois. Désolé, ce n'est pas le but de mon objectif à l'heure actuelle.

— Le but de ton objectif ? que je répète en souriant.

— Mais tu dois quand même savoir que t'es une belle fille. Mais je veux te dire que… Heu… Mais non, Mali, n'insiste pas. Je ne couche pas avec les filles le premier soir, je suis désolé…, dit-il en me regardant avec une moue adorable.

Il éclate de rire, et moi aussi, un peu gênée.

— T'es tout seul depuis longtemps ? que je lui demande.

— Quelques mois. Toi ?

— Depuis peu, moi aussi.

— Avec mon emploi, ce n'est pas évident de garder une stabilité de ce côté-là. Je suis toujours parti en voyage avec l'équipe. Sinon, c'est les camps d'entraînement, la planification avec les coachs, les nouvelles recrues…

— Je comprends…

— Toi, t'es célibataire par choix ?

— Un peu, oui. J'ai eu une dernière relation un peu médiocre. Je me donne un peu de temps pour me retrouver dans tout ça.

— D'où la raison de l'exil en Gaspésie ?

— Peut-être bien…

Il sourit.

En arrivant dans le portique de l'hôtel, il me dit :

— J'ai eu une très belle fin de soirée, Mali.

— Ta soirée avait mal commencé ? que je lui demande en souriant.

— Non, ma soirée au complet fut agréable, mais la fin juste plus… comment dire… intéressante !

— Ah bon ! J'ai bien aimé discuter avec toi aussi, Nick.

— Super ! Bonne nuit.

— Toi aussi Nick.

Il s'éloigne tranquillement vers le corridor opposé au mien et se retourne pour me demander :

— On déjeune ensemble demain ?

— OK, disons à huit heures au resto en bas ?

— Parfait. Bye.

Je glisse ma carte trois fois dans la serrure magnétique avant que « Sésame s'ouvre » ! Je suis vraiment excitée ! *Yahoo !* J'ai un déjeuner-rancard !

Congrès de Québec : deuxième jour

La nuit fut courte, mais reposante. Je rejoins monsieur au restaurant, comme convenu. Il paraît frais et dispos ce matin. Il sent bon. Nous discutons de notre plan de match respectif de la journée pour découvrir que nous avons la même conférence en après-midi. Un truc sur les nouvelles recherches en psychologie cognitive de la motivation. On se quitte pour la matinée en se disant à plus tard. J'envoie un texto aux filles pour leur donner rendez-vous pour le lunch.

En m'assoyant au resto, je constate qu'elles sont un peu éméchées de la veille.

— *Wow !* Vous avez l'air en super forme ! dis-je, ironique.

— Hé, c'était qui ta carotte, toi ? me demande Sacha.

— Ah ! Un gars du congrès que j'ai rencontré au gym de l'hôtel hier.

— On veut des détails, exige Cori, les yeux encore dans le même trou.

— Il est très sympathique, on a déjeuné ensemble ce matin.

— T'as dormi dans sa chambre ? spécule Sacha.

— Non ! On s'est rejoints ici.

— Ah ! fait Cori, l'air déçu.

— Vous autres, où avez-vous dormi ?

— Moi, dans notre chambre... toute seule une partie de la nuit, dit Sacha en regardant Cori en riant.

— Ouais, j'ai fini ça dans le spa avec le gars à la cravate bleue, avoue-t-elle.

— Voyons, qu'est-ce que vous avez toutes à faire du sexe dans les spas d'hôtel ?

— On a pas couché ensemble, on s'est juste frottés dans le spa, explique Cori.

— Et toi Sacha, le gars avec qui tu parlais ?

— Vous allez me trouver stupide, car il me plaisait vraiment. Mais à un moment donné, je me suis mise à penser à mon amant et je suis partie. Je me sentais *cheap* de faire ça, déclare-t-elle.

— Je te rappelle juste comme ça que ton amant est en couple depuis trois ans et qu'il a probablement fait l'amour passionnément à sa blonde hier soir, que je lui dis, sans mettre de gants blancs.

— Ah ! Je sais, mais là on s'en va au Mexique la semaine prochaine. Je ne peux pas coucher avec un gars avant, il me semble !

— Cet unicandidat commence vraiment à poser des problèmes, que je déclare en regardant Cori, qui me fait « oui » avec la tête.

Et nous commençons à parler de Sacha comme si elle n'était pas là, en prononçant tranquillement chaque syllabe des mots qui composent nos phrases.

— Elle est beaucoup trop en amour avec, que je dis en regardant Cori.

— Je le sais. Moi, je pense qu'on devrait la mettre en danger de devenir un membre du partenariat externe tout de suite, répond Cori, sérieuse.

— Elle n'a pas profité de ce beau gars hier pour lui être fidèle… ce n'est pas normal.

— OK. Vous êtes fatigantes et vous parlez comme des attardées mentales ! Ça fera ! dit Sacha, l'air agacé.

On l'a laissée tranquille pour le reste du dîner. Pauvre Sacha, elle est vraiment en train de tomber amoureuse de cet homme. Elle va avoir mal, c'est écrit dans le ciel !

En arrivant à la salle pour ma conférence de l'après-midi, je vois rapidement le beau Nick. Mon nouvel ami m'a gardé une place à sa table. Je trouve le geste charmant. Le conférencier est très intéressant. Tout au long de son discours, j'observe ma bête de temps à autre, discrètement. Il fait de même dans ma direction. Il m'écrit à deux reprises des blagues à propos de l'orateur sur le bloc-notes qui se trouve devant moi.

Vers la fin de la conférence, il rédige ce message : « On soupe ensemble ce soir, Madame la psychologue ? » Sous sa question, je griffonne : « Parfait, cher collègue, dans le but, je présume, de faire un compte rendu de cette conférence ? » Il sourit en gribouillant : « Tout à fait ! »

J'explique donc aux filles, en les rejoignant dans leur chambre, que j'ai encore un rendez-vous, mais pour le souper cette fois-ci. Elles décident d'aller voir une de nos amies qui habite Québec depuis longtemps.

Nick propose un restaurant français près de l'hôtel. C'est chic et de bon goût.

Le flirt débute dès notre entrée dans le restaurant et il dure jusqu'à notre sortie. Il faut dire que la bouteille et demie de vin que nous avons consommée a fait augmenter l'intensité du flirt en question. C'est confirmé : ce gars me plaît !

— Ce fut bien agréable Mali, me dit-il sur le chemin du retour.

— Bien d'accord, monsieur Seether !

Je trouve que son nom au complet est tellement *sexy* : Nick Seether.

Soudain, sans crier gare, il s'arrête brusquement sur le trottoir, puis empoigne mon manteau afin de me tourner vers lui. Il m'embrasse. Oh là là ! Décidément, ce gars est surprenant ! Le baiser est long et langoureux. Je suis stupéfaite ! Tout d'abord, de l'agréable baiser (oui !), mais surtout, d'avoir rencontré un gars qui prend les devants (enfin !). Dans ma vie, je compte sur les doigts de la main les gars qui m'ont embrassée avant que je ne le fasse moi-même. Habituellement, je dois souvent faire les premiers pas. Non mais, les gars, décoincez-vous ! Sachez décoder les signes, et après une soirée de carottes envoyées au restaurant, embrassez la fille ! N'attendez pas la semaine des quatre jeudis !

— Oh ! Monsieur a eu envie de m'embrasser, je pense, que je spécule en souriant.

— En effet, monsieur avait très envie de t'embrasser. Et monsieur a aussi très envie de te revoir éventuellement.

— Je suis ici jusqu'à lundi matin...

Nous sommes presque arrivés à l'hôtel. Mes pensées vont vite ! Le hamster dans ma tête *spin* littéralement dans sa roue. Qu'est-ce que je vais faire ? Je me répète que je ne couche pas avec des inconnus (un gars est encore au stade « inconnu » après vingt-quatre heures !). Pour me convaincre ou pour me retenir ? Je ne le sais pas. Bref, en arrivant à l'hôtel, avant que je n'ouvre la bouche, il me dit :

— Bon, je te souhaite une bonne nuit.

— Pareillement, que je réponds en empoignant sa veste pour le rapprocher de moi afin de l'embrasser à nouveau.

— Huit heures demain, même place ? demande Nick en continuant de m'embrasser.

— Parfait, huit heures...

— *Ciao*...

— Bye, que je dis en le regardant s'éloigner avec un sourire niais au visage.

En entrant dans ma chambre, je texte les filles pour qu'elles m'appellent. Mon téléphone sonne dans la minute qui suit.

— Puis ? s'informe Cori en guise de bonjour.

— Il embrasse bien… c'est tout ce que je sais.

— Et là, tu es dans ta chambre avec lui ?

— Non. Il est parti dans sa chambre. Vous êtes où ?

— Au Lounge 231.

— Ah bon ! Ce n'est pas loin, je vous rejoins pour un verre alors.

Il n'est que vingt-trois heures, après tout. Je raconte en détail aux filles la façon dont il a empoigné mon manteau pour m'embrasser. Elles sont suspendues à mes lèvres, encore imprégnées de la douceur de celles de Nick.

— Il embrasse bien alors ? demande Sacha.

— Ah oui ! C'était comme fluide, comprenez-vous ?

— Mets-en ! Il y a des gars avec qui c'est tellement pas génial !

— Ah ouache ! Comme ceux qui embrassent les lèvres dures, comme sèches…

— Ou ceux trop intenses qui enveloppent toute ta bouche au complet…

— Ah oui ! Ou encore les « frencheux » compulsifs qui te bavent dessus en pensant que c'est sensuel…

— Non, c'était rien de tout ça, je vous jure ! C'était même presque trop parfait…

— Aaaaaahhhhh ! font les filles toutes en chœur.

Nous avons ensuite dansé un peu avant que je parte. Je veux être en forme pour mon déjeuner-rancard (prise deux) du lendemain.

Congrès de Québec : troisième jour

En me réveillant, j'ai le souvenir que Sacha m'a appelée à trois heures du matin pour me dire qu'elle m'aimait. C'est une mauvaise habitude qu'elle a lorsqu'elle est soûle de nous appeler pour nous déverser des élans de tendresse d'ivrogne incontrôlables. En me regardant dans la glace ce matin, je vois une fille fatiguée, mais tout de même heureuse de retrouver ce gars pour le petit-déjeuner. J'arrive avant lui. J'attrape un journal et je demande une table près de la fenêtre. Il arrive en retard de dix minutes, mais je ne fais aucun commentaire.

— Bon matin, me dit-il.

— Toi aussi ! Bien dormi ?

— Oui, mais j'ai écouté un film jusqu'à deux heures du matin.

— Moi, j'ai pris un verre avec mes amies et je suis rentrée à une heure trente.

— J'ai faim.

— Commandons !

Nous n'assistons pas aux mêmes conférences aujourd'hui. Il récidive son invitation pour un souper ce soir en me précisant que, vraiment par « hasard », il reste aussi jusqu'à lundi. Je rigole en acceptant l'invitation. J'anticipe que les filles seront peut-être déçues que je ne soupe pas avec elles...

Les filles me racontent au dîner qu'elles sont revenues au petit matin. Elles ont toutes deux des mines encore plus horribles qu'hier. Tout compte fait, elles se foutent bien que je passe la soirée avec mon nouvel ami. Trop fatiguées de leur week-end, elles ont décidé de partir tôt pour être à la maison avant le souper.

Durant le repas, Sacha me demande subtilement si je peux revenir en Estrie la fin de semaine du vingt-huit mars. Je ne sais pas trop. Je la questionne sur le pourquoi. Elle me dit que c'est une surprise. Bon, à suivre...

Je les salue affectueusement avant de retourner à ma conférence de l'après-midi, qui est la dernière. Je croise Nick dans le corridor en me rendant dans la salle. Il me fait un sourire et un clin d'œil craquant. Ce qu'il est *sexy* !

À la fin de la journée, je me rends à la piscine pour me prélasser dans le spa afin de relaxer un peu. Nick m'appelle sur mon cellulaire vers dix-sept heures pour planifier le rendez-vous.

— Salut ! Ça va ?

— Oui, j'arrive du « bain tourbillon », je suis super détendue.

— Ah ! J'aurais dû aller me promener par là !

— Oui, t'aurais dû ! Il n'y avait personne en plus..., que je dis en insinuant un sous-entendu non subtil.

— Intéressant, on retournera voir après souper s'il n'y a encore personne..., fait-il en comprenant ce que j'avais insinué.

Bon ! pensai-je. Je vais me joindre à la clique des filles qui se font des partouses dans les spas d'hôtel maintenant !

— On va manger où, Mali ?

— Heu... je propose : Cage aux Sports, *game* de hockey et ailes de poulet 911.

— Hein ! Madame serait-elle une femme parfaite ?

— Assurément !

— OK ! On se rejoint dans le hall à dix-neuf heures ?

— Parfait !

Non mais, un psychologue sportif adore sans aucun doute le hockey ! OK ! Je vous l'accorde, c'est calculé de ma part, mais j'en ai aussi envie. Il y a une partie de hockey par année le dimanche soir, et c'est ce soir. Merci à la LNH d'avoir si judicieusement planifié cet horaire ! Je m'habille décontracté : jeans, chandail de laine, sous-vêtements *sexy* et bottes à talons. Quand même, je dois être féminine. Vous vous dites pourquoi les sous-vêtements *sexy* ? Heu... comme ça, par hasard... Bon OK, j'avoue que je commence à considérer Nick de moins en moins comme un inconnu. Si vous voyez ce que je veux dire...

La soirée fut encore plus agréable que la veille avec, en prime, toute une partie de hockey.

À notre retour, en traversant le stationnement souterrain de l'hôtel, il m'empoigne encore solidement pour m'embrasser. Tendrement au départ et plus ardemment par la suite. Décidément, la tension monte entre nous deux. La tête me tourne, tellement le désir sexuel atteint son apogée. Oh là là ! c'est officiel : je me laisse aller ce soir. Non mais, ce n'est pas un *one night*, c'est juste que les rendez-vous, qui d'habitude se seraient déroulés sur une ou deux semaines, ont été concentrés en trois jours…

— Me ferais-tu l'honneur de venir visiter ma chambre d'hôtel qui, j'en suis sûr, est bien plus belle que la tienne ? me propose-t-il.

— Ah ! Monsieur prétend que sa chambre est mieux ! Allons voir ! que je lui réponds en l'embrassant de plus belle.

Moins de trois secondes après notre entrée dans sa chambre, il me soulève pour m'asseoir sur une petite table appuyée contre le mur, près de la porte, après avoir balayé la table du revers de la main, jetant par terre ses clés, deux porte-documents et les autres objets qui s'y trouvent. Assurément, monsieur gagne des points en m'excitant au maximum avec son petit côté sauvage. La perte de contrôle est à son comble. Je frémis si intensément que je crains à tout moment d'exploser en mille morceaux. Il connaît bien les zones érogènes des femmes. Ses lèvres s'acharnent sur l'arrière de mon cou et sur mes épaules qui sont maintenant dénudées du chandail qui les couvrait jadis. Fougueusement, nos corps se dirigent vers l'immense lit qui trône au milieu de la chambre.

Nick prend littéralement tout le temps que sa libido peut encaisser pour me dénuder de façon lente et sensuelle. Rien n'est précipité et tout est si parfait. Le lustre resté allumé dans l'entrée éclaire subtilement la pièce. Son parfum enivrant embaume délicatement cette ambiance feutrée. Nos corps frissonnent en se laissant bercer par des pulsions tantôt explosives, tantôt douces… Le temps s'arrête. Cette escarmouche érotique est tout aussi agréable que tous les moments passés en compagnie de

Nick. *Mamma mia !* La nuit torride est très satisfaisante à tous les niveaux.

La sexualité est vraiment un épisode qui se vit sur le moment présent. À la minute où les corps des deux participants s'abandonnent dans un orgasme ou dans un épuisement physique, tout cesse… Quand le moment d'extase charnelle s'estompe, la vie redevient la vie. Comme si toutes les montres et les horloges de la terre arrêtaient de faire tic tac pour un instant.

Ce bel inconnu sorti de nulle part est arrivé à point dans ma vie. À la fois pour faire gravir mon estime de moi-même et pour faire baisser la tension de ma libido, qui était devenue extrêmement intense dans les dernières semaines !

Nous dormons bien ensemble. Il ne ronfle pas, il ne prend pas toute la place et il n'est pas trop « colleux ». Le réveil s'avère tout aussi agréable, car, sans crier gare, il me fait revivre les plaisirs charnels de la veille dans une ambiance teintée de la douceur du petit matin. Non mais, je vous ai dit que j'aime les gars entreprenants. Madame est plus que servie !

Nous restons dans le lit à nous flatter le dos jusqu'à la limite du *check-out*. De toute façon, Cath m'a texté qu'elle veut partir seulement vers treize heures. Parfait !

Wow ! Vraiment, je n'ai aucun regret. Tout a été parfait… trop parfait ! En mangeant une bouchée pour dîner, Nick me demande :

— Donc, tu retournes à l'autre bout du monde ?

— Oui. Et toi, tu rejoins ton équipe pour retourner sur la route ?

— Ouais ! On est loin de se revoir, je pense ?

— J'avoue que ce n'est pas la facilité qui nous étouffe. C'est dommage, j'ai bien aimé mon week-end, Nick.

— Moi aussi Mali, j'aimerais te revoir avant le prochain congrès dans deux ans.

— Les chances de se revoir bientôt sont minces, mais je te dirai quand je viendrai en Estrie. On pourra peut-être se parler d'ici là…

— Je l'exige !

— OK, *boss* !

— *Boss ?* J'aime ça ! dit-il en riant.

Nous échangeons un long baiser pour nous dire au revoir…

Le retour en voiture avec Cath est très animé. Elle me raconte son week-end et je lui donne des détails sur mon bel inconnu. Nous ne nous sommes pratiquement pas croisées de la fin de semaine. Elle a été très occupée à voir tous ses amis de Québec.

J'arrive chez nous fatiguée, mais avec une belle énergie. Mission accomplie, j'ai l'estime de moi-même revenue à une hauteur acceptable. Nick est vraiment un bon thérapeute !

Moi, dépendante affective ?

Je débute cette semaine en force, en enseignant six heures dans le cours de Cath. On fait cet échange de service depuis le début de notre relation professionnelle : j'enseigne dans ses cours les notions en lien avec mon champ d'expertise et elle fait de même avec les notions d'éthique et de droit dans les miens.

Je consulte mes courriels avant le dîner. Sacha m'a écrit :

« Bonjour à toutes les consœurs ! Vous êtes cordialement invitées à une conférence chantée au Métropolis, le vingt-huit mars, à vingt heures. Notre membre affiliée, Lady Gaga, se fera un plaisir de partager avec nous ses meilleures chansons dans une ambiance festive. Nous serons logées dans un hôtel à proximité du centre-ville. Après cette conférence, nous nous rendrons dans une discothèque branchée de la métropole pour brûler les planches et carotter au max. Bienvenue à toutes ! Passez le mot, nous avons dix billets…

Bien la vôtre, Sacha ! »

Ah ! C'était donc ça, sa question sur mes disponibilités pour le vingt-huit mars… Je consulte mon agenda. J'ai une semaine de congé la semaine suivante, car c'est la relâche au cégep. Génial !

Bip ! Bip ! Mon téléphone sonne. Je viens de recevoir un message texte. Hein ! C'est mon dieu grec.

(Comment ça va, Mali ?)

Le voilà qui rapplique ! Qu'est-ce que je fais ? Bah ! je suis curieuse !

(Bien, toi ?)

(J'ai entendu entre les branches que tu étais allée à un congrès ce week-end ? C'était bien ?)

(Oui, merci, très intéressant !)

(Je dois aller au cégep signer mon contrat, seras-tu là ?)

Ah non ! Je ne veux pas le voir comme ça à brûle-pourpoint. Pas prête !

(Non, je quitte le bureau, désolée. On se revoit bientôt, bye.)

(Dommage ! Bye.)

Ah ! La vérité est que j'avais planifié de rester au cégep tout l'après-midi, mais là sa visite est trop inattendue ! OK, je vous l'accorde, je fais de l'évitement[3]. C'est efficace, mais quelle trouillarde je fais ! Je me sauve chez moi en faisant promettre à Cath de me fournir tous les détails de sa visite, ce soir, au téléphone. Sa présence au bureau adjacent à l'adjoint administratif facilitera son accès visuel et auditif à de l'information cruciale. Du genre : il était habillé comment et il a dit quoi en arrivant ?

En rentrant chez moi, mon téléphone sonne encore.

— Bonjour, Madame la professeure !

— Ah ! Bonjour Nick. Comment vas-tu ?

Décidément, c'est mon moment de gloire ! Un quart d'heure satisfaisant pour mon estime personnelle qui jubile de plaisir.

— Je voulais savoir comment tu vivais ton retour en classe.

— Très bien, merci ! J'étais en prestation-classe ce matin, mais là je travaille dans mon splendide appartement. Toi, es-tu sur la route avec ton équipe ?

— Non, on est en période d'entraînement à Montréal pour quelques semaines jusqu'au début avril.

---

[3] Évitement : mécanisme de défense très répandu qui consiste à éviter la situation ou la personne anxiogène pour ne pas avoir à affronter son angoisse. Se sauver du club vidéo sans avoir loué de film, à la vue d'un ex-copain accompagné de sa nouvelle flamme, est un bon exemple d'évitement.

— Ah oui ? Je viens d'apprendre que je serai à Montréal la fin de semaine du vingt-huit mars pour un spectacle avec des amies.

— Intéressant ! Je serai en ville aussi. Je pars juste le mercredi de cette semaine-là.

— On pourrait essayer de se voir ?

— Avec plaisir !

— Je te redonne des nouvelles quand ça se dessine plus concrètement.

— Parfait, prends soin de toi.

— Toi de même, *ciao*.

Super ! Il veut me revoir ! On ne sait jamais quand on rencontre un gars dans ce genre de contexte si second rendez-vous il y aura. On ne sait jamais si pour lui ce n'était qu'un flirt sans lendemain. On ne sait jamais si la réponse au numéro de cellulaire composé sera : « Il n'y a pas d'abonné au numéro que vous avez composé. » Mais là, c'est vrai ! Tant mieux ! Mon dieu grec indécis a maintenant un rival. Il devra se montrer à la hauteur s'il veut revenir à la charge, car j'ai maintenant deux… heu… trois cordes à mon arc. *Wow !* Imaginez la richesse de mon H avec mon chanteur, mon dieu grec et mon psychologue sportif ! De quoi faire pâlir de jalousie la nymphomane d'Hugo ! Mais je ne dois pas me réjouir trop vite. Ce n'était qu'une proposition. Urgence ! Urgence ! Je convoque un rendez-vous webcam pour le mercredi soir à dix-neuf heures avec bouteille de vin obligatoire.

Ge me réécrit le jour suivant pour me dire qu'elle ne pourra pas y être : la bactérie en question l'oblige à travailler très tard. Elle m'envoie cependant son soutien moral en me précisant que peu importe ce qui se passe dans ma vie, elle est là en pensée et que je suis la femme la plus merveilleuse sur la terre. Je lui renvoie mes remerciements les plus sincères en lui souhaitant bonne chance dans son combat contre les vaches laitières du Mexique.

Le soir venu, les filles présentes au rendez-vous détiennent chacune leur coupe de vin en main à l'ouverture de nos webcaméras.

— Merci d'être là ! que je dis.

— Ah moi, c'est juste parce que j'avais envie de boire du vin ! blague Sacha.

— Moi aussi, j'avais besoin d'une raison pour prendre de l'alcool, renchérit Cori.

— Vraiment ! Depuis quand avez-vous besoin d'une raison pour boire ? Bon, c'est la panique. Mon dieu grec rapplique tranquillement, et le thérapeute du ballon de foot aussi, et ce, à moins d'une heure d'intervalle lundi dernier. Je ne gère pas ça ! que je leur explique.

— Ah ! Je savais que la fille du coup de foudre ne t'arriverait pas à la cheville ! affirme Cori.

— Dans les dents ! Tu vas donner son 4 % à cet indécis de la vie et te concentrer sur le récipiendaire de la coupe Grey ! me suggère Sacha.

— Eh ! excusez-moi ! Vous semblez oublier depuis le début de cette histoire que mon dieu grec me fait vraiment vibrer..., que j'ajoute.

— Non mais, il ne te mérite pas vu son attitude. On ne l'aime pas, riposte Sacha.

— Je suis pas en train de vous présenter un candidat là, je vous parle juste de ce que je vis, que je leur précise, un peu vexée de leurs commentaires.

— Mali, comprends que, pour nous, il t'a larguée et on ne le porte pas dans notre cœur. On ne fait pas ce coup-là à une fille de ta trempe, Mali ! ajoute Cori.

— Peut-être, mais laissez votre frustration de côté et essayez de m'aider de façon concrète, s'il vous plaît ! que je demande, un peu impatiente.

— Désolée, il te fait vraiment de l'effet ce gars ? questionne Cori.

— Oui et non, il m'a refroidie, mais je veux quand même vérifier si je peux profiter de cette carotte gaspésienne. N'oubliez pas que je suis plus que toute seule ici.

— Dans ce cas, je pense que tu dois agir sur les deux tableaux simultanément, mais en faisant sentir à ton dieu grec qu'il n'est pas le seul dans le décor, propose Sacha.

— Ça va demander du tact…

— Pas inquiète pour toi, tu es tombée dedans quand tu étais petite, affirme Cori.

— Si tu veux une dernière chance de le faire craquer, c'est maintenant l'occasion. Il doit sentir que tu as quelqu'un de potentiel, que tu te détaches de son cas, explique Cori.

— Donc, je carotte les deux en espérant que tout va bien aller ? que je leur demande.

— Non, tu fais ce que tu as à faire en focalisant sur Nick, et les réactions du dieu grec te diront ce qu'il en pense, explique Cori.

— *Yes* ! Tout ça en misant sur ton charme irrésistible ! ajoute Sacha.

— J'ai ça, moi, un charme irrésistible ? Il est où ? que je m'informe en regardant autour de moi.

— Dans tes poches ! Elles débordent ! me rassure Cori.

— En passant : toute une surprise ! Lady Gaga ! que je dis.

— C'est un ami à moi qui a acheté tous les billets ! Ça va être tout un week-end ! enchaîne Sacha.

— En plus, j'ai congé la semaine suivante, je ne serai pas pressée de revenir ici, que je mentionne.

— Génial ! On va prendre du bon temps pour que t'amorces ton printemps du bon pied dans ce trou ! promet Sacha.

— Arrête de déprécier la Gaspésie ! C'est super ici l'été, à ce qu'il paraît ! que je dis en tentant de la convaincre.

— Ah ! je t'admire, mon amie, parce que je ne vivrais pas là ! m'avoue Sacha.

Nous discutons devant nos caméras près de trente minutes pour ensuite retourner vaquer à nos occupations respectives.

Je décide de travailler chez moi en matinée et de me rendre au cégep ensuite. En faisant mon thé matinal, je me rends compte que je suis vraiment une dépendante affective. Je revois les derniers jours et je constate que les carottes de ma vie (appelons-les comme ça !) gèrent mes états d'âme. J'étais triste de m'être fait larguer, et là, je suis heureuse d'avoir deux gars à mes trousses ! Ma bonne humeur est gérée par les hommes du moment dans ma vie. Je trouve ça pathétique… Je note le tout dans mon cahier.

La patiente semble dépendante affective. Dépendance ne se traduisant pas par des comportements d'attachement excessif envers un individu particulier, mais envers le fait d'avoir ou non quelqu'un dans sa vie. L'attention masculine lui procure un sentiment d'accomplissement euphorique rehaussant son estime personnelle. Lorsque cette attention lui est retirée, son estime dégringole instantanément.

Je dois avoir un gars quelque part qui pense à moi, qui m'appelle ou qui me fait sentir importante à ses yeux, sinon la vie est morose, monotone et banale. Je définis ma valeur dans les yeux des autres, des hommes en fait. C'est une forme de dépendance affective. Suis-je toute seule dans mon cas ?

Pourtant, je n'ai jamais été une fille qui doit voir son *chum* tout le temps, savoir où il est, ce qu'il fait… Au contraire, en couple, je suis de nature indépendante. Mes petits amis dans le passé m'ont déjà reproché d'être trop autonome ! Imaginez ! Est-ce que c'est possible de l'être TROP ?

Bref, je comprends aujourd'hui que ma dépendance affective se situe plutôt dans le fait d'avoir ou non quelqu'un dans ma tête. Donc plutôt dans les moments de célibat. Je ne veux pas être comme ça ! C'est un handicap émotionnel énorme pour une femme qui a une force de caractère comme moi. Je ne veux pas avoir besoin de quelqu'un dans la vie. Qu'est-ce que je dois faire concrètement pour rééduquer mon cœur à ne pas ressentir ça comme étant nécessaire ?

Repousser tous ces gars et rester vraiment toute seule pour un temps ? C'est ennuyeux pour une fille de vingt-neuf ans qui mord dans la vie comme moi ! Je dois peut-être tenter de me détacher et ne plus attendre l'appel ou le texto qui va m'émoustiller.

Peut-être est-ce une parcelle de la solution : commencer petit à petit à ne plus attendre et à ne plus espérer. Difficulté à l'horizon ! Il me semble que, depuis mon adolescence, j'attends après les gars. J'ai attendu que Maxime, le président du conseil étudiant en première secondaire, me donne mon premier *French kiss* tellement mouillé. J'ai attendu qu'un garçon m'invite au bal des finissants en cinquième secondaire. J'ai attendu qu'un autre dans mon cours de philo réponde à mon invitation. J'ai attendu que celui assis au bar me regarde enfin. Bref, j'attends toujours après eux ! C'est un peu la raison pour laquelle je suis si avenante aujourd'hui ! Bref, de longs moments d'angoisse et de patience résument bien les relations amoureuses que j'ai eues jusqu'à maintenant ou presque. Aucun sens logique ! Une personne ne peut pas mettre sa vie sur pause pour attendre quelqu'un. Le sablier du temps qui passe est unidirectionnel. La vie doit être vécue à cent milles à l'heure et tant mieux si quelqu'un se joint à nous pour faire un bout de chemin à nos côtés. Tout ça détone en moi comme une révélation !

Le reste de ma semaine se passe rondement. J'ai recommencé à enseigner et tout se passe bien. J'arrive à accomplir tout ce que mon agenda m'indique avec une belle énergie, et ce, sans trop penser à mon dieu grec, à mon psychologue ou encore à mon chanteur. C'est un bon début !

Je discute avec Sacha vendredi soir.

— J'ai tellement hâte de partir ! me confie-t-elle.

— À quelle heure est ton vol ?

— Demain, dix-sept heures trente.

— T'es prête ?

— Tellement ! De plus, je n'ai pas vu mon homme depuis presque une semaine, ce sera merveilleux !

— Chanceuse ! Tu me donneras des nouvelles par courriel.

— Promis !

— Profites-en bien, je t'adore !

— Moi aussi ! Passe une belle semaine !

Sacha flotte littéralement sur un nuage et je la comprends. Mais je ressens de l'animosité par rapport à son amant qui s'amuse avec trop de cœurs à la fois. Je sais que la consœurie prône un peu un objectif semblable, mais nous, on doit laisser aller le gars qui tombe en grand A avec nous. Ne pas faire de mal à personne (c'est une règle non écrite !). Présentement, notre amie s'enfonce de plus en plus dans le grand A, et lui ne peut qu'être gagnant dans tout ça. Deux femmes, deux vies, des mensonges à profusion. Il entretient un H, mais en s'engageant de part et d'autre. Bien entendu, sera présentes pour l'épauler le jour où sa bulle éclatera et qu'elle comprendra que « monsieur » ne quittera pas sa conjointe pour elle. Nous savons toutes que, dans son cœur, elle espère qu'il quitte cette fille pour elle, et ce, depuis un moment déjà.

En me couchant le soir, je réalise que je n'ai pas pensé à mon cou de la semaine et que mon médecin ne m'a toujours pas appelée. Les résultats n'arrivent pas. Je n'ai aucun pouvoir là-dessus. J'appellerai quand même ma tante demain matin pour voir ce qui se passe avec ce nodule thyroïdien de malheur. Vous voyez, je suis encore à attendre après un homme, mais dans ce cas, c'est acceptable. Mais ce sera la dernière fois ! Que les mâles de la terre entière se le tiennent pour dit !

Le garagiste de Cori

Samedi, j'appelle Cori pour avoir des nouvelles de son changement d'huile stratégique.

— *Hey* allô ! Puis, comment était ton huile ? que je lui demande en rigolant.

— Bof ! J'ai vraiment suivi vos conseils : rendez-vous en fin de journée, tentative d'en savoir plus sur sa situation matrimoniale… Oublie ça, je perds tous mes moyens, je deviens une vraie nulle en face de lui ! me confie-t-elle.

Coriande est une fille gênée et elle doit vraiment se botter le derrière pour tenter un truc avec un gars lorsqu'elle n'est pas « cocktail ». Sinon, elle reste passive et finit par abandonner pour rentrer chez elle en se faisant croire que c'est correct dans le fond. Mais, dans ce cas-ci, j'avoue que la situation n'est pas évidente. Imaginez !

— J'admets que ce n'est pas facile, mais parle-moi de son attitude, que je lui demande.

— Il est toujours aussi sympathique, jovial. J'ai encore l'impression qu'il me lance des carottes, mais je ne suis pas certaine, explique-t-elle.

— Il faudrait en savoir plus sur lui, que je dis.

— Je ne sais rien…

— Qu'est-ce que tu fais quand tu es là ?

— Je lui pose des questions de mécanique…

— Quoi ? Franchement Coriande... Justement, il faut que tu lui parles d'autre chose que de mécanique... Parles-tu de recettes de cocktails quand tu vas voir ton barman ?

— Parlant de lui... tu ne sais pas le drame ?

— Quoi ?

— Mon barman a une nouvelle blonde !

— Impossible ! Il est barman. Il n'a pas le droit d'être en couple ! Pas publiquement en tout cas ! Voyons, ton recrutement ne va pas très bien ! que je lui exprime en riant.

— Je sais... bientôt je vais avoir une contravention comme tu as eue ! affirme-t-elle.

— Ah ! ah ! oui et c'est cher, je te le dis ! As-tu un plan d'attaque ? que je lui demande.

— On va en ski toute la fin de semaine. Je vais sortir dans la Vieille Capitale tous les soirs, je pense. On s'y rend vendredi. J'aurais aimé ça que tu sois là ! Il me semble qu'ensemble, on carotte bien, poursuit-elle.

— Ne crains pas, j'aimerais bien sortir avec toi ce week-end, mais bon, c'est loin un peu.

— Je te laisse, je vais jouer dehors...

— Laisse-moi deviner : tu vas faire de la planche ?

— Oui madame !

Ma fête... trente ans...

Je suis impatiente de me rendre à ce week-end avec les filles. La semaine se déroule sans rien de particulier. Quelques textes sont échangés avec mon dieu grec, mais rien de très croustillant : des nouvelles de nos journées respectives, quelques blagues, des questions sur sa future tâche d'enseignant. Bref, il reste prudent et il ne se mouille que le bout des pattes. Mais le contact reste présent, et ce, de façon assez fréquente. J'avance deux hypothèses à ce sujet : soit il garde le contact pour se déculpabiliser de m'avoir rejetée, soit il me garde en marge de sa vie au cas où sa nouvelle flamme ne brûlerait pas autant qu'il le croyait. Est-ce que je pense en fille ou en gars, là, d'après vous ? Une chose est certaine, je ne tente rien. Je reste sur le *statu quo* en me disant que JE suis la victime de son « flushage ». Il devra continuer de pagayer énergiquement s'il veut me revoir officiellement.

Sacha a envoyé un bref courriel vantant la beauté des plages du Mexique et la chaleur du soleil des tropiques. Le tout sans trop de détails sur la relation au quotidien avec son bel et inaccessible amant. Elle revient samedi en début de soirée.

Ma fête se déroule comme je l'avais prévue, c'est-à-dire : une journée ordinaire dans un monde ordinaire. Quelques appels de proches, encore au courant que je suis née cette date, meublent ce dix-huit mars. Les filles ont fait une conférence téléphonique pour me chanter *Happy Birthday a cappella*, comme chaque année. Même Sacha est là en direct du Mexique ! Nick ne sait pas que c'est mon anniversaire et mon chanteur m'a oubliée (je lui ai mentionné ma date de naissance la dernière fois que je l'ai vu !).

Je lui envoie un texto le lendemain : « Bonne fête » pour lui faire une blague. Il me rappelle aussitôt.

— Hé ma belle, t'es pas mal mêlée, ce n'est pas ma fête ! se moque-t-il.

— Non, je sais… c'est la mienne…, que je lui réponds.

— Hein ? Bien oui, le dix-huit ! Je suis vraiment niaiseux. Désolé, je suis tellement nul pour retenir des dates de fête. Qu'est-ce que t'as fait ? enchaîne Bobby, mal à l'aise.

— Pas grand-chose, je soupe avec un ami ce week-end, mais j'ai beaucoup de travail. Je vais fêter avec mes amies bientôt. On a un spectacle à Montréal la fin de semaine du vingt-huit mars, justement.

— Ah oui ! Je vais être ici aussi. Donne-moi des nouvelles et je me reprendrai quand on va se voir, ma belle ! m'affirme-t-il.

— C'est bon, attention à toi, bye !

C'est tout ? Rien de plus. Mali, ne te fais pas des idées avec ce chanteur de pomme. Tu le sais. Pas d'attente, pas de déception !

Cath apprend la nouvelle de ma fête à sa grande surprise par un courriel de l'adjoint administratif qui a un système de messagerie annonçant automatiquement les anniversaires de tout le personnel. Madame l'avocate, furieuse, me fait un procès.

— C'est ta fête ! me crie-t-elle lorsque j'arrive au bureau en après-midi.

— Ah oui ! Peut-être, je ne sais plus, que je dis à la blague.

— Merci de m'avoir transmis l'information ! Quand pensais-tu me le dire ? mugit-elle, les mains sur les hanches.

Je lui explique que je ne suis pas du genre à annoncer au micro mon anniversaire. Je ne voulais pas avoir l'air de me quémander un événement festif.

— Je m'en charge, moi, de la festivité ! On sort danser ce week-end. Tu n'as pas le choix, ma belle ! me lance-t-elle en frappant son poing sur son bureau.

— Où ?

— On va aller à la discothèque de Paspébiac. La clientèle est un peu jeune, mais avec une *gang* de filles, on aura du *fun* !

C'est dans cette ville que j'ai rencontré mon dieu grec après la partie de hockey. Il habite le village voisin. Je ne suis pas certaine de vouloir le croiser dans un contexte de la sorte. Mais bon, Cath, visiblement hystérique, ne me laisse pas le choix.

— J'appelle toutes les filles et toi tu te mets un « truc super *sexy* », on va aller déplacer de l'air par là !

— OK ! madame l'avocate, si ça m'évite un procès pour avoir omis de mentionner un élément de preuve à la cour, je vais me conformer à votre arrangement à l'amiable, que je plaide en riant.

— T'es bien mieux ! Sinon je te fais un procès au criminel, me répond-elle avant de partir pour aller à son cours.

En me dirigeant à la machine à café, je reconnais la silhouette de Meloche au loin.

— Ah ! bonjour Mali ! C'est beau ce que tu portes. Une drôle de couleur par contre, mais bon, vous les gens de la ville avez des goûts particuliers. Il faut s'y faire.

Tellement scolaire comme commentaire ! J'ai oublié de vous le dire, ce con a une répugnance pour quiconque vient de « la ville ». Notez ici que mot ville inclut tous les gens qui n'habitent pas la Gaspésie.

Je le regarde à peine en ne donnant pas suite à son commentaire futile. Il poursuit.

— Justement, je devais te parler de quelque chose. Le département m'a demandé de faire des comptes rendus des conférences du colloque du week-end dernier, mais comme je n'ai malheureusement pu m'y rendre…

— Ah non, désolée ! Je n'ai pas le temps, que je lui réponds en sucrant mon café.

S'il pense que je vais lui rendre service.

— Trop tard ! J'ai dit au directeur que tu les ferais. Le cégep ne t'a pas payé des vacances de plaisance, Mali. Tu étais là pour le travail. Tu dois faire ta part pour le département. Déjà que t'as été en vacances pendant un mois.

En vacances ! Quel connard, je vais l'étriper. Je serre le poing gauche pour me calmer un peu et il poursuit.

— Mais si tu refuses de t'impliquer, je devrai convoquer une réunion avec la direction pour…

Je l'interromps en le regardant de glace.

— Laisse faire, j'irai voir le directeur moi-même.

Je m'éloigne de lui en bouillant de rage. Merde, je n'ai pas le temps de faire ça ! J'ouvre mon ordinateur pour envoyer un courriel au directeur. Il m'a déjà écrit. Le message date d'hier :

« Bonjour Mali, Éric m'a dit que tu avais accepté d'écrire les comptes rendus. Merci beaucoup pour ta contribution aux archives du département de psychologie. Au plaisir de te lire. Bonne semaine ! »

C'était déjà tout planifié. Que voulez-vous que je fasse ? Me plaindre ? Non merci. Je vais les remettre, et lundi matin en plus.

On sort !

Tout en me préparant pour sortir, j'estime que j'ai bonne mine et ça me plaît. Les filles, c'est rare que ça nous arrive de nous trouver à notre goût. Il faut en profiter ! J'apporte une belle poche de carottes bien fraîches. On ne sait jamais. Je porte mon jeans « mise en valeur » bleu pâle et une camisole à manches larges avec un imprimé fauve, style léopard. J'ai laissé mes cheveux détachés afin de créer un effet « crinière de lion » très sauvage allant avec la thématique de mon chandail, bien sûr. Mes bottes à talons, quelques bracelets, des boucles d'oreilles… et voilà ! Je suis maintenant prête à brûler les planches et à voir mon dieu grec en baver devant mon *look* d'enfer. Oups ! C'est vrai, je ne dois pas y penser…

Les filles arrivent dans ma cour. Elles viennent me chercher. C'est ma fête, je ne prends pas ma voiture ! Il y a deux véhicules remplis de filles qui dégagent toutes sortes d'odeurs de parfums différents. Comme dans le métro à l'heure de pointe le matin !

Après une heure de route longeant la mer, nous arrivons à la fameuse discothèque. Honnêtement, l'apparence extérieure me fait douter de son potentiel. En entrant, même s'il est tôt, je constate qu'il y a déjà beaucoup de monde. Des jeunes du cégep surtout ! Ah non, un de mes élèves ! Et une autre par là ! Au moins, il y a quand même quelques personnes dans la trentaine, ce qui me fait me sentir encore jeune à vingt-neuf… heu… trente ans maintenant.

Nous nous installons au coin du bar et j'explique aux filles qu'on ne doit pas s'asseoir à une table, mais plutôt rester au bar. Elles n'ont pas cette habitude, mais elles acceptent sans trop de questions. La musique est bonne : pop, électronique, hip-hop… Le DJ connaît bien les succès de l'heure et il nous en met plein les oreilles. Ah ! c'est ma chanson ! C'est drôle, hein, les filles ? C'est toujours NOTRE chanson !

Après une heure à discuter et à boire des *shooters* de bonne fête, tout le groupe se déhanche maintenant sur la piste de danse au son de David Guetta et de Rihanna. Ce n'est que lorsque je me dirige vers les toilettes que j'aperçois devant moi, à moins d'un mètre, mon dieu grec accompagné d'une fille brune à l'allure sportive, mignonne. Nom d'un chien ! Je fige, je lui fais un sourire trop peu naturel et je continue mon chemin. Il me fixe, manifestement mal à l'aise. Je m'enfonce dans les toilettes pour réfléchir. Heu… pour paniquer plutôt ! J'aurais mis ma main au feu ! Na ! Na ! la vie, je la savais celle-là ! Je n'aurais jamais dû venir ici ! Je n'ai pas le goût de les voir se lécher les amygdales toute la soirée ! Qu'est-ce que je fais ? Je me sauve par la fenêtre et je reviens chez moi sur le pouce… ?

Mali, on se calme ! Je dois me ressaisir ! C'est ma fête, je suis avec des amies, il débarque avec sa nouvelle conquête, et puis quoi ? Je ne vais pas gâcher ma soirée à cause d'une fille que je ne connais pas et d'un gars que je ne connais pas tellement plus non plus. Je sors pour rejoindre mes amies en prenant soin de ne pas chercher mon dieu grec du regard. En arrivant sur la piste de danse, Cath me prend par le bras et me chuchote à l'oreille :

— Il est ici avec une fille.

— Je sais, j'ai presque fait un accident avec eux en allant aux toilettes ! Mais on s'en fout, on a du *fun* !

— Belle attitude, de toute façon, tu es très jolie ce soir, il va en baver. Comment dites-vous avec tes amies de l'Estrie : on se met en valeur ?

— Ouais ! J'irai demander une salsa tout à l'heure et je danserai pour lui.

Avec tous mes voyages en Amérique du Sud et en Amérique centrale, je danse le mérengué, la salsa et la bachata. Les gens me disent souvent que je semble avoir un petit quelque chose de sud-américain dans le sang. Je pense que le fait de me déhancher le popotin devant lui et ses amis pourrait juste lui faire prendre conscience de... heu de... Bon, OK, de rien du tout. Je veux juste l'aguicher, si vous voyez ce que je veux dire !

Je ne peux m'empêcher de les fixer de loin. Je me répète : « Arrête, Mali, regarde ailleurs ! » Je suis comme obsédée par eux ! Je dois absolument noter ça dans mon livre à mon retour.

> *Madame a certaines obsessions de voyeurisme incontrôlables dirigées vers une relation conjugale qui ne la regarde pas. La patiente tente de contrôler ses impulsions, mais en vain. Elle cède à la tentation en espionnant le couple de loin, et ce, avec une attention quasi maladive.*

Une heure d'observation plus tard, les haut-parleurs crachent le rythme endiablé d'une chanson des îles du sud. Cath vient me rejoindre. Je la fais danser comme les partenaires masculins font danser les filles. Je préfère assurément prendre le rôle de la femme pour ces danses, mais là, faute de ne pas avoir à la portée de la main un mâle aux pieds dansants, Cath fait l'affaire. Celle-ci me confirme durant la salsa que mon dieu grec a les yeux rivés droit sur nous. Une fois la chanson terminée, elle me dit :

— Ça valait vraiment le coup de lui voir la face !

— Ah ! ouais, tant mieux !

Le balancier a changé de côté ! C'est maintenant lui qui fait une séance d'observation subtile dans ma direction !

En allant au bar, je me fais intercepter par le bras.

— Vous dansez bien, Madame la professeure, me complimente-t-il.

Il vient me parler maintenant !

— C'est toujours plus agréable avec un partenaire masculin, mais malheureusement celui que je convoitais est accompagné ce soir, que je lui réponds en faisant signe à la serveuse de venir me voir.

— Ouais ! Je ne savais pas que tu serais là… désolé…

— C'est correct. Moi non plus je ne savais pas que je serais ici. Les filles sont débarquées chez nous à vingt et une heures en m'annonçant le projet, que je lui mens.

Petite précision : je ne suis pas une menteuse ! Sérieusement, je considère les petites modifications de la réalité de la sorte comme des « facilitants aux relations humaines ». Par exemple, quelqu'un appelle sur votre cellulaire et vous êtes vraiment occupé. Vous ne répondez pas et rappelez quelques minutes plus tard en disant que votre cellulaire était trop loin et que vous avez raté l'appel. C'est techniquement un mensonge. Mais à la place d'expliquer les faits en détail, on coupe court en feignant un appel manqué… C'est pour cette raison que je ne lui ai pas dit que je savais depuis quelques jours que je serais dans ce bar. Je ne veux pas qu'il réagisse en disant : « Avoir su que tu serais ici » ou « T'aurais pu me le dire »…

— Bonne soirée ! que je lui fais en m'éloignant avec mes verres, l'air désinvolte.

— Pareillement ! me lance-t-il en souriant.

Il y a dans son sourire un mélange de compassion et de tendresse difficile à analyser. Plus tard, en l'observant du coin de l'œil, je me rends compte qu'il semble vraiment en période de rut intense avec cette fille. Je ne peux m'empêcher de ressentir une pointe d'envie à son égard. Quelle chance elle a ! Mais je ne dois pas gâcher ma soirée à penser à tout ce que je manque. Faisons un peu de déni[4]... Ah ! C'est un peu difficile sur commande.

Une heure plus tard, je m'aperçois, en faisant un balayage visuel de la place, que mon dieu grec et sa conquête ont quitté les lieux. Pour aller s'aimer, probablement. La soirée se termine par quelques carottes reçues de ses amis. Flatteur, mais je ne pige pas dans le cercle d'amis d'un mec. La conclusion est que j'ai tout de même passé une belle soirée.

En arrivant chez moi, visiblement sous l'effet de l'alcool, je me conditionne à me lever de bonne humeur le lendemain matin. Sans doute avec un mal de tête, mais de bonne humeur.

---

[4] Déni : nier totalement une part de la réalité externe plus ou moins importante, ce qui soulage momentanément l'anxiété. Faire abstraction que l'ami un peu moche de notre petit cousin flirte avec nous fait partie de cette catégorie de comportement.

Lendemain difficile pour tous

Je me réveille difficilement en me rappelant que je n'ai plus vingt-neuf ans et que le lendemain de veille est de plus en plus difficile dans ce bas monde. J'ai soif, de l'eau, du jus... vite ! La nostalgie se pointe malgré moi. J'ai des images de lui avec cette jolie fille. Elle semblait gentille, joviale, drôle, parfaite ! Je me ressaisis vite de ma mélancolie « post dure soirée » lorsque Sacha m'appelle en pleurant.

— Qu'est-ce qui se passe ? que je lui demande, inquiète.

— Ah ! Je suis tout à l'envers, les vacances sont terminées et il m'a dit vers la fin de la semaine qu'à notre retour on devra faire doublement attention, car sa blonde se doute de quelque chose. Ça veut dire quoi ? Que je vais le voir encore moins que je le voyais avant ? déplore-t-elle.

— Il t'a dit ça ?

— Pas tout à fait, mais c'est ce qu'il voulait dire. Je trouve ça tellement plate.

— Je comprends, ma belle ! Vos vacances ont été amusantes au moins ?

— C'était bien, mais on dirait que je l'ai agacé par moments. Il a comme été impatient deux fois avec moi et il s'est poussé au golf en me laissant dans la chambre toute seule tout l'après-midi.

— Hum ! C'est un peu moche, hein ! Donc, là, ta grosse balloune dégonfle ?

— Oui, j'ai beaucoup de peine. Disons que le retour est difficile et que je ne suis pas prête à travailler demain.

Voici un bon exemple des risques de grand A avec juste un candidat ! Qui ne croyait pas encore à la théorie ?

— Prends une chose à la fois et prends soin de toi aujourd'hui. Qu'est-ce que t'as au programme pour débuter ta journée ?

— Je dîne chez ma sœur, elle m'a invitée, sinon je déferai ma valise. Je surveillerai s'il va se brancher sur MSN.

— Non ! Ce n'est pas prendre soin de toi que d'attendre qu'il te donne des nouvelles. Vraiment pas.

— Je sais, mais je m'ennuie déjà de lui. Imagine ! Je suis idiote !

— Stop. Premièrement, tu n'es pas une idiote. Deuxièmement, t'es une fille géniale, sensée et intelligente. Fais la différence entre la situation qui te fait mal maintenant et toi en tant que personne. Assez, les idées négatives. De quoi es-tu déçue exactement ?

— Je ne sais pas trop. Je n'arrive pas à mettre le doigt dessus. Je suis à la fois déçue de la fin des vacances et je me suis sentie triste qu'il me dépose chez moi pour s'en aller chez lui… avec elle…

— Est-ce que ça se peut que ce soit ça le problème : qu'il retourne chez lui, avec sa blonde ?

Elle ne répond pas et pleure doucement.

— Sacha, depuis le début tu nous dis que tout va bien, que tu gères le fait qu'il ait une femme dans sa vie. Est-ce vraiment la vérité ?

— Je ne sais pas. Je ne sais plus.

Le chat sort enfin du sac ! Nous l'avons mise en garde plusieurs fois de ne pas se languir trop de lui. Elle nous disait : « Non non ! » Mais je sais très bien que le petit hamster qui tourne dans sa roulette est difficile à contrôler. Je constate en l'écoutant que les attentes des filles sont souvent disproportionnelles à la réalité. Du coup, ce sont ces mêmes attentes qui nous créent toutes les insatisfactions que nous ressentons. Pourquoi se crée-t-on tant d'espoir ? On nous a trop raconté d'histoires de princes charmants ? On a trop intériorisé le concept du : « ils vécurent heureux et eurent beaucoup d'enfants… » ? Voilà peut-être la cause de nos désirs toujours irréalistes vis-à-vis des hommes.

Mais bon, peu importe la raison, l'objectif, mesdames, est d'avoir le moins d'attentes possible en amour. Du moins, au début. De se dire « advienne que pourra », et prendre acte des surprises que la vie nous réserve. Bien sûr, je rationalise le tout. Ce n'est pas évident dans mon cas, car je n'ai jamais aimé les surprises. J'aime tout savoir. Si j'étais autorisée à lire le bouquin de l'histoire de ma vie, j'en aurais sans aucun doute lu de grands passages afin de prévoir la suite.

J'espérais connaître le bonheur avec mon dieu grec, comme Sacha avec son amant. J'ai eu beaucoup d'espérances avec ce gars, d'où la raison pour laquelle j'accroche encore là-dessus après tout ce temps. Mais le facteur « seule à l'autre bout du Québec » compte ! Le coup que Sacha reçoit en plein visage lui fait comprendre l'équation impossible de ses attentes par rapport à la réalité. Le résultat est maintenant déprimant et crée une situation inconfortable. La preuve de ma théorie concernant les attentes ? Ma relation avec mon chanteur : je n'en ai aucune et je vis sainement cette relation. Je ne sais pas si je vais le revoir de fois en fois, et je n'espère rien de sa part. Résultat : je ne souffre pas de cette liaison. Bien, en tout cas, pas jusqu'à maintenant !

— Appelle-moi plus tard, pitoune, pour me dire comment tu vas et pas de MSN, compris ?

— Bah ! Je ne sais pas, mais oui, je t'appelle plus tard.

Je me rends chez Hugo au cours de l'après-midi. Je décide en route de ne pas lui raconter l'épisode de la veille avec mon dieu grec. Plus on parle d'une situation négative, plus on la rumine et plus celle-ci prend de l'importance dans notre vie. Non mais, assez de torture mentale ! On va de l'avant.

Visiblement, j'ai mis mes souliers de « thérapeute pour amis en détresse » en me levant ce matin-là : Hugo est un peu démoli de ne pas avoir eu de nouvelles de sa nymphomane. Il se ronge maintenant les sangs, après avoir grignoté le coin de sa table de cuisine en chêne massif.

Je lui explique mon hypothèse des attentes, des résultats et de la souffrance qui s'ensuit. Bref, je lui fais part de ma réflexion du jour. Il m'écoute, manifestement captivé par mon discours. Discours qui a des airs de conférence organisée pour les dépendants affectifs anonymes. Il semble cautionner ma théorie et me donne des exemples concrets d'attentes qu'il a eues avec cette fille.

— Tellement vrai ! Moi, le con, je me disais : comme toutes les filles, elle va s'attacher ! Ensuite, elle va laisser tomber ses autres amants, m'explique-t-il.

— Cela ne te paraît pas possible ? que je lui demande.

— Tu veux rire ! La dernière fois que je lui ai parlé au téléphone, elle m'a confié avoir rencontré un nouveau mec à Rimouski, dit-il en regardant le plancher.

Quoi ? Un autre mec dans son harem ! Non mais, cette fille est décidément une vraie nymphomane au sens psychiatrique du terme ! Pauvre Hugo, il me fait un peu pitié, il est triste tout comme Sacha. Je discute avec lui une partie de la soirée, tentant de lui remonter le moral face à cette bipolaire du sexe, qui semble si libre de tout attachement avec les gars (mais qui est probablement très dépendante dans le fond !).

En revenant chez moi, je prends conscience que, comparée à eux, je ne suis pas si en peine que cela. Officiellement, devant vous, je décide de mettre définitivement une croix sur mon dieu grec ! Je vais jeter aux ordures les attentes que j'ai eues envers lui. J'ai maintenant la confirmation qu'il tente de bâtir quelque chose avec une autre personne et que plus rien ne se passera entre lui et moi. J'écris sur une feuille ce que j'avais espéré avec lui :

- *Le voir à mon retour de l'Estrie*
  (C'est la première attente que j'ai eue !)
- *Qu'il tombe amoureux de moi*
  (Bon, c'est drôle à dire comme ça, mais si on est honnêtes, on veut toutes ça ! Tout le temps… !)
- *Être en couple avec lui*
  (Après, bien sûr, la réalisation de l'attente précédente…)
- *Être heureuse pour l'éternité*
  (Hé oui ! Moi aussi on m'a raconté des histoires de princesses quand j'étais petite !)

Et j'ajoute en petits caractères dans le bas de ma feuille, parce que je ne l'assume pas tout à fait…

- *Que ça ne fonctionne pas avec sa nouvelle flamme…*
  (Hé ! ne me jugez pas ! Vous y avez pensé aussi…)

Vous vous demandez pourquoi je n'ai pas écrit : tomber amoureuse de lui ? Heu... je l'étais déjà après deux rendez-vous ! Donc, ce n'était techniquement pas une attente !

Je les relis à haute voix. Je déchire la feuille avant de la balancer à la poubelle même si c'est du papier. Vous comprendrez que, vu la motivation de ma démarche, je ne peux pas jeter la feuille en question à la corbeille de recyclage. C'est comme contradictoire à l'objectif. Je me sens bien de faire cette séance d'élimination d'ordures psychologiques. Je passe le reste de la soirée tranquille chez moi à écouter la télévision. Je suis surprise de ne pas avoir eu de nouvelles de Cori à son retour de ski.

Conférence webcam : demande de Cori

Le lendemain, Cori a envoyé un courriel nous convoquant à une conférence webcam le soir même. Bon, possiblement des histoires intéressantes ! Ma journée au travail est tranquille et j'enseigne mes trois heures en donnant une bonne performance pour un lundi après-midi. Vers dix-neuf heures, je suis rivée à mon écran d'ordinateur et j'attends les filles avec impatience. À ma grande surprise, Ge se branche la première.

— Allô ma belle, comment vas-tu ? Je ne pensais pas que tu serais là..., que je lui dis, contente.

— On prend des pauses parfois ! J'ai stratégiquement fait concorder la mienne avec le rendez-vous.

— Dépressive anonyme bonjour ! dit Sacha en se connectant.

— Ouf, ça ne vole pas haut par chez vous ! constate Ge.

— Sacha, qu'est-ce que t'as dans le front, merde ? Tu t'es fait greffer une tomate cerise ! que je dis pour tenter de la faire rire.

— Ne m'en parle pas ! Cette horreur a poussé cette nuit. Sûrement à cause du sac de Doritos et du pot de crème glacée que j'ai mangés au complet avant de me coucher hier soir… explique Sacha en nous montrant de plus près l'énorme bouton qui orne son visage.

— Qu'est-ce qui se passe ? Je ne suis pas au courant… demande Ge.

— Je suis contente de te voir, Ge ! Mais non, ça ne vole pas haut. Je suis en peine d'amour à cause de ma relation de couple qui n'a jamais existé, lui explique-t-elle. Mais c'est une trop longue histoire et ce n'est pas moi qui ai demandé la réunion. On va donc laisser Cori s'exprimer. Je pense que je la vois se connecter.

— Salut les poules ! La vie est belle, hein ? déclare Cori en arrivant.

— *Oh boy !* Tout le monde vole dans cette consœurie, mais pas à la même altitude, hein ! rit Ge.

— Qu'est-ce que t'as dans le front Sacha ? demande Cori, l'air dégoûté.

— Une tomate cerise ! répond Sacha, l'air découragé.

— Qu'est-ce qui te fait planer, Cori ? s'informe Ge.

— Ce n'est sûrement pas la poudreuse des pentes de ski qui t'a créé cette face de bonheur en fin de semaine ! que je suppose.

— Oh que non ! Il s'appelle Rémi et il est bien charmant. Puis, sachez que j'ai plus fait de la chambre d'hôtel que du ski en fin de semaine, nous confie-t-elle.

— T'en as attrapé un ? Raconte ! insiste Sacha.

— On est arrivés à l'hôtel vendredi soir et il y avait un genre de cinq à sept au bar. J'ai répandu des carottes de congrès à quelques endroits stratégiques dans le bistrot, et la plus intéressante a répondu positivement, explique Cori.

— Ce n'est pas illégal de distribuer des carottes de congrès quand on est PAS en congrès ? ricane Ge.

— Dans les gros hôtels, il y a toujours des congrès, donc, quand je vais au Massif, je les apporte tout le temps. Bref, le candidat se nomme Rémi. Il est dessinateur en bâtiment industriel, il a trente-trois ans et il a toutes ses dents... J'en ai des preuves concrètes, confie-t-elle en plaçant sa webcam pour qu'on voie le bas de son dos.

Elle a le dos plein de marques d'amour féroce apparentes.

— Merde, c'est un carnivore ce gars ! As-tu eu besoin d'une transfusion sanguine ? que je demande, expressive.

— Non et je ne m'en suis pas plainte... c'était chaud ! Bref, je vais monter son dossier pour vous faire sa présentation au congrès de Montréal ! précise Cori, excitée.

— Ah ! C'est vrai, il faut que je fasse la présentation de mon gars des Alouettes aussi, que j'ajoute en pensant tout haut.

— Et moi, je vais faire la fermeture du mien, déplore Sacha en faisant une moue triste.

Elle nous raconte un peu son voyage, les discussions plates qu'elle a eues avec son amant. Bref, elle confirme ce que nous pensions toutes qui arriverait un jour. Avec beaucoup de tendresse, les filles l'encouragent, tentent de lui dire d'attendre de voir sa réaction, de lui donner moins de nouvelles… et surtout de s'ouvrir à d'autres possibilités. Sacha est d'accord avec tout ça, mais elle admet trouver difficile de renoncer à ce gars.

Ge prend ensuite la parole pour nous informer des nouveaux développements dans son travail.

— On avance dans nos recherches. Vous regarderez les nouvelles demain ou après-demain, la bactérie a atteint le sud des États-Unis. On compte, à ce jour, six décès d'enfants en bas âge en Floride et au Nouveau-Mexique. Mais la différence, c'est que les médias sont beaucoup plus allumés en Amérique du Nord que dans les pays du Sud, donc on est sûrs que ça va éclater aux nouvelles demain. Ils établissent en ce moment un plan d'action pour voir comment gérer cette annonce avec la population. En tout cas, on a identifié la bactérie, mais on ne comprend pas comment elle fait pour survivre au processus de pasteurisation du lait en usine. Bref, les usines de transformation du lait vont fermer temporairement sous peu en commençant par le sud.

— T'es tellement dans le feu de l'action, c'est fou ! On va vraiment tous crever ou quoi ? demande Cori.

— Non non, on se calme, mais achetez des comprimés de calcium, même si ce n'est pas encore rendu au Canada, explique-t-elle.

— C'est sûr ! que je lui réponds.

— Bon, je vous laisse, ma pause est finie. Je vous donne des nouvelles bientôt. Gros becs !

— Bye cocotte, lâche pas.

— Puis toi, Mali, es-tu en forme ? enchaîne Cori.

— Bien disons… pas autant que toi, mais pas dépressive comme Sacha. Je suis comme normale, correcte. Rien de neuf ! J'ai très hâte au congrès de ce week-end. Mais moi aussi, je dois vous laisser. J'ai beaucoup de travail à faire pour le cégep.

— Parfait, nous on reste là. *Ciao !*

Je suis contente que Cori reste pour discuter avec Sacha. Elle est tellement emballée de son week-end. Elle ne peut que lui transmettre sa bonne humeur. Pour ma part, je passe le reste de la soirée à rédiger les maudits comptes rendus des conférences. J'en ai pour des heures.

Yahoo ! Je m'en vais chez moi !

Après une semaine occupée, je prends jeudi la route 132 Ouest jusqu'à l'autoroute 20 qui se rend directement chez papa et maman. Ceux-ci trépignent d'impatience de me voir ! Nous partons pour Montréal seulement samedi matin, j'aurai donc le temps de voir mes parents et de profiter de leur présence un peu.

Ma mère est une femme exceptionnelle, toujours là pour les autres, attentionnée, drôle et discrète. Elle est, depuis la fin de mon adolescence, une grande amie et une fidèle alliée dans ma vie de tous les jours. Elle est membre du partenariat externe de la consœurie, avec la mère de Sacha. Retraitée de l'enseignement depuis quelques années, elle profite au maximum de sa nouvelle vie. Elle adore faire plaisir aux gens, cuisiner des desserts sublimes, jouer au curling l'hiver et au golf l'été, les fruits de mer, tous les téléromans de Fabienne Larouche, et rire de mon père lorsqu'il souffle ses feuilles à l'automne. Elle déteste que les gens parlent de tout ce qui se passe aux toilettes (je suis pareille !), recevoir de l'eau dans le visage lorsqu'elle se baigne, les noix de coco, ses cheveux (pas assez volumineux), les émissions américaines mal traduites et que son homme (alias mon père) s'endorme pendant les films. Elle est toujours de bonne humeur et c'est un souffle de rafraîchissement chaque fois que je la vois.

Mon père, lui, est un vrai gars de bois. Il est dans son élément entouré d'arbres ou d'eau, donc dans la forêt ou sur un lac. Il pêche tout l'été et planifie ses voyages de chasse aussitôt la saison hivernale terminée. Il travaille dans la construction comme soudeur. Mon père adore par-dessus tout construire des cabanons, les rabais à l'épicerie, souffler ses feuilles à l'automne (même si ma mère rit de lui), les viandes sauvages, raconter des blagues et conduire tout ce qui fait vroum vroum. Il n'aime pas les pommes de terre, les restaurants chics, les hommes qui portent des sacoches (il ne comprend pas), la chaleur accablante et que ma mère le dérange lorsqu'il dort pendant les films. C'est un vrai boute-en-train ! Drôle et intelligent, il anime les soirées en famille et les feux de camp entre amis, sans problème. À l'adolescence, il était l'idole de mes amis et j'appréciais beaucoup que tout le monde aime venir chez moi pour rencontrer le clown qu'est mon père.

Mon père m'a écrit un message texte.

(Bonjour, ta mère et moi avons hâte de te voir. Bye !)

Il vient de découvrir cette technologie tout récemment. Il en est très fier.

La route est longue, déjà six heures de faites ! Par chance, j'aime conduire, tranquillement, la musique le plus fort possible !

Je me sens libre, glissant sur la route. Huit heures paisibles vers l'amour de mes proches. Ma seule inquiétude concerne mon véhicule. Des fois, je crains qu'il ne m'abandonne. Imaginez ! Rester en panne entre Rimouski et Québec. Mais je suis membre de CAA. Le pire qui puisse m'arriver, c'est de devoir coucher à l'hôtel pour une nuit. J'essaie de prévoir cela dans mes journées de départ ou de retour pour ne pas avoir de mauvaises surprises. À 240 000 kilomètres au compteur, le risque est bien présent ! Malgré tout, j'aime ma voiture. Tout comme pour me loger, je n'ai pas de critères exigeants concernant la façon de me déplacer. Je ne suis pas du tout une « fille de char ». Les véhicules coûteux ne m'impressionnent guère. Les gars qui conduisent une grosse voiture luxueuse non plus. Cela ne fait que définir les priorités de quelqu'un.

Bon, j'arrive enfin ! Il est dix-sept heures.

Le congrès de Montréal

Le départ pour Montréal se fait samedi matin de chez Sacha. Lorsque j'arrive dans sa cour, les filles sont déjà là ! Même Ge, qui a demandé un congé de deux jours. Après une série d'accolades chaleureuses, nous partons direction Montréal pour un week-end des plus prometteurs.

Je roule derrière la voiture de Sacha. J'ai décidé de prendre mon véhicule afin d'entretenir mon H après la soirée. J'ai laissé un message dans la boîte vocale de mon chanteur pour lui expliquer que je suis à Montréal. J'ai fait de même avec mon psychologue, lui fournissant la même information. Je tenterai de voir Bobby dimanche et Nick lundi.

Non mais, quelle gestion que je dois faire ! Je n'ai personne en Gaspésie et deux *prospects* dans la région de Montréal. C'est un H très mal réparti, géographiquement parlant. Mais bon, je me répète en conduisant : « Je ne me fais plus d'attentes, je ne me fais plus d'attentes ! »

L'après-midi s'avère dispendieux : *shopping* dans les boutiques tendance et martinis dans des pubs branchés. Nous sommes les vraies héroïnes de *Sex and the City*, mais à Montréal au lieu de New York. Mon chanteur me rappelle en fin d'après-midi.

— Salut ma belle, t'es où ?

— Au centre-ville, on se la coule douce.

— Puis là, c'est quoi ton plan de match ?

— Ce soir, on couche en ville et demain je couche chez toi.

C'est moi qui viens de lui dire ça ?

— Ah bon, je ne savais pas ça !

— Maintenant tu le sais !

— Correct, tu pourrais venir voir à quel endroit j'habite... Je t'appelle demain quand j'arrive, je suis en *show* en Beauce ce soir.

— C'est bon, appelle aussitôt que t'arrives, j'irai te rejoindre.

— Super, je t'embrasse...

Bon, un candidat d'organisé ! Je dois donc voir Nick la journée suivante, soit lundi. Tout ça semble un peu spécial, hein ? Mais que voulez-vous, j'ai le goût de les voir tous les deux. Les filles rient en me voyant organiser mes rendez-vous.

— As-tu besoin d'une agente administrative pour tenir ton agenda de carottes, Mali ? demande Cori.

— Non ! Non ! Ça va, merci ! que je réponds en riant.

— Tu devrais faire une partouse à trois... ça serait bien moins compliqué ! propose Ge d'un ton assumé tout en prenant son martini comme une vraie garce.

— Franchement ! T'es juste une traînée des bas-fonds de New York toi, Geneviève.

— Tu n'as pas l'esprit ouvert, Mali ! Tout le monde fait ça, réplique Sacha en imitant l'air garce de Ge en se passant la main dans les cheveux en femme fatale.

— C'est vrai ! Un petit *trip* à trois dans la métropole pour une Gaspésienne en « rut », y'a rien là..., ajoute Cori en imitant les deux autres en se mettant un doigt dans la bouche maladroitement tout en se penchant vers moi sur la table.

— Vous avez l'air de trois actrices médiocres directement sorties d'un film porno petit budget. Vous m'agacez. Je vais aller téléphoner plus loin..., que je dis en riant.

Nick m'a envoyé un texto.

(Salut Mali, tu m'as appelé ?)

Je compose son numéro de portable. Il répond immédiatement.

— Salut Mali, content d'avoir de tes nouvelles. Comment s'organise ton week-end ?

— On couche en ville samedi et dimanche. Je voulais savoir si tu passerais la soirée avec moi lundi soir.

— Oui, c'est sûr ! Je connais un bon resto au centre-ville. On pourrait se rejoindre là ?

— En fait, j'avais pensé aller chez toi avant le souper. On aurait pu aller au restaurant ensemble avec juste une auto ou en métro.

— Impossible. Mon *condo* est en réparation, je refais les planchers. J'habite depuis quelque temps chez un ami. On pourrait aller à l'hôtel ensemble si tu veux dormir à Montréal ?

— Ah bon, pas de problème ! Dis-moi où et je te rejoins lundi vers la fin de l'après-midi.

— Parfait, bye.

Dommage ! J'aime bien voir où les gars vivent. Je trouve que l'appartement d'un mec célibataire en dit beaucoup sur lui en tant qu'individu. Mais le projet de me faire réveiller dans un *condo* poussiéreux avec des gars de la construction qui font des planchers ne m'emballe guère. Et aller chez son ami ? Je n'y pense même pas ! L'hôtel est adéquat pour une deuxième rencontre officielle.

Je retourne auprès de mes amies qui sirotent un troisième martini aux pommes de fin d'après-midi. Cori montre une photo de son candidat Rémi de Québec à toutes les consœurs. Je présente ensuite Nick, sans photo, car les filles l'ont déjà vu. Après la présentation officielle, les deux candidats sont acceptés sur-le-champ.

Nous trinquons à ces deux « approbations » pour ensuite retourner à la chambre d'hôtel. C'est amusant de se préparer toutes ensemble. Un genre de déjà-vu datant de l'époque du cégep. Chacune consulte les autres pour sa tenue de soirée, nous

nous maquillons, nous nous peignons, tout en discutant tranquillement.

Le réceptionniste de l'hôtel s'inflige un torticolis lorsque nous sortons par la porte principale en tenue de « mesdames qui sortent chasser ce soir ». J'avoue que nous réussissons à être de jolies femmes lorsque l'équipe participe à la métamorphose beauté de chacune.

Plusieurs amis de Sacha nous accompagnent au spectacle. Nous attendons plus d'une heure avant d'entrer dans le Métropolis. Nous choisissons des places près de la scène. Notre conférencière Lady Gaga nous donne un spectacle haut en couleur et en musique. Les décibels sont au maximum et nous dansons sur les airs de cette Lady Marmelade aux *g-strings sexy*.

Après le spectacle : direction *night club* pour lancer les carottes qui débordent de nos poches. Un ami de Sacha nous conseille un club branché pour danser et rencontrer plein de beaux bonshommes. L'endroit est parfait : très moderne, avec une section *lounge* plus tranquille et une partie discothèque. La moyenne d'âge de la clientèle est de trente ans et plus. Super ! Les appâts volent dans tous les sens ! Après moins d'une heure, Sacha et Cori ont déjà un *prospect* en main. Ge et moi explorons le territoire de chasse en équipe, tout en sirotant une Corona double lime. Ce ne fut pas très long avant que deux gars nous invitent à prendre un verre dans la partie plus tranquille.

Premier commentaire sur la bête qui me tend une carotte : il est du genre grande gueule et vantard. Dès les premières minutes de conversation, il cherche à se valoriser avec son travail. Il m'énumère plein de détails inutiles sur SA compagnie de système de réfrigération ou je ne sais quoi ! Après, il me fait un monologue sur la conception du produit, l'étendue du marché, les perspectives d'avenir… ouache, c'est trop ennuyant ! Il me dresse ensuite un compte rendu des chiffres d'affaires du dernier trimestre et termine par le processus de sélection rigoureux avec lequel il embauche son personnel. Voyons donc ! Il se cherche une adjointe administrative ou il flirte avec une fille ? Il veut m'offrir une *job* ou coucher avec moi ? Je ne sais plus.

Durant son discours, je fais de l'écoute mécanique. Ses mots se promènent partout autour de nous, mais n'entrent pas dans mes oreilles. Je fais des murmures et des encouragements verbaux (mmmm… ah… ouais…) en attendant le moment idéal pour m'éclipser. Le danger avec ce genre d'écoute est que la personne dise : « Qu'est-ce que je disais donc ? » Mais le type est tellement absorbé par sa propre histoire que même un tsunami dans le bar ne lui ferait pas perdre le fil de la « discussion » !

Je pense à mon chanteur que je vais voir demain. Je finis par mentir au gars en disant que je suis malheureusement en couple. Oui, c'est un mensonge, mais je l'assume totalement ! Il m'avoue être en couple lui aussi. Ne m'a-t-il pas dit le contraire il y a cinq minutes ? Il se rapproche en m'expliquant qu'une petite aventure ne fait jamais de mal à personne. Ce gars est pathétique ! Je me sauve aux toilettes. En sortant, je constate qu'il m'attend. Ah ! Comment faire fuir un chevreuil qui a lui-même mangé l'appât qu'il me tendait ? Je ne sais pas. Je suis fondamentalement incapable de toute méchanceté, mais qu'est-ce que je dois lui dire pour qu'il me laisse tranquille ? Il me dit :

— C'était long les toilettes… Je t'attendais.

D'instinct, je lui dis la première chose stupide qui me vient en tête.

— Ah, c'est que j'ai une vaginite à levure vraiment intense. Ce n'est pas évident, je te jure.

Il me regarde, l'air dégoûté, avant de se pousser en douce en se fondant dans la foule sur le plancher de danse. Ouf ! Bonne stratégie, Mali ! Vous allez l'utiliser, hein ?

La soirée s'avère riche en rencontres pour tous les membres de la consoeurie à l'exception de moi. Je retourne seule à la chambre d'hôtel vers deux heures du matin, fatiguée. Les filles me réveillent en entrant bruyamment dans la chambre vers quatre heures. Je m'assois dans le lit pour entendre les derniers potins encore tout chauds (comme les filles !) de cette soirée. Les trois ont un numéro de téléphone en poche. Pour Ge et Cori, ça semble plus ou moins sérieux. Sacha, quant à elle, a enfin rencontré quelqu'un qui peut faire une réelle compétition à son unicandidat. Elle veut le revoir ! J'en connais un qui va en écumer (c'est pire que baver !) lorsqu'il apprendra la nouvelle ! C'est un fait bien établi : l'amant marié accepte souvent mal que sa maîtresse voie quelqu'un d'autre. Je suis certaine que ça va être son cas. Imaginez à quel point il faut être effronté pour être jaloux des soupirants de sa maîtresse ! C'est absurde.

Suis-je bipolaire ?

En matinée, nous déjeunons dans une crêperie. J'attends avec impatience que Bobby me donne signe de vie. Les filles partent vers quinze heures pour retourner dans leur ville respective. Toujours pas de nouvelles. Je reste seule dans la métropole à errer en attendant l'appel qui guidera ma vie pour les vingt-quatre prochaines heures. Mon téléphone sonne enfin vers seize heures.

— Salut, ma belle ! Je suis arrivé, où es-tu ?

— Au centre-ville, j'avais des choses à faire

N'importe quoi ! Je tue le temps !

— Bon bien, passe quand tu veux, je te fais un bon souper.

Il m'explique où il habite. Ouf ! Ça ne semble pas trop compliqué. Je m'y rends de ce pas afin d'être certaine d'arriver avant minuit ! C'est un quartier de l'île que je ne connais pas du tout.

Lorsque j'arrive, il m'embrasse (pas sur le front, cette fois-ci !) avant de me servir une bière. Nous discutons un moment de mon spectacle, du sien, de notre soirée de filles, des échanges de carottes... Il trouve très drôle notre langage de « chasseresse », comme il dit, et me demande souvent des nouvelles sur mes soirées de flirts entre amies.

Bobby se met soudainement à me parler d'une fille de Montréal qu'il fréquente. Mais bon, c'est un peu trop d'information pour moi ! Ce n'est quand même pas nécessaire de me faire miroiter qu'il a beaucoup de femmes dans sa vie. Je m'en doute et c'est bien assez ! Je n'ai pas besoin d'une confirmation en plus ! Imaginez à quel point il est à l'aise pour me confier quelque chose de la sorte. Allô Bobby ! C'est moi Mali, la maîtresse que tu n'as pas vue depuis des semaines ! Je ne suis pas la voisine d'en bas ! Mais bon, je tente de faire du déni dans ma tête face à ce détail croustillant de sa vie affective. Je dois me concentrer sur l'objectif de passer du bon temps avec lui étant donné que c'est avec moi qu'il passe la soirée...

Il y a un truc un peu pénible à être membre de la consœurie. On ne veut pas de relation de couple, pas d'engagement, donc pas d'exclusivité. J'ai un peu de difficulté avec cet aspect. J'ai toujours aimé (comme toutes les femmes !) être la seule, le numéro un. Mais là, je fréquente des gars pour qui je représente toutes sortes de numéros, et vice versa. Je dois apprendre à gérer les émotions qui viennent avec ce contrat. Depuis un certain temps, je me surprends à croire que je ne suis pas si intéressante que ça au fond. Un instant, Mali ! Il faut dire que mon dieu grec n'a pas aidé la cause. Est-ce que je perds de plus en plus confiance en moi ? Si c'est le cas, la consœurie me nuit plus qu'autre chose... Je vais noter cette hypothèse dans mon livre, et vite.

La patiente manque possiblement de confiance en elle lorsqu'elle n'a pas d'exclusivité avec un partenaire amoureux. Notez cependant que, paradoxalement, la non-exclusivité est présentement recherchée et consciente, voire considérée comme un objectif en soi pour celle-ci. Devrait-elle modifier la stratégie actuellement utilisée pour être mieux avec elle-même ?

Le canevas de mes relations antérieures est simple : je rencontrais un gars, nous sortions ensemble quelques fois, nous tombions amoureux, je devenais sa numéro un et il devenait mon numéro un. C'est plaisant de faire basculer quelqu'un dans le monde de l'amour et de l'eau fraîche. Mais là, si on récapitule : je me fais plaquer par un gars pour une inconnue et je fréquente un gars qui a plein d'autres filles dans sa vie. Bref, c'est dangereux pour mon estime personnelle qui est si valorisée quand le cœur d'un gars flanche pour moi. Mais bon, je dois focaliser sur le fait que je suis géniale et irrésistible... Ouf ! Je ne me convaincs pas de la chose.

Bobby et moi mangeons en buvant une bonne bouteille de vin. Nous descendons ensuite dans son sous-sol pour écouter un film. Quelle activité de couple ! C'est un moment agréable, mais sans plus. Je me rends compte pendant le film que je suis un peu perturbée. Le scénario de ma vie me trouble beaucoup plus que le film dans la boîte à images ! Je ne cesse de m'interroger à propos de ce que j'apporte à ce gars. On ne couche pas ensemble... Je ne suis pas une beauté rare... On ne se voit presque jamais...

Je regarde maintenant son divan modulaire kaki en pensant à toutes ces filles qui viennent ici et qui font… je ne veux pas savoir quoi… Ouache ! Ce n'est pas propre cette affaire-là ! Bref, la soirée n'est pas au-delà de mes espérances, mais pas du tout. Peut-être que ce n'est pas pour moi le vedettariat !

Nous dormons collés, sans rien de plus, encore une fois. Je trouve ce phénomène toujours aussi bizarre… Mais bon, c'est correct vu mon état un peu bouleversé de ce soir.

Heureusement, le lendemain matin, nous avons un plaisir fou. Il aime se tirailler et moi aussi. Nous nous adonnons souvent à des combats de lutte intenses. Il est physiquement beaucoup plus fort que moi, mais je réussis à réaliser des performances dignes d'une fille de trente-deux kilos de moins que lui ! Ce gars est un enfant et c'est rafraîchissant de passer des moments aussi stupides et plaisants avec lui. Je me sens dans un état complètement à l'opposé d'hier. Je suis contente d'être là et je m'amuse. Suis-je bipolaire ? Je dois écrire cette observation dans mon livre à mon retour !

En moins de vingt-quatre heures, madame change complètement d'état d'âme sans que son environnement ne soit modifié. Elle fut au départ angoissée et anxieuse intérieurement pour ensuite vivre des moments intenses de plaisir et de rigolade, et ce, tout en étant en compagnie du même homme au même endroit.

Il me fait un déjeuner digne de « madame Cora ». Je pars vers le début de l'après-midi. Nous nous disons à la prochaine, tout simplement. Cette fois, je ne sais vraiment pas quand je vais revenir dans l'ouest du Québec. Lui non plus, il ne sait pas quand nous aurons l'occasion de nous revoir. Si prochaine occasion il y a… Pas d'attentes, souvenez-vous.

Au tour de mon beau Nick

Quand je sors de chez Bobby, je vois que Nick m'a déjà texté le nom de l'hôtel où je dois le rejoindre. Mon GPS m'indique que ce n'est pas loin d'ici. Sept kilomètres. Curieux, mais pratique !

Lorsque j'arrive dans la chambre, une gêne presque tangible envahit la pièce. Normal ! On ne s'est quand même vus qu'un seul week-end ! Nous discutons de tout et de rien jusqu'à ce que le malaise se dissipe pour faire place à une ambiance décontractée. Nick fait des blagues pour détendre l'atmosphère.

— Bon, maintenant que je t'ai fait rire, je peux t'embrasser ? me dit-il en prenant ma main doucement pour m'approcher de lui.

— Peut-être, que je réponds, en approchant mes lèvres des siennes.

Nous nous embrassons tendrement. Après quelques minutes, il arrête.

— Ouais ouais ouais… C'est bien ce que je pensais, réfléchit-il tout haut en regardant le plafond.

— Quoi ? fais-je, un peu surprise.

— Je n'étais pas certain de me souvenir exactement de la façon dont tu embrassais, poursuit-il.

— Ah bon, t'as pas fait de compte rendu écrit ? que je lui demande en voyant qu'il blague.

— Non, j'ai oublié de prendre des notes, mais j'ai par contre donné une note…

— D'accord, monsieur évalue les baisers avec les filles ! Une note sur dix ou en pourcentage ?

— Ni l'un ni l'autre...

— Je peux avoir mon résultat alors ?

— Oui, pour vous Madame la professeure... c'est un A+, dit-il en me rapprochant de lui pour m'embrasser de nouveau.

Nick est très passionné. Très charmant. Je ne suis pas habituée à ça. Avec mon chanteur, les contacts sont doux, mais moins intenses et plutôt nocturnes.

Nous faisons l'amour avant d'aller au resto. Quelle relation fusionnelle ! Assez que je me demande si nous irons manger ou si nous resterons là à nous câliner dans le lit. Les deux scénarios me plaisent ! Finalement, la faim nous amène jusqu'au resto.

La soirée est mémorable et le repas plus que copieux. Mais le dessert, au retour à la chambre, est encore plus délicieux. La nuit, courte du point de vue du sommeil, s'avère riche en d'autres types d'échanges. Nick est très en forme physiquement et, tout compte fait, il me désire plus que tout. C'est très réconfortant pour l'estime de pouvoir vivre une telle nuit après en avoir passé une autre collée contre un homme qui ne semble pas du tout curieux d'explorer le corps chaud couché près de lui. Chacun ses priorités ! Mais visiblement, la priorité de Nick est de profiter de chaque minute de ces vingt-quatre heures passées en ma compagnie, pour me toucher, me faire l'amour et m'embrasser. Quelle belle attitude, je lui donne aussi un A+ ! On a une belle moyenne de groupe !

De plus, nous commençons vraiment à être de plus en plus compatibles sexuellement. Je ne vous ai pas encore parlé de la « règle des cinq ». Cette règle est primordiale dans toute relation affective et sexuelle. Personne ne devrait juger les performances sexuelles avec quelqu'un avant la cinquième partie de jambes en l'air. Les premières fois doivent être considérées comme des pratiques. Cependant, après la cinquième, une certaine complicité sexuelle doit être établie, sinon c'est peut-être un cas de largage en règle. Bien sûr, il y a des exceptions : si lors de la première baise le gars est mauvais parce qu'il semble trop sûr de lui ou encore s'il crie ou fait des trucs vraiment déplacés, on oublie les quatre autres chances et on le largue ! Cette règle s'applique pour les deux parties, autant pour les hommes que pour les femmes. On doit laisser la chance à deux êtres humains de passer par-dessus une certaine gêne ou maladresse de départ. Pour Nick et moi, tout semble très bien parti de ce côté-là…

Le lendemain, nous déjeunons rapidement à l'hôtel, car il doit vite aller travailler. Il part dans quelques jours avec son équipe pour les États-Unis. C'est étrange, je me sens plus triste de laisser Nick que je l'ai été hier en quittant Bobby. Ça prouve à quel point le sexe crée une proximité beaucoup plus intime et une empreinte plus profonde au cœur. Comme si cette simple soirée venait de lui faire prendre beaucoup d'importance dans ma tête.

Avant de s'en aller, Nick me dit :

— Ça a passé vite comme l'éclair, hein ?

— Oui, ta compagnie est très agréable, c'est pour ça.

— C'est ensemble qu'on est agréables, je pense… est-ce que ça se dit, ça ?

— Je ne sais pas trop, mais j'ai compris ! On se redonne des nouvelles alors ?

— J'espère ! On s'appelle et on essaie de se voir quand on sera à moins de trois cents kilomètres de distance.

— Trois cents kilomètres, c'est raisonnable.

— Fais attention à toi et bon retour là-bas, Mali.

Il m'embrasse doucement avant que je ne monte dans mon véhicule. Je repars sur la route, direction chez Sacha, pour avoir un soutien moral en ce début de semaine mouvementé. Nick flotte dans ma tête...

Lorsque j'arrive chez elle, celle-ci paraît plus que de bonne humeur.

— Salut, je parle avec ma nouvelle carotte depuis deux jours, je suis en amour ! m'affirme-t-elle.

— Bon ! Parle-moi un peu de lui.

— Il s'appelle Carl. Il est beau bonhomme ! En fait, tu l'as vu.

— Oui, je m'en souviens un peu.

— Il est bien gentil et, surtout, pas marié, pas fiancé, pas en instance de divorce, ni en concubinage ou toute autre forme d'union de fait. J'ai vérifié.

— Tu lui as fait un interrogatoire de police, le pauvre..., que je demande en souriant.

— Oui, madame. Il est libre comme l'air et il travaille au concessionnaire Harley de Longueuil.

— Ah ! je comprends pourquoi t'es en amour, là !

Voilà une règle non écrite : pour être dans le H de Sacha, messieurs, vous devez conduire un cheval de tôle signé HD. Cela fait littéralement flancher notre belle rockeuse au cœur tendre.

— Il est vraiment comique en plus. Je suis contente, on va souper ensemble jeudi. On se rejoint à mi-chemin.

— *Wow !* C'est le *fun* !

Je suis en train de lui raconter mes deux nuits respectives lorsque Cori entre dans la maison en nous disant être en peine.

— J'ai discuté avec mon garagiste à l'épicerie…

— Bon ! Super, d'habitude vous vous croisez et vous ne parlez pas.

— C'est le drame ! Il est enceinte !

— Hein ?

— Ben pas lui, là, sa blonde ! précise-t-elle.

— Premier détail important : il a une blonde ?

— Eh oui ! On ne le savait pas, mais là on le sait. Je vous le jure, il est enceinte…, conclut-elle en s'assoyant lourdement sur le canapé.

— Eh bien ! Ça te réduit une espérance pas à peu près !

Nous rigolons de la situation qui prouve qu'on ne sait jamais à qui on a affaire avant de poser les vraies questions. Nous soupons ensemble toutes les trois pour ensuite nous coucher tôt. De toute façon, je suis épuisée de mes deux escapades et de cette soirée de *party* en ville.

Je me réveille un peu nostalgique. Je quitte l'Estrie ce matin. Cette fois, je sais que je retourne en Gaspésie pour longtemps. J'embrasse mes amies avec beaucoup d'émotion avant de prendre la route. Je fais un arrêt chez mes parents pour récupérer quelques affaires et pour leur dire au revoir à leur tour.

La route me paraît interminable. Je réfléchis à m'en fendre l'âme : ma vie, pourquoi je vais là-bas, les hommes, mes objectifs…

J'arrive tard avec un mal de tête. J'éclate en sanglots lorsque je franchis la porte de mon minable appartement. Je crois que je commence à en avoir marre de vivre si loin des gens que j'aime. J'abandonne mes bagages dans l'entrée pour prendre une douche et ouvrir une bouteille de vin en me répétant que je dois être forte… que mon séjour en Gaspésie est utile dans ma vie… que cela sert assurément à quelque chose… À la télévision, c'est l'émission *Les retrouvailles* de Claire Lamarche. J'écoute religieusement les histoires de tous ces gens en pleurant à chaudes larmes chaque fois que quelqu'un retrouve un père, une mère ou une grande tante ! Scène pathétique ? À peine…

Voyons le positif dans tout ça…

Je me lève avec une attitude positive et en me disant : « Bon, *let's go* Mali, on fait ce bout de session et on performe ! » Je dois rester motivée. Je vais prendre chaque semaine par petites bouchées en me disant que je vais voir mes proches dans un mois ou deux. D'ici là, je dois donner mon maximum. La session commence dans une semaine et j'ai beaucoup de pain sur la planche : notes finales de l'autre session à calculer, plan de cours à faire et nouveau groupe à rencontrer… C'est parti ! J'ai aussi une réunion demain. Une rencontre avec les professeurs qui se joignent à l'équipe ainsi qu'avec les professeurs qui ont déjà enseigné à ce groupe. Il y aura plusieurs professeurs du cégep, dont un supposé dieu grec qui enseignera sous peu à ce groupe. Je suis maintenant prête à l'affronter ! Après une discussion d'une heure sur le sujet avec Sacha, la conclusion est : tu es passée à autre chose. Tant pis pour les indécis de la vie !

Le plan de match : une bonne nuit de sommeil, un *look* d'enfer, un maquillage discret, mais flatteur, une attitude joviale, une légèreté rafraîchissante, le tout rehaussé d'humour de bon goût. « C'est simple, mets le plan à exécution ! » me suggère Sacha. Simple ? Je n'en suis pas si certaine.

La rencontre est un dîner. Je me lève tôt pour avoir le temps de prendre un bon thé et pour relaxer chez nous avant de me rendre au cégep. Je commence à me préparer une heure et demie avant d'y aller. Eh oui ! une heure et demie ! C'est beaucoup, mais le plan de match dit : être *cute*. Je dois investir du temps sur le projet. Je choisis un pantalon noir, un chandail à col roulé turquoise (pour masquer ma cicatrice) et mes nouvelles bottes grises tellement tendance. Mes cheveux sont parfaits : longs, droits et volumineux. Je suis presque prête à affronter cette rencontre lorsque mon dieu grec m'écrit un message texte :

(Salut ! Es-tu au cégep ?)

(Non pas encore, pourquoi ?)

(Ah ! Je voulais passer te voir avant le *meeting*, j'arrive au cégep bientôt.)

(Je vais être là dans dix minutes, passe au deuxième bureau, après l'agent de bureau…)

(Parfait, à plus…)

C'est quoi, ça ? Il veut me voir avant le *meeting*, pourquoi ? Je ne comprends vraiment pas ce gars. Depuis mon retour, je m'interroge. Il semble vraiment vouloir être mon ami. Mais moi, je ne veux pas être son amie, je veux être dans son lit ! Heu, non, ce n'est pas ce que je veux dire… Mais il me semble évident que tu rayes de ton carnet d'adresses le nom d'une fille qui t'a clairement fait comprendre qu'elle a encore le béguin pour toi ! Tu ne t'acharnes pas à vouloir être copain-copain. Parfois, je me dis qu'il tente vraiment de garder la porte ouverte, au cas où.

En arrivant au cégep, je le vois, assis sur une chaise, près de la porte. Ce qu'il est beau ! Je suis nerveuse. Je ne l'ai pas vu depuis la soirée au bar. Il me regarde gravir l'escalier et me salue poliment au moment où je le croise. Je le salue et je me sauve dans mon bureau comme une nouille. Bon, pas très brillant ! En enlevant mon manteau, je m'aperçois qu'il m'a suivie. Il m'embrasse sur les joues en me demandant comment je vais. Il sent bon ! Je suis figée, peu naturelle, mon cœur veut sortir de mon col roulé. Sa présence m'angoisse au plus haut point et je ne comprends pas pourquoi. J'essaie de contenir le tout, mais c'est difficile. Il s'assoit près de mon bureau et il me regarde avec ses yeux bleu clair comme s'il voulait transpercer mon âme tout entière. Haaaaaaa ! Nous discutons de la pluie et du beau temps futilement jusqu'à ce que le directeur vienne nous chercher pour le début de la rencontre.

— Il fait froid ces temps-ci…

— Ouais…

— Mais il neige pas trop, on est chanceux…

— Ouais…

— Ah ! Faut y aller…

Ce con de Meloche

Durant la réunion, mon dieu grec se montre si intelligent, si drôle, si intéressant… Je tente de faire de même jusqu'à ce qu'Éric Meloche le con vienne me faire suer comme à son habitude. Le directeur prend la parole :

— Donc, tout le monde a fait connaissance ? C'est parfait ! Comme j'ai dit précédemment, Mali enseignera un cours qu'Éric a déjà donné, donc celui-ci te remettra son plan de cours et t'expliquera son approche pour t'aider à orienter ta planification.

Il me regarde alors avec son air de vipère malhonnête qui glace le sang. Le directeur poursuit :

— Pour les autres, vous donnez des cours que vous connaissez, donc pas besoin d'en parler, je pense que vous avez tout en main. Prenons une pause de cinq minutes avant de poursuivre.

Je me lève et me dirige vers la poubelle pour jeter les restes de mon lunch. Meloche me rejoint par-derrière.

— Donc, tu as entendu les propos du directeur. Tu vas devoir me faire confiance pour monter ton cours. Ça va t'empêcher de faire n'importe quoi..., dit-il doucement avec un sourire dans le visage tout en regardant au loin nos collègues.

— Parce que toi, tu penses que je ferais n'importe quoi ?

— C'est normal que tu fasses des erreurs, tu commences ! Tu n'as pas d'expérience, Mali, c'est une réalité !

— Bien tu sauras que je suis capable de mettre les efforts nécessaires pour monter mes cours et enseigner quelque chose d'utile à mes élèves ! que je réplique en tentant de ne pas avoir l'air offusqué devant les autres.

— « Mettre les efforts »... ça me rassure que tu me dises ça, parce que tu vas devoir mettre beaucoup d'efforts ! Je m'excuse, mais hier, par mégarde, j'ai effacé mes plans de cours dans mon ordinateur ! Je ne les ai plus ! Tu vas devoir tout recommencer.

Désolé, vraiment ! Si tu pourrais faire ça ce week-end, ce serait bien. On en a besoin juste lundi !

— Si tu *pouvais*, Éric ! Pou-vais ! Les « si » n'aiment pas les « rais »…, que je fais avec un air hautain.

Il s'éloigne, vexé.

Lundi ? Quel con ! Con qui ne sait pas parler, en plus ! Je me retiens pour ne pas lui crier ma façon de penser en pleine salle de réunion. Mais non, je garde mon calme et je lui fais un sourire artificiel avant de retourner m'asseoir. Refaire le plan de cours va me prendre des heures. Mais je vais le faire. Juste pour lui montrer qu'il ne m'atteint pas !

Je sors fumer une cigarette à la fin de la rencontre, en même temps que mon dieu grec quitte le cégep. Il discute avec moi à peine deux minutes avant de s'en aller. « À la prochaine ! » me dit-il. C'est ça, à la prochaine !

Je me déçois. Bien que j'aie jeté aux ordures mes attentes envers ce gars, certaines subsistent. Il me plaît vraiment. Mais bon, Mali, c'est assez !

Je prends la décision, à ce moment précis, d'essayer d'éviter les contacts. Pas dans le but de créer chez lui une urgence ou encore pour qu'il pense que je l'ignore, mais tout simplement parce que c'est mieux pour moi. Cette relation ne mène à rien de bon et c'est maintenant clair dans ma tête. De toute façon, je ne veux pas être son amie ! En fait, c'est impossible pour moi de concevoir juste une simple amitié entre nous.

Réfléchissons avec Hugo

Ma mission du moment est de rendre ma vie plus intéressante et de trouver des loisirs. Des choses intéressantes, excitantes à faire, à organiser. J'ai toujours été une fille dans l'action, tout le temps. Parfois dans le but de m'étourdir, mais surtout pour rester vivante et ne pas m'asseoir sur mon malheur.

Mardi, je regarde le hockey au pub avec Hugo. Je suis contente, car il va un peu mieux. On dirait qu'il a décidé de faire le deuil de sa belle nymphomane…

— C'est assez la torture mentale, Madame la psychologue. Je vais suivre vos conseils et me résigner…

— Je t'ai dit ça ?

— Non, mais tu aurais dû le faire…

— Tu vas te résigner en ravalant ton malheur ou tu vas arrêter de la voir ?

— Arrêter de la voir.

— C'est un gros contrat. Tu penses en être capable ?

— Heu, honnêtement, non. J'ai déjà eu deux rechutes en une semaine depuis que j'ai pris cette décision-là. Mais… y penser est déjà un pas en soi, réplique Hugo en prenant un ton vraiment solennel comme si c'était la révélation de l'année.

— T'es drôle, You Go ! Au moins, t'as un mécanisme de protection qui se manifeste, mais qui n'agit pas encore.

— Je me trouve con ! Ce n'est pas si compliqué : le grand, arrête de voir cette fille, elle va te détruire !

— You Go, c'est bien plus facile d'agir pour satisfaire des besoins relationnels ou affectifs que de se priver pour son bien-être émotif à long terme. Ne te tape pas sur la tête. C'est sûr que ce serait mieux pour toi, mais donne-toi du temps.

— Je sais... L'autre fois, j'ai été capable. Je lui ai dit « non » et je suis resté seul chez moi à grignoter le coin de ma table de cuisine...

— Bon, tu vois ! Tu le sais. Tu le comprends. Reste maintenant à l'appliquer. C'est comme le « phénomène des ex » ou le *Always Ex* en anglais. On le sait que ça ne va pas nous faire du bien de recoucher avec, mais l'occasion se présente et on le fait quand même.

— *Always Ex ?* On dirait une marque de super mégaserviettes sanitaires absorption extrême ! dit Hugo en riant.

« Et le but du Canadien ! » Le pub est en délire. Ce qui met un peu fin à notre sujet de discussion.

La suite de notre conversation me fait découvrir que c'est vraiment mieux d'avoir un ami gai, pas gai, qu'un ami homosexuel pour vrai.

Je vous explique. Hugo parle de sexe de façon ouverte avec moi et il n'a jamais d'arrière-pensées : il ne cherche pas à coucher avec moi ni à me charmer. Notre conversation bifurque alors vers le sexe en général. Quelle femme ne rêve pas d'avoir un homme neutre à sa disposition pour lui poser toutes les questions possibles ? Qu'est-ce qui fait craquer les hommes ? C'est quoi une fille « cochonne » selon les gars ? La fellation idéale ? La façon de faire ceci, de faire cela. Les hommes pensent quoi de ci ou de ça ? Bref, la discussion des plus surprenantes s'avère très instructive. Il ne me reste qu'à mettre en pratique *les conseils pour devenir la cochonne parfaite* qu'Hugo m'a gentiment prodigués, entre deux buts comptés par Tampa Bay dans le filet du Canadien.

Les doigts salis par les dizaines d'ailes de poulet Buffalo que nous avons englouties, nous rions, mais rions ! Je lui mentionne aussi quelques tuyaux sur les femmes. Hugo est un gars fantastique, très attentionné et surtout tellement humain.

Vers la fin de la soirée, il me fait part de sa prise de conscience des derniers moments.

— Tu sais Mali, je ne suis pas laid, je suis intelligent, j'ai beaucoup à donner, je suis intéressant et je connais plein de choses… Pourquoi j'ai besoin d'avoir absolument une fille qui m'aime sinon je ne suis pas heureux ?

— Je pense exactement la même chose, You Go ! Pourquoi ?

— Pourquoi ne peut-on pas juste être bien avec soi-même et ne pas attendre d'avoir des papillons dans le ventre pour penser qu'on vit enfin ?

— On dirait que la vie de tout un chacun tourne autour de la relation présente ou de celle à venir… qu'on espère tous tant ! Est-ce que tous les humains sont donc « dépendants affectifs » ? que je lui demande.

— Peut-être que la vie est vraiment censée se vivre à deux à tout prix, sinon on a un sentiment de vide, affirme Hugo, songeur, en fixant l'addition que la jeune serveuse vient de nous apporter.

La conclusion d'Hugo et moi, ce soir-là, est que nous voulons être bien célibataires et ne plus avoir besoin de personne pour confirmer l'existence du bonheur ou du malheur. Être juste heureux, c'est tout !

Est-ce un beau rêve utopique ? La vie est remplie de gens qui veulent à tout prix rencontrer l'homme parfait ou la femme idéale. Je ne connais pas beaucoup d'exceptions à la règle. Vous ?

Parlons avec des exceptions !

Le soir suivant, j'ai un rendez-vous webcam avec les consœurs. Les filles sont toutes là, sauf Ge.

— Ohé ! Ohé ! Carl, mon vendeur de Harley, m'a presque demandée en mariage ! commence Sacha.

— Ah non ! Pas un concept quétaine de mariés habillés de cuir avec des *shows* de boucane et des filles d'honneur *topless* dansant sur une musique de fond d'AC/DC ? que je lui demande en riant.

— Presque, il veut qu'on soit ensemble officiellement ! Il ne peut pas penser que je pourrais être avec quelqu'un d'autre. Il est un peu du genre possessif, je pense..., reconnaît-elle.

— Oui, mais toi, tu aimes ça, de toute façon, les psychopathes qui te font suivre le soir quand tu reviens chez vous ! déplore Cori.

— Tu l'as revu trois fois tout au plus depuis sa rencontre. Ce n'est pas un peu prématuré comme demande d'engagement ? que je lui dis.

— Ouais, j'avoue que ça me fait craquer le genre possessif, mais là je ne suis pas prête à faire une croix sur mon homme marié. Il est tellement génial depuis qu'il sait que je vois quelqu'un d'autre. Il veut vraiment me faire oublier ce gars et que je reste juste à lui tout seul, explique-t-elle.

— Toi, tu joues avec deux jaloux possessifs ! À un moment donné, il y en a un des deux qui va jeter les gants et ça va finir en combat de coqs cette affaire-là ! blague Cori.

— Non quand même, l'un ne sait pas qui est l'autre et vice versa ! J'essaie de garder un certain contrôle de mon H, nuance Sacha.

— Toi, Cori, as-tu revu le gars que tu as rencontré à Montréal le soir de Lady Gaga ?

— Non. Je lui ai laissé un message dans sa boîte vocale et un texto et il ne m'a jamais donné de nouvelles. Il m'a posé « un piège d'ours à renard[5] », je pense. Sûrement une carotte mariée qui se cherchait une baise d'un soir, laisse-t-elle tomber.

— Bon, un autre infidèle heureux ! que je déclare, sarcastique.

— Oui, sûrement. Tant pis pour lui. Au moins, j'ai Rémi. C'est la deuxième fois qu'on va se voir. Je le connais vraiment peu, ce gars. Je suis curieuse, explique Cori.

— C'est le *fun*, tu vas le voir à Québec ? demande Sacha, curieuse.

— Non, il vient ici à Drummond.

— Toi, Mali, des nouvelles de Nick et Bobby ?

— Nick oui, on se donne des nouvelles par texto assez souvent. Bobby, pas de nouvelles ! Je ne lui ai pas donné signe de vie non plus…, que je dis avec un ton dur.

— Ah ! tu fais une « écœurantite » du *showbiz* québécois ?

---

[5] Citation intégrale : « La guerre des tuques », 1988, dite par Simon Blanchette de Victoriaville.

— Un peu, il m'a parlé d'une fille qu'il fréquente à Montréal. Voyons, trop d'information…

— Il te met des barrières, il ne veut pas que tu t'attaches, explique Sacha.

— Sûrement, mais je ne sais jamais, chaque fois que je le vois, si monsieur va me rappeler ou non. Ou encore, je ne sais pas si une fille avec des seins immenses ne va pas me voler mon temps de glace avec lui, sous prétexte que du D, ça demande plus d'entretien qu'un petit C, que je réplique.

— Arrête donc de déprécier ta valeur. Holà ! La confiance en soi, Madame la psy ! Pourquoi ce gars-là te fait perdre tes moyens comme ça, Mali ? interroge Sacha.

— Je ne sais pas. Il ne m'a jamais dit un compliment, une chose gentille ou une preuve d'appréciation. C'est comme s'il s'en foutait ! C'est ça, je pense qu'il érode ma confiance. Puis en plus, on dirait que je n'ai pas le goût de vivre un autre rejet poche dans ma vie. Un mécanisme de défense qui me dit : « Faut que tu lui plaises sinon tu vas encore vivre un abandon », que je confesse.

— Mais n'oublie pas : oui, il faut que tu gardes cette barrière avec lui pour ne pas tomber amoureuse, mais tu n'as pas à t'inquiéter qu'il te rappelle ou pas. Il le fait tout le temps…, ajoute Cori.

— Je sais, mais bon, je ne suis pas mieux que n'importe quelle autre fille : angoissée et pas confiante de ses moyens ! Pathétique ! Une femme indépendante et caractérielle comme moi, ça fait dur ! que je rajoute, visiblement frustrée.

— Je pense qu'on est toutes pareilles, ma belle. Regarde, j'ai été déçue que mon gars de Montréal ne me rappelle pas et je ne le connais même pas..., m'affirme Cori.

— Mais c'est drôle, je ressens ça juste avec Bobby. Nick, lui, me fait sentir que je lui plais ! Donc je suis moins anxieuse, que j'explique.

La conversation dure jusqu'à une heure tardive. Nous déblatérons sur les relations hommes-femmes, sur les distorsions cognitives que nous pouvons avoir, ainsi que sur les embûches qui se dressent toujours sur le chemin de nos vies affectives respectives. La conversation est animée, joyeuse et triste par moments, mais tellement nourrissante pour chacune. Une ventilation de groupe efficace !

La semaine des décisions...

Dans le système collégial, quand les inscriptions des étudiants pour la session d'automne sont compilées, la direction commence à évaluer les tâches d'enseignement à distribuer. Par la suite, l'attribution se fait selon l'ancienneté de chacun. On doit donc, au début d'avril, donner notre disponibilité en remplissant un formulaire. Depuis que Meloche a décidé que son activité numéro un serait de me faire suer, je réfléchis à la possibilité de m'en aller de ce cégep pour offrir mes services ailleurs. De plus, comme je vous ai expliqué, je commence à souffrir d'éloignement chronique. J'ai quand même acquis une année d'expérience en enseignement au collégial et je suis certaine que cela mettra mon CV en valeur. Cependant, j'aime la dynamique du collège ici... Depuis quelques semaines, je demande à la vie de m'éclairer face à cette décision. Je ne suis pas encore certaine...

En début de semaine, je rencontre mon nouveau groupe. Ce matin, en entrant dans la classe, j'ai trouvé l'ambiance moche, les jeunes non réceptifs et j'ai même entendu quelques commentaires déplacés à mon sujet. Du genre : « C'est elle la nouvelle professeure qui n'a jamais enseigné »... ou encore juste des : « Ah oui ! c'est elle... » Je les ai ignorés en classe, car j'étais trop ahurie. Je suis maintenant dans mon bureau après trois heures de cours qui m'ont paru être le double. J'essaie de comprendre. Habituellement, les jeunes m'aiment bien. Il me semble que j'enseigne de façon vivante et dynamique. Je ne comprends pas... Les élèves participent bien la plupart du temps. Avec eux, ce fut un premier contact raté.

Je me dirige vers le bureau de la directrice du département afin de lui faire part de mes inquiétudes. J'explique à Lucie le déroulement du cours, les rires et les commentaires faits par les étudiants. Elle me dit :

— Laisse-moi voir. C'est quoi, le numéro du groupe ?

— 794, que je lui réponds.

— Ah bon, je m'en doutais ! C'est le groupe titulaire d'Éric Meloche, affirme-t-elle.

Les professeurs qui sont au département depuis longtemps ont tous à leur charge un groupe titulaire. Cet enseignant voit à ce que les élèves soient motivés et à ce qu'ils aient de l'aide en cas de difficulté, en quelque sorte comme une personne-ressource dans le cégep.

— Tu crois que ce gars serait assez méchant pour vouloir nuire à mon premier contact avec le groupe ?

— Je ne sais pas, Mali, mais dis-toi que tout est possible dans ce bas monde. Je vais tenter de voir ce que je peux faire. En attendant, redouble d'énergie dans ce groupe. Fais ton possible lors du prochain cours et reviens-moi là-dessus. Je vais t'aider si ça ne se règle pas. La situation devient un peu désagréable, là.

— C'est bon. Merci, que je dis en quittant son bureau, visiblement troublée.

À l'heure du lunch, je rejoins Cath à la cafétéria, scandalisée de la situation dont je suis victime. L'avocate en elle bout de rage en entendant mon récit. Je lui explique que j'ai des décisions à prendre en ce qui a trait à ma carrière et que j'attendais un signe pour faire un choix.

Mais maintenant, je l'ai reçu mon message. Tout est limpide : je quitte la Gaspésie à la fin de la session d'été. Ce n'est pas vrai que je vais dépenser de l'énergie et du temps à me battre avec des groupes qui me haïssent dès le départ parce qu'un pauvre con leur dit je ne sais trop quoi à mon sujet. Non merci ! C'est déjà un effort pour moi d'être loin des gens que j'aime, je ne vais pas en plus me faire suer ! J'ai deux beaux diplômes dans ma poche d'en arrière et, surtout, aucune attache nulle part.

C'est maintenant Cath qui a le goût de pleurer dans son macaroni au fromage. Elle me demande d'y réfléchir encore, de voir avec le temps comment ça va évoluer avec le groupe... Mais non, le verdict est tombé. Le cégep ne recevra pas de disponibilité de la part de Mali, la semaine prochaine. Je suis un peu anxieuse de voir comment cela sera perçu par la direction.

Durant la semaine suivante, je redouble d'effort avec le groupe. Je tente d'être créative et drôle afin de gagner un minimum de crédibilité. Pour leur faire connaître les écoles de pensée en psychologie, j'apporte huit chapeaux. On explique souvent que les psychologues portent tous « un chapeau » différent selon leur formation scolaire et leur approche thérapeutique. Je leur enseigne chacune des écoles en mettant un chapeau différent sur ma tête. Celui de cow-boy brun et mauve les fait bien rire ! Ils sont tous captivés par mon cours à l'allure de défilé de mode de couvre-chefs. Ça fonctionne ! Je me dis que, d'ici la fin de la session, je réussirai peut-être à prouver que ce que Meloche a dit à mon sujet est faux, même si je ne sais pas ce que c'est…

Un soir, en sortant du cégep, je vais marcher le long des côtes pour réfléchir. Il fait beau, l'air est frais. Je me sens dans un air de changement, exactement comme la terre qui dégèle au printemps. Comme beaucoup de gens, le printemps me rend heureuse, voire euphorique. La vie paraît si belle quand les oiseaux font « cui-cui ». La neige s'en va, laissant apparaître le gazon qui est jaune-brun mais, tout de même, c'est du gazon. Passer l'été ici m'emballe plus que d'y passer un autre hiver. Je tenterai de me trouver une *job* de fin de semaine, dans un bar estival du coin. Histoire de faire un peu plus de sous pour réaliser mon nouveau projet secret. Intrigant, hein ? En marchant ce soir, j'ai eu une illumination face à ce que je vais faire en septembre. Tout un plan de match ! Mais je ne vous le dis pas tout de suite…

Des nouvelles de New York

J'écris un courriel à Ge, la priant de me donner un coup de fil lorsqu'elle aura une minute afin d'avoir de ses nouvelles. Très efficace : elle me rappelle le soir même.

— Salut Ge, tu es en pause ? que je lui demande.

— Je te dirais qu'on stagne un peu depuis quelques jours. On a demandé des analyses plus poussées de certains éléments qu'on ne peut pas faire à notre laboratoire, donc on les a envoyés en sous-traitance au Texas. On doit attendre les résultats, ce qui permet à tout le monde de souffler un peu. Une chance, la bactérie progresse plus lentement que prévu, finalement ! On a plus de temps pour l'éliminer avant qu'elle se propage partout en Amérique du Nord, m'explique-t-elle.

— Et là, crois-tu que vous allez réussir ?

— On est bien confiants parce qu'on a trouvé une faille dans la constitution de l'enveloppe du corps cellulaire de la bactérie. Je pense qu'on va être capable de trouver un produit, probablement déjà existant, qui pourra pénétrer jusqu'à son noyau et la détruire.

— Tant mieux, mais là Ge, prends-tu soin de toi un peu malgré tout ça ?

— En fait, je dors peu et je mange mal. On travaille sept jours sur sept, mais le projet a de grands enjeux sociaux, économiques et politiques. Il faut absolument éviter d'autres décès. Tout le monde ici est motivé au max pour trouver un moyen de contrôler cette saleté de bactérie.

— Je comprends…

— Oups ! On m'appelle déjà à l'interphone, je dois te laisser. On se parle bientôt, de toute façon j'ai la présentation d'un candidat à vous faire… Écris-moi de tes nouvelles par courriel. Je t'embrasse !

— D'accord ! Rassurant de savoir que tu prends quand même le temps de te distraire un peu. C'est bien ! Bye !

Décidément, nous n'avons pas fini d'entendre parler de cette histoire. Depuis déjà quelques jours, les médias québécois se sont approprié le fléau. En fait, depuis qu'on a annoncé la possibilité que cette bactérie se propage vers le nord, atteignant ainsi le Canada. On spécule sur les futurs décès et on explique de long en large les circonstances de la mort des derniers nourrissons aux États-Unis. Bref, la mort fait bien vendre. Et celle d'enfants encore plus. Je n'écoute pas beaucoup les nouvelles, car la façon de communiquer les faits me choque souvent. Je trouve que la manière avec laquelle on présente la nouvelle sert toujours à créer une opinion précise chez le téléspectateur. On manipule le jugement des gens en jouant avec les émotions et les perceptions de ceux-ci. Le contrôle des populations par la peur ! C'est de la manipulation sociale faisant penser à l'état totalitaire de Goffman.

Une belle surprise

Je soupe avec Cath en début de semaine. Son *chum* est parti pour la soirée.

— Donc, tu assumes pleinement ta décision de m'abandonner ?

— Ah, Cath, n'en fais pas une affaire personnelle. Tu n'as rien à voir dans ma décision, bien au contraire... Et tu sais quoi ? J'ai vraiment une belle énergie depuis que j'ai pris cette décision. On est en avril, l'idée de passer l'été ici m'emballe au plus haut point, mais après, on tourne la page. Je suis loin des gens que j'aime aussi. L'ennui a assurément influencé mon choix.

— Je sais, Mali, je suis déçue, triste, mais je te comprends. Moi, la Gaspésie, c'est ma vie, mon univers, mon air. Quand j'ai étudié en ville, j'étais certaine de revenir vivre ici après. Tu dois avoir un lieu, toi aussi, où tes racines sont plantées ?

— C'est drôle hein, mais je pense que non…

— Où vas-tu aller vivre en septembre ? me questionne Cath, en se resservant du vin.

J'explique alors mon projet secret à Cath.

— *Wow*, génial. Ça te ressemble, ce genre d'emploi. Vraiment, tu vas t'y plaire.

Mon téléphone sonne.

— Salut, petite sœur !

— Hé Chad, ça va ?

— Oui, j'ai pas le temps de te parler longtemps, mais je voulais te dire de faire toutes tes corrections pour le week-end, car je viens te voir.

— Quoi ? Quand ça ? que je lui demande, sous le choc de sa bonne nouvelle…

— Je débarque vendredi dans la journée. Mon *boss* m'ordonne de prendre des vacances parce que je fais trop d'heures. Pas pire, hein ?

— Je suis super contente Chad, en plus qu'on s'est pas vus la semaine que je suis allée chez les parents.

— Je t'appelle quand je suis là.

Je suis complètement folle. Hourra ! Mon grand frère Chad qui débarque ! Il est mécanicien industriel dans une usine qui fabrique des portes françaises. C'est un hyperactif non diagnostiqué. Il a des idées plein la tête et, comme moi, il doit toujours avoir des projets sur la table pour se maintenir en vie. Il est drôle et il possède beaucoup de répartie, ce qui crée entre nous une complicité totale et des fous rires délirants. Il aime par-dessus tout la pêche, la plongée sous-marine, faire le tour des festivals l'été, aller voir des matchs de tous les sports, écouter *Découverte* et faire croire aux gens qu'il est bon cuisinier (il est nul). Il n'aime pas les gens qui ne recyclent pas, s'acheter des vêtements (dépense inutile), les fromages qui puent, laver la vaisselle, dormir trop longtemps (perte de temps) et que ma mère lui dise qu'elle s'ennuie (il se sent coupable). À trente-quatre ans, il a passé la plus grande partie de sa vie célibataire « par manque de temps », dit-il. Mais l'envie de vivre à deux commence à se faire sentir tranquillement, surtout depuis qu'il a franchi le cap de la trentaine. J'apprécie chaque moment que je passe avec lui et, croyez-moi, ils sont rares. Nous devons mettre à son agenda les soupers de famille et les *partys* planifiés six mois d'avance, sinon nous sommes presque sûrs qu'il n'y sera pas. Ma mère l'appelle « sa queue de veau » parce qu'elle trouve que sa vie va tellement vite ! Vous comprenez que, pour moi, c'est très surprenant qu'il vienne ici et j'en suis ravie.

Mon frère

À son arrivée, je commence ma visite guidée par le cégep. Lorsque j'entre dans mon bureau, Cath est encore là, même s'il est dix-huit heures passées.

— Maître ! Vous me parlez d'une heure pour travailler le vendredi, que je prononce avec un accent français distingué.

Elle se retourne pour nous regarder et fixe mon frère curieusement.

— Donc… heu… Chad, c'est Cath, ma collègue.

Elle le contemple, l'air figé, en souriant stupidement. Bon, je dois vous dire que mon frère est assez bel homme et qu'il a beaucoup de charisme. Les gens collent à lui comme des aimants (les gens = les filles !). Cath dégèle finalement.

— Ça me fait plaisir, vraiment…

Lorsqu'il se retourne pour sortir de la pièce, Cath me regarde les yeux ronds en se mordant le dessus de la main pour me faire comprendre qu'elle le trouve craquant. Je lui fais des gros yeux pour calmer ses ardeurs.

Nous allons ensuite boire une bière à la brasserie artisanale de mes amis. J'en profite pour lui présenter les gars et pour lui faire visiter les salles de brassage de la bière à l'arrière.

Nous passons le reste de la soirée chez moi à jaser en buvant du vin. Discuter avec mon frère est tellement agréable. Les conversations toujours positives tournent souvent autour de projections dans l'avenir et de projets de voyage. C'est un voyageur, même s'il a commencé beaucoup plus tard que moi à sillonner les routes du monde. Il a rapidement eu la piqûre. Nous avons même eu la chance de partir à l'aventure ensemble, entre autres en Thaïlande, au Mexique et au Nicaragua. Que de souvenirs !

Le lendemain, nous escaladons la montagne pas très loin de la ville où j'habite. D'en haut, on peut admirer les champs d'éoliennes à perte de vue. Magnifique ! De très loin, les grandes structures blanches ressemblent à des bonshommes géants qui avancent dans la nature. De plus près, elles sont gigantesques et tellement majestueuses lorsqu'elles tournent tout doucement au gré du vent. On peut discerner d'en haut les terres côtières disparaissant doucement dans la mer. Nous admirons le panorama splendide, mon frère et moi, comme hypnotisés.

— C'est beau chez vous, Mali.

— Je sais… mais ce ne sera plus chez nous bientôt…

— Ah non ! Comment ça ?

— Je quitte la Gaspésie dans quelques mois.

— Tu ne te plais pas ici, petite sœur ? Tu n'es pas heureuse ?

— C'est pas ça… la vie m'amène ailleurs, je pense. Faut que je bouge.

— Je te comprends. C'est de famille la bougeotte, hein ? Je travaille à l'usine depuis déjà longtemps et je me demande comment je fais pour ne pas me sauver en courant des fois.

Nous nous rendons au pub pour écouter le hockey du samedi. Malgré la défaite de nos chers Canadiens (contre Toronto en plus !), la soirée est agréable et très généreuse en fous rires et en conneries. Mon frère est un as pour dire les pires absurdités de la terre et pour inventer les expressions les plus farfelues. Notre langage de carottes vous démontre un bon exemple des répercussions de son humour légendaire. À notre retour chez moi, nous discutons longuement de nos relations de couple respectives. Comme je vous l'ai dit, mon frère est aussi un as dans l'art d'accumuler les échecs et les déceptions amoureuses. Un gène familial, ça aussi ! Nous sommes couchés côte à côte sur mon lit, les bras derrière la nuque à fixer le plafond. Comme si nous tentions de trouver des réponses à nos questionnements dans les fissures de la peinture mauve défraîchie de ma chambre à coucher.

— Est-ce que tu vois encore Naomi ?

— Non, qu'est-ce que tu penses ? Elle m'a reproché d'être toujours parti et de ne jamais avoir de temps pour elle… les relations se suivent et se ressemblent…

Naomi est une fille que mon frère fréquentait depuis quelques mois. Je ne l'ai vue qu'une seule fois lors d'une de mes visites rapides avant Noël.

— Un beau classique dans ta vie, mon frère. Mais là, tu es triste ou quoi ?

— Triste... je ne sais pas ? Déçu un peu. Je la trouvais bien gentille, mais bon je ne l'aimais pas comme elle m'aimait, ça c'est sûr.

— Comment ça marche vous autres les gars ? Vous avez une échelle de gradation de l'amour pour les filles comme quand on enlève les pétales sur une marguerite : je l'aime un peu... beaucoup... à la folie... ?

— Peut-être... Si c'est ça, elle, je l'aimais au premier pétale : juste un peu. D'où la raison pour laquelle je n'ai pas fait tous les efforts nécessaires pour la garder auprès de moi. En fait, Mali, je ne sais pas si j'ai déjà aimé une fille au troisième pétale : à la folie...

— Moi, je pense que c'est ça le problème. Tu ne veux rien changer dans ta vie quand tu rencontres quelqu'un. Tu continues tous tes loisirs comme si la fille n'existait pas. Elle finit toujours par craquer et te larguer sous prétexte que tu ne sembles pas l'aimer. Mais en fait, c'est ça ! Tu l'aimes pas tant que ça. Je reste convaincue que le jour où tu vas vraiment tomber amoureux, tu voudras passer du temps avec cette fille-là. Certains de tes spectacles ou de tes parties de football vont prendre le bord parce que tu voudras la voir. Tu ne pourras pas contrôler ça.

— Tu penses ?

— J'en suis certaine...

— Bien je l'espère, parce que je veux des enfants, je te signale.

— Ah bon ! Tu es un peu mal parti, mais il te reste encore quelques années pour leur trouver une mère.

Je lui fais un peu l'éloge de mes relations pas tellement plus stables que les siennes. Il rigole en entendant mes récits.

— Tu es très mal placée pour me faire la morale, petite sœur… Un chanteur narcissique absent, un psychologue sans cesse en voyage sportif, au fait, je veux le rencontrer… et un « feu » dieu grec… Rien d'autre à l'horizon… *Wow !* Ça va bien, toi aussi, on dirait…

— Je sais, ce n'est pas le *jack pot* mon affaire, mais au moins j'ai des options le *fun* et pas trop engageantes. Donne-moi une chance : j'habite au pays des hommes mariés et je suis contre l'adultère, c'est donc pas ici que je vais rencontrer quelqu'un de « tripant ».

— Je ne comprends tellement pas, ma sœur ! Tu es une fille parfaite : tu es indépendante, tu as une belle carrière devant toi, tu es plus que *cute*, bien dans ta peau, tu as quelque chose à dire, tu aimes vivre à deux cents milles à l'heure… Je ne pige pas qu'aucun gars ne se soit pas encore rendu compte de tout ça…

— Hé là ! Toi t'es mon frère, ça ne compte pas ce que tu dis ! Tu m'aimes inconditionnellement. Et n'oublie pas que je suis un peu folle aussi…

— Je le sais que tu es TRÈS folle, mais c'est divertissant, ça. Ce n'est pas un défaut.

— Quoi ? Comment ça « TRÈS folle » ? que je demande en lui lançant mon oreiller au visage.

Il riposte avec un coup de poing sur mon genou. Juste à la place sur le dessus qui fait mal ! À cet instant précis, je perds les pédales. Je deviens presque hystérique et je le frappe violemment. Il me fait la prise du petit paquet. Les jambes repliées sur l'abdomen, les bras en croix. Toutes les petites sœurs du monde entier comprennent de quoi je parle ! Plus je me débats pour tenter de le frapper, plus celui-ci rit en me maîtrisant presque facilement. Il est plus fort que moi et cela l'amuse de me voir fâchée. La bagarre a des airs de déjà-vu dans ma tête, me faisant penser aux nombreux combats avec mon frère durant notre enfance. J'abandonne finalement l'idée de me venger physiquement en sachant que Chad aura toujours le dessus sur moi. Je termine tout de même l'escarmouche en lui rentrant mon doigt mouillé dans l'oreille. Juste pour avoir le dernier mot !

Déjà le temps du départ. Je salue chaleureusement mon frère en le remerciant de m'avoir mise sur sa liste de priorité des « choses à faire » durant son congé forcé.

Dimanche au soir en Gaspésie…

J'ai un rendez-vous webcam avec les filles à dix-huit heures trente. On est dimanche ! Cette fois-ci, c'est Sacha qui nous a demandé de nous joindre à elle…

— Salut les poules ! dit Sacha à notre arrivée.

— Il me semble que ça fait longtemps ! que je réponds.

— Oui, moi je suis tellement occupée au boulot, poursuit Cori.

Je pense qu'en général, quand nos vies roulent bien, on se parle moins fréquemment et c'est correct. Le besoin des autres est toujours plus grand en période de difficultés. C'est donc bon signe quand on se fait plus discrète.

— Ge vous fait dire bonjour ! Je lui ai parlé tout à l'heure ! enchaîne Sacha.

— Comment vous allez ? que je leur demande.

— Bien moi, j'ai pris une grande décision..., commence Sacha. Je ne vais plus voir mon amant marié. Je le quitte officiellement. Depuis que j'ai rencontré mon prince de la moto, je réalise ce que je vaux. Ma conscience me dit que d'attendre après un gars qui peut à peine me donner quelques heures par semaine, avant de retourner se blottir dans les bras d'une autre, ce n'est pas à ma hauteur !

— Ah oui ! Je suis surprise, mais vraiment heureuse d'entendre ça ! lance Cori.

— Moi aussi ! Explique-nous ! que je réplique.

— Je ne renie pas le bon temps passé avec lui. Il m'a apporté beaucoup. Il aura assurément servi à ce que je me rende compte de bien des choses importantes dans ma vie. Comme un genre de révélation ! Trouvez-vous ça niaiseux ? s'enquiert Sacha.

— Non, pas du tout, on dirait qu'on est dans un mode « révélation » intense, toute la consœurie, hein !

— Je vois de plus en plus Carl, mais j'ai décidé de calmer un peu ses ardeurs et de lui faire comprendre que mariage il n'y aurait pas sous peu ! Je crois qu'il a saisi ce que je veux et qu'il comprend mieux à qui il a affaire. Il n'insiste pas trop pour le moment, explique Sacha.

— C'est bien pour toi, je pense, dit Cori.

— Et toi, Mali, te sens-tu dans un air de changement aussi ? demande Sacha.

— Oui, je n'attends plus après les gars, c'est fini ce temps-là ! Je me sens bien, je suis en forme, de bonne humeur. Je redéfinis ce qui me rend heureuse, autre qu'un mâle alpha ! La vie est belle ! Je parle de temps en temps aux deux mecs composant mon H et c'est tout !

— *Wow !* Que de positivisme aujourd'hui dans cette réunion..., proclame Coriande. Moi aussi, je vais bien, je travaille beaucoup et ça paie ! Je viens d'avoir une promotion à la codirection des ventes !

— Bravo ! Tu es la meilleure ! la félicite Sacha en applaudissant.

— Ouais, je suis fière. Je vais avoir les détails de ce que ça implique cette semaine, explique Cori. Sinon, je vois Rémi de temps en temps, mais sans plus et c'est correct comme ça.

— Comment ça, « sans plus » ? demande Sacha.

— Bien, en fait, je ne sais pas si je vais le revoir... Finalement, c'est comme un bof ! La seule chose qui me fait réellement « triper » chez lui, c'est qu'il parle vite comme mon beau Louis-José...

— Tu m'énerves avec ton humoriste ! Je suis sûre que ça t'excite de coucher avec lui juste à l'entendre parler..., que je raisonne à voix haute.

— Oui !

— C'est tout ? Juste un « oui », dis quelque chose de plus ! Élabore sur ta déviance extrême ! Parce que je te signale que ça fait déjà un bout de temps que c'est extrême ton affaire !

— Non mais, je blague ! Même si je vous jure qu'il parle comme lui ! Mais c'est tout ce qu'il a de lui. Plus sérieusement, il n'y a pas de béguin, pas de passion, juste comme un ami avec qui je couche et c'est un peu plate, admet Cori.

— Ouin ! On dirait un cas de filière treize ! Vois-le pas s'il ne te fait rien, renchérit Sacha.

Explication : la filière treize entrepose tous les dossiers de candidats explorés plus en profondeur, mais qui ne font pas l'affaire. On les range dans cette filière en les considérant comme des sujets approfondis, mais finalement classés négativement. La filière treize est une fatalité, un point de non-retour. Il n'y a aucune possibilité de revenir sur la décision, même juste le temps d'une nuit !

— Oui, mais les amants du H ne doivent pas nous rendre amoureuses d'eux, non…

— Oui et puis ?

— Bien, je ne sais pas où me situer entre avoir un amant plate ou espérer être avec un gars avec qui je vais être amoureuse !

— C'est un peu compliqué tout ça ! Je pense que ça prend plus que le gars plate, mais moins que le trop parfait. Un genre d'homme d'intérêt moyen. Est-ce que ça se peut ? que je questionne.

— Un genre de « demi » ? demande Sacha.

— Bref, je ne sais pas si je vais le rappeler.

— Ho ! un premier candidat de *flushé* pour Cori ! Est-ce qu'on a une procédure établie dans la consœurie pour le largage de candidats ?

— Non ! On a pas pensé à ça !

— Trop de choses à voir dans cette organisation ! s'exclame Sacha.

Nous discutons du cas de Cori jusqu'à ce que Guy A. Lepage arrive à l'écran. Notre incontournable met fin à notre conversation.

Invitation

Le week-end de Pâques est la semaine prochaine. Il y a une possibilité que je voie Nick. Il m'a fait miroiter qu'il allait peut-être venir me rejoindre quelque part à mi-chemin entre chez lui et ici. Mais il doit me reconfirmer le tout. Il m'appelle en début de semaine pour réitérer son offre.

— Salut, belle jeune fille !

— Ah ! le *charming* qui m'appelle, je suis chanceuse !

— D'autant plus chanceuse que ce *charming* s'ennuie de toi et il veut te voir… Pour tout le week-end cette fois-ci !

— C'est long, tout un week-end !

— Lièvre-du-Loup, c'est à mi-chemin ça ? dit-il.

— Ha ha ha ! Lièvre-du-Loup, c'était dans un épisode de *La Petite Vie* ça, hein ?

— Exact ! Personne ne comprend quand je fais cette blague, d'habitude !

J'analyse rapidement la situation géographique et je finis par accepter en me disant que cela ne représente qu'environ trois heures trente de route. Pour un week-end avec lui, ça vaut la peine !

— D'accord, j'accepte ! Et ce, avec plaisir…

Nous convenons de nous rejoindre dans un hôtel, vendredi après le souper, étant donné que j'ai du travail à terminer avant de le retrouver. Super ! C'est bien beau, être devenue autonome affectivement parlant, mais quelques jours de rapprochement avec un beau gars intéressant sont toujours bienvenus !

Rendez-vous à Lièvre-du-Loup…

Rivière-du-Loup est une belle ville méconnue de la plupart des Québécois. On y retrouve tout le nécessaire pour passer du bon temps : de beaux hôtels, de bons restaurants, des bars et des bistrots charmants. La totale quoi !

La nervosité m'envahit dès que je franchis l'autoroute à Rimouski. Nous ne nous connaissons quand même pas depuis longtemps. En plus, nous allons passer deux nuits et deux jours et demi ensemble. Non négligeable comme détail ! Il me texte le nom de l'hôtel et le numéro de la chambre lorsqu'il arrive.

(La 103 à l'Hôtel Plaza. Le *charming* qui t'attend avec impatience… XOX)

Lorsque je repère la chambre 103, je constate que la porte est entrouverte. Nick, étendu sur le lit, écoute avec attention le canal D. Le « charmant », mets-en ! Sa beauté me frappe comme un coup de fouet en plein visage. *Wow !* Il est tellement à mon goût, ce gars ! Grand, yeux foncés perçants, cheveux fins, mais assez longs par-dessus ses oreilles. Il les laisse ébouriffés sur sa tête sans produit coiffant. Il a un *look* décontracté, mais très *class* à la fois. C'est parfait ! Je n'aime pas les gars trop métrosexuels (excusez-moi, messieurs !) qui prennent plus de temps que moi à se préparer. Le genre de gars qui vous dit, excité : « Regarde chérie ! Je viens d'aller m'acheter la nouvelle crème hydratante de lobe d'oreilles que j'ai vue dans notre *Clin d'œil* ». « Notre » *Clin d'œil* ? Non ! Désolée, mais les gars, restez un peu crottés dans vos Big Bill en prenant une bière sur la terrasse après avoir tondu le gazon qu'on regarde votre masculinité vivre un peu !

Nick porte aujourd'hui un style vestimentaire vraiment classique : jeans à la mode un peu usé, t-shirt à logo, casquette de bon goût, un genre de *look* tout-aller.

Le fait que son visage et son corps d'apollon me paraissent si appétissants en entrant dans la chambre m'inquiète un peu. C'est bien connu : plus quelqu'un nous plaît, plus on le trouve beau ou belle. C'est souvent un des premiers signes de dégringolade au pays du sentiment amoureux. Mais bon, je n'en suis pas là ! Je dois quand même considérer ce signe et l'analyser ce week-end. Suis-je en train de tomber amoureuse de ce gars ? Hum... trop tôt pour le savoir... En tout cas, dans les faits, c'est trop tôt... mais dans mon cœur ? Merde, je suis vraiment névrosée ! Bon, ne perdons pas de temps à effectuer une analyse affective détaillée, je dois me concentrer sur le fait d'avoir du plaisir avec lui et de profiter au max de sa présence (et de celle de ses fesses qui sont petites, mais bien rebondies !).

Dès mon arrivée, il me fait signe de le rejoindre dans le lit. « Déjà ! » me dis-je dans ma tête en sautant à pieds joints dans ledit lit.

Il m'embrasse tellement passionnément que j'en suis presque mal à l'aise. Ça ressemble plus à un baiser de couple ayant laissé les enfants à la maison pour un week-end d'amoureux que d'un baiser d'amants ayant moins d'une semaine de vie commune à leur actif. Mais je me laisse un peu étourdir par tout ça. J'oublie ma tête pour répondre à son étreinte avec mon cœur.

Rapidement, nos vêtements respectifs volent dans tous les sens et, encore une fois, nous commençons par ce qui, habituellement, clôture un « rancard » avec son amant. Au diable la planification de l'horaire ! Nous en sommes à notre troisième partie de jambes en l'air ensemble et notre complicité est totale. Notre aisance semble parfaite ! Cependant comme les premières fois avec lui ont été au-dessus des normes, la suite ne peut qu'être meilleure. Une régression serait très décevante.

Il est capable d'être très intense et doux à la fois. Son équilibre me séduit. De plus, sa connaissance de l'anatomie féminine me comble. Sans aucun doute, il sait comment mener le bateau et comment me faire sauter en bas littéralement. J'aime les gars qui foncent au lit. Le type de gars qui ne vous demande pas si vous êtes confortable ou si vous avez besoin de quelque chose en pleine baise. J'ai déjà rencontré un gars hyper trop attentionné. Comme si j'étais en porcelaine ! Non mais, trop c'est trop ! Je ne suis pas vierge quand même ! Décide où tu veux que je me place et je vais suivre. Ne fais pas une demande écrite, « faxée » en copie conforme à ma mère, pour me tourner de côté dans le lit !

Nous ne faisons rien de la soirée, à part écouter la télévision et fusionner ensemble (si vous voyez ce que je veux dire...). La nuit de sommeil est plus longue que la dernière fois. Nous dormons bien. Je suis une femme affectueuse et colleuse la nuit, mais pas longtemps. Je suis habituellement celle qui se tourne la première pour aller dormir de son côté. Je suis aussi celle qui revient se coller sur la chaleur de son homme le lendemain matin. Un bel équilibre selon moi. Je suis incapable de fusionner toute la nuit en ne faisant qu'un, et ce, huit heures durant. J'ai besoin d'air pour bien dormir. Les nuits passées à dormir à deux dans un lit double normal sont pour moi des souvenirs de lutte et de manque d'espace vital. Le lit *queen* peut faire l'affaire, mais le lit *king* est le summum ! Avec une couverture plus grande que le lit. Je suis une voleuse de couverture. Plutôt, une kleptomane compulsive de la douillette.

Au réveil, nous somnolons, enlacés longtemps, trop longtemps. Très différent d'avec Bobby, qui se lève aussitôt le premier spectre de lumière passé au travers des rideaux.

À dix heures, nous convenons de nous mettre en action afin de ne pas passer la journée sous les draps. Quoique…

Nous nous rendons dans un spa nordique. Un endroit très sympathique où nous nous prélassons, une partie de la journée, errant entre les bains glacés et les différents saunas. La température de zéro degré s'avère idéale pour ce genre d'activité. Ensuite, pourquoi pas un film au cinéma ?

Aller au cinéma en après-midi procure chez n'importe qui un sentiment d'être vraiment en vacances. Nous optons en plus pour une comédie légère afin de poursuivre l'oisiveté de notre début de journée. Après coup, un cinq à sept s'impose. Pour ajouter un bon verre de vin à cette journée consacrée au plaisir des cinq sens. De retour à l'hôtel, nous prenons une douche séparément. En sortant, je capte une fin de conversation téléphonique que monsieur a décidé d'avoir au moment où je me douchais. Je l'entends dire d'une petite voix douce :

— Parfait, on se voit demain, je devrais revenir demain soir pas très tard. Je t'embrasse. Au revoir.

Je suis un peu surprise de ses derniers mots. À l'instant même, je me rends compte que je ne sais rien de ce gars. Fréquente-t-il d'autres femmes ? A-t-il d'autres maîtresses de chambres d'hôtel comme moi ? Je n'en sais rien et je n'ai certainement pas l'intention de lui demander cela après le troisième rendez-vous. Ce n'est pas de mes affaires et je suis du genre discrète sur les questions. Déjà que mon beau chanteur y va de détails sur ses conquêtes, je ne veux pas qu'un autre gars me fasse des confidences de ses liaisons amoureuses ! Mais visiblement, cet appel a été fait à une femme, c'est clair et net. Mais je dois m'attendre à quoi ? Beau gars, célibataire, intelligent… Je ne suis certainement pas la seule au monde à avoir vu ça ! Décidément, je ne fais pas dans les hommes mariés, mais dans les hommes célibataires ayant un harem plus étendu que le mien.

Trop curieuse, je lui demande, en toute légèreté, si c'est le travail qui le réclame. Il me répond que non. C'est sa nièce de sept ans qu'il doit aller chercher le lendemain soir pour sa fête. Plausible… J'arrête là les questions, car ça ne me regarde pas.

Nous soupons tranquillement dans un restaurant italien en discutant de nos projets à venir, de nos rêves et de ce qu'on croyait être la « vraie vie ». Manifestement, Nick me ressemble sur ce point. Il a de grands rêves et semble, tout comme moi, faire les efforts et les concessions nécessaires pour arriver à ses fins. C'est, selon moi, une belle qualité et une preuve de sa force de caractère. Je connais une phrase en anglais qui résume bien ce mode de pensée : « *Been there, done that and got the t-shirt* ». Ce qui veut dire : je voulais le faire, je suis allée, je l'ai fait et j'ai mon chandail prouvant que je l'ai fait. Merci, bonsoir !

La soirée terminée, nous sommes tous les deux un peu engourdis par l'alcool. Nous laissons sa voiture au restaurant pour revenir à l'hôtel à pied. Un trajet d'environ trente minutes, mais il fait doux. L'idée de marcher avec lui sous les étoiles me plaît bien. Histoire de terminer cette discussion sur les rêves, en cuvant les deux bouteilles de vin que nous avons bues au cours de la soirée.

L'alcool l'a rendu un peu romantique. Il me déclare, expressif :

— Mali, je te trouve fantastique ! C'est rare de nos jours de trouver quelqu'un d'intègre et de connectée à ses désirs autant que toi... t'es fascinante !

« T'es fascinante ! » Personne ne m'a jamais dit ça. Et cette déclaration sur mon authenticité... Ouf ! Ça y est, je suis amoureuse de lui. Un peu soûle oui, je vous l'accorde, mais je fais une annonce : je vais craquer. Quel beau compliment ! La cloche de l'amour sonne dans mes oreilles, et ce, à ce point fort que j'ai peine à entendre ce qu'il dit par la suite !

La promenade s'entrecoupe de folles embrassades sur le trottoir. Nous avons l'air d'un jeune couple ayant du mal à nous rendre à notre destination tellement la passion est à son maximum. Arrivés à la chambre, nous faisons l'amour en nous aimant et ça me déstabilise grandement. Il me regarde dans les yeux avec beaucoup de tendresse... Ça fait longtemps que je n'ai pas vécu ça !

Je sors fumer une cigarette, sans manteau malgré le froid, pour tenter de remettre mon cœur à la bonne place. Celui-ci est littéralement sorti de ma poitrine durant ce moment d'intimité si passionné. Le sentiment que je ressens présentement après l'extase de l'orgasme, c'est la peur. Je suis en train de tomber follement amoureuse de ce gars et ce n'est pas une bonne idée. Je dois vite me trouver un mécanisme de défense pour me protéger de tout ça... Heu... le déni ? Ça pourrait faire l'affaire...

Ou encore la formation réactionnelle[6] ? Non, pas assez mature ! Pourquoi pas le refoulement ?

Je passe une nuit mouvementée malgré l'alcool ingéré, car je réfléchis au phénomène bouleversant qui se passe en dedans de moi. Merde ! Je fais quoi, là ? J'ai le goût de me sauver. Mécanisme de défense : « la course à pied ». Est-ce que ça existe ? J'écris dans mon livre à la lueur de la lune :

> *La patiente se sent déstabilisée d'avoir reçu de la tendresse d'un homme qui semble sincère dans sa démarche. Elle convoite les émotions intenses, mais quand celles-ci arrivent elle a le goût de fuir. Elle ne laisse pas les choses être ce qu'elles sont. Est-ce par désir de contrôle ou par peur de souffrir ?*

Le lendemain, en me réveillant, je me dis qu'il y aura sûrement un malaise à la suite de cette nuit d'amour. Mais non, pas du tout ! Je semble être la seule à avoir trouvé ce moment un peu précoce dans notre relation. Monsieur se réveille en m'embrassant le dos et en me serrant dans ses bras. Il me souligne avoir passé une nuit merveilleuse. Je lui réponds un genre de « moi aussi » maladroit en me levant pour ouvrir le téléviseur. Je semble vraiment être la seule à avoir de la difficulté à gérer la rapidité avec laquelle notre relation prend des directions dangereuses. Nous quittons aujourd'hui cette chambre d'hôtel et je me sens à la fois triste et soulagée. Triste, car je quitte Nick sans savoir quand je le reverrai, mais soulagée, car je commence à avoir l'air bizarre dans mes réactions de fille déstabilisée. Il me dit en souriant avant d'aller prendre sa douche :

---

[6] Formation réactionnelle : mécanisme de défense de dégagement qui implique qu'on adopte une attitude qui s'oppose à un désir refoulé. Par exemple, le petit garçon au primaire qui vous faisait sans cesse des crocs-en-jambe en éducation physique était, dans le fond, amoureux fou de vous !

— Je resterais ici avec toi une semaine, moi…

— Ah oui ? que je lui réponds, l'air surprise.

Quelle réponse idiote ! J'aurais pu me forcer ! Il me surprend avec ses révélations-chocs depuis hier. Je suis habituellement quelqu'un qui a la réplique facile, mais, lorsque c'est engageant ou plus intime, je bloque et je réponds des stupidités.

Mais le pire, c'est quand je fais un rire niais à défaut de ne savoir quoi dire. Le genre de rire qui semble forcé, innocent ou d'une trop grande intensité par rapport à la blague dite. Heureusement, c'est rare que cela m'arrive et ça n'a pas été le cas avec Nick !

Au déjeuner, il me pose beaucoup de questions sur mon horaire des prochaines semaines. Mais je ne prévois pas sortir de la Gaspésie de sitôt, car j'ai un cours le lundi et un autre le vendredi, ce qui fait que je n'ai pas assez de temps pour me déplacer très loin. Après le repas, je le reconduis à son véhicule, qui est resté au restaurant. Une série d'embrassades et d'accolades qui n'en finissent plus de finir clôturent notre week-end.

Nous partons en prenant des directions opposées sur la rue principale qui nous mènera à nos villes respectives qui, vraisemblablement, sont très loin l'une de l'autre sur la carte du Québec. « Au revoir, beau mec ! » que je songe en observant son auto sortir de la cour devant moi. Je suis très pensive en parcourant le chemin du retour. Je souris sottement en me disant que je suis très satisfaite de mon week-end. Rapidement, la peur revient à la charge, transformant du coup mon sourire niais en moue inquiète, avec plissement de front en prime.

La peur d'avoir mal m'habite depuis toujours. Je tiens à me protéger de toute souffrance comme un instinct de survie. C'est très féminin comme crainte. En plus, depuis la mi-vingtaine, c'est pire ! J'ai redoublé de vigilance et je flaire à des kilomètres à la ronde les situations qui peuvent potentiellement me faire souffrir. À tout coup, je m'en éloigne afin d'éviter de me retrouver face à la tristesse. Cela a été jusque-là relativement efficace, mais est-ce un mode de fonctionnement sain ? Je ne sais pas, mais une chose me paraît certaine, il y a toujours des bonheurs qui, à un moment ou un autre de notre vie, sont accompagnés de malheurs. Dans les relations humaines, surtout.

Je sais qu'un jour ou l'autre, je serai en couple à nouveau, mais je veux encore profiter de mon célibat pour faire le point sur moi-même. Surtout le ménage dans mes vieilles blessures qui restent présentes et qui se cristallisent plus je vieillis. Je veux me faire une flore affective neuve ! Comme les belles plates-bandes de ma mère au printemps. Retrouver la virginité de mon cœur. Pour pouvoir, dans quelques années, bâtir une relation saine avec quelqu'un sans porter continuellement la souffrance que j'ai cuvée dans le passé. Un défi de taille, j'en conviens, mais ce n'est rien de moins que mon objectif. Cependant, Nick vient un peu brouiller les cartes de mon plan de match de guérison. Pas facile de mettre mon cœur sur « pause » en fréquentant un gars si génial. Mais bon, présentement, je me dirige vers la Baie des Chaleurs, lieu de prédilection de ma cure anti-homme !

La dernière tuile pas encore tombée

Sacha m'a écrit un courriel, samedi, que je lis lundi matin en arrivant au bureau.

« Salut ma belle, j'espère que tu as passé un beau week-end ! Je me demandais si tu avais eu des nouvelles de ton beau médecin au sujet de ton cou. Tu ne m'en as pas reparlé. Appelle-moi quand tu reviens, je veux tout savoir sur ton week-end avec le beau Nick... Gros becs, bye-bye. »

Je me rends compte que, dans tout le brouhaha de mon train de vie quotidien et de mon week-end d'escapade, la situation de ma santé m'est complètement sortie de la tête. Aucune nouvelle depuis trop longtemps.

J'appelle donc au bureau de mon médecin pour savoir sur-le-champ où en sont mes résultats. Je laisse un message dans une boîte vocale, car personne ne répond jamais directement au bureau des ORL. En début d'après-midi, j'ai mon beau docteur au bout du fil :

— Bonjour Mali, me dit-il lorsque je réponds.

— Vous m'avez oubliée, docteur ? que je lui demande.

— Comment veux-tu qu'un homme t'oublie ? déclare-t-il en riant. Non, sans farce, les résultats tardent à arriver.

— Est-ce inquiétant ?

— Pas nécessairement. Sûrement quelque chose que le laboratoire de Pennsylvanie veut vérifier de façon plus approfondie. Le fait que ce soit long n'est pas inquiétant non plus. Parfois, ils sont débordés, donc ils accumulent les analyses à faire sur le coin du bureau, m'explique-t-il d'un ton rassurant.

— Ah bon !

— Regarde, aussitôt que ça me passe entre les mains, je t'appelle sans faute.

— C'est bon, merci de m'avoir téléphoné. Bye !

— Au revoir.

Je raccroche en me disant que cette histoire s'étire dans le temps. Je suis quand même rassurée de savoir que je n'ai pas à m'inquiéter davantage à cause du délai.

Je passe tout le reste de l'après-midi à planifier mes cours. Mon téléphone sonne vers seize heures d'un numéro inconnu.

— Oui, allô ?

— Bonjour Mali, c'est docteur Paré. Je viens juste de croiser la pathologiste qui a reçu, par hasard, tes résultats cet après-midi…

Il y a un silence inquiétant… Il poursuit :

— Malheureusement, Mali, il y a des petits « punks » là-dedans…

Je tombe assise sur ma chaise, les jambes molles. Ma vision devient floue. Je me sens toute petite dans l'immense pièce. Je ne dis rien en attendant qu'il poursuive.

— Ce sont en fait des carcinomes folliculaires encapsulés, dans la famille des cancers de la glande thyroïde. Comme si tes petits « punks » étaient dans une prison et qu'ils ne sortaient pas pour l'instant. Cependant, on ne peut pas savoir s'ils vont sortir un jour. Pour l'instant, je ne fais rien : je ne te réopère pas et on ne fait pas de radiothérapie ou de chimiothérapie non plus. Mais on vient tous les deux de signer un contrat de mariage pour les dix prochaines années. Je vais te voir aux quatre à six mois pour faire des tests afin de voir si ta prison reste solide.

— Dix ans ! que je réussis à dire, la voix étouffée.

— Oui, pour la plupart des types de cancer, on signe une rémission après cinq ans, mais pas celui-là, c'est dix ans. Comme on s'est vus il y a un mois, tu compteras trois mois avant notre prochain rendez-vous. OK ? As-tu des questions ?

— Non ça va, j'ai saisi le truc. Merci.

— Désolé, j'aurais aimé que tu viennes à mon bureau pour que je t'annonce ça, mais c'est un peu loin… Bon courage, on se parle bientôt. Au revoir.

— Merci, docteur.

Je suis sans mots… « As-tu des questions ?… » Oui ! J'en ai mille ! Mais tout se bouscule dans ma tête et je ne comprends pas vraiment ce qui vient tout juste de se passer. Assise sur ma chaise, je fixe le mur qui semble s'éloigner, se rapprocher et s'éloigner encore si loin… Je n'ai pas de cancer. Il parlait de la voisine, lui ? Je ne peux pas croire que, depuis le début de cette histoire au cours de laquelle j'ai été positive à chaque étape, je sois rendue à la case finale. Le dernier chapitre signé : cancer. Ce n'est pas juste ! Je n'ai pas le temps d'avoir le cancer, j'ai trente ans ! Plein de rêves ! Plein de choses à faire ! Cancer à vendre pas cher ! Quelqu'un le veut ? La seule bonne nouvelle dans cette histoire est que le médecin ne m'opère pas maintenant et qu'il ne le fera peut-être jamais. Mais tout de même, j'ai un cancer ! Ce mot résonne dans ma tête comme en écho. Les autres ont le cancer, pas moi ! Ce concept de maladie mortelle me semble tellement abstrait. Je n'ai, jusqu'à présent, jamais même côtoyé quelqu'un ayant souffert du cancer. Et ici, ce n'est pas la grand-mère d'un collègue ou la mère de la belle-sœur du voisin, c'est moi. Je me sens comme dans un mauvais rêve. Tout se déroule au ralenti…

J'appelle immédiatement ma mère qui reste muette au téléphone trop longtemps et qui finit par me dire encore que tout va bien aller en raccrochant, trop sous le choc. Je ne sais pas quoi faire ! Je quitte le bureau pour aller marcher vers le chemin de la mer. Une étendue d'eau à proximité m'aide toujours à réfléchir de façon efficace et rationnelle. Je suis incapable de pleurer. Trop stupéfaite et surprise à la fois, comme un genre de dépersonnalisation temporaire où j'ai la vive impression de ne pas habiter mon corps. J'anticipe le pire : l'annoncer à mes proches ! Je n'ai pas le goût de le dire à personne. Le sentiment de tristesse que les gens manifesteront me rend encore plus mal que d'avoir cette chose.

Je ne réponds pas au téléphone de la soirée et je fume cigarette sur cigarette en me disant que beaucoup de gens souffrent de pires maladies que la mienne. Un peu pour me consoler, je pense. Aussi surprenant que cela puisse paraître, je dors comme un bébé. Je décide de travailler à la maison et de ne pas penser à ça pour quelques jours. Je vous ai dit que le déni temporaire est un mécanisme de défense que je maîtrise à merveille et ça fonctionne.

Au début de la semaine, je fais le fantôme en ne répondant pas à mon téléphone. Cependant, mon réseau social à distance me rappelle à l'ordre rapidement. Ma boîte vocale déborde et Cori a demandé une rencontre webcam mercredi soir. J'y vais en me disant que je profiterai d'un moment de silence pour annoncer en douce à mes amies la nouvelle de ma maladie au nom qui fait peur. À dix-neuf heures, tout le monde y est, même Ge qui a pris cinq minutes de pause pour nous dire bonjour.

— Hé, c'est rare que t'es en retard, Mali ! commente Sacha lorsque je me connecte.

— Ah, très occupée ! Gros bisous, ma belle Ge ! T'as l'air en forme ! que je dis.

— Ça va ! Ça va ! On avance vite et bien. C'est positif, je pense ! Si tout continue à aller bien comme ça, je devrais être rentrée d'ici quelques semaines. On pense avoir trouvé la souche de ce cancer du lait..., annonce-t-elle.

— Ha ! ha ! cancer du lait… est bonne ! Bon, Cori, as-tu des points à l'ordre du jour ? que je demande en riant jaune.

— Non, en fait, rien de spécial ! J'avais juste le goût de vous voir ! Sacha et moi, on s'est vues ce week-end et on se disait qu'on n'avait pas de nouvelles de vous deux souvent et qu'on s'ennuyait…, explique Cori.

— C'est vrai, vous nous manquez tellement ! renchérit Sacha.

Je décide de profiter de cet élan de passion de mes amies pour me lancer. Ce sont les personnes les plus importantes de ma vie, avec ma famille. Je dois plonger et leur faire part de ma nouvelle afin de tuer cette ambiance d'amour festive.

— Moi aussi, les filles, je me suis ennuyée de vous en début de semaine. Je me suis ennuyée de vous, de ma mère, de mon chien, du voisin… Bref, j'ai eu une mauvaise nouvelle, que je dis en guise d'introduction.

— C'est quoi, ton ami du week-end n'a pas eu d'érection ? Non ! Ton con du cégep a crevé tes pneus pour te faire payer d'être une fille géniale ? propose Sacha en riant.

Les filles rient en me regardant, semblant attendre la nouvelle cocasse qui a pu m'arriver. Je décide d'y aller sans détour.

— J'ai le cancer.

Le silence et la stupéfaction sur le visage respectif de mes amies me signifient que j'aurais peut-être dû mettre la table un peu plus avant de lancer un truc aussi frappant dans leur webcam. Après quelques longues secondes, Cori prend la parole.

— Non, non, c'est pas vrai ? dit-elle.

Je fais un signe discret, mais affirmatif de la tête en poursuivant mes explications.

— Ce sont des carci-trucs-machins encapsulés, dans la famille des cancers de la glande thyroïde. Mon médecin m'a appelée lundi..., que je leur explique.

— Des carcinomes ! Je connais ça. « Encapsulés », ça veut dire qu'ils ne sortent pas des cellules, explique Ge.

— C'est ça, je pense. Il ne m'opère pas tout de suite. On attend et on vérifie périodiquement pour être sûr que ça ne se répandra pas partout dans mon organisme, que je précise.

— Comment prends-tu ça ? demande Sacha avec un ton attendrissant et tellement plein de compassion.

— Je ne sais pas. On dirait que c'est la voisine qui a eu un diagnostic, pas moi. Je ne m'approprie pas le truc du tout..., que je lui réponds.

— C'est normal, on ne s'imagine tellement pas que ça peut être nous, surtout pas à l'âge qu'on a..., me dit Cori.

Nous continuons à discuter sur le sujet trente longues minutes. Les filles tentent de me réconforter, de me dire que tout ira bien. Mais elles m'ont surtout déchargé une tonne d'amour pur et brut, comme seules de vraies amies peuvent le faire. Surtout, elles n'ont pas essayé de minimiser la situation.

Je me rends compte que quand les gens éprouvent un malaise face à une situation, surtout une maladie physique, ils tentent de diminuer les conséquences ou de te comparer à des gens pires que toi : « Y'a des choses pires que ça dans la vie ! » ou encore : « Au moins t'as pas un cancer du cerveau. Ma belle-sœur a eu ça et elle est morte après deux mois... » Je sais qu'il y a des gens pires que moi. De toute façon, il y a toujours des gens pires que nous. Si ce n'est pas les Africains sans eau, ce sont les enfants en Irak qui reçoivent des bombes sur la tête. Mais est-ce qu'on a le droit de vivre une difficulté de la sorte sans se comparer à ce qu'il y a de pire que nous ? Est-ce qu'on a le droit, sur le coup, de dire « Merde, je ne suis vraiment pas contente d'avoir ça ? » Non : il faut être fort et se dire que certains sont pires que nous. Pourquoi ?

Souvent, la souffrance et les problèmes des autres, on ne veut pas les voir. On tient ça comme une patate chaude, on jongle avec et on finit par la relancer à la personne en lui disant une platitude de la sorte ! Qu'est-ce qu'on dit quand quelqu'un est triste ou pleure : « Il faut te changer les idées, on va oublier ça. » Pour que la personne gèle la souffrance rapidement. Mais a-t-on le droit de vivre certaines émotions avant qu'on nous programme une semaine chargée d'activités ?

Je considère donc que mon travail à partir de maintenant sera de vivre les émotions liées à cette annonce et de m'approprier ce cancer afin de pouvoir lui parler. Pour faire en sorte que je sente que j'ai au moins un certain contrôle. Mais avant, je dois vivre le tourment d'émotions qui vient avec. Je crois que l'annonce de la nouvelle aux gens qui m'entourent fait partie de la démarche de « prise de conscience de ma maladie ».

Je passe le reste de la semaine un peu songeuse, mais quand même productive au travail. Je me conditionne petit à petit à cette idée de cancer. Le message fait son bout de chemin dans mon cerveau… dans ma tête… dans mon cœur… J'assimile graduellement la situation. Le tout doit se faire dans la douceur et c'est ce qui se passe. J'en suis contente. Et je me trouve forte et sereine compte tenu de mon diagnostic. C'est alors que je reçois un coup de téléphone surprenant vers le milieu de la semaine…

Visite-surprise

Je suis au cégep, à l'ordinateur, lorsque ma sonnerie de cellulaire retentit.

— Oui, bonjour ?

— Salut ma belle, c'est Bobby ! Comment tu vas ? Ça fait longtemps !

J'hésite entre lui répondre : « Mal, parce que je viens d'apprendre que je suis cancéreuse et que je me sens seule au monde dans une Gaspésie lointaine sans famille ni amies proches pour me serrer dans leurs bras », le temps que je pleure trois ou quatre heures afin d'évacuer les émotions que je refoule allègrement depuis presque une semaine… Ou : « Très bien, toi ? » Vite, on fait un choix !

— Très bien, toi-même ?

Je ne veux pas lui dire maintenant.

— Super ! Je n'ai pas le temps de te parler longtemps, mais je t'annonce que je serai à Rimouski le week-end prochain ! Probablement vendredi. Peux-tu venir me voir ?

— *Wow*, ce serait le *fun* !

— Le tout n'est pas encore clair, mais je te donne des nouvelles dès que c'est confirmé.

— Parfait ! Bye !

— Gros bec !

La vie me fait visiblement cadeau d'un divertissement agréable pour panser mes blessures et m'amuser un peu ! Ce n'est pas de refus ! Le reste de ma semaine passe rapidement, bien entendu, car j'ai une aventure intéressante qui se dessine pour le week-end. Ma joie de vivre depuis ce coup de fil me révèle que je suis loin d'être guérie de ma dépendance affective chronique. Ça me désole un peu, mais je suis contente à la fois. Je dois profiter de la vie dans ma condition actuelle. Cette nouvelle me rend heureuse.

C'est quand même très bizarre que Bobby rapplique juste après que j'ai passé le week-end avec Nick. Comme si le destin faisait que les deux hommes dans ma vie se chevauchent toujours dans leurs apparitions. Je prévois m'y rendre vendredi pour rester jusqu'à dimanche, si, bien sûr, cela concorde avec ses plans. Les fameux plans de Bobby, si difficiles à décoder et à comprendre parfois. Il n'a jamais d'heures précises ou d'organisation. C'est toujours imprécis et flou, sans trop de détails.

Je n'ai pas de nouvelles de lui du reste de la semaine. Je prépare quand même mes choses jeudi soir pour que, le lendemain, je parte directement du cégep, vu que j'ai quand même deux heures trente de route à faire. Vendredi, je donne mon cours pour ensuite aller manger à la cafétéria du cégep avec Cath. Vers quatorze heures, je n'ai pas encore eu de signe de lui. Voyons ! Je le texte pour qu'il m'appelle. Ce qu'il fait.

— Allô, ça va ?

— Oui, t'es où ? que je lui demande.

— Je suis en route, mais je ne sais pas encore ce qui va arriver ce week-end.

— Comment ça ? T'es en route pour Rimouski ou ailleurs ?

— Rimouski, mais je pense que mon ami organise un *party* pour ma fête, pis je ne sais pas trop comment la soirée va se dérouler encore.

Ah oui, c'est sa fête ! Il me l'avait dit lorsque j'étais allée chez lui la dernière fois.

— Et puis, même si c'est ton *party* de fête, ça change quoi ? que je questionne, un peu impatiente.

— Ben… c'est que…

Je lis donc entre les lignes (n'oubliez pas mon sixième sens !) qu'il ne semble plus vouloir que j'y aille. Je ne comprends pas pourquoi. Je connais son ami, je l'ai vu quelques fois, et je ne vois pas d'inconvénient à ce que je sois à cette fête. Il semble vraiment tourner autour du pot pour me dire de ne pas y aller.

— Bien là, je comprends que t'es en train de me dire de ne pas y aller ? que je lui lance sans faire de détour.

— Ce n'est pas ça, c'est juste que si ce *party* a vraiment lieu, je me sens mal de t'inviter sans que ce soit eux qui l'aient fait. Comprends-tu ? Mais ce n'est pas sûr, je vais m'informer et te rappeler, OK ?

— C'est bon, bye.

C'est tout sauf clair dans ma tête. Franchement ! Ridicule ! J'ai l'impression d'avoir onze ans ! « Tu ne peux pas venir jouer avec moi à Rimouski, mon ami t'a pas invitée… » Cette histoire de *party* de fête semble très louche à mes oreilles. J'en déduis qu'il doit y avoir une autre fille dans les parages pour le week-end. Il me rappelle quarante-cinq minutes plus tard.

— Salut, bon là, c'est confirmé, ils me font une fête. Il me l'a dit, je lui ai tiré les vers du nez, donc là je suis un peu mal… C'est un genre de soirée entre *boys*, explique-t-il.

Ah ! Entre *boys*. Je ne le crois pas ! Mon sixième sens crie à l'arnaque ! Je suis déçue… fâchée en fait.

— Bon bien, amuse-toi Bobby ! Passe un super week-end ! que je lui souhaite sarcastique.

— T'es fâchée ?

Je me répète dans ma tête : « Mali, t'as pas le droit d'être jalouse. C'est une relation libre. Tu veux ça, alors gère-le ! »

— Je suis déçue, j'aurais aimé ça te voir, c'est tout.

— Mali, je te jure que j'aurais vraiment aimé ça aussi, mais là, qu'est-ce que tu veux que je fasse ? J'espère que t'avais pas déjà préparé tes choses ! demande-t-il.

— Bien non, voyons ! J'attendais que tu me rappelles…, que je lui mens en me sentant stupide.

— Bon, je te laisse… je conduis. On se voit bientôt, promis ! dit-il, convaincant.

— C'est bon, salut…

Je ferme mon cellulaire, frustrée et choquée de la tournure des événements. Je suis sûre que c'est à cause d'une fille. C'est quoi, je suis la conne de service, moi ? « Viens avec moi là-bas ! Ah non, finalement Josiane est disponible, laisse faire ! » Merde ! Je me sens ridicule !

Mon sixième sens me dit aussi qu'il n'a pas été honnête et que bien des zones grises ont été peintes durant ces appels. Je suis déçue de ne pas le voir, certes, mais je suis doublement déçue d'avoir senti pour la première fois un genre de malhonnêteté de sa part et l'odeur du mensonge à travers mon cellulaire. Pourquoi mentir ? Pour ne pas me décevoir ? Pour s'en tirer facilement ?

Je constate que ce n'est pas vrai que je ne demande rien à ce gars. Je ne lui demande pas de ne pas voir d'autres filles ou de m'accorder énormément de temps. Je lui demande cependant d'être honnête et de ne pas me mentir. Ah ça, oui ! Un dénominateur commun relie les gens qui m'entourent : ils sont vrais. C'est très important pour moi que les gens qui forment mon réseau social soient authentiques. Lui, ce soir, m'a fait miroiter qu'il ne l'était pas et je gère mal cette découverte. Déjà que la relation me cause un questionnement éthique à cause du fait qu'il est connu et tout, je ne vais quand même pas me transformer en dinde de la farce qui se fait remplir de conneries du même coup ! Quand on se fait mentir, on se sent moche, hein ? Mais est-ce que je serais plus heureuse s'il m'avait dit : « Une telle va être là finalement… » Sûrement pas ! Grrrrr ! Il n'avait qu'à ne pas se rétracter, bon !

Je suis habitée par un sentiment amer teinté de déception. Visiblement, je suis très choquée du déroulement de la journée, et surtout de sa conclusion. Je sens que c'est le début de la fin de cette histoire avec mon chanteur populaire. Avec Nick, c'est bien moins compliqué !

Je retourne donc chez moi, avec mon cancer et ma valise, en faisant un arrêt à la SAQ en espérant qu'au moins une des filles sera sur le Net pour que je boive avec elle en me disant que tout va bien aller… un jour… Heureusement, lorsque je me connecte, Sacha est là.

— Allô ! Dis-moi qu'un jour la vie va être belle et que plein de petits lapins roses vont gambader partout autour de moi en chantant *La ballade des gens heureux*..., que je dis en préambule.

— Ouf ! C'est ta deuxième bouteille ou ta troisième ? me répond-elle. Qu'est-ce qui se passe, Mali ?

— Ah ! pas grand-chose ! Bobby vient de me larguer pour passer le week-end avec une autre fille ! J'étais presque rendue à Amqui... Et, ah oui, j'ai le cancer aussi... et en plus, je suis une fille super laide, idiote et pas intéressante ! Le savais-tu ? C'est de la merde !

— OK là, mon amie, ça ne marche pas du tout tes affaires, hein ? en déduit-elle en entendant mon discours hystérique de dévalorisation extrême.

Je me mets alors à pleurer et pleurer. Ce que je n'ai pas fait depuis longtemps. Je ne pleure pas souvent. Je me retiens souvent et je le sais. Comme tout le monde, lorsque je pleure, je ne vise qu'un but : arrêter. Pourtant, comme mentionné précédemment, pleurer fait du bien. On doit laisser passer ce moment pour sortir l'émotion sous forme de larmes si on veut ensuite passer à l'étape suivante. S'empêcher de pleurer retient tout le méchant à l'intérieur et cela fait développer des cancers. Maintenant, je le sais... je vous le jure et je ne vais plus jamais me retenir ! Fini le refoulement[7].

Sacha est une personne à l'aise avec les gens qui pleurent. Elle utilise toujours les bons mots. Elle trouve toujours le bon

---

[7] Refoulement : opération par laquelle le sujet repousse et maintient à distance du conscient les sentiments ou situations considérés comme désagréables. Avoir un sentiment amoureux pour un homme vraiment plus vieux ou trop jeune et l'ignorer fait partie de ce mode de réaction.

moment pour garder le silence, la phrase pour faire réfléchir et elle sait être présente et, parfois, juste rester là pour être là. Exactement ce que je recherche en ce moment. Nous buvons ensemble tranquillement, parfois en silence, parfois en m'écoutant pleurer et parfois en riant le nez morveux. Nous restons connectées une bonne heure et demie ensemble et cela me fait beaucoup de bien. Je ne lui ai même pas demandé si elle avait des plans pour la soirée ou si elle avait autre chose à faire. On dit toujours de ne jamais tenir les gens pour acquis. Nous faisons exception à la règle ! Mes amies et moi, nous nous sommes promis un jour de toutes nous tenir pour acquises. Rien au monde ne pourrait enlever l'amitié si profonde que nous avons les unes pour les autres. La soirée de ce vendredi le prouve amplement. Il est cependant dommage que notre seul moyen de communication soit virtuel, car je l'aurais serrée dans mes bras… toute la soirée, très fort.

Hugo, source de réconfort

J'écris une bonne partie de l'avant-midi. Entre autres à propos de la façon dont je me sens, de la façon dont je vois ces événements dans ma vie. Je rédige même une lettre à mon cancer comme si c'était une personne en soi. Je lui souhaite la « pas bienvenue » en lui disant de rester bien tranquille s'il veut qu'on cohabite bien ensemble. Je l'ai même menacé que s'il ne se tenait pas tranquille, je ferais des traitements de radiologie ou de chimiothérapie qui le tueraient raide ! Bon, c'est un peu bizarre que je le menace, je vous l'accorde, mais ce geste fut, selon moi, révélateur d'un début d'acceptation de ce nouveau locataire dans ma trachée.

Hugo m'appelle en fin d'avant-midi.

— Allô, je m'appelle Hugo. Je ne sais pas si tu te souviens de moi, j'étais ton ami il y a longtemps de ça ? commence-t-il.

— Quand même, on n'est pas à la veille d'avoir une fête de retrouvailles ! Comment vas-tu ? que je lui demande en riant.

Je sais que je ne lui ai pas donné beaucoup de nouvelles au cours des derniers jours, mais j'étais occupée à gérer ma vie.

— J'ai le goût de te voir. Je débarque chez vous ce soir avec le souper et du vin. Ça te va ?

— *Wow !* Je vais t'abandonner plus souvent, tu réagis bien au rejet !

— Tu penses ! Je vais apporter des sushis pour souper et du vin de dépanneur !

— Ouache, tu vas me faire vomir avec les sushis, mais surtout pour le vin de dépanneur !

— Non, sans blague, je me pointe à six heures ! D'accord ?

— *Perfecto, amigo !*

Je suis contente de cette visite-surprise. Je tenterai cependant de mettre un peu plus la table avant de lui annoncer mon cancer. J'ai été un peu trop directe avec les filles et ça a créé une drôle d'ambiance. En plus, je sais qu'Hugo est très sensible dans le fond et qu'il aurait sûrement de la peine. Mais bon, je ne peux pas lui cacher ça plus longtemps.

Il arrive à l'heure prévue avec un excellent vin et tout le nécessaire pour concocter une fondue au fromage maison. Mmmmm ! Merveilleux ! De tous les repas, la fondue au fromage et la pizza se classent au *top* de mes préférences. Il prépare tout pendant que je lui raconte les dernières péripéties de ma vie en évitant le sujet de mon cancer. Il paraît moins en peine que la dernière fois que je l'ai vu. Je le soupçonne même d'avoir une face de gars qui a rencontré une fille.

— T'as un sourire de bonheur spécial « You Go » ! que je dis, l'air suspicieux.

— Quelle fine psychologue tu fais, Mali ! J'ai rencontré une femme au travail, il y a deux semaines. Une bête de sexe, je te jure, ça n'a pas de sens.

— C'est vraiment un de tes critères numéro un ça, hein ?

— Tous les gars sont de même ! C'est juste que moi, je le dis haut et fort ! C'est la seule différence, m'explique-t-il, avant de poursuivre. Elle est fine, intelligente, tellement belle puis on a du *fun* comme ça fait longtemps que j'en ai pas eu avec une fille ! À part toi, bien sûr !

— Bon, regarde-le qui se sauve la face ! Je suis contente pour toi. Vois-tu un potentiel de quelque chose de sérieux ?

— Je ne sais pas. Pas réfléchi à ça encore... Là, je vis et c'est tout.

Hugo a beau vouloir faire croire à tout le monde que le sexe est si important dans sa vie, je reste convaincue que c'est un gars ayant besoin de beaucoup plus qu'une bonne baise. Depuis un certain temps, il multiplie les relations sexuelles sans lendemain ainsi que les baises torrides avec sa nymphomane... Je crois que tout ça commence à être vide de sens pour lui. Nous discutons de sa nouvelle flamme une partie du souper. C'est au moment où je gratte le fromage dans le fond du plat qu'Hugo me pose LA question.

— *Hey*... T'as quelque chose de drôle toi, Mali.

Je le regarde, ne sachant pas trop comment je vais commencer la chose.

— As-tu eu tes résultats médicaux ?

Je suis vraiment une fille transparente. Il a vu l'inquiétude dans mes yeux ou la tristesse. En fait, il a vu je-ne-sais-quoi, mais il a mis le doigt dessus à sa première hypothèse.

Je reprends mon histoire du début, avec la pathologie transférée aux États-Unis et tout le tralala pour mettre la table un peu afin qu'il voie venir le truc. Hugo devient très émotif lorsque je lui annonce finalement le diagnostic. Il approche sa chaise près de moi et me prend le bras.

— Comment tu prends ça, petit cœur ? demande-t-il, sincère.

— Sais pas trop encore… c'est pas clair.

Il m'explique avoir peur que « Mali l'invisible » parte à s'étourdir dans la vie pour ne pas penser à ça, et qu'elle fasse du déni pour ne pas avoir mal. Il est vrai que souvent dans ma vie j'ai réagi de la sorte. J'avais une peine d'amour, je m'en allais en Amérique du Sud trois mois. Je perdais un proche, je me poussais dans l'Ouest canadien pour un été. Mais là, ce n'est pas le chemin que j'ai choisi pour l'instant.

Je lui lis certains passages de mes écrits de la veille, dont la lettre écrite à mon cancer. Il m'écoute en silence, riant par moments et devenant émotif par d'autres. Le but de ma démarche d'écriture n'est pas de la partager avec les gens de mon entourage, mais je tiens à prouver à Hugo que je suis bien connectée à la réalité et que, pour une fois, je ne choisis pas la fuite. Il me dit être très fier de la façon dont je réagis.

Hugo est parti tard ce soir-là, et, avant de me quitter, il m'a serrée très fort dans ses bras pendant de longues minutes. Je me sens bien dans ses bras, car ce gars dégage quelque chose de protecteur et de très rassurant. Il m'a donc, comme Sacha, procuré un grand bonheur et un genre de paix intérieure, qui réconfortent mes angoisses criantes. Cela me fait prendre conscience que, quoi qu'il se passe dans ma vie, des gens tellement bons et vrais gravitent autour de moi.

Hourra ! le printemps !

Le lendemain, je me rends compte que le printemps est bel et bien arrivé, vu les quinze degrés qu'il fait et la neige qui fond. Je décide d'aller dehors profiter de cette belle journée. Je fais de la course à pied sur la route qui longe la mer. Probablement un mécanisme de sublimation[8].

La glace qui recouvre la baie a commencé à se briser. À cause des vagues, de gros morceaux de glace massifs se font la vie dure partout autour de la Baie des Chaleurs. Le spectacle est magnifique. La mer reprend vie et elle semble se réveiller de sa longue période d'hibernation. Le paysage de la Gaspésie est pour moi très exotique et d'une beauté riche, voire grandiose. Un plaisir pour les yeux, mais aussi pour le nez. La mer qui reprend vie dégage une émanation particulière. Comme une discrète odeur de poisson dans une saumure très salée. Les effluves sporadiques sont doux, agréables et surtout frais pour les narines.

---

[8] Sublimation : investir une pulsion négative hors de son contexte original surtout orienté vers l'art ou les sports. Beaucoup de loisirs ont cette fonction chez les gens, sauf le magasinage compulsif : ce n'est pas un sport.

Au cégep, tout le monde semble débordant d'énergie et la session avance vite. Nous sommes déjà à la moitié de celle-ci. J'aurai donc des tonnes de corrections qui s'empileront sur mon bureau dans les jours à venir.

Ma décision de quitter la Gaspésie prend maintenant tout son sens. Je crois que la logique est de ma rapprocher de mon médecin un peu !

Je demande aux filles, par message texte, leurs disponibilités pour un rendez-vous webcam bientôt. Le lendemain semble être une bonne date pour toutes. Je suis contente. Nous sommes dues pour un *meeting* de la consœurie dans les règles de l'art, afin de faire le bilan de nos H respectifs. Je laisse aussi un message à Nick. Il y a quelque temps que je n'ai pas eu de ses nouvelles. Je m'ennuie de lui, mais il est si loin !

Lorsque j'arrive chez moi ce soir-là, le téléjournal de dix-huit heures à Radio-Canada signale encore d'autres enfants morts, des morts causées par la bactérie laitière qui fait des siennes à la frontière entre le Canada et les États-Unis. Heureusement, deux enfants ont pu être sauvés à temps à Washington. Le bilan des morts à ce jour est de trente-sept enfants et de dix-neuf personnes âgées, sans compter toutes les victimes de l'Amérique du Sud qu'on a de la difficulté à dénombrer. J'ai une pensée pour Ge, qui nous a dit que la clé de l'énigme s'en venait. J'espère qu'elle arrivera bientôt, cette fameuse clé. Les répercussions sur l'économie sont considérables : le nombre de vaches abattues a été très destructeur pour les fermiers, et de nombreuses usines de transformation des produits laitiers ont dû fermer temporairement leurs portes, mettant ainsi des milliers de personnes à pied pour un temps indéterminé. Le sujet de discussion est sur toutes les lèvres. Impossible de trouver des suppléments de calcium dans aucune pharmacie. Les étalages ont été littéralement vidés. Par chance, notre contact avec Ge nous a permis de nous procurer les comprimés, maintenant devenus si précieux.

Je convoque les filles à un rendez-vous webcam en leur demandant un devoir dans le courriel.

« Bonjour les filles, je vous convoque demain à dix-neuf heures à un rendez-vous bilan de mi-prescription. Comme cela fait presque quatre mois que nous vivons sous le mode de fonctionnement de la consœurie, il serait grandement temps de vérifier si cela donne quelque chose. Vous devez expliquer au conseil exécutif soit un aspect de votre vie affective qui va mieux, soit un problème de votre vie affective antérieure que la consœurie vous a fait voir, ou encore tout autre cheminement valable que ce mode de fonctionnement vous a apporté. Notez que si la consœurie vous a fait régresser, il faut le mentionner. Pensez-y et faites vos devoirs ! Bye, Mali. »

Le bilan mi-prescription

Le soir venu, je me joins aux filles à l'heure convenue, mais sans coupe de vin cette fois-ci. Je dois retourner à mes corrections après le rendez-vous et le vin ne m'aide pas à voir plus clair dans les copies de mes étudiants.

— *Hey !* Allô Mali ! dit Sacha.

— Salut !

— Merde, qu'est-ce que t'as sur le bord de la bouche ?

— Ah ! un feu sauvage qui est apparu hier. C'est moche, hein ? dit-elle en approchant sa bouche de la webcam…

— En effet ! Bien là, achète-toi une sorte d'antiviral ! suggère Ge qui vient d'arriver et qui a capté le début de la conversation.

— Justement, y'a rien qui marche ! Toi, au lieu de combattre des bactéries de lait, tu devrais inventer un médicament efficace pour l'herpès de type B ! Tu ferais une fortune ! conseille Sacha en se tripotant la lèvre.

— Hé, allô les filles ! dit Cori en se joignant à nous.

— Allô Cori ! Pour ton projet Sacha, je vais voir... mais bon, je n'ai pas beaucoup de temps. C'est quoi le sujet de ce *meeting* ? demande-t-elle.

— Ouache ! Sacha, c'est quoi ça ? fait Cori, l'air dégoûté.

— C'est un feu sauvage, là ! On a déjà fait le tour de mon herpès grimpant ! Passons aux choses sérieuses, réplique Sacha, un peu impatiente.

— Je propose un tour de table sur notre H respectif. Pour ensuite expliquer le cheminement que nous avons fait ou que nous pensons avoir fait, que je dis.

— Bonne idée ! J'appuie, qui commence ? questionne Ge.

— Je commence... Tout d'abord, je vois encore mon candidat de Québec. Je ne l'ai pas remisé à la filière treize finalement... J'ai seulement lui ! Je ne suis pas en danger de grand A du tout, mais on s'amuse quand même. Par contre, on a vraiment besoin de la règle des cinq, voire des dix ! Mais bon, on partage les mêmes passions sportives, donc on fait du ski et de la raquette ensemble. Mais comme je vous ai dit, je suis vraiment occupée à ma *job*... je vous avoue que je n'ai pas trop le temps pour les relations affectives..., explique Cori.

— Si tu fais des trucs sympathiques avec lui, c'est le *fun* ! commente Sacha.

— Oui, et il est vraiment beau bonhomme en plus ! ajoute Cori. Et pour le devoir, j'ai trouvé ça très difficile. J'ai beaucoup réfléchi et, pour ma part, ce n'est pas vraiment le fait de vivre sous le mode de la consœurie qui m'a appris quelque chose, mais le fait d'être toute seule. Rémi est le premier gars que j'ai dans mon H ! Je n'ai pas vraiment vécu sous ce mode de fonctionnement. J'ai entre autres réalisé qu'avant je choisissais un peu n'importe qui pour avoir quelqu'un. Je pensais que le bonheur était d'être en couple à tout prix, pour le meilleur et pour le pire. Je redéfinis mes objectifs, j'investis mon énergie ailleurs et ça paie. Et ce qui me fait du bien, c'est que je vais continuer comme ça pour un temps, c'est-à-dire à ne pas chercher à être en couple, et je vais continuer de cheminer.

— C'est vrai qu'avant tu t'imposais que la vie devait se vivre à deux, approuve Sacha.

Nous discutons un peu de ce propos avant que je poursuive :

— Je vais donc continuer. J'ai vu mon beau Nick, il y a quelques fins de semaine, à Rivière-du-Loup. C'était tellement torride : je suis un peu en danger de grand A, je vous l'avoue ! Il est « tripant » ce gars-là, puis il y a eu des rapprochements trop intenses. Il est du genre passionné et amoureux, je gère mal ça ! Sinon, je suis choquée après Bobby qui m'a larguée pour une autre fille le week-end dernier. Très « pouiche »[9] !

— « Pouiche » ? Ça sort des « boules à mites » cette expression-là !

[9] Expression écolière à la mode dans les années 1990 signifiant : poche, moche ou mauvais !

— Pour Bobby, on sait. Sacha nous a raconté. Il t'a dit qu'il passait le week-end avec une autre fille. C'est mauvais ! dit Ge, compatissante.

— Bien, il ne me l'a pas dit directement… je le sais, c'est tout, que j'avoue, un peu mal à l'aise de ma spéculation négative.

— Ah bon ! Tu ne m'avais pas dit ça de cette façon…, me reproche Sacha.

Je reviens à Nick pour rester dans le positif ! J'explique en détail aux filles les nuits collées, la marche sous les étoiles, les compliments et la nuit d'amour passionnée que nous avons eue. Je leur raconte aussi l'appel téléphonique durant ma douche, mais elles me traitent de paranoïaque en disant que ça devait être un appel vraiment fait à sa nièce. Paranoïaque ? Mes amies pensent ça ! Je dois l'inscrire dans mon livre.

Madame a encore certains traits paranoïaques. Dans ce cas-ci, elle n'a pas réalisé elle-même la chose. Ce sont ses amies qui lui ont fait des reflets à cet effet. Comme dans la plupart des cas de maladies psychotiques où c'est l'entourage de la personne qui se rend compte que les symptômes sont présents. Un peu inquiétant…

Pour mon histoire avec Nick, les filles semblent très contentes pour moi et elles comprennent mon excitation et mes émotions face à ce gars génial !

— Pour revenir à Bobby. Tu le remises aux oubliettes ou quoi ? demande Cori.

— Je ne sais pas…

— Qu'il ait vu une fille ou non, il ne sait pas ce qu'il veut, lui. Laisse-le tomber ! propose Cori.

— Je ne sais pas pourquoi, mais quelque chose m'accroche à lui. Il est censé revenir bientôt dans le coin, je vais essayer de mettre les pendules à l'heure. Mais là, je m'aperçois que pour avoir deux gars dans ma vie, il faut qu'il y en ait un avec qui c'est un peu distant, comme Bobby justement. Deux Nick ? Je deviendrais dingue ! Ce gars est bien trop intense ! Et si Bobby n'était pas là, je serais amoureuse de Nick ! Il me crée un équilibre dans mes sentiments. Il me recentre sur mon objectif de découvrir ce que je veux.

— C'est donc vrai qu'une fille qui n'a qu'un seul gars en tête tombe amoureuse de lui, car elle n'a rien d'autre à faire..., ajoute Ge.

— En termes simples, oui ! Et ma réflexion face à tout ça est que je me rends compte que je suis plus dépendante affective que je ne le pensais. Je connais à peine Nick, avouez ? Et s'il était tout seul dans ma vie, je vous jure que j'aurais déjà perdu la tête. Je veux apprendre à être plus intelligente affectivement, plus posée, réfléchie. Me concentrer sur moi-même et ne pas me fondre dans l'autre pour disparaître dans un élan de passion.

— C'est vrai qu'on fait ça ! approuve Sacha.

— Hé ! les filles, on m'appelle ! Je dois y aller dans deux minutes... Je vous dis juste que, de mon côté, je visite assez régulièrement un gars du laboratoire. Un beau New-Yorkais avec la libido dans le tapis ! C'est assez divertissant en terminant nos quarts de travail de fous ! Ça me fait du bien.

— Tu t'es procuré un permis de chasse américain ! Décidément, t'as le H anglophone, toi ! ricane Sacha.

— Oui ! Un peu ! Mais il n'est pas pire et, en plus, c'est mon voisin de chambre dans l'hôtel où on loge tous, donc ça ne fait pas loin pour aller « manger » ! Il met vraiment un peu de chaleur humaine dans mes journées, je suis contente... Pour ma réflexion, je vous jure, je n'ai pas trouvé le temps étant donné le travail et tout. Je ne fais rien d'autre que penser à ça. Mais vous entendre m'inspire et j'espère que quand cette histoire sera terminée je vais avoir du temps pour penser à moi, explique Ge.

— C'est sûr, mais là c'est normal, t'es très occupée. Je suis contente que tu t'amuses un peu malgré tout. Ça avance comment vos affaires ? demande Cori.

— Bien justement, on pense qu'on l'a... On est dans les derniers tests avant de dire la nouvelle aux médias. On veut être sûrs pour ne pas se planter. Mais je pense que c'est la fin de cette histoire, et savez-vous quoi ? Si ça fonctionne, c'est l'équipe que je gère qui aurait potentiellement trouvé la solution au problème. Je suis pas mal fière de tout le monde ! affirme-t-elle.

— *Wow !* C'est super ! Félicitations ! que je lui dis.

— Bon je me pousse, je vous tiens au courant ! Bye !

Nous parlons de Ge pendant un moment après qu'elle nous a quittées. On est tellement fières d'elle. Personne ne peut s'imaginer à quel point toute une équipe a été impliquée dans ce fléau et à quel point elle a travaillé fort. Nous, nous le savons...

— Bon ! bien il reste juste moi..., commence Sacha. Je vais passer aux aveux.

— Quoi ? Ton herpès et toi avez quelque chose à avouer ? laisse tomber Cori.

— Bien, disons que j'ai deux membres dans mon H... continue Sacha.

— Ton vendeur de Harley et qui d'autre ? que je demande, excitée.

— Disons que je suis retournée à mes anciennes amours... Je vois mon homme marié souvent, ces temps-ci..., révèle-t-elle.

— Ho ! Ça sent la dette de champagne envers la consœurie ! Ça fait combien de temps que tu le revois ? s'enquiert Cori.

— Calmez-vous avec votre dette de champagne ! Je le revois depuis deux semaines et disons que nos dernières conversations sur le Net ont été assez chargées, donc je n'ai pas eu beaucoup d'occasions de vous dire ça ! se défend Sacha.

— Ouf ! Ça va être correct pour cette fois-ci, mais raconte..., exige Cori.

— Je ne l'ai pas vu durant quelques semaines, mais il a fini par venir me voir chez moi, et là il m'a fait la déclaration d'amour du siècle ! J'ai craqué ! Mais je maîtrise bien la situation. Je vois les deux en alternance, dévoile-t-elle.

— Ah bon ! C'est toi qui sais si c'est la chose à faire. Tant que tu ne te fais pas doublement mal avec tout ça..., que je lui dis en insistant.

— Ah non ! Les deux m'apportent quelque chose de différent et je suis comblée. De plus, ça fait du bien à mon *ego* d'être désirée par deux gars ! Tu dois comprendre ça, Mali ? ironise-t-elle.

— Non, je te signale que je suis désirée juste par un ! Je vous rappelle qu'il y en a un des deux qui me désire autant qu'une table de cuisine ! que je lui affirme.

— Pour ma réflexion, vous savez quoi ? Je suis heureuse d'une chose : depuis que j'ai rencontré mon vendeur, je suis moins exigeante envers mon amant marié et je me sens plus libre. Je valide donc ta théorie, Mali ! Il y a quelques semaines, je pense que si mon amant avait laissé sa blonde, je lui aurais fait un enfant, comprenez-vous ? Mais avec du recul, je ne veux pas d'un gars comme ça dans ma vie comme *chum*. Il est infidèle et il va l'être toute sa vie. J'aurais donc encore fait un mauvais choix guidé par un genre de manque d'amour. Faut vraiment que j'apprenne ça dans la vie !

— *Wow !* Je suis contente de t'entendre dire ça ! avoue Cori.

— Donc, à ce que je peux voir, les filles, on a toutes fait certaines prises de conscience. C'est bien ! C'est le but, en fait..., que je dis pour conclure.

— Le prochain *meeting* en personne va être quand, Mali ? demande Sacha.

— Possiblement à la fin de semaine du congé de mai. C'est la fête de Victoria ou des Patriotes, je ne sais trop quoi ? Je pense que c'est dans trois semaines.

— Génial, j'ai hâte de toutes vous voir ! s'exclame Sacha.

— Bon, je retourne corriger mes examens..., que je dis, l'air visiblement non motivée.

Je retourne à mon bureau pour terminer la correction de mes examens de mi-session. Je n'ai aucun échec. Super ! Je suis très fière de mes élèves. Je termine vers deux heures du matin et j'enseigne à huit heures le lendemain. Ceux qui viendront me dire que les professeurs de cégep ne travaillent pas, je les attends de pied ferme pour leur en parler !

Toute une semaine

Cette mi-session est la pire depuis le début de ma jeune carrière. Je ne viens pas à bout de mes corrections et j'ai de la planification à faire en plus. Ouf ! Mon chanteur m'appelle mercredi soir pour prendre de mes nouvelles. Je suis contente, car cela veut dire qu'il ne pense pas que je suis fâchée contre lui. J'ai été déçue, certes, mais je ne lui en veux pas. Plutôt, je ne lui en veux plus ! Vous me trouvez naïve ? Je continue de penser qu'il a voulu me voir, mais que des circonstances défavorables l'en ont empêché. S'il m'a menti ? Probablement… Je vais tenter de mettre certaines choses au clair avec lui, mais pas au téléphone. Nous discutons un moment. Il a beaucoup de projets pour sa carrière et il partage avec moi certains de ses états d'âme face à ses perspectives d'avenir. Je l'écoute avec attention. J'ai décidé de ne pas lui parler de mon cancer tout de suite. Je lui dirai en temps et lieu, lorsque je le verrai en personne.

Il est quand même gentil de m'avoir appelée pour me donner des nouvelles. Je crois que c'est une bonne personne, mais il est juste très occupé et méfiant vis-à-vis des femmes. Il s'est excusé deux fois pour la dernière fois et m'a promis que nous passerions du bon temps ensemble bientôt.

Je termine ma semaine en ne dormant pas beaucoup. Correction de travaux ! Tard, jeudi soir, je me couche cognitivement troublée, à la suite d'une surchauffe de mes fusibles neuronaux ! Je fais un cauchemar : je rêve que de grosses lettres A et B m'attaquent dans un désert avec des couteaux faits en feuilles de cartable. Je cours, je cours et de gros stylos rouges se tiennent debout devant moi, menaçants, en me lançant des copies d'examens mal corrigées. Sans aucun doute, je suis exaspérée de cette semaine de correction intense. Je me réveille en riant jaune de ce rêve farfelu, qui m'a quand même fait peur.

Sacha me texte pour me demander si je suis chez moi. Je lui réponds que oui et elle m'appelle aussitôt.

— Salut, ça va ? que je lui demande.

— Non, vraiment pas… C'est la panique ! me dit-elle en se mettant littéralement à pleurer de façon un peu hystérique.

— Quoi ? Qu'est-ce qui se passe ?

— Mali, je suis enceinte ! me répond-elle.

S'ensuit un long silence… je reste bouche bée !

— Comment cela se peut-il ?

— Ben, cela a dû se produire il y a pas longtemps, parce que je suis en retard de juste un mois, je pense. J'ai passé un test ce matin juste pour être sûre, mais là ça dit que je suis une maman…, explique-t-elle en se remettant à pleurer.

— Enceinte de qui ?

— Mon mec marié !

— Comment tu le sais ? Et excuse d'être poche avec mes questions techniques, mais tu ne prends plus la pilule, toi ?

— C'est ça la blague ! Oui, je prends la pilule, mais disons que je ne suis pas très assidue, j'en oublie souvent… Comme on se voyait depuis longtemps, on ne mettait pas de condom. Je suis tombée sur la journée où, en même temps, j'ai ovulé, j'ai oublié ma pilule et on a baisé. Je fais quoi ? me demande-t-elle, paniquée.

— Sacha, il n'y a pas quarante solutions. Tu le sais, hein ? que je lui dis d'une voix douce, craintive qu'elle me dise vouloir le garder.

— Je sais bien. Je vais prendre un rendez-vous demain…

— Vas-tu lui dire ?

— Je ne sais pas, j'ai peur qu'il tente de me manipuler pour que je le garde. C'est son rêve d'avoir deux maisons, deux femmes, deux familles…, m'explique-t-elle.

— Voyons, c'est quoi ce fantasme de polygamie familiale, c'est débile ! que je lui exprime, scandalisée et choquée.

— Mali, c'est pas le temps de juger ses fantasmes, OK ? Je le sais que tu l'aimes pas, c'est correct ! interprète Sacha, vexée.

— Excuse-moi.

— Toute une claque dans la face… Je n'aurai pas eu un long répit de bonheur parfait, je te jure ! analyse-t-elle en se mouchant.

— On va en venir à bout de ce moment de notre vie un peu tourmenté, je te le dis ! que je lui précise pour l'encourager et m'encourager du même coup.

Nous continuons à discuter un moment des six derniers mois de nos vies respectives pour nous rendre compte que c'est vrai que nous ne l'avons pas facile et que les embûches se multiplient sans cesse. Et là, avec Sacha enceinte, c'est le comble ! Je ressens beaucoup de compassion pour elle. Ce n'est quand même pas une situation simple. Avec la technologie d'aujourd'hui, ce n'est pas trop compliqué au point de vue médical, mais tout le dilemme moral qui vient avec rend la chose complexe. De plus, je me sens tellement loin d'elle pour l'aider dans cette épreuve. J'ai le goût de descendre la serrer dans mes bras en lui disant que tout va bien aller… mais je suis à l'autre bout du monde avec pour seul outil les moyens technologiques virtuels pour être présente avec elle. Nous raccrochons, car elle doit aller travailler. Pauvre pitoune !

Je consulte mon agenda pour prévoir quand je descends chez moi. Hum… voyons voir… dans deux semaines. Pas si mal.

En raccrochant, j'appelle Nick pour prendre de ses nouvelles. Il ne répond pas à son cellulaire. Je constate que je n'ai même pas son numéro chez lui. Je dois le lui demander. Mon téléphone sonne quelques minutes plus tard. C'est lui !

— Allô ma belle ! Excuse-moi, je n'ai pas entendu mon téléphone.

« Facilitant aux relations humaines » ? Peu importe…

— Pas de problème ! Comment vas-tu ?

— Super ! Je suis à Montréal pour une semaine et je repars pour la Floride avec l'équipe demain. On va s'entraîner là-bas pour quelques semaines.

— Toi, tu vas t'entraîner au football ? que je souligne en riant.

— Tu sauras que oui ! Je m'entraîne un peu avec les gars, ça me donne le pouls de l'énergie dans l'équipe et surtout ça me permet de jaser avec eux. Toi, es-tu en forme ?

J'ai décidé de ne pas dire à Nick non plus que je suis dorénavant une cancéreuse…

— Oui, au *top* la forme ! C'est la mi-session et j'y suis jusqu'au cou : les corrections, les examens et tout… Le temps passe vite, je n'ai pas le temps de m'ennuyer !

« Jusqu'au cou… » : expression qui prend maintenant un double sens…

Nous discutons une quinzaine de minutes pour ensuite nous dire à la prochaine. Je lui ai dit que j'allais être à Montréal dans deux semaines. Malheureusement, il ne sera pas en ville. Il propose de se reprendre encore à Rivière-du-Loup à son retour. J'acquiesce à sa proposition. Nous convenons de nous redonner des nouvelles d'ici là.

Je passe le reste de la soirée à encourager depuis mon salon le Tricolore qui dispute son premier match des séries éliminatoires.

Le lendemain matin, je fais du jogging avec Hugo, mais non sans difficulté. Je commence tranquillement à retrouver la forme, mais la course à pied reste une activité que mon corps n'encaisse pas totalement depuis mon opération. Avec le temps, je retrouverai ma forme physique et mon endurance. Du moins, je l'espère ! Nous déjeunons au restaurant après cet effort musculaire. Hugo semble toujours aussi charmé par sa muse.

— Elle est tellement drôle… gentille… belle…

— Ah oui ? que je fais, ne sachant quoi ajouter.

— Et elle m'appelle son petit capucin, c'est drôle ça aussi…

— Ah…

— Et elle est tellement intelligente…

— …

Il est beau à voir. Il me donne le goût de vivre moi aussi d'amour et d'eau fraîche. Il a naturellement délaissé sa nymphomane afin de se consacrer uniquement à sa belle.

Vais-je un jour revivre un moment de gloire pareil en étant amoureuse de la sorte ? C'est la question que se pose l'ensemble des célibataires du monde entier. Et la réponse pour tout le monde est « oui ». On revit tous un amour passionné un jour ou l'autre dans sa vie. Pour l'instant, étant donné mon instabilité affective et mon *membership* à une consœurie anticouple, je savoure ce moment à travers l'amour d'Hugo. Je l'écoute me parler d'eux pendant près d'une heure, sans que cela ne m'ennuie.

Lorsque j'ouvre le téléviseur en revenant chez moi pour écouter les nouvelles, j'entends que la bactérie tueuse d'enfants est maintenant contrôlée. Tout va redevenir normal dans les Amériques. Cette nouvelle annonce bien sûr qu'on tourne la page sur un bien triste drame, mais aussi que Ge va revenir au Québec. Sa lutte est gagnée ! Je suis tellement fière d'elle, je tenterai de l'appeler demain. Pour l'instant, j'essaie de rejoindre Sacha sur la webcam pour voir comment elle va.

(Allô ! T'es là…)

(Oui, je suis avec Cori, attends on se connecte…)

— Ah bon ! rendez-vous improvisé… drôle de coïncidence !

— Comment ça va, Sacha ?

— Comment va qui ? Moi ? Mon feu sauvage qui tarde à s'en aller ? Ou l'enfant qui est dans mon ventre ?

— Ouf ! Je ne sais pas trop, tous vous autres !

— J'étais justement en train de lui dire que son feu sauvage lui faisait bien et que son bébé n'existait pas…, m'explique Cori, semblant fière de son intervention.

— *Wow !* Vraiment ! C'est très thérapeutique : un mensonge et du déni ! T'es une super amie, Coriande !

— Aaaaaahhhhh ! Mon feu sauvage est géant et je vais bientôt être grosse parce que je suis enceinte ! pleurniche Sacha en se couchant sur la table devant sa webcam.

Je fais de gros yeux à Cori dans ma caméra, lui signifiant ainsi de dire quelque chose d'intelligent pour se racheter.

— Bien non, tu vois qu'on est deux connes qui ne connaissent rien…, commence Cori.

Voyant qu'elle est visiblement mal partie, j'enchaîne :

— Mais non ma chérie, ton herpès va être parti dans quelques heures et le bébé dans quelques jours. Tout ça n'aura été qu'un mauvais rêve bientôt…

— Penses-tu ?

— J'en suis sûre. Il faut que tu rationalises… que tu quittes l'émotion négative que cela t'apporte pour investir ton énergie sur autre chose dans ta vie. Que tu te divertisses.

— Moi, si je peux t'aider à te divertir… je vais vous raconter ma soirée d'hier. J'ai vu Rémi. Rien ne s'améliore avec lui, je vous le jure ! Je pense que ce gars-là manque de confiance en lui et qu'il tente de m'impressionner. Dans la soirée, je lui ai expliqué tout bonnement que j'aimais les gars en forme parce que lors de parties de jambes en l'air, un homme en bonne condition physique donne vraiment de meilleures performances qu'un gars pas en forme…

— Et là, c'est quoi ? Il a fait une série de « pompes » avant de te faire l'amour ? demande Sacha en souriant.

— Non, pire ! Il m'a fait l'amour de façon tellement bizarre… Je suis presque gênée de vous le dire !

— Arrête, vas-y !

— On était dans la position du missionnaire et… il me sautait littéralement dessus pour me faire l'amour au lieu d'y aller naturellement avec son bassin, comprenez-vous ?

— Hein ? Quoi ? Il sautait sur toi ?

— Oui, dans le genre ! Comme pour me montrer qu'il était en super forme ! Mais c'était tout sauf agréable, je vous assure ! C'était ridicule ! Je tentais de le maintenir près de moi pour qu'il arrête son manège trop intense et il continuait de plus belle.

Sacha se met à faire sauter ses mains à plat l'une dans l'autre en riant. Je l'imite en riant à mon tour.

— Exactement comme ça, c'est fou hein ! Je ne veux vraiment plus le revoir, il est trop bizarre ce gars ! ajoute Cori.

— Ouache ! Il te sautait dessus en te parlant vite comme Louis-José Houde ? J'ai comme une image vraiment pas chouette dans ma tête ! que je dis.

— Bien, c'est à ça que la scène ressemblait…, avoue Cori, gênée, dans sa webcam.

— Filière treize ! crie Sacha en riant à s'étouffer.

— C'est une urgence de filière treize ! que je rajoute à mon tour en continuant à faire aller mes mains en riant.

Des difficultés et des succès

Au petit matin, j'appelle Ge, mais celle-ci ne répond pas. Je lui laisse un message de félicitations rempli de fierté. Elle me téléphone vers la fin de l'après-midi. Elle est déjà à Montréal. Elle doit y travailler encore quelques jours pour finaliser le dossier avant que l'équipe chargée d'appliquer leurs recommandations ne se mette en action. Elle semble exaltée, mais elle m'avoue avoir hâte que la pression retombe pour retrouver un semblant de vie normale. Elle a quand même consacré plusieurs semaines à ce dossier. Je la connais, elle a dû se battre à corps perdu pour trouver la satanée solution. Cette fille ne fait jamais rien à moitié.

J'appelle ensuite Sacha.

— Salut ma belle, que je lui dis.

— Allô…, répond-elle, l'air maussade.

— Comment vas-tu ?

— Je suis très « bof ». J'ai fait une gaffe : je lui ai dit que j'étais enceinte.

— Puis après ?

— Il veut que je le garde. Il me promet qu'il va m'aider. Que ça va être notre projet à nous deux… bla bla bla. Je lui ai dit que non, que je veux me faire avorter et il s'est mis à me traiter de meurtrière de son bébé et que je ne peux pas faire ça à NOTRE enfant et là, la crise.

— Il te manipule Sacha. Écoute-le pas ! Il pense juste à son nombril et à son harem polygamique, lui. Voyons, il va s'impliquer ? Mon œil ! Il a une femme à s'occuper déjà !

— Il reste que je me sens comme de la merde ! Je vais tuer ce bébé qui grandit dans mon ventre. Puis si je n'ai plus jamais la chance d'avoir un enfant après ? Je ne me sens vraiment pas bien.

Sacha commence à pleurer doucement.

— Bon là, ma belle, ton questionnement et ce que tu ressens, c'est tout à fait normal. Mais essaie de revenir dans ta tête un peu plus et de délaisser ton cœur. Rationalise le fait de te retrouver avec un enfant à ta charge maintenant. Tout ce que ça implique comme responsabilité, c'est temps, énergie et argent. Il ne s'en ira pas après quelques mois ou quelques années. Sacha, c'est le contrat d'une vie, tu le sais bien.

— Je le sais, mais on dirait qu'une journée je pense avec mon cœur et l'autre avec ma tête. J'hésite entre plein de scénarios. Je me pose tellement de questions que j'en vacille. J'ai l'impression d'être toute seule dans une pente descendante…

Je comprends exactement mon amie lorsqu'elle prononce cette métaphore : « Être toute seule dans une pente descendante. » Quand on vit en harmonie, sans trop de difficulté, on se sent bien entouré de ses proches comme si on glissait parmi la foule sur les pentes de neige de la vie avec agilité. Mais lorsqu'une difficulté plus grave se présente, on a littéralement l'impression de tomber tout seul et de zigzaguer dangereusement dans les sous-bois. Même si nos proches tentent de nous soutenir, nous ressentons un grand vide. Je l'ai ressenti aussi depuis l'annonce de mon cancer. Les gens sont là, ils m'écoutent, m'appuient et me réconfortent, mais lorsque je me couche le soir et que je réfléchis, je me sens toute seule au monde. Sacha, pour sa part, doit prendre une décision. Ce qui n'est pas nécessaire dans mon cas. Cela complique la chose pour elle.

Je prends conscience à quel point je me sens encore plus esseulée dans cette Gaspésie depuis l'annonce de mon diagnostic. Pourtant, je parle autant à mes amis et à ma famille qu'avant… à vrai dire, la chaleur des bras de quelqu'un qui m'aime profondément me manque. Pas les caresses d'un chanteur qui se fout peut-être de moi dans le fond ou les étreintes fusionnelles d'un presque inconnu, mais les bras d'un gars qui te rassure en disant : « Tout va bien aller chérie » en te donnant un bec dans le front tellement sincère et plein d'amour. Eh oui ! Dans ce genre de difficulté, le grand A me manque énormément ! Mais bon, ce n'est que la réflexion du jour ! Je ne suis pas encore prête à replonger dans un grand A intense... Mais certains soirs, je m'en ennuie.

Je discute avec Sacha pendant une bonne demi-heure, à écouter ses pensées, ses états d'âme et à la conseiller du mieux que je peux. Ensuite, je travaille une partie de l'après-midi avant de me rendre chez Cath, chez qui je soupe ce soir.

Le *chum* de Cath, Mario, est tellement sympathique. Ils sont vraiment bien assortis tous les deux. Ils portent en eux le gène gaspésien de la jovialité. On se sent bien dans leur maison. Une énergie très positive ! Son *chum* cuisine n'importe quelles viandes sauvages comme un grand chef. Je n'ai pas été à la chasse cette année (la chasse sportive, bien sûr). Mon congélateur ne contient donc aucune viande sauvage. Mario, qui sait que j'adore les mets à base de gibier, cuisine toujours des recettes du terroir gaspésien pour me faire plaisir. Ce qu'il réussit à faire à tout coup ! Je me délecte ce soir d'un steak d'orignal, cuit à la perfection, avec une sauce au miel et au safran. Délicieux ! Une amie de Cath vient nous rejoindre après le souper pour prendre le digestif avec nous. Elle arrive avec sa nouvelle flamme. Une carotte fraîche ayant encore ses feuilles ! Elle a chassé ce gars à Québec quelques semaines auparavant. J'analyse les comportements du nouveau couple qui sent l'amour naissant à plein nez ! C'est beau à voir. Il n'y a pas que les animaux qui s'accouplent au printemps !

Il est toujours drôle d'observer un nouveau couple, de voir une personne s'immiscer doucement dans la vie de l'autre. Eux-mêmes ne se connaissent pas tant que ça. Le moment est meublé de cette douce ivresse des débuts où, en rencontrant le réseau social de l'autre, on se découvre mutuellement du même coup : les moments de gêne, les découvertes-surprises, les anecdotes cocasses sur l'autre. Bref, les sourires et les échanges du nouveau couple me font réfléchir tout au long de la soirée.

Premièrement, ce gars semble génial. Beau, grand, intelligent, complètement mon genre en fait ! Les célibataires pensent toujours que les gens intéressants sont tous en couple. Hé non ! Il y a un roulement sur le marché et le potentiel se renouvelle sans arrêt ! Ce gars vient confirmer mon affirmation : après tout, il était disponible récemment.

Les débuts, lorsqu'on croit que la relation a une chance de fonctionner, sont si nourrissants. On se voit tous les deux dans notre soupe, on veut plaire autant que l'autre nous plaît, et de là commence toute une danse lascive de séduction intense. Durant un bon laps de temps, on devient la personne parfaite, avec l'humeur agréable, le *look* impeccable, la répartie aiguisée, la conversation intéressante… Bref, on passe à l'étape suivant le flirt, qui s'intitule : « Tu me plais et je veux faire de même », donc je fournis tous les efforts afin que tu ne me relègues pas express à la filière treize !

La sœur de Mario arrive aussi dans la soirée. Une fille dynamique, pleine d'entrain, avec qui j'ai une discussion sur le célibat. Elle a trente-quatre ans et elle pratique le célibat depuis cinq ans. Hein ? Cinq ans ! Situation complètement à l'opposé de l'ami de Cath en termes de constat et de réflexion. Elle ne rencontre personne à son goût et elle multiplie les amants insatisfaisants depuis déjà trop longtemps, selon ses dires. Elle désire être en couple, mais ne trouve pas chaussure à son pied. Elle m'avoue ne plus chercher et commencer à se faire à l'idée d'être célibataire toute sa vie. Son récit me touche, mais je ressens un peu de pitié envers elle et de la peur pour mon avenir. Merde : soixante mois ! Je ne veux quand même pas atteindre ce niveau de célibat assumé quasi comme mode de vie ! Quand même, je ne veux pas rester toute seule si longtemps. Ça fait 1825 jours ! J'espère que dans ma vie j'aurai encore au moins certaines relations amoureuses vraies et intenses, qui sauront me proliférer une belle gamme d'émotions. Je refuse de signer un bail de cinq ans sans histoire amoureuse. Cela me paraît des plus ennuyants. Mais malgré tout, la sœur de Mario semble bien vivre avec cet aspect de sa vie. En surface, bien sûr !

Avant que je quitte la maison de Cath, son *chum* me dit que la chasse à l'ours commence à la mi-mai en Gaspésie. De la VRAIE chasse cette fois-ci ! Il m'explique le fonctionnement de ce rendez-vous annuel en m'offrant de me joindre à eux cette année. Je suis complètement emballée par le projet. Ce type de chasse est nouveau pour moi. Comme je savoure tout ce qui est nouveau, je confirme ma place au sein de cette équipe de chasseurs d'ours.

Pour le Gaspésien moyen, le mois de mai est le mois du crabe et, pour certains, de la chasse à l'ours. Très drôle ! Je sens que je commence à goûter la vraie nature de la Gaspésie, et cela me plaît.

En arrivant chez moi, je vois que Cori nous réclame pour un *meeting* webcam le lendemain. Je confirme ma présence avant de me coucher. J'ai une semaine chargée encore une fois. Les cégépiens voudront avoir leurs notes de mi-session. Je prophétise un mouvement ambulatoire élevé dans mon bureau !

Cath, tout aussi débordée que moi, m'explique en entrant dans mon bureau :

— Non mais, sais-tu que si on calcule toutes les heures qu'on fait avec la planification, la correction et les cauchemars, on est payées moins que le salaire minimum ?

— Hein ? As-tu fait un cauchemar de copies d'examens qui veulent t'attaquer toi aussi ? que je lui demande d'un air des plus sérieux.

— Non, c'était plutôt des élèves qui entraient par les fenêtres chez moi pour avoir leurs résultats. Toi, tu n'as pas rêvé à des feuilles qui t'attaquent pour vrai ? m'interroge-t-elle, le front plissé.

— Oui madame, puis je suis encore traumatisée.

Nous sommes interrompues par un groupe de jeunes gens qui frappent justement à notre porte.

— Et c'est parti ! s'exclame Cath en allant ouvrir la porte en souriant.

Je passe une journée de fous ! Le soir venu, je suis déjà en ligne lorsque les filles viennent se connecter une à une pour notre rencontre.

— Allô ! dit Sacha en se connectant.

— Ha ha ! C'est quoi ça ? que je fais en riant.

Sacha porte une grosse perruque blonde, défraîchie, frisée, avec des lunettes démodées ayant probablement appartenu à sa mère durant les années 1970.

— Puisque ma vie est nulle ces temps-ci, je tente de me faire rire moi-même en me déguisant..., explique Sacha.

— Ha ha ! Consœur Marilyn Monroe avec un feu sauvage ! crie Cori en se connectant.

— *Oh boy !* Pauvre Sacha ! T'as des effets secondaires de ton antiviral ou un surplus d'hormones de grossesse ? interroge Ge en arrivant aussi en même temps que Cori.

— Les deux ! Je me suis levée comme ça, ce matin ! dit Sacha en souriant.

— Deux feux sauvages en moins de trois semaines, ça devient chronique ton affaire ! que je lui lance.

— Moi, je vais t'accompagner dans ta métamorphose beauté…, déclare Cori en se levant de sa chaise.

Elle revient quelques secondes plus tard avec une perruque encore plus laide que celle de Sacha. Une perruque brune, de gars, du genre « coupe Longueuil » des années 1980. Horrible !

— Ouache ! T'es tellement laide !

— Un genre de rejet qui ne pogne pas dans *Dirty Dancing* ! En plus, on dirait que t'as un gros nez avec ça !

— Salut les poupées ! Je m'appelle John et je veux être dans votre H…, dit Cori en prenant une voix de gars exagérément virile et grave.

— Désolée, *sexy* John, mais tu fais partie des exclusions non négociables de la consœurie ! Ta candidature n'est même pas admise devant le conseil exécutif pour une évaluation.

— Pourquoi, parce que je porte un Speedo ou parce que je suis en chômage depuis quatre ans ? demande Cori.

— Non, parce que t'as une moustache ! que je lui précise.

Cori reprend sa voix normale, l'air offusqué.

— Hé, un instant, j'ai une perruque, mais je n'ai pas de fausse moustache !

— Ah non ? D'ici, on dirait que oui...

— Ho ! Je vais prendre un rendez-vous d'urgence chez mon esthéticienne, je pense !

— Non mais, on ferait un beau couple les deux ensemble, hein ?

— Vous êtes très drôles en tout cas ! ajoute Ge.

— Bon là, parlons de sujets constructifs, on a trois gros dossiers sur la table ce soir, commence Cori.

— Premièrement, on fait des farces, mais comment gères-tu ta vie, Sacha ? demande Ge.

— Ah ! Je pense que vous vous en doutez toutes, je vais me faire avorter dans deux semaines. Mon rendez-vous est pris... je me suis faite à l'idée. Honnêtement, depuis que je connais la date de l'intervention médicale, c'est comme si je me sentais libérée. Mais j'ai quand même des maux de cœur et des goûts spontanés pour du brocoli dans le sirop d'érable, dit-elle.

— Ouache ! C'est quand ton rendez-vous ? s'informe Cori.

— C'est le vendredi quinze mai, en après-midi.

— Hein ? que je crie. Je vais être en ville ! Je vais avec toi, c'est sûr.

— Moi aussi..., dit Ge.

— Je t'accompagne également ! fait Cori.

— Eh là, je ne suis pas pour aller me faire avorter avec mes trois *chums* de filles ? dit Sacha en riant.

— Certain qu'on va toutes être là !

— Vous êtes tellement fines, les filles, exprime Sacha, visiblement touchée.

— La consœurie doit gérer en équipe les conséquences malencontreuses de son existence, ajoute Ge sur un ton professionnel.

— Je suis d'accord, dit Cori.

— Mais là, je suis curieuse. C'est quoi les autres sujets à l'ordre du jour, ce soir ? demande Sacha.

— Premièrement, je tiens à souligner le succès de notre chère consœur Ge qui est revenue au Québec récemment et qui a bien travaillé durant son séjour dans la Grosse Pomme ! commence Cori.

Toutes se mettent à applaudir en guise d'approbation à ces félicitations si méritées. Nous approchons nos verres de vin tout près de notre caméra.

— Merci, merci ! fait Ge, en nous saluant de la tête comme si elle était accueillie par une foule d'admirateurs. Je suis encore sur une bulle d'adrénaline intense depuis mon retour. Tout va vite et je suis demandée partout ! On était vraiment isolés là-bas, comme coupés du monde. Je me rends compte de l'ampleur que cette saleté de bactérie a eue et celle qu'elle aurait pu avoir comme répercussion si on avait pas trouvé l'antidote !

Elle nous explique un peu son horaire du temps depuis son retour et c'est vrai qu'elle n'a pas beaucoup de moments à elle.

— Ça me faisait tellement de bien quand j'étais là-bas d'avoir de vos nouvelles ! C'était comme un apaisement. Durant un moment, je redevenais un peu moi-même au lieu d'être juste un cerveau sur deux pattes réfléchissant en molécule, avoue-t-elle, émotive.

— C'était la moindre des choses de t'épauler pendant que tu sauvais la planète..., souligne Sacha.

— Non mais là, n'oubliez pas que l'équipe comptait beaucoup de gens ! On mérite vraiment tous et toutes le crédit de notre succès. Sans eux, je n'aurais rien pu faire.

— Oui, mais pour nous autres, c'est toi la meilleure ! que j'ajoute.

— Vous êtes gentilles, dit-elle, l'air timide.

— Puis l'autre sujet à l'ordre du jour, qui est-ce qui l'apporte ? Ce n'est certainement pas moi, car il ne se passe rien dans ma vie à part le fait que je m'en vais à la chasse à l'ours dans quelques semaines, que je dis en riant.

— La chasse à l'ours ? C'est quoi, cette affaire-là ? Tu *cruises* un gros poilu ou tu te transformes réellement en « squaw » de la forêt gaspésienne ? demande Cori, incertaine.

— Un gros poilu, franchement ! La vraie chasse à l'ours ! C'est l'activité au programme ici au mois de mai. Et à votre place, je serais contente, car je vais toutes vous faire un beau chapeau de poil avec la fourrure de ma bête ! que je réponds sur un ton des plus sérieux.

— Oui ! Moi je veux un casque de poil d'ours ! approuve Sacha, enjouée.

— Toi, avec ta tignasse blonde, t'es tellement pas crédible… imagine avec un casque d'ours ?

— Moi, j'aimerais mieux un foulard de poil, quémande Ge.

— Bien là ! Vous passerez vos commandes quand j'aurai tué mon ours ! Il paraît que ce n'est pas facile à chasser…

— Bon, excuse, Mali, je ne veux pas te voler le *punch* avec ta vie gaspésienne plus que palpitante, mais, en fait, le troisième sujet me concerne, poursuit Cori en parlant vite. J'ai eu la confirmation des modalités de ma promotion et je suis très contente ! Je vais avoir trois employés à ma charge cet été au département des ventes ! Imaginez ! Je suis tellement énervée !

— Je comprends, mais là, comment ça fonctionne ? demande Sacha.

— Ils vont engager trois diplômés en administration qui couvriront mon territoire comme représentants, et moi, je vais relever du grand patron pour créer de nouveaux contacts et me tailler une place de choix dans le cœur des gros acheteurs potentiels. En fait, je délaisse les petits contrats pour m'occuper des gros. Et qui dit gros contrats dit grosses commissions à la fin de l'année. Je change vraiment de ligue ! expose-t-elle.

— *Wow !* C'est génial. As-tu rencontré tes nouveaux employés ? que je lui demande.

— Non, pas encore. Je ne m'occupe pas du processus d'embauche parce que je n'ai pas le temps, mais je leur fais confiance. Ils me connaissent et je sais qu'ils ne prendront pas n'importe qui. Ils ont déjà commencé les entrevues. Je vais rencontrer les grands champions en début de semaine, explique-t-elle.

— C'est une grande nouvelle, ça ! Vraiment, félicitations à toi aussi, dit Sacha.

Nous avons applaudi encore de façon solennelle en faisant des signes affirmatifs de la tête.

— Que de succès soulignés ce soir, que je fais remarquer.

— Je ne suis pas à l'aise avec ton affirmation, signale Sacha, pince-sans-rire, l'air d'un clown triste avec sa perruque.

— Toi, ta décision en soi est un grand succès, ma belle, que je rectifie en souriant.

Nous restons un moment à discuter de tout et de rien jusque tard dans la soirée.

La semaine passe vite étant donné toute l'action qu'il y a au cégep. Je suis en forme et je constate que, malgré tout ce qui s'est passé dans ma vie, le printemps a vraiment réussi à avoir un effet positif sur moi. Il n'y a presque plus de neige maintenant. Celle-ci a fait place à la terre mouillée et aux déchets un peu partout dans la ville. Le printemps, aussi positif soit-il, reste une saison très sale à ses débuts. J'ai hâte que les fleurs commencent à pousser, au moins !

Je ne parle pas aux filles du reste de la semaine, mais Ge m'appelle jeudi en fin d'avant-midi.

— Allô ma belle ! Comment vas-tu ? As-tu le temps de me parler ?

— Oui oui, je travaille au bureau, mais je n'enseigne pas aujourd'hui. Ça va ?

— Plus que bien, j'ai eu la nouvelle du siècle aujourd'hui ! Je n'en reviens pas, je suis tellement énervée…, bafouille-t-elle sans reprendre son souffle.

— Vas-y ! que je dis, impatiente.

— J'ai été nommée récipiendaire du prix Québec Science pour la découverte de l'année parce que mon équipe a trouvé la solution qui a résolu la crise ! Je n'en reviens pas ! C'est le plus beau jour de ma vie !

— *Wow !* Félicitations ! Y aura-t-il une remise du prix ?

— Oui, il va y avoir une cérémonie dans un mois, je pense, et on va me remettre un des prix les plus prestigieux du monde scientifique au Québec. Ça ouvre toutes les portes pour n'importe quel projet de recherche dans ma future carrière. J'ai toujours rêvé de diriger un gros projet de recherche financé par l'État. Puis, je passe dans les annales un peu pour avoir géré l'équipe qui a trouvé le bobo. Imagine, on n'était pas les seules équipes à avoir travaillé sur le projet. Il y avait des centaines de personnes partout en Amérique qui se creusaient les méninges pour résoudre le problème. Comme je vous ai dit l'autre jour, on dirait que, sur le coup, j'étais contente d'avoir trouvé la solution, mais je n'étais pas consciente de l'ampleur de tout ça !

— Bravo, Ge !

— Et pour clôturer le tout, mon directeur m'a dit que je vais probablement aller sur le plateau de *Tout le monde en parle* pour expliquer la crise et le déroulement des recherches. Ils ont demandé à avoir quelqu'un pour expliquer tout ça et mon patron veut que ce soit moi. Te rends-tu compte ?

— Dieu du ciel ! Ça n'a pas de sens ! C'est comme irréel !

Vous rendez-vous compte ? Ge à *Tout le monde en parle* !

— Je ne gère pas tout ce qui arrive dans ma vie, mais bon, il faut que je me calme et que je savoure le moment. Je vais aller voir les filles ce soir pour leur raconter ça. J'aimerais que tu sois là ! me confie-t-elle en riant, excitée.

— J'aimerais tellement ça ! Je suis vraiment fière de toi ! On se parle plus tard quand tu vas être avec elles et on se fait une rencontre webcam de groupe, je prendrai un verre avec vous !

— Parfait ! Il faut que j'appelle tout le monde ! crie-t-elle au bout du fil.

Je n'en reviens tout simplement pas ! Je crois que, moi aussi, prise dans le tourment de mon petit nombril, je n'avais pas compris à quel point le combat de Ge a été des plus importants. Elle est généreusement récompensée aujourd'hui et elle mérite toutes ces fleurs. Et elle ira à notre émission fétiche. C'est complètement fou ! Ce qu'elle doit être nerveuse ! Elle ira expliquer à des milliers de téléspectateurs le dur labeur vécu par son équipe et elle, ainsi que par tous les scientifiques qui ont planché sur ce dossier. Elle fera ses confidences devant les caméras tout en prenant un verre de vin avec Guy A. et ses invités ! Non mais, qui l'eût cru ?

Plus tard, nous prenons un verre en célébrant cette grande nouvelle si inattendue. Les filles sont euphoriques. Je me rends compte cependant que la webcam est un bon moyen de communication lorsque tout le monde l'utilise en même temps. Autrement, la personne qui est seule en cette position ressent les effets de la distance. Je ne reste donc qu'une vingtaine de minutes avec elles pour les laisser festoyer en direct. Je me couche un peu déçue de ne pas être là en personne pour participer activement à ce moment joyeux.

Hugo, un être complexe

Hugo m'appelle en début de journée.

— Salut Mali !

— Hé Don Juan ! T'es en forme ?

— Correct... As-tu quelque chose de prévu ce soir ?

— Non, pourquoi ? Est-ce que ça va, Hugo ? T'as l'air drôle...

— Je te raconterai ça... On soupe ensemble alors ?

— C'est bon, je vais finir un peu tard par contre.

— OK, je m'occupe de tout. Viens chez moi quand tu termines.

— Parfait !

Le cas d'Hugo me trotte dans la tête durant toute la journée. Je me demande vraiment ce qui se passe. Je me doute que cela concerne probablement sa nouvelle flamme. J'espère juste que son histoire n'est pas déjà terminée. En arrivant chez lui, je l'observe s'affairer à la cuisine sans qu'il ne me dise rien à ce sujet.

— Bon là, You Go ! Qu'est-ce qui se passe ? Laisse tomber les chaudrons et dis-moi ce qui ne va pas !

Il vient s'asseoir à table, l'air troublé.

— Je suis un pauvre minable, Mali !

— Qu'est-ce qu'il y a ? C'est terminé avec la fille ?

— Justement, non. Elle m'a avoué qu'elle m'aimait et que ça faisait longtemps qu'elle n'avait pas ressenti ça et que j'étais exceptionnel... elle veut s'engager officiellement avec moi... Elle voit à long terme...

— *Wow !* Il est où le problème alors ? Tu n'es plus certain de ce que tu ressens pour elle ?

— Non, elle me fait « triper » cette fille-là, mais... Je suis un pauvre con ! Je ne la mérite pas...

— Pourquoi ? Explique.

— J'ai recouché avec ma nymphomane, il y a trois jours. Je suis vraiment un cave !

— Ah... OK...

— Tu me trouves poche toi aussi, hein ?

— Bien, je ne suis pas là pour te juger Hugo... mais pourquoi as-tu fait ça ?

— Je ne sais même pas ! Elle est venue chercher des trucs qu'elle avait ici. On a discuté un peu. Je l'ai invitée à s'asseoir. Elle était toujours aussi drôle et charmante, et tout ça s'est terminé en partie de jambes en l'air torride partout dans l'appartement. Je ne suis pas capable de résister à cette fille-là !

— OK, mais là aujourd'hui, comment tu te sens face à elle ?

— Je regrette ! Deux minutes après la baise, je regrettais déjà mon geste. Je me suis mis à me sentir coupable.

— Mais qui est-ce que t'aimes entre les deux ?

— Je les aime toutes les deux, mais différemment. Ma nymphomane pour la passion et le sexe, et l'autre pour tout le reste.

Je réfléchis à Bobby et à Nick et je comprends vraiment ce qu'il veut dire par « aimer différemment » !

— Avec qui tu pourrais t'investir et t'épanouir à long terme ?

— Pas ma nymphomane, c'est sûr ! Elle est trop bizarre et instable. Mais je sens que ce serait possible avec l'autre. Qu'est-ce que je fais, je lui dis la vérité ?

— À défaut d'avoir l'air comploteuse, je ne crois pas que ce serait une bonne idée de lui dire. À moins que vous ne vous soyez pas engagés ensemble en ce qui a trait à l'exclusivité ?

— Non, le sujet n'avait pas été abordé encore, mais on se voit tout le temps.

— Je crois que le fait de lui dire la vérité, ça pourrait vraiment l'empêcher d'avoir confiance en toi. Mais si tu décides de t'engager avec elle, tu sais ce qu'il te reste à faire.

— Ne jamais croiser ma nymphomane dans un rayon de six mille kilomètres. Je me trouve pathétique ! Cette fille-là m'a ensorcelé, je te jure ! Un élixir de la dépendance à ses fesses !

— Holà ! Tu te trouves pathétique, toi, ou tu lui remets la responsabilité de ton attirance sexuelle envers elle et ses fesses ?

— OK, Madame la psy, je suis un trou de cul !

— Ce n'est pas ce que je dis, mais responsabilise-toi ! Ça fait mal, mais ça permet de voir clair !

— Je sais, mais ça m'énerve de voir au grand jour que je suis un pas fiable… Bon, j'ai faim ! On mange.

Un beau début de mai

Mon week-end s'annonce des plus tranquilles. Au moins j'ai un rendez-vous webcam vendredi soir ! Je décide de mettre un peu de joie de vivre dans mon vendredi en allant magasiner au Nouveau-Brunswick. C'est très drôle, car chaque fois que je retourne dans cette ville non loin de Carleton, je me remémore des souvenirs du week-end que les filles et moi y avons passé à l'automne. Le week-end du tournant de nos vies ! Il y a déjà six mois de cela. C'est tellement un beau souvenir. Le centre commercial est modeste et peu garni. Je déniche cependant quelques vêtements à mon goût. Bon, en me forçant un peu, je l'admets ! Je reviens chez moi juste à temps pour le rendez-vous à dix-neuf heures, après être passée à la SAQ pour me munir d'un chardonnay bon marché afin de vivre ce *meeting* au même niveau que mes chères amies. À mon arrivée, elles sont déjà toutes là.

— Allô, excusez mon retard, j'arrive de magasiner au Canada, que je souligne.

— Hein ? Tu es retournée à la ville de notre thérapie de groupe de prise de conscience conjugale ? demande Ge.

— Oui et j'ai vécu une émotion, je l'avoue, que j'explique en riant.

— *Wow !* Ta vie est tellement excitante ! dit Cori sarcastique.

— Moi, je tiens à préciser que je suis en amour avec Patrick Huard ! Il était à *Tout le monde en parle* la semaine dernière, l'avez-vous vu ? demande Sacha.

— Si je l'ai vu ? *Hey*, je l'avais enregistré, donc je l'ai regardé en boucle jusqu'à deux heures du matin. Il a un « je-ne-sais-quoi » de tellement viril et sensuel ! Je ne me peux plus chaque fois que je le vois ! Je me dis que je devrais commencer à écouter *Star Académie* juste pour le voir. Mais je ne suis pas rendue là dans mon délire encore ! que j'ajoute en riant.

— Bon, regarde mon autre antitéléréalité ! Moi, je le vois toutes les semaines à cette excellente émission et tu devrais faire de même, c'est bon *Star Académie* ! chante Ge.

— En tout cas, moi, c'est juste parce que je n'ai pas le temps, car je l'écouterais rien que pour le voir, renchérit Cori.

— Puis en plus, il a une carte chouchou à *Tout le monde en parle* ! Il peut aller à l'émission quand il veut, sans invitation ! Imagine s'il se retrouve à l'émission quand Ge va être là ! poursuit Sacha.

— Oh ! mon Dieu ! Je n'avais pas pensé à ça ! S'il est là, je meurs sur le plateau, c'est sûr ! dit celle-ci en faisant mine de s'évanouir sur son lit.

— Comment tu vis ce courant de popularité, ma belle ? demande Sacha.

— Je ne sais pas trop, c'est encore un peu irréel. De toute façon, j'ai le temps d'y penser. Je vais à l'émission dans deux semaines.

— C'est complètement fou cette histoire ! ramène Cori.

— Je sais ! Je n'y crois pas encore !

— Mais, dans un tout autre ordre d'idées, j'ai oublié de vous dire hier que j'ai rencontré mes employés…, commence Cori.

— Puis ?

— Il y a deux gars et une fille, de jeunes finissants en techniques administratives. Mais là, il y a un petit problème…, commence Cori. Je suis en amour avec un des deux gars !

— Quoi ? Eh là, c'est non éthique de chasser son employé ! On n'a pas un règlement là-dessus ? que je demande en riant.

— Non, je pense qu'on n'a rien là-dessus, mais continue Cori, on veut des détails ! clame Ge.

— Il est tellement *cute* et gentil ! Je lui ai lancé une carotte grosse comme le bras et il l'a prise rapidement ! Il est célibataire, explique Cori.

— T'as pas de morale, Coriande ! T'es sa patronne ! que je rétorque en souriant.

— T'es castrante, Mali ! Voyons, c'est certain qu'elle peut ! Justement, elle est sa *boss*, c'est encore mieux ! rectifie Ge, excitée par le projet de Cori.

— Vous pouvez bien vous envoyer en l'air dans les « bains tourbillons » d'hôtels, vous deux ! Qui se ressemble s'assemble…

— Bon, c'est un cas à suivre ! Monte ton dossier et présente-le au prochain congrès ! réplique Sacha.

— Justement, parlant de congrès, je lance une date. Je descends dans deux semaines. On se fait quelque chose durant ces jours-là ! que je décrète.

— C'est vrai, c'est *cool* ! Ça vient vite ! On va planifier ça, dit Ge.

— N'oubliez pas notre congrès à la clinique d'avortement…, murmure Sacha, l'air triste.

— Oui, ma belle, on va être là, c'est sûr ! assure Cori.

Sacha nous parle un peu de son ex-amant qui fait encore des siennes en tentant de la convaincre de garder son bébé. J'ai peine à y croire ! Ce gars ne pense qu'à lui, c'est clair. Filière treize ! Allez Sacha, fais-le ! La conversation bifurque ensuite vers ma tâche d'enseignement et vers mon H qui est, visiblement, plus qu'inactif ! Je n'ai pas souvent de nouvelles de mes deux supposés candidats ! Ge aussi n'a plus personne avec qui avoir du bon temps ces temps-ci. Son New-Yorkais est resté là-bas, son voisin s'est fait une blonde et son ancien collègue de travail aussi. Nous la taquinons, car, aussitôt que Ge a quitté le Québec pour New York, les membres de son H ont aussitôt trouvé chaussure à leur pied dans une relation stable. Nous lui disons à la blague que c'est elle alors qui empêchait auparavant ces gars de vivre de vraies relations amoureuses épanouissantes.

Après presque deux longues heures de discussion intense, je ferme mon ordinateur en constatant que j'ai entamé généreusement ma bouteille de vin. La tête me tourne légèrement. Je vais me coucher, heureuse que le lendemain soit samedi. Vive le week-end !

Je profite de la matinée pluvieuse pour me faire un bon déjeuner et pour revoir ma planification de cours. Mon téléphone sonne vers les dix heures.

— Allô ma belle, je ne te réveille pas, j'espère ? demande Nick.

Ah bon ! Un candidat qui fait un suivi client ! Super !

— Mais non, pas du tout ! Je travaille. Comment vas-tu, toi ? que je demande, contente de l'entendre au bout du fil.

— Je voulais avoir de tes nouvelles. Ça fait longtemps.

Nous discutons un peu des dernières nouvelles de nos vies. Je lui mentionne que je vais en ville la deuxième fin de semaine de mai. Malheureusement, il me reconfirme qu'il sera probablement à l'extérieur durant cette période. Mais il a remis sur la table le projet de Rivière-du-Loup. Je suis bien d'accord avec cette proposition ! Il est si gentil et si attentionné en ce qui a trait à ma vie et à ma réalité de professeure. C'est un homme très empathique au sort des autres et surtout très altruiste. Ce qui change par rapport à un autre membre de mon H que je ne nommerai pas, et qui n'a même pas répondu aux derniers messages textes que je lui ai envoyés il y a quelques jours !

J'ai écrit un texto à Bobby mercredi pour avoir de ses nouvelles et pour lui demander de m'appeler et, manifestement, il ne l'a pas fait. Je suis un peu frustrée de la situation. Il aurait pu au moins me réécrire pour me dire qu'il était occupé ou quelque chose du genre ! Il ne peut pas faire comme si je n'existais pas. Je ne lui redonnerai pas de nouvelles avant longtemps, c'est sûr ! Je lui ai parlé juste une fois depuis qu'il m'a larguée à Rimouski et, maintenant, il ne me rappelle pas. *Wow !* Notre relation évolue très bien. Hélas ! Cela confirme le scénario que je m'étais fait et qui disait qu'un jour je n'aurais juste plus de nouvelles de lui et que ce serait la fin. Je suis déçue, mais pas étonnée.

J'ai de plus en plus l'impression que ce gars n'en a juste rien à foutre ! Il vogue au gré de la vie en ne s'attachant à personne. Pourquoi ? Ce gars dégage de par sa personnalité et sa carrière une force et une solidité, mais il y a quelque chose en lui qui laisse transparaître une instabilité émotive pire que la mienne ! Même si je le connais déjà depuis plusieurs mois, j'ai l'impression de ne pas savoir à qui j'ai affaire du tout. La seule chose que je sais, c'est que présentement il n'aide pas beaucoup au succès de ma cure de lévitation de mon estime. Je dirais même qu'il nivelle par le bas mes efforts pour me sentir belle, charmante et en confiance.

Le temps est gris aujourd'hui. Je m'arrête de travailler à l'arrivée d'Hugo, qui vient manger des ailes de poulet et boire de la Miller avec moi dans le cadre de cette troisième partie des séries éliminatoires, qui déterminera si nous passerons à la deuxième ronde. La soirée est agréable et surtout pleine d'intensité et de fous rires. Nous vacillons ensemble sur nos divans respectifs tout au long de la partie. Ensuite, nous jouons aux cartes durant presque deux heures en discutant.

— J'ai décidé de ne pas lui dire pour mon aventure, me déclare Hugo en regardant les cartes sur la table.

— Moi, je trouve que c'est la meilleure chose à faire. À condition que tu sois certain de ne pas t'engager dans une relation d'amants avec ta nymphomane.

— Non ! Non ! Je me suis assez senti mal à l'aise. Ma nymphomane, c'est fini !

— Et une nymphomane pour la filière treize !

— La filière quoi ?

— Ah ! laisse faire ! Vas-y, c'est à toi de jouer…

La préparation de cette chasse

Dimanche, je vais me promener en forêt avec Cath, son *chum* et Rock, un ami de Mario qui va venir à la chasse avec nous. Nous voulons commencer à planifier où nous nous installerons pour trapper notre ours. En Gaspésie, trouver un endroit propice pour ce genre d'activité n'est pas un problème. Beaucoup de gens dans la famille de Cath ont des terres à bois. Nous passons une partie de l'après-midi à nous promener en camion pour dénicher le coin idéal afin d'appâter la bête. Nous retournons ensuite chez Cath pour commander une pizza et pour discuter de ce projet de chasse qui m'excite tant.

La première personne que je croise en entrant au cégep lundi matin est mon ex-dieu grec. Oh ! Je suis surprise sur le coup, mais je ressens ensuite une vive indifférence. Lui, visiblement trop content de me voir, se trahit en me suivant jusqu'à mon bureau. Il me pose des questions sur comment je vais et sur ce que je fais de bon ces temps-ci. Je réponds vaguement en restant floue dans mes réponses. Il me raconte qu'il s'en va dans le Sud en me précisant que c'est « avec des amis », même si je n'ai pas posé de questions à cet effet. Quand il voit que je m'installe à mon bureau pour commencer à travailler, il me demande :

— Mali, je pensais à ça, on pourrait aller souper ensemble cette semaine ?

— Ah ? Je suis bien occupée cette semaine avec la mi-session et tout, c'est un peu difficile..., que je lui réponds.

— Le week-end prochain alors ?

— En fait, j'ai quelque chose de prévu. Et le week-end suivant, je m'en vais en Estrie pour quelques jours, que je lui dis, l'air désolé.

— Ah bien, c'est bon, on se reprendra une autre fois..., murmure-t-il, déçu, en quittant mon bureau.

— C'est ça..., que je rétorque en le saluant de la tête un peu bêtement.

Ici, j'utilise sans me retenir la formation réactionnelle[10]. Je suis une pro, hein ? Je suis surprise, perplexe en fait, et j'avoue que je ressens un peu de fierté !

Donc, il voulait me revoir ? La vengeance est douce au cœur de la guerrière ! Non mais, pour qui se prend-il ? Désolée, l'ex-dieu grec, ton tour est passé ! T'as raté le train et il n'y en aura plus jamais pour cette destination ! Trouve-toi donc un autre « Wonderland » à visiter !

Tout en me rongeant le poing jusqu'au poignet en fixant son derrière s'éloigner dans le corridor, je me rends compte que je meurs d'envie d'aller au resto avec lui. Non Mali ! Il repose dans la filière treize ! Zut, c'est vrai ! Peut-être qu'il y a une modalité spéciale pour ressortir un candidat quand on est mélancolique à l'autre bout du Québec ? Vous dites « non » ? Ah d'accord… Je dois me respecter et ne plus me laisser avoir par les indécis sans but qui ne sont même pas dignes d'être dans mon H. Je vous l'accorde ! C'est important de rester authentique dans cette histoire de consœurie. Tant qu'à avoir un H de gars qui ne me respectent pas, j'aime mieux ne pas avoir de H du tout. C'est comme mon chanteur… Il siège actuellement juste sur le rebord du classeur contenant cette filière. Éventuellement, mon H ne contiendra qu'un candidat, Nick ! Mais au moins, celui-ci est intéressant et honnête.

Je raconte à Cath, lorsqu'elle arrive, la scène qu'elle vient de manquer. Elle rit tout en semblant très satisfaite de ma réaction. Tout comme les consœurs, elle a cessé d'aimer mon dieu grec dès lors où il m'a rejetée. Mais bon, je comprends leur réaction.

---

[10] Formation réactionnelle : souvenez-vous du petit garçon du primaire… amoureux de vous qui semblait vous détester…

Pour mon projet secret – que je ne vous dévoile pas encore –, j'aurais besoin de « pétrodollars » ! Je rencontre donc, au cours de la semaine, les propriétaires du bar où je veux travailler cet été. Le couple en question ne cherche des serveuses que pour la saison estivale. Leur bar, plus qu'original, est à l'intérieur d'un gros bateau du genre « Popeye le marin », avec une grande terrasse face à la mer et des chaises sur la coque. Lors de l'entretien avec eux, ils m'expliquent qu'ils doivent discuter avec d'autres candidates. Ils me donneront des nouvelles bientôt. Je crois que ce sera positif. Le bar ouvre ses portes à la mi-mai, ce qui me donne le temps de m'avancer dans la planification de mes cours actuels afin d'avoir du temps au début de l'été.

De retour chez moi, je parle à Sacha au téléphone.

— Salut pitoune ! Ça va ? que je demande.

— Bof ! J'ai hâte que cette histoire soit terminée. Je prends du poids, je suis instable « émotivement » et j'ai des goûts bizarres ! C'est assez ! se plaint-elle.

— Je comprends. Moins d'une semaine et tout redeviendra normal dans ta vie. Travailles-tu jeudi ?

— Non, c'est mon week-end de congé. Pourquoi, seras-tu déjà là ?

— Oui madame, je descends mercredi en début d'après-midi.

— Génial ! Viens-tu chez nous ? demande-t-elle d'une voix enfantine.

— Jeudi oui et vendredi aussi, mais pour samedi et dimanche, je vais essayer de voir quelqu'un…, que je dis en riant subtilement.

— Vas-tu voir Bobby ?

— Je m'étais dit que non, mais plus la date approche, plus j'ai le goût de le revoir. Je suis vraiment conne ! Une chance que j'ai attendu avant de le mettre dans la filière treize !

— Mali, je te comprends ! Moi, je sais depuis longtemps que mon homme marié ne m'apporte rien de bon, mais c'est difficile de couper les ponts avec quelqu'un… Surtout quand on est « affectivement » instable comme nous !

— Arrête avec ton affectivité instable ! Si au moins c'était juste ça ! Je suis rendue avec un multidiagnostic de dépendante affective avec un trouble bipolaire accompagné d'épisodes psychotiques paranoïdes et un début d'alcoolisme chronique. Le tout agrémenté d'un trouble de personnalité obsessionnelle compulsive plus ou moins contrôlé. Il me manque juste une phobie ou deux et l'Union des médecins psychiatres va vouloir me mettre en cage pour m'étudier.

— Une chance que tu ne prends pas les médicaments associés à tes diagnostics ! Tu planerais pas à peu près !

— D'où la raison de l'alcoolisme chronique ! C'est une forme d'automédication !

— Vous prenez des notes sur votre cas j'espère, Madame la psy ?

— Oui, justement, j'ai un livre de suivi de cas clinique…

— Un livre ?

Nous restons là à discuter oisivement de toutes sortes de niaiseries. Ça me fait du bien d'entendre Sacha rire. Rire de moi, en fait ! Je sais que les temps sont durs en ce moment pour le moral. Si elle peut me regarder et se consoler, c'est gratuit !

Un congrès particulier

Je suis à la poissonnerie à faire la queue pour acheter les crabes qui feront le bonheur de tous mes proches. Le gentil poissonnier prépare mes quarante crabes dans de belles boîtes remplies de glace pour que ceux-ci survivent au voyage. Mais il fait très frais dehors malgré la mi-mai. Je ne suis donc pas inquiète qu'ils se mettent à cuire dans le coffre de ma voiture. La route est belle et, décidément, je trouve le trajet de moins en moins long. À force de le faire !

En arrivant près de Québec, je demande à mes parents de préparer un gros chaudron d'eau bouillante pour le souper, car j'apporte des merveilles de la Gaspésie. Ma mère comprend immédiatement.

J'arrive vers dix-huit heures. Mes parents m'accueillent dans l'entrée de la maison comme deux enfants qui attendent le père Noël ! J'avoue que je me sens un peu comme ça en débarquant avec mes caisses de crabes. Ma mère jubile en me disant tout ce qu'elle va cuisiner avec ça ! De plus, le prix que j'ai payé pour ces crabes est ridicule. Je leur fais tout d'abord croire que je les ai pêchés avec le *chum* de Cath. Mon père s'emballe beaucoup trop vite ! Il gesticule en me demandant si j'ai des photos de cette activité de pêche si exotique. « Attends que je raconte ça aux gars sur le chantier ! » Sacré papa ! Déjà prêt à raconter les aventures de sa fille à sa *gang* de gars de la construction. Les hommes peuvent bien dire que les femmes placotent tout le temps !

Nous dégustons les fameux crustacés en buvant quelques bouteilles de vin blanc, célébrant du coup mon congé et ce bon moment en famille. Mon frère ne pouvait pas être de la partie, bien sûr. Je profite de la soirée en me disant qu'encore une fois je ne verrai pas beaucoup mes parents étant donné mon horaire chargé du week-end. Je me couche tôt. Fatiguée de ma journée et de l'émotion de mon retour. Le rendez-vous à la clinique pour Sacha est à onze heures le lendemain matin.

Je rejoins mon amie chez elle plus tôt que prévu, pour lui faire une séance de déculpabilisation express avant son rendez-vous, en sachant très bien que ce sentiment sera présent. Elle m'attend à la porte lorsque je débarque avec le déjeuner acheté chez Tim Hortons. Elle semble dans tous ses états. Nerveuse et anxieuse, elle m'explique qu'un sentiment de regret mêlé à un sentiment de soulagement la hante depuis la veille. Je tente du mieux que je peux de calmer ses émotions contradictoires.

— Qu'est-ce que tu t'en vas faire ? que je demande.

— Me faire avorter parce que je suis une tueuse d'enfant ?

— Mauvaise réponse ! Tu vas à la clinique vivre un moment difficile, mais nécessaire. Pourquoi selon toi est-ce nécessaire ?

— Parce que je suis insouciante et que j'ai couché avec un gars marié sans condom ?

— Mauvaise réponse ! Parce que t'es une fille géniale qui a été malchanceuse. Tu dois subir cet avortement parce que c'est pour l'instant la meilleure solution pour toi. Tu ne peux pas avoir d'enfant maintenant et tu es assez responsable pour t'en être rendu compte et pour poser ce geste pas facile, mais nécessaire. Tu pourrais être la plus merveilleuse des mamans, mais pas maintenant.

— Tu crois vraiment ce que tu dis ?

— Tout à fait ! Et là, tu vas regarder ta montre et te dire que dans quelques heures tout ça va être terminé et que tu vas vivre cette expérience comme un douloureux souvenir. Un apprentissage de la vie.

Les autres filles arrivent. C'est dans le véhicule de Cori que nous nous dirigeons en silence vers la clinique. Nous nous assoyons dans la salle d'attente dès notre arrivée, toutes plus sérieuses les unes que les autres. Nous regardons par terre en ne disant rien. Anxieuses pour notre amie. Sacha nous chuchote :

— Ben là ! Vous êtes-vous vu l'air ? On dirait que je m'en vais me faire euthanasier ! Calmez-vous un peu ! Ge, relaxe ton dos. Tu vas faire une hernie discale ! Vous n'êtes vraiment pas très divertissantes. Vous avez l'air plus nerveuses que moi...

— Ouin, c'est vrai ! On vit ça comme trop intense, hein ?

— Mets-en ! J'ai le goût de vous flatter le dos ! C'est pas normal !

— Excuse-nous, on va se détendre un peu..., propose Ge en se levant pour aller chercher une revue à potins.

— Bonne idée ! On va y commenter les vêtements des stars, ça détend ça..., approuve Sacha.

En même temps que Sacha nous a fait le commentaire, on a toutes compris que, oui, nous étions très stressées pour notre amie. Ce n'est pas notre rôle, en fait. Si nous l'accompagnons, c'est pour rendre ce moment-là un peu moins pénible, et non pour vivre le stress à sa place. L'anxiété est contagieuse, hein ? Nous nous ressaisissons donc pour alléger l'atmosphère. Sacha est appelée quelques minutes plus tard.

Nous lui faisons un clin d'œil d'encouragement. Nous marmottons dans la salle d'attente de la clinique, mais, visiblement, l'anxiété regagne toutes les filles. Une forte angoisse mêlée de compassion pour notre petit cœur qui vit un moment quelque peu désagréable.

Elle ressort du bureau du médecin après trente minutes, l'air confus, mais elle semble sereine. Elle nous raconte les technicités de l'intervention en nous demandant de se rendre chez elle au plus vite. Elle désire plus que tout être dans sa maison. Nous restons chez elle le reste de l'après-midi. Plus le temps passe, plus elle se sent en forme et plus elle semble reprendre le contrôle de toutes ses émotions.

Le soir, nous avons prévu un souper aux crabes chez elle. Lors de l'apéro, Cori propose de soumettre la candidature du nouveau membre de son H. Elle nous fait sa description.

— Donc, comme vous le savez toutes, c'est mon nouvel employé, commence-t-elle. Alex est génial, grand, beau bonhomme, sûr de lui, sportif. Il vient tout juste d'obtenir son diplôme collégial en techniques administratives, explique Cori.

Sacha lui coupe la parole :

— Ben là, il a quel âge ? demande-t-elle.

— Heu... bien, en fait, heu... C'est pas important ! hésite Cori en balayant l'air du revers de la main.

— Vas-y ! Dis-le, y'a pas vingt ans toujours ? s'enquiert Sacha en riant.

— Non, en fait dix-neuf. Il est né en septembre puis il a fait un DEC de deux ans, avoue Cori en regardant par terre.

— Objection ! Je présente un grief là-dessus ! On ne peut pas carotter un enfant, s'exclame Sacha qui, vraisemblablement, a retrouvé toute son énergie.

— J'appuie ! Le candidat doit avoir du poil pour être admissible dans le H, aucune carotte prépubère n'est acceptée ! que je crie en faisant un clin d'œil à Sacha.

— Prépubère ? Vous exagérez ! conteste Cori pour se défendre.

— Bien oui, laissez-la tranquille ! Si elle veut s'envoyer en l'air avec un jeune fringuant, c'est son affaire…, appuie Ge.

Nous débattons la question de l'âge durant presque vingt minutes en précisant que nous avons mis un âge maximum, qui est de quarante-cinq ans, mais que jamais il n'y a eu d'âge minimum.

— Bon bon, passons au vote : qui vote pour l'acceptation du candidat ? demande Sacha.

Cori et Ge lèvent la main.

— Qui vote contre ? interroge Sacha.

Sacha et moi levons la main.

— Égalité ! Vous savez ce que ça implique les filles ? que je fais en prenant le téléphone.

— Partenariat externe ! dit tout le monde en chœur.

Partenariat externe à la rescousse

J'appelle donc ma mère qui, je le sais, sera ravie de faire trente minutes de voiture pour venir souper avec nous chez Sacha. Sacha fait de même avec sa mère. Toutes deux sont manifestement emballées que nous ayons besoin d'elles pour la première fois depuis le début de cette consœurie.

Elles arrivent avec une bouteille de vin et leur carte de membre en règle avec photo. Très drôle ! Sacha a fait des cartes pour tout le monde en découpant des photos et en faisant un montage. Le résultat a vraiment l'air d'une carte officielle de congrès ou… de salle d'opération. Nous continuons de prendre l'apéro avec les deux mamans en parlant de tout et de rien. Je n'ai pas vu la mère de Sacha depuis très longtemps. Elle est tout comme la mienne, une femme exceptionnelle. Toujours souriante, elle a un de ces rires… Vous savez, le genre de rire contagieux, sonore et tout sauf forcé. Elle est retraitée du secrétariat médical et, contrairement à ma chère mère, elle s'ennuie depuis qu'elle a tiré sa révérence de l'hôpital. Elle aime par-dessus tout lire, lire, lire sans arrêt, cuisiner toutes sortes de recettes pendant que son *chum* lui joue de la guitare, parler au téléphone, l'air frais de la montagne et recevoir les amies de Sacha à souper. Elle déteste la chicane, la chasse et la pêche, les gens qui se plaignent (elle en a vus pendant toute sa carrière), les produits laitiers au complet (même le beurre) et que Sacha ne lui dise pas TOUT. Elle est donc ravie que nous l'appelions ce soir. Premièrement, parce qu'elle est curieuse plus que tout, mais aussi parce que je crois qu'elle s'ennuie de nous. La maison familiale de Sacha fut un des temples de nos plus spectaculaires déboires d'adolescentes.

Nous mangeons les crabes. Les filles et les mères jubilent de plaisir. Ce n'est qu'au moment du dessert que le sujet revient sur la table. Ma mère prend parole d'un air solennel :

— Bon, les filles, on sait que ce soir on est là pour le travail en quelque sorte, donc expliquez-nous la situation.

Je fais un bref résumé du débat. Les deux membres du partenariat externe écoutent attentivement en faisant, au travers du discours, des blagues tout en restant très concentrées sur le sujet. Visiblement, les deux mamans prennent leur rôle très au sérieux ! Je prends alors mon attitude de criminaliste véreuse pour poursuivre.

— Donc, consœur Coriande ici présente tente de faire accepter à l'organisation un candidat, que nous appellerons ce soir « l'employé » pour préserver son anonymat. Le candidat en question vient tout juste d'être sevré par sa mère et il n'est pas tout à fait propre encore, d'où le questionnement éthique de la consœurie d'accepter ou non un candidat aussi... comment dire ? « juvénile » au sein du H d'une consœur qui, je le souligne, a presque trente ans...

— Un instant, j'ai encore vingt-neuf ans, moi ! se défend Cori.

— Coriande ! Coriande ! Ne m'interromps pas s'il te plaît et ne tente pas d'influencer le jury ! que je continue en me levant pour être plus autoritaire. Merci ! En tant qu'experte psychologue à cette cour, chères membres du partenariat externe, je tiens à préciser l'interrogation inquiétante que soulève la déviance sexuelle de la consœur impliquée ainsi que sa capacité à prendre ou non une décision de ce genre. Mon questionnement est hypothétique, mais je vous convie d'en tenir compte lorsque vous prendrez votre décision. Bonne réflexion et merci !

Sacha complète en disant :

— Donc cela revient à vous, membres du partenariat externe, de trancher la question face à notre amie pédophile...

— Objection, votre honneur ! Ces propos sont diffamatoires face au futur candidat de mon H ! Il est faux de prétendre qu'il est adolescent ! D'ailleurs... à voir ce qu'il a dans son caleçon, ce n'est manifestement pas le cas ! balbutie Cori en se levant rapidement de table.

Tout le monde se met à crier en lui lançant des serviettes de table.

— T'as couché avec, cochonne ! Tu le présentes à la consœurie et c'est déjà fait !

— Je propose en plus une sanction de deux bouteilles de champagne pour avoir omis de dire ce détail à la cour, votre honneur ! que je crie en me levant à nouveau à côté de ma chaise.

— On passe au vote ! Qui appuie la sanction des deux bouteilles de champagne ? déclare Ge.

Tout le monde lève sa main, même les deux mamans qui rient à s'en fendre l'âme de notre mise en scène si officielle. Cori réplique en souriant, impuissante :

— Foutaise ! C'est un complot contre moi ce soir ? En plus, juste pour vous faire suer, je vous annonce que nous avons fait l'amour dans son char et que c'était vraiment bon ! C'est un dieu de la baise, ce gars !

— J'ajoute un autre chef d'accusation au procès de la membre Coriande : faire du *parking* est interdit à toute consœur ! Cela fait honte à l'organisation parce que ça nous ramène à l'époque de la polyvalente ! clame Sacha, manifestement amusée de ce dernier détail croustillant.

— Du *parking* ! On était des professionnels de ça, ton père et moi, avant de se marier ! avoue ma mère en riant.

— Maman ! que je fais en la regardant, surprise et amusée.

— Moi aussi ! À notre époque, les voitures étaient grosses et spacieuses ! ajoute la maman de Sacha en faisant un clin d'œil à la mienne.

— Maman ! réplique Sacha sur le même ton de surprise que moi.

— Bon ! Voilà enfin des femmes qui me comprennent ! Voyons, pas moyen de s'amuser dans cette consœurie ! On ne peut pas rien faire ! pleurniche Cori sans nous donner trop de détails sur la baise qui a eu lieu sur la banquette arrière de l'Accent 2007 du jeune homme en question (véhicule probablement payé avec ses prêts étudiants !).

— Donc, revenons à nos moutons ! Nous laisserons du temps en privé aux membres du partenariat externe afin de délibérer pour prendre une décision sur l'enfant-candidat alias « l'employé » et nous rendrons une décision finale à la consœur Coriande, spécifie Sacha.

— Nous allons sortir sur la terrasse pour réfléchir à ce dilemme moral d'ordre crucial ! précise la mère de Sacha.

En prenant leur rôle consciencieusement, ma mère et celle de Sacha partent dans la cour fumer un petit cigarillo à la cerise avec un verre de porto. Nous en profitons pour demander à Cori des détails sur son activité de « *necking* dans le *parking* » !

Au moment de rendre leur décision, les mamans nous font languir longtemps, y allant de discours en discours et de longueur en longueur. De toute évidence, elles ont beaucoup de plaisir ensemble et une belle complicité, cela se voit.

— Nous avons longuement discuté du cas de Coriande, commence la mère de Sacha.

— Selon nous, Coriande a chassé un « Bambi » ayant encore des taches blanches sur le dos, commente ma mère en reprenant notre thématique de chasse.

Les filles rient.

— Exactement maman ! que je dis, amusée.

— Nous avons pris une décision…, poursuit ma mère.

Finalement, le roulement de tambour se fait entendre et elles nous dévoilent un bout de papier où il est inscrit : « CANDIDAT ACCEPTÉ ».

Sacha et moi rouspétons, scandalisées de la décision. Cori et Ge célèbrent le verdict en ouvrant une autre bouteille de champagne. Très drôle ! S'ensuit un débat animé sur les différences d'âge dans un couple. Chacune raconte son histoire avec un homme plus vieux ou plus jeune qu'elle. Bref, les membres du partenariat externe amènent de beaux échanges dans notre réunion. C'est très apprécié de toutes les filles. Nous leur promettons de les inviter plus souvent.

Avant de se coucher, Sacha vient dans ma chambre pour me remercier d'être ce que je suis. Comme ça, gratuitement ! Un compliment qui vaut son pesant d'or et qui me fait sourire en m'endormant.

Le lendemain, à mon réveil, ma mère est déjà partie, et celle de Sacha aussi. Ge est aussi sur son départ.

— Tu t'en vas ? que je lui demande, encore endormie.

— Oui, je dois faire des trucs chez nous, mais on se revoit avant que tu partes ?

— Oui oui, bye !

Je reste avec Cori et Sacha et nous regardons les photos de la veille en nous remémorant de beaux souvenirs. La vérité est qu'on se fout bien que Cori soit avec ce gars ou pas. Le but était de créer des situations cocasses avec cette consœurie. Le plan de Sacha et moi a fonctionné à merveille grâce à notre connivence. Que de plaisir nous avons eu !

Je flanche !

Madame manque de rigueur dans ses choix et ses envies. Elle fut en colère contre un homme très récemment. Malgré ce sentiment négatif, elle ressent quand même le désir de le contacter à nouveau afin de lui rendre visite. Est-ce parce que sa dépendance affective l'emporte sur sa moralité ?

Bon, ne me chicanez pas, mais je ne peux résister ! J'appelle mon chanteur. À ma grande surprise, il répond à la première sonnerie de son portable.

— Oui allô ?

— *Hey*, salut toi ! que je dis.

— Allô ma belle, *long time no talk* !

— Ouais ! Je sais, tu ne me réponds pas quand je te texte donc je t'appelle, que je fais en riant jaune.

— C'est vrai ! J'ai tellement été occupé que ça m'est complètement sorti de la tête ! Je suis désolé ma belle…, s'excuse-t-il.

— Je suis en ville !

— C'est vrai ? demande-t-il, l'air content.

— Oui, tu fais quoi ce soir ?

— Rien justement… Viens me voir, me propose-t-il.

— OK. Je vais être là vers quatre ou cinq heures, ça va ?

— Parfait ! Je suis content ! Bye !

Il me déstabilise un peu d'être si emballé par ma proposition. Disons que je m'attendais à autre chose de sa part, vu qu'il ne m'a pas rappelée la dernière fois. Je passe l'après-midi avec les filles et je me rends chez lui vers la fin de l'après-midi. En arrivant, je constate que je suis très contente d'être là et de le voir. Nous soupons au resto cette fois-ci. Nous discutons durant le souper jusqu'à ce qu'un éclair de génie le frappe.

— Je pense à ça, as-tu eu les résultats de ton médecin ?

Merde ! J'espérais qu'il ne pense pas à cette question ! S'il y a bien une personne avec qui je ne veux pas faire pitié, c'est bien avec lui. Je ne veux pas être la fille avec qui il va garder contact juste parce qu'elle a le cancer. Oh ! non merci ! Je déteste la pitié et celle des gars encore plus que tout. Je lui explique donc les faits rondement en minimisant les conséquences et en coupant les coins ronds sur les possibilités d'un dénouement négatif. Le tout en regardant par terre, sur la nappe et partout, sauf dans ses yeux. Il m'arrête au bout d'un moment en me prenant le bras avec une main et en levant son autre main dans les airs.

— Stop ! Un instant, Mali ! Tu me racontes ça comme si tu m'expliquais que tu dois faire un changement d'huile sur ton char ! Ce n'est pas rien !

— Heu… je sais pas, c'est que…

— Hé Mali, t'es sérieuse ? C'est vrai, t'as le cancer ? Ce n'est pas rien. Là, je te vois aller avec tes « c'est rien » et « pas trop alarmant ». Tu minimises tout pour ne pas m'inquiéter ou pour te convaincre ? Je comprends que pour l'instant tu ne reçois pas de traitement, mais merde, Mali ! Permets-toi de vivre ça un peu.

Je sais que je ne suis peut-être pas la personne avec qui tu veux extrapoler sur le sujet, mais moi je sens que c'est avec toi-même que tu ne te permets pas de le vivre !

— Peut-être...

Je suis complètement stupéfaite de sa réaction ! Je le regarde sans trop savoir quoi dire. Je me serais attendue à une réaction du genre : « Je suis désolé pour toi, Mali... Passe-moi le sel, s'il te plaît... » Il continue...

— Un diagnostic comme ça vient avec plein de mouvements dans le cœur, Mali. Je pense que tu peux te permettre de les vivre pour que les gens qui t'entourent le voient. On ne se connaît pas beaucoup Mali, mais je sais que t'es une fille sensible. Ça se sent ! Donc, je ne suis pas sûr que tu vives ça si froidement...

Je l'écoute, attentive, et cette fois-ci en le regardant droit dans les yeux. En fait, je l'aurais écouté pendant des heures ! Je le trouve tout à coup si touchant, si vrai, si rassurant. Nous quittons le restaurant sur cette conversation face à ma situation et sur ce qui va se passer. Visiblement, Bobby semble très touché par ma maladie et cela me trouble un peu. Nous faisons le trajet de retour dans sa voiture en silence, en fumant chacun une cigarette. Je me dis à moi-même que mon cancer vient de gâcher ma soirée en créant cette distance entre lui et moi. Distance qui est palpable entre les deux sièges de son véhicule.

Or, à ma grande surprise, lorsque je sors de la voiture, il vient vers moi dans un mutisme complet. Il m'attrape fermement par la taille et il m'approche de lui pour m'embrasser à la fois de façon si passionnée et si réconfortante que j'en reste coite. Je le regarde à mon tour sans mot, n'étant pas habituée de recevoir de sa part des marques d'affection de la sorte. C'est aussi sans mot que nous continuons à nous embrasser plus passionnément aussitôt rentrés chez lui. C'est qui ce gars-là ? Je ne le connais pas !

Manifestement, il a découvert sa testostérone quelque part et il a décidé de s'en servir finalement ! Le tango du sexe que nous commençons à danser laisse présager une possibilité d'extase charnelle. Enfin ! Il est doux, sensuel et tellement juste dans ses faits et gestes ! J'ai peine à croire qu'il m'a caché son talent des danses lascives jusqu'à ce jour. Nous commençons à faire l'amour sur le divan de son appartement et il me soulève ensuite pour m'amener à sa chambre. L'ambiance est parfaite et l'énergie sexuelle à son comble ! Ce gars s'avère être tout un mâle alpha en puissance ! Comment a-t-il pu se retenir tout ce temps d'accomplir ces prouesses avec moi ? La partie de jambes en l'air (c'est le cas, je vous le jure !) dure longtemps. À vrai dire, une bonne partie de la nuit ! Ce n'est qu'au moment de griller une cigarette – qui nous permet d'ailleurs de reprendre respectivement nos esprits – que je lui demande pourquoi nous n'avons pas couché ensemble avant. Il me répond :

— Tu sais, Mali, j'en ai eu des folles dans ma vie ! Des filles qui voulaient sortir avec la vedette et non avec moi. Des filles prêtes à changer ce qu'elles sont, ce qu'elles pensent, ce qu'elles veulent pour que je les aime… J'ai décidé que je ne voulais plus de ça. Donc, je suis prudent. Quand je couche avec n'importe quelle *groupie* niaiseuse, je me sens con, explique-t-il.

— Donc, je ne suis pas *trop* conne parce que tu viens de me faire l'amour pendant deux heures ? que je dis en lui mordant le bras.

— Tu l'as dit : tu n'es pas trop conne, approuve-t-il en accentuant sur le « trop » dans sa phrase.

— *Hey !*

Je réplique en le mordillant plus fort. Malheureusement, ce geste donne le ton à un combat dans les règles de l'art. Nous disputons une bagarre intense malgré le peu d'énergie qu'il nous reste. On s'assoupit ensuite collés dans le confort de son lit. Je dors une partie de la nuit au creux de son épaule, ce qui est rare dans mon cas. Au matin, il me laisse dormir un peu pour se réveiller très tôt comme à son habitude. Je le rejoins plus tard au salon pour me serrer contre lui en écoutant la télévision. Il me demande quand je prévois repartir. Il me prie finalement de rester avec lui. Pour une fois qu'il n'a pas de spectacle durant le week-end ! Il me propose de me rendre avec lui au marché Jean-Talon, qui vient d'ouvrir ses portes, pour acheter de quoi se faire une grosse lasagne. J'accepte avec plaisir.

Je suis de plus en plus surprise des réactions de Bobby. Est-ce l'annonce de mon cancer qui provoque chez lui une réaction de pitié du genre *daddy take care* envers moi ? Je ne sais pas. J'apprécie sa gentillesse, mais je me méfie de l'eau qui dort. Bon, bon, je vous entends me dire d'ajouter dans mon livre un diagnostic de méfiance extrême. Non, je suis prudente, c'est tout. Mais je vais le noter quand même :

> *La patiente était insatisfaite lorsque le candidat lui accordait une attention moindre et maintenant que celui-ci a une attitude respectable, elle est suspicieuse et méfiante face à lui. Elle est incapable d'être juste heureuse et de profiter du moment. J'émettrais donc l'hypothèse suivante : soit que les idées paranoïaques de madame refont surface, soit qu'elle est seulement envahie par sa peur chronique d'avoir mal, ce qui la force à se protéger en étant méfiante.*

Quand je vais au marché...

Nous nous rendons au marché dans l'humour et la joie, après avoir fait la liste des ingrédients pour concocter la meilleure sauce à lasagne du monde ! Visiblement, Bobby est en très grande forme, et cela se perçoit dans sa répartie ! Il me fait bien rire. Je n'aime pas me voir apprécier autant sa présence, car j'ai un peu peur de lui. En fait, j'ai peur de la tristesse qu'il m'apporterait assurément si je tombais amoureuse de lui. Il est clair qu'il ne voudra jamais me voir dans un autre rôle que celui de maîtresse occasionnelle. Ainsi que toutes les filles qui le fréquentent, je rêve en silence d'occuper une place plus grande que les autres dans son cœur. Je vous entends dire : « Elle l'avoue, enfin ! Il n'est pas trop tôt ! » Je vous l'ai dit que je suis une psychologue-cordonnière très mal chaussée. Pauvres femmes ! Nous voulons tellement être significatives pour les gars et sentir qu'on a de l'importance dans leur vie ! Encore une fois, cela fait référence au besoin d'exclusivité que nous avons avec les hommes ! Besoin que ceux-ci ne partagent pas toujours…

Nous errons dans le marché pendant plus d'une heure. Il fait tellement beau et chaud en cette journée de mi-mai ! En empruntant une allée avec Bobby, une vision me frappe en plein visage. Je crois apercevoir Nick au loin. Impossible ! Il est parti outre-mer avec son équipe ! Je fais semblant de rien pour ne pas éveiller quelque soupçon que ce soit chez Bobby. Plus on marche en direction de mon appréhension, plus celle-ci devient claire et précise. Merde, c'est vraiment Nick !

J'ai peine à croire ce que je vois ! Il a un gamin d'environ trois ans sur les épaules et il tient la main d'une jolie blonde. C'est la panique ! Nous avançons droit sur eux ! Les idées défilent à cent kilomètres à l'heure dans ma tête ! Je pense à sauter dans le présentoir de tomates à ma droite… ou à me cacher le visage avec deux tresses d'ail !

À ce moment précis, je comprends tout : le téléphone durant ma douche, son *condo* en réparation, sa non-disponibilité du week-end… Tout me paraît clair maintenant ! Mais ma question est : pourquoi ? La petite famille semble si heureuse en cet après-midi au marché. Nous sommes maintenant à moins de cinq mètres d'eux et il ne m'a pas vue. Lorsque nous arrivons à ses côtés, son regard croise le mien. Ses yeux deviennent à l'instant même chargés d'une certaine panique. Je le regarde, mais sans plus, en ne lui disant qu'un simple « Bonjour ! » comme si nous étions d'anciennes connaissances. Il répond un « Allô ! » étouffé par la surprise et le soulagement. Il passe doucement à côté de nous, poursuivant son chemin. Je bous de rage à l'intérieur de moi-même, tout en ayant un inconfort généralisé. À tel point que Bobby, pas fou, me demande :

— Ça va ? C'est qui, ce gars-là ?

— Ah lui ? Personne, que je mens sans réfléchir.

Il me regarde, sceptique, et nous continuons notre route. Pendant un bon moment, je reste trop silencieuse. Je n'en reviens tout simplement pas ! Il n'a pas juste d'autres maîtresses ou une copine plus sérieuse : il a une femme et un enfant ! C'est un scénario que je n'avais jamais envisagé ! Merci la vie encore une fois de toujours trouver le pire scénario pour que ça arrive !

Je tente de reprendre mes esprits dans l'auto, car mon pauvre Bobby doit commencer à se demander quelle mouche m'a piquée. Je suis passée de la fille qui s'amuse entre les rangées de tomates et de concombres à un genre de zombi au regard figé. Je décide donc de lui expliquer la situation.

— Je t'ai menti tout à l'heure… Le gars que j'ai salué accompagné de sa famille… je le connais.

— C'est qui ?

— Un gars que j'ai fréquenté dans le passé. Il m'avait dit être seul et sans attaches. Et là, je le croise avec un enfant de trois ans qui lui ressemble comme deux gouttes d'eau, comprends-tu ?

— Donc, c'est un beau crosseur ! Il a dû avoir peur que tu lui pètes une coche au marché ! Le pauvre a vraiment dû le faire dans son pantalon !

— Sûrement, mais ce n'est pas trop mon genre. Je t'avoue que je suis un peu sous le choc.

— Les gens sont tellement menteurs, Mali. Moi, plus rien ne me surprend !

Je n'ai rien ajouté. En arrivant chez lui, je décide de programmer un 360 degrés dans ma tête et de profiter au max de cette soirée avec mon chanteur. Je crée donc une barrière psychologique à franchir, qui est la porte de sa maison. Lorsque je franchirai cette porte, j'oublierai ce con et je prendrai du bon temps avec Bobby, que je ne reverrai pas de sitôt.

De plus, il devient, à ce moment même, mon unicandidat comme il y a plusieurs mois. Je dois me montrer attentive envers lui si je ne veux pas retourner à la case départ de mon H, qui bat déjà de l'aile. Nous marchons sur le bord de l'eau près de chez lui avant de rentrer faire cette sauce de chef. Ma barrière psychologique fonctionne et nous avons beaucoup de plaisir.

En fin d'après-midi, nous faisons cuire notre sauce pendant que nous écoutons un film. Bobby a un élan de passion au point de vouloir me faire l'amour avant le souper. Manifestement, je ne suis pas habituée à ces nouveaux comportements, mais j'adore le nouveau gars avec qui j'ai enfin des rapprochements charnels. Décidément, un de perdu et un qui se déniaise ! C'est une nouvelle expression tout à fait adaptée à ma situation.

En mangeant, nous buvons une bonne bouteille de vin que nous terminons dans le spa de monsieur. C'est maintenant à mon tour d'avoir spontanément des envies folles. Nous avons du temps à rattraper après toutes ces *dates* sans S ! Et c'est ce que nous faisons depuis hier. Tant mieux, c'est maintenant le seul pourvoyeur de sexe dans ma vie. Mais ce n'est pas grave ; de toute façon, je n'ai besoin d'aucun homme dans ma vie, pensai-je en m'étouffant avec mes pensées.

Le lendemain, les adieux sont encore truffés de malaises. Plus que d'habitude, même. C'est difficile de faire les choses en se disant « Bon bien, on se revoit un jour » comme si c'était normal. Mais je sais assurément que je vais venir en visite au mois de juin, et ce, avec ma peau d'ours sur le toit de ma voiture. J'ai bien fait rire Bobby avec ma chasse à l'ours. Vraiment, je ne dois pas avoir du tout le *look* d'une chasseuse, car tout le monde a des réactions de surprise quand je parle de mon *hobby* pour la chasse. C'est sûr que, quand j'aborde le sujet avec mes bottes à talons hauts italiennes et un chandail plongeant, ça peut prêter à confusion ! Mais bon, Bobby me connaît depuis quand même un bout de temps et il me dit que ça ne lui entre pas dans la tête de me voir vêtue d'un deux pièces aux motifs d'armée. Je lui promets des photos.

Je décide d'aller dormir chez mes parents. Ceux-ci seront contents de souper avec moi et de me voir un peu plus que les autres fois. En effet, c'est le cas. Nous mangeons ensemble pour ensuite écouter la partie de hockey. Je me couche fatiguée en me disant que cela passe trop vite une escapade de quatre jours en Estrie. Je pars tôt le lendemain.

En arrivant, comme d'habitude, j'arrête chez Cath qui habite sur le chemin pour me rendre chez moi. Je lui raconte mon week-end avec les moments heureux et les moins heureux. Elle est stupéfaite de mon histoire avec Nick. Elle me déclare :

— Ça n'arrive à personne, ça, dans la vie. Mais à toi, oui ! dit-elle en me flattant le bras. Ta vie est un vrai *sitcom*, Mali ! Tout va vite ! On n'a pas le temps de suivre les intrigues que déjà la fin est là et avec un effet de surprise à tout coup !

— Je sais ! Je suis blessée, et déçue de lui. Je me trouve en même temps conne et naïve. J'ai un mauvais karma cette année ! Il faut croire que je dois avoir la vie dure un peu. Mais c'est tannant à la fin de toujours courir après le bonheur. J'aimerais juste ça que tout soit simple ! Tu comprends ?

— Oui ! La vie est due pour te donner un *break* et plein de belles surprises. Elle commence à accumuler une dette envers toi..., ajoute-t-elle en se resservant du vin.

Sans aucun doute, les déboires de ma vie portent à boire, justement !

La fin mai

J'entreprends ma semaine avec la pile quelque peu à plat en me disant que je dois continuer les pirouettes qui servent à rendre ma vie heureuse.

En arrivant au travail lundi matin, je reçois un courriel du directeur du cégep. Il veut que j'aille le voir dans le courant de la journée. Je me dirige à son bureau au milieu de l'après-midi. Je crois qu'il veut me mentionner que j'ai oublié de lui remettre la confirmation de ma disponibilité pour les cours de l'automne.

Depuis le début de la matinée, je réfléchis à ce que je vais lui dire. Je ne veux pas trop mettre la faute sur le dos de Meloche pour ne pas lui déclarer la guerre ; cela pourrait rendre ma vie insupportable d'ici la fin de mon séjour dans ce cégep. D'un autre côté, je veux faire part du problème pour des raisons de prévention, afin que les futures professeures du département n'aient pas à subir sa misogynie aiguë. Je suis donc ambivalente quant au discours que je vais tenir devant lui. Lorsque je pénètre dans son bureau, il m'invite à m'asseoir.

— Merci d'être passée, Mali. Ça va bien ? commence-t-il par dire.

— Oui, merci. Pourquoi vouliez-vous me rencontrer ?

— Bien, en fait, l'adjoint administratif m'a mentionné qu'il n'avait pas reçu la confirmation de tes disponibilités pour septembre ; je voulais donc vérifier avec toi si c'était seulement un oubli ou si tu nous quittais.

— Je vous quitte.

— C'est ce que je croyais. Est-ce trop indiscret de te demander pourquoi ?

— Disons… certaines raisons personnelles et certains facteurs causés par des aspects du travail que je trouve ardus.

— Est-ce dû à un manque de soutien et d'encadrement de notre part vis-à-vis de tes tâches d'enseignement ? demande-t-il.

— Non, pas vraiment, disons plutôt que des relations de travail compliquent ma situation de nouvelle professeure.

— OK, je crois comprendre. J'ai eu vent que toi et Meloche aviez des rapports professionnels plus difficiles ensemble.

« Ensemble, mon œil ! » pensai-je dans ma tête. Je n'ai rien à voir là-dedans. Il m'a haïe dès le départ et il a mené un combat visant à me rendre K.O. avant la fin de la première session. Je réponds cependant « oui » pour ne pas avoir l'air de lui attribuer tous les torts et de me réfugier dans le rôle de la victime.

— Entre autres, oui.

— Je trouve la situation bien embarrassante, car ton travail ici, au dire de la directrice du département et selon les évaluations des élèves, est très apprécié. Nous sommes donc désolés que tu nous quittes si rapidement.

— Je sais, et pour être honnête avec vous, la décision n'a pas été facile à prendre. Je commence ma carrière et…

— … tu ne veux pas te faire suer…, dit-il en continuant ma phrase.

— En bon français, c'est ça, que je réponds en souriant.

— Juste une question. Il ne t'est jamais venu à l'idée d'en discuter avec nous pour que nous tentions de remédier à ce différend entre Meloche et toi ?

— Non, je n'ai jamais été du genre à demander l'aide de mes supérieurs pour régler ce type de problème. Le plus souvent, ça met de l'huile sur le feu et je ne voulais pas faire de vagues avec cette histoire.

— Bien aujourd'hui, vu que tu m'en as parlé, j'ai quelque chose à te proposer : nous pourrions, la directrice du département et moi, rencontrer Meloche et toi pour voir de quelle façon ce différend pourrait être réglé à l'amiable. Peut-être que, après cette rencontre, tu pourrais reconsidérer ta décision.

Il ne connaît vraiment pas ce gars ! Je nous imagine déjà en réunion tous les trois, avec Meloche qui mettrait son masque d'ange pour parler avec eux et celui de démon pour me regarder durant toute la rencontre. Non merci ! Ce gars, je n'en ai rien à foutre et il m'est désormais antipathique ! Je ne ferai aucun effort pour tenter de rétablir la relation professionnelle avec lui. Il est rayé dans ma tête et rangé dans la filière des pourritures à jamais, il n'en ressortira pas ! Je réponds donc avec le plus de tact que possible :

— Désolée, je ne crois pas que ce soit une bonne idée, de toute façon ma décision est prise. Je viendrai vous voir avant mon départ pour vous expliquer ma version de ce qui s'est passé dans ce conflit, et pas avant, afin de préserver une ambiance de travail vivable pour la fin de la session.

— C'est toi qui sais, Mali, je voulais seulement te le proposer..., dit-il, l'air visiblement déçu de ce refus de ma part.

— Merci, je vais donner mon maximum pour le reste de la session ! Au revoir, que je dis avant de quitter son bureau en me demandant si je n'ai pas trop parlé.

Pour le reste de la session, je veux juste avoir la paix. Travailler et ne pas me casser la tête avec ce minable de Meloche. Je me dépêche à dîner, car j'enseigne le reste de la journée. J'appelle Hugo vers la fin de l'après-midi pour m'inviter à souper chez lui.

— Allô, ça va ? Je m'ennuie de toi et je n'ai rien à manger chez moi... donc je vais aller souper chez toi ! Dis oui ! Dis oui !

— Viens-t'en, profiteuse de ma personne et de mon frigo ! Je t'attends.

— Je t'aime ! que je dis en guise de remerciements.

J'ai tout juste le temps d'arriver à la SAQ avant qu'ils ne ferment la porte à clé. J'apporte au moins un bon vin rouge italien à mon cher ami Hugo ! Lorsque j'arrive chez lui, il est dans la cuisine à s'activer pour son invitée-surprise en chantant.

— Non mais, t'es vraiment un amour. Tu le sais ? que je dis en rentrant sans frapper.

— Ça fait longtemps que je sais ça, ma chouette ! affirme-t-il en me faisant un poing à poing peu viril.

— Donc tu sembles bien aller.

— Je flotte sur un nuage, car ma BLONDE et moi allons à Québec en amoureux le week-end prochain ! dit-il, l'air joyeux en prononçant longuement le mot « blonde ».

— Vous avez fait le grand saut et vous êtes un couple au sens officiel du terme ! Tant mieux, je suis contente pour toi !

— Oui, madame, et je suis vraiment heureux ! J'ai l'impression que c'est elle la bonne… comprends-tu ? Toute cette histoire avec ma nymphomane m'a fait comprendre à quel point je tenais à elle. C'est clair dans ma tête maintenant.

— Je porte un toast à cette prise de conscience ! que je fais en lui tendant un verre de vin.

Il me raconte en détail la discussion « d'officialisation de relation » comme un petit garçon excité de raconter à ses parents son but au hockey alors que ceux-ci n'étaient pas à la partie. Je l'écoute attentivement, captivée par son récit et par le phénomène de « tomber amoureux » qui me paraît si complexe et si simple à la fois. Un phénomène qui est tellement ressenti et puissant. Tangiblement, je ne me souviens pas du sentiment qui vient avec : l'intensité dans le bas-ventre… l'hélium dans la tête… L'état physique et psychologique d'Hugo me passionne. Mais au-delà de mon analyse psychologique du phénomène, je vois devant moi un ami heureux, et son énergie me traverse comme un courant électrique. Je lui raconte ensuite la péripétie concernant mon beau psychologue au visage à deux faces. Je prends soin de teinter le tout d'humour, pour ne pas polluer sa vie couleur rose bonbon. Il n'en revient pas et conclut :

— Il ne te mérite pas, ce con ! Bientôt, tu vas trouver un gars, Mali, qui va être génial et fait juste pour toi, dit-il en regardant sa coupe de vin et en souriant bêtement.

Je retourne chez moi en réfléchissant à ses propos. C'est bien connu : les gens amoureux sont tellement contents de l'être qu'ils veulent toujours que tout le monde le soit comme eux ! Est-ce cela, comme tout le monde, que j'attends ? Est-ce que les gens célibataires se font tous accroire qu'ils sont bien, mais que dans le fond tout ce qu'ils veulent c'est d'être amoureux eux aussi ? Est-ce que quelqu'un peut vraiment contrôler le fait de ne pas tomber amoureux ou est-ce que quelqu'un peut dire non à un sentiment aussi fort ? Cela fait beaucoup de questions, hein ? Mais la réponse à chacune d'elles est : je ne le sais pas ! Une chose est certaine : j'ai été amoureuse dans le passé et je le serai encore un jour. C'est sûr, et ce jour-là, je ferai en sorte que rien au monde ne vienne nuire à mon bonheur. Mais pour l'instant, je dois me guérir de mes dépendances affectives pour choisir la bonne personne et pour être saine dans mes sentiments et dans mes réactions.

Le lendemain, au cours de l'après-midi, je vais avec Mario et son ami Rock appâter les ours afin que ceux-ci s'habituent à venir manger aux deux endroits stratégiques que nous avons choisis. Des bêtes viennent s'y nourrir, car il ne reste presque rien au sol lorsque nous arrivons. La chasse commence ce week-end.

De retour chez moi, j'appelle Ge pour avoir de ses nouvelles.

— Salut superstar ! Comment vas-tu ? que je lui demande.

— Bien ! Bien ! Ça roule, j'ai fait beaucoup d'entrevues pour des revues scientifiques et médicales, et là, je souffle un peu. Toi, le retour n'est pas trop difficile ?

— Correct, j'entre dans la routine aussitôt que j'entre dans la péninsule. Mais là, je vais en avoir une bonne à vous raconter sur mon week-end ! Je vais demander un *meeting* webcam demain, j'en ferai part à toutes en même temps, c'est trop fou !

— C'est quoi ? Bobby a fait des siennes ? demande-t-elle.

— Ah... Tu le sauras bientôt ! As-tu eu des nouvelles de ta future présence télé ?

— Oui ! C'est confirmé ; de mémoire, c'est jeudi le quinze juin en après-midi l'enregistrement, et la diffusion aura lieu le dimanche suivant. C'est correct que ce soit bientôt, car je suis dedans et j'en parle tout le temps. Le prix va m'être remis cette fin de semaine-là, d'où la raison de l'émission. Vas-tu pouvoir descendre ?

— Je descendrais sur les genoux s'il le fallait !

— Super ! Bon, on se parle plus tard ou demain. Écris-moi la date du rendez-vous webcam par courriel, je ne veux pas manquer ce *scoop* croustillant ! me dit-elle avant de raccrocher.

— Ah ! pour être croustillant, c'est croustillant ! *Ciao !*

Je convoque sur-le-champ les consœurs pour une rencontre virtuelle le lendemain soir.

Je fais un drôle de rêve cette nuit-là. Je marche dans le bois tranquillement. La forêt entière est turquoise et lustrée. C'est beau. En fait, la vie au complet est d'un turquoise très vibrant. Les oiseaux arborent cette couleur, et les petits suisses aussi. Je marche dans ce décor paisiblement en appréciant le spectacle.

Tout à coup, j'aperçois un oiseau noir sur une branche. Je cours vers lui pour l'attraper et je lui casse le cou brutalement. Ensuite, il en vient un autre blanc à qui je réserve le même sort. Après mon carnage, je continue à marcher lentement dans mon monde turquoise. Vient ensuite un suisse brun et blanc à qui je romps également le cou. Cela dure un moment, j'avance donc dans « ma forêt » en tuant de mes mains tous les animaux qui n'ont pas la bonne couleur. Ma couleur. Comme si les autres teintes créaient en moi une colère et une frustration m'amenant à supprimer toute créature qui la porte.

À mon réveil, je suis un peu troublée par ce rêve. Mon dieu, je suis une psychopathe ou quoi ! Je m'interroge sur sa signification. Je ne sais pas si chaque rêve signifie à tout coup quelque chose, mais celui-là pique particulièrement ma curiosité. J'écris quelques lignes dans mon cahier afin de m'en souvenir. Je réfléchis en faisant mon thé marocain et j'analyse cette histoire sortie de MA tête !

Dans ce rêve, j'élimine tout ce qui ne porte pas la couleur que j'ai choisie. La couleur de mon monde parfait. Je détruis toute imperfection en tuant les trouble-fêtes dans ma forêt magique. Cela a du sens dans ma tête. Je suis un peu perfectionniste de nature et je veux toujours que tout soit parfait. Je suis très exigeante envers moi-même. Ce rêve image bien ma rigidité cognitive à tout vouloir contrôler dans mon univers, dans ma forêt. Le fait que je n'aime pas les surprises et que je tente de tout prévoir tout le temps. Le fait que je veuille être parfaite émotionnellement avant de m'embarquer à nouveau avec un gars. Peut-être que c'est trop exigeant envers ma petite personne de vouloir être sans faille sur le plan émotif ? Peut-être est-ce le travail d'une vie que je tente de faire en six mois ? Peut-être que c'est illusoire de penser qu'on peut changer à ce point dans la vie ? Bref, ce questionnement flotte dans mes pensées toute la journée, et ce, jusqu'au rendez-vous webcam du soir.

— Salut les filles, contente d'être là ! annonce Cori en arrivant.

— Comment ça va toi, Sacha, depuis ton intervention médicale ? demande Ge qui s'est trop rapprochée de sa caméra en disant sa phrase.

— Recule un peu, on te voit les poils du nez ! dit Sacha en riant.

— Je n'ai pas de poils dans le nez !

— Bien je pense que oui ma chère, et de très longs à part ça ! ajoute Cori.

— Je pense que tu vas devoir t'acheter un tailleur de poils de nez électrique comme celui que t'as acheté à ton père à Noël…, que je dis en riant.

À ces mots, Ge n'est déjà plus dans l'écran, probablement en train de se scruter le nez à la loupe dans le miroir de sa salle de bain. Elle revient rapidement à l'écran.

— Vous êtes menteuses ! Je n'ai pas de surplus de poils dans le nez ! Je vous ai presque crues, faites-moi pas des peurs comme ça !

— Pour répondre à ta question, je vous dirais que ça va. Je n'y pense presque plus ! C'est comme passé dans ma vie et j'ai tourné la page sur ce chapitre et sur mon ex-amant marié aussi. On ne se voit plus : décision venant de ma part ! Je me suis rendu compte que cette relation était peu satisfaisante et que jamais il ne m'apporterait un bonheur équilibré. C'est drôle, mais c'est comme si mon avortement avait servi un peu à ça, explique-t-elle.

— C'est cliché un peu de dire ça, mais il n'arrive rien pour rien dans la vie ! Peut-être que c'était le cheminement que tu devais suivre pour te respecter dans tout ça ? que je propose comme théorie.

— Il est vraiment dans la filière treize ? Ou tu l'as mis à côté, au cas où ?

— Il est dedans ! Et à tout jamais ! répond Sacha la main sur le cœur.

— Bravo ! mon amie, je suis fière de toi ! que je dis.

— Mon vendeur de HD m'aide à ce que ce soit plus facile et surtout à être consciente de ce que je vaux vraiment. Il est gentil, on se voit quand même souvent. Il est aimant et attentionné. Il veut que je sois bien et heureuse. Ça fait différent de ma relation d'avant. Je l'aime beaucoup. Je ne suis pas prête à m'embarquer avec lui, mais bon je pense qu'on construit quand même quelque chose, explique Sacha.

— Tant mieux, ma belle ! On chemine, on chemine ! Non, mais on va être vraiment fidèles à nous-mêmes et à nos désirs bientôt ! N'est-ce pas le but de cette consœurie ? dit Cori.

Ge poursuit, impatiente.

— Entre autres. Mais pour l'instant, un sujet croustillant m'intéresse et c'est la fin du week-end de Mali avec Bobby ! Vas-y, je ne me peux plus !

— Bon, êtes-vous prêtes ? que je demande, solennelle.

— Ça a bien l'air excitant ! dit Sacha.

— Débutons par mon chanteur : on a couché ensemble ! que j'annonce d'emblée sans donner de détails, en me levant devant elles les bras dans les airs en guise de victoire.

— Hein ! Il a finalement trouvé ses couilles dans son slip ! crie Cori.

— Il a mis sa piastre dans le parcomètre ! Sa lettre à la poste ! Il a joué la huit au coin ! dit Cori en riant.

— Ouais, madame ! La noire directement au coin ! que je dis, amusée.

— Levons notre verre à Bobby qui a découvert qu'il était un petit garçon après tout ce temps ! proclame Sacha en se levant debout.

Les filles applaudissent.

— Eh oui ! Tout un mâle en puissance en plus ! On rit bien de lui, mais c'est tout à son avantage. Il est sauvage et il ne veut pas coucher avec des connes. C'est quand même flatteur pour moi ! C'était bien, même très bien ! Il connaît les femmes et, je vous jure, il a une belle énergie sexuelle ! C'était un peu spécial lui et moi ce week-end : plus profond, plus authentique. Je suis vraiment contente de mon séjour chez lui. En fait, je suis restée là deux dodos finalement…

— *Hey !* Une chance que ton psychologue sportif n'était pas là, tu aurais eu une fin de semaine de sexe intense ! amène Ge en souriant.

— Bien… Disons que c'est le deuxième dossier dont je veux vous parler. Imaginez-vous que monsieur est marié et papa en plus ! que je déclare sans préparation, les yeux ronds.

— QUOI ? disent toutes les filles en même temps.

Si elles avaient porté des prothèses dentaires, elles seraient tombées sur la table ! Elles me regardent toutes, la bouche ouverte, l'air stoïque, attendant la suite. Je leur raconte la scène du marché.

— Et puis, il n'a rien dit du tout ? demande Sacha.

— Je lui ai juste envoyé un « Allô ! » comme si je l'avais déjà servi au St-Hubert avant de continuer mon chemin. Il m'a saluée à son tour comme mon client du St-Hubert. C'est tout. Il devait être bien content que je ne sois pas une folle hystérique…

— N'importe quoi ! dit Cori.

— Bobby s'est-il rendu compte de ton changement d'attitude ? demande Ge.

— Bien oui, il n'est pas dupe ! Sans donner d'indice temporel, je lui ai expliqué rondement notre histoire, que je réponds.

— Mali, je n'en reviens pas ! Tu faisais dans l'homme marié et tu ne le savais même pas ! dit Sacha.

— Toi qui es contre les relations extraconjugales, c'est comme absurde que ça t'arrive ! dit Ge.

Je leur explique ensuite mes états d'âme. À quel point la personnalité de quelqu'un peut revêtir des apparences trompeuses ! Je comprends Bobby de rester sceptique face aux gens qu'il rencontre. Non mais, peut-être que je vais le devenir un peu plus dorénavant !

La conversation reprend sur un autre sujet.

— Toi, Cori, on n'est pas au courant des développements avec ta jeune carotte qui ne faisait pas l'unanimité ! que je lui demande.

— Ah ! mon Dieu ! Faites-moi penser, Sacha et Mali, d'envoyer des fleurs à vos mamans qui ont accepté avec gentillesse ce membre dans mon H ! Alex est le baiseur de l'année ! La jeunesse est fringante, je vous le jure ! De un, ses érections sont à l'infini et il contrôle toute l'affaire, si vous voyez ce que je veux dire ! explique Cori en gesticulant.

— Non, on ne voit pas ! Élabore ! rajoute Sacha, visiblement curieuse et énervée.

— Si je veux que ça dure une heure, ça dure une heure, et si on a juste quinze minutes, bien c'est parfait, monsieur règle la machine pour moi tout le temps ! Je vous le jure les filles, c'est le summum ! Je m'aperçois que mon Rémi troublé de Québec était vraiment mauvais…, avoue-t-elle.

— Ouache ! Ne parle pas de lui ! À chaque fois, j'ai vraiment l'image de lui qui te saute dessus, ça m'énerve ! dit Sacha en faisant une moue dégoûtée.

— Eh là, moi aussi j'en veux un jeune fringant dans ma vie ! pleurniche Ge.

— Va chasser dans les cours du cégep ! conseille Cori.

— Bien là ! Venez flirter dans mes classes tant qu'à y être ! que je propose en levant mes bras en l'air, découragée.

— C'est vrai, toi, t'as tout le potentiel à ta portée ! Tu devrais te farcir un de tes étudiants ! suggère Cori, manifestement troublée.

— Es-tu cinglée ? Même en manque de sexe depuis un siècle, je ne le ferais jamais ! que je répond encore plus scandalisée.

— Eh que tu n'es pas ouverte d'esprit ! dit Sacha, avec un visage qui sous-entend la blague.

— En tout cas, vous êtes chanceuses avec vos histoires de sexe torride. Moi, je suis pas mal à *off* de ce côté-là. Je cours partout pour le travail et je n'ai même pas le temps de penser aux hommes ! confesse Ge.

Nous restons là un moment à discuter des gars de nos vies et des gars qui viendront dans nos vies bientôt, en rêvant comme des enfants. Je me déconnecte la première pour aller terminer une tâche pour le cégep que j'ai commencée.

Les plaisirs de la Gaspésie

Je reçois un coup de téléphone des propriétaires du bar où je veux travailler. Ils m'offrent les quarts de travail du vendredi et du samedi soir. Exactement ce que je veux ! Le bar ouvre ce samedi-ci et ils veulent que je sois de la partie pour la fête d'ouverture avec deux autres serveuses. Je suis ravie ! Voilà une bonne nouvelle dans ma vie. En plus, je vais avoir le temps d'aller à la chasse à l'ours, car je commence vers vingt heures samedi. J'aurai le temps de troquer mon costume de chasse contre mon costume de serveuse séduisante. Un peu paradoxal, mais très drôle !

Le lendemain soir, j'ai un souper au crabe chez Cath. Il y a beaucoup de monde. La température plus que chaude nous permet même de prendre l'apéro dehors sur la terrasse pendant que Mario fait bouillir les petites bêtes sur un petit poêle. Mmmmm ! C'est un plaisir pour le moral que de voir des gens, un plaisir pour le visage que de prendre du soleil et un plaisir pour le palais que de déguster ces crustacés plus que délicieux !

Le lendemain, je rejoins Mario, Cath et Rock pour nous rendre à notre emplacement de chasse respectif. Cath suit son *chum*, et Rock et moi allons nous installer à l'endroit que j'ai choisi. Nous nous entendons pour que je sois la première à tirer si une bête à mon goût se présente. Nous restons là près d'une heure sans rien voir. Je suis à l'avant et Rock est derrière, à plus de cinq mètres de moi. J'attends l'ours avec appréhension. Malheureusement, l'ours si attendu n'est jamais venu, et ce, autant de notre côté que du côté de Cath et Mario. Nous nous rejoignons au camion quelque deux heures plus tard pour prendre une bière de fin de chasse et pour faire le bilan de notre première tentative. Je me rends ensuite chez moi pour me changer.

En franchissant la passerelle du bateau-restaurant, la propriétaire m'accueille pour m'expliquer rapidement comment fonctionne la caisse et pour me montrer où se trouvent les choses. Je rencontre Zoé, la fille qui travaillera souvent avec moi les fins de semaine. Elle semble très gentille. Je commence à travailler quinze minutes après mon arrivée au bar. Comme j'ai fait ce travail durant toutes mes études, ce n'est rien de nouveau pour moi. La soirée se déroule rapidement. Zoé et moi avons à peine eu le temps de faire connaissance, car nous sommes trop occupées. Une soirée très lucrative ! Mon objectif est de faire des sous dans une ambiance agréable. Mission accomplie ! Je reviens chez moi vers quatre heures du matin, les jambes molles mais tout de même ravie.

Je retourne à la chasse en fin d'après-midi le lendemain. Le plan de match est le même que la veille. Je me rends à mon poste accompagnée de mon partenaire de chasse. Nous sommes confiants !

Après une heure d'attente dans la fraîcheur de la forêt, nous entendons un bruit ressemblant à une bête qui s'approche. Mon cœur bat vite ! Comme tous les chasseurs d'ours, j'ai un peu la crainte que la bête vienne de derrière. L'ours est tout de même un animal qui peut être agressif en position de vulnérabilité. Par chance, Rock est embusqué derrière moi !

Plus les minutes passent, plus les bruits provenant du bois s'intensifient. Je suis convaincue qu'une bête s'avance vers nous. Sur le coup, je crois qu'il s'agit d'un orignal, mais vu la lourdeur des pas et le peu de craquements à la hauteur des branches, je me dis que non. La bête semble plus basse et plus près du sol. Rock devient vigilant et me fait signe de me cacher derrière les branches. De mon repaire, je vois Rock prendre son arme et la charger pour se mettre en position de tir. Je fais de même. C'est excitant ! Des sueurs de nervosité perlent sur mon front. Abattre une bête à cinquante mètres est différent que de la tirer au moment où celle-ci fonce sur toi ! Je me rends compte cependant que plus les pas se rapprochent de nous, plus ils sont feutrés. Comme si la gigantesque bête ralentissait la cadence ou comme si elle tentait de faire moins de bruit en avançant. Bizarre !

Les yeux de Rock et les miens se croisent juste avant que notre regard ne distingue l'animal. En fait, LES animaux ! J'aperçois droit devant moi trois grosses mouffettes qui sortent du bois en se dandinant ! La maman, le papa et le bébé, probablement plus surpris que nous de voir deux humains étranges vêtus de costumes couleur forêt. Je recommence à respirer ! Je sais que les mouffettes peuvent sécréter un liquide fortement nauséabond et des plus désagréables, mais par rapport à un ours brun agressif… c'est un grand soulagement !

Rock réagit un peu différemment de moi à cette visite-surprise. Il tire un coup de sa « 30-06 *pump gun* » (une arme de destruction massive qui se compare à un AK-47 !) en direction de la famille de mouffettes et s'enfuit en courant sans rien dire.

Stupéfaite, je le regarde se sauver à toutes jambes, la famille de mouffettes se dirigeant dans la direction opposée. Je tente de rejoindre Rock. Il a couru beaucoup trop vite pour que je puisse le rattraper. Voyons ? Que se passe-t-il ? J'appelle alors Cath et Mario à l'aide du radioémetteur pour leur dire que nous nous dirigeons vers le camion ; j'en déduis que c'est probablement la direction que Rock a prise. Après dix minutes de marche, je l'aperçois avec Cath et Mario près du camion.

Une fois près d'eux, je l'entends raconter qu'une famille de mouffettes nous a « attaqués » ! Hein ? Je reprends un peu son histoire en expliquant que ladite famille est sortie doucement du bois en trottinant ! Rock m'interrompt pour décrire l'attitude menaçante que les bêtes ont supposément eue !

— Elles nous ont foncé dessus, *men* ! dit-il à Mario.

Quoi ? Visiblement, il a été très traumatisé par la venue de ces bêtes noires et blanches ! Je ne comprends pas trop. Tout au long de la fabulation de Rock, Mario ne dit rien mais a un énorme fou rire. Il finit par prendre la parole.

— Mali, il faut te dire que notre ami Rock, ici présent, a vécu dans son jeune temps un grand traumatisme concernant les mouffettes…

Mario a de la difficulté à finir sa phrase tant il rit…

— Je peux te jurer qu'il aurait gardé plus son sang-froid si un ours féroce et menaçant, plutôt que des mouffettes, était arrivé derrière vous !

— Pourquoi ? que je lui demande.

Mario et Cath sont accroupis par terre à force de se fendre la pêche et Rock ne fait que bredouiller : « Voyons, ce n'est pas si pire que ça… Je n'ai pas eu si peur… »

— Il s'est fait pisser dessus deux fois ! Une fois à quatre ans et l'autre à dix-sept. Il est resté traumatisé ! finit par dire Mario entre deux éclats de rire étouffés, en ayant du mal à respirer.

Rock, orgueilleux, répond :

— J'ai pas eu peur, arrêtez ! J'ai été surpris, c'est tout ! Il y a rien là !

Nous nous esclaffons un moment de la réaction de Rock puis nous regagnons le camion. Cela fait à peine cinq minutes que nous roulons dans le véhicule de Cath lorsque celle-ci demande :

— Voyons, ça pue donc bien dans le camion… C'est quoi, cette odeur ?

— C'est vrai que ça pue ! que je renchéris.

Personne ne dit rien jusqu'à ce que Rock se mouille.

— Ouais, je pense que vous avez raison… J'ai vraiment eu peur finalement… Faut que j'aille me laver…

Nous pouffons de rire et ce rire généralisé est présent tout au long du trajet qui nous ramène chacun chez nous après trente minutes de route.

J'appelle mon chanteur à mon retour pour lui annoncer que je vais en Estrie le week-end suivant.

— Super ! Je vais être là aussi. J'ai justement deux spectacles au Vieux Clocher de Magog. Ça tombe bien !

— Ah oui ? C'est drôle !

— Et tu dois commencer à t'ennuyer de moi aussi…

— Pardon ! TU dois commencer à t'ennuyer de moi ! C'est pour toi que je fais ça ! que je réponds, orgueilleuse.

— T'as raison ! J'ai beaucoup pensé à toi cette semaine.

— Ah bon… bien… c'est ça… Je t'appelle quand je suis là ! Bye ! que je dis en bafouillant.

— Parfait ! Je t'embrasse.

Bon ! Admirez la brillante psychologue incapable de recevoir un « j'ai pensé à toi » sans fondre de malaise sur sa chaise. Et observez également la délicatesse avec laquelle elle renvoie le propos à l'interlocuteur. C'est n'importe quoi ! J'ai littéralement mis un terme à la conversation. Reprenons le tout : Bobby : « J'ai pensé à toi » ; Mali : « Moi aussi j'ai hâte de te voir. » Ce n'est pas si complexe, il me semble ! Mais là, trop tard, il n'est plus au bout du fil, le beau Bobby ! Pas fort, Mali ! Ne passez pas à Go et ne réclamez pas deux cents dollars !

Moment de gloire pour Ge

Je ne peux pas aller à l'enregistrement de *Tout le monde en parle*, car c'est jeudi après-midi et j'arrive en Estrie tard le soir. La remise du prix de Ge a lieu le vendredi en soirée. Nous y allons toutes les quatre avec les parents de Ge. La nervosité de Ge est palpable. Beaucoup de gens qui ont travaillé sur le projet avec elle s'y trouvent.

La soirée est magique, comme un grand bal avec plein de scientifiques habillés chic. Très spécial. Nous avons droit à un souper gastronomique, suivi de différents discours. Le premier ministre est là ainsi que certains hommes politiques et scientifiques qui ont participé de près au dossier. Le prix de Ge est remis en dernier. Les gens se lèvent et applaudissent notre amie pendant près de cinq longues minutes. Nous versons toutes une larme en la voyant émue sur la scène devant cette ovation si touchante et sincère. Ge fait ensuite un bref discours en remerciant ses collègues, tous les gens concernés par les recherches ainsi que ses proches et ses amis qui l'ont aidée à passer au travers de ce mois et demi de quarantaine intense et difficile. C'est nous, ça, ses amies ! Nous lui envoyons des becs soufflés dans les airs. Nous levons nos coupes de champagne à la fin du discours de Ge et celle-ci vient nous rejoindre à table durant une nouvelle ovation de la salle. Nous reprenons la route de l'Estrie à la fin de la soirée, toutes fébriles.

Le malaise de Bobby

Je dois rejoindre mon chanteur dans sa chambre d'hôtel autour de minuit. J'ai la chance de lui montrer comment je suis belle dans ma robe de soirée et, bien sûr, de faire dodo avec lui.

Lorsque je frappe à sa porte, il est seul dans sa chambre. Il prend une bière en m'attendant. Il me salue et me regarde longuement. Il semble songeur. Il m'examine en ne disant rien. Je m'assois à table pour prendre une bière avec lui. Je lui raconte ma soirée. Il m'écoute discrètement, mais de façon intéressée. Je m'avance alors vers lui pour l'embrasser. Il me fait tomber dans le lit en me faisant passer par-dessus lui dans un mouvement calculé. Ce soir-là, il me déshabille tranquillement comme en savourant le tout. C'est très sensuel et encore très nouveau pour moi, ce Bobby entreprenant et plein de désir. Nous faisons l'amour dans l'immense lit de sa chambre d'hôtel. Il y a parfois des légers malaises et des gestes maladroits. Mais bon, la règle des cinq premières fois de pratique dissipera tout ça.

Au petit matin, Bobby me propose de visiter un chalet qu'il possède avec des amis tout près de Sherbrooke. Nous prenons sa voiture pour y faire une escapade.

L'emplacement du chalet est splendide : sur le bord de l'eau, entouré de beaucoup de pins matures, et pas de voisins à près d'un demi-kilomètre de chaque côté. Le paradis ! Le chalet paraît modeste mais pratique, avec une grande terrasse qui donne sur le lac. Nous nous y assoyons pour admirer le paysage. Je trouve le moment idéal pour parler à mon beau chanteur de quelque chose qui me trotte dans la tête depuis longtemps.

— J'aimerais te parler et je veux que tu m'écoutes jusqu'au bout sans m'interrompre, que je dis en le regardant dans les yeux.

Il se retourne vers moi en faisant une moue exagérée qui ressemble à un mélange de dégoût et de peur. Je poursuis.

— Depuis qu'on se connaît, le contrat entre nous deux est clair. On ne se demande rien. On ne se doit rien. Mais là, les temps changent et je veux ajouter une nouvelle clause au bas de l'entente, car ce n'est plus vrai que je ne te demande rien.

Il me regarde, l'air hébété, avec une pointe de peur dans les yeux. Il veut parler, mais je lève mon doigt dans les airs pour lui rappeler qu'il doit se taire.

— Tu vas voir, ce n'est pas grand-chose. Bobby, j'aimerais que tu sois capable d'être honnête avec moi. Je pense que je le mérite.

Je te dis ça parce que la fois que je devais te retrouver à Rimouski, j'ai eu l'impression que tu n'as pas été tout à fait honnête avec moi. Ça semblait difficile et compliqué pour toi de me dire de ne pas y aller…

— Je peux parler maintenant ? demande-t-il, un peu impatient. Premièrement, ça me fait suer que tu penses que je t'ai menti parce que ce n'est pas le cas et, deuxièmement, je suis honnête avec les gens !

Visiblement, ce gars est très susceptible. Il prend encore mes propos comme si je le traitais de menteur. Encore une fois, je lis dans sa réponse que, oui, il m'a menti, mais le but n'est pas de le savoir ou pas. Le but est que mon message passe.

— Bon là, ne te fâche pas. Je ne sais pas si tu m'as dit la vérité cette fois-là, mais l'objectif aujourd'hui n'est pas de faire la lumière là-dessus. C'est passé ! Arrête de toujours avoir peur de faire de la peine aux gens en disant non ou en ayant un empêchement qui ne te permet pas de les voir. Ton réseau social est immense et c'est normal que tu manques parfois de temps et d'occasions pour voir tout le monde, moi y compris ! Mais je veux juste que tu me le dises. C'est tout ce que je te demande aujourd'hui. J'ai besoin de sentir que je ne suis pas la dinde de la farce qui se fait remplir de niaiseries pour rien dans le fond !

Il ne répond rien et il se lève comme pour mettre fin à la discussion. Plate ! C'est curieux, je découvre que les conversations plus sérieuses comme celle que nous venons d'avoir rendent Bobby très mal à l'aise. Nerveux, il regardait par terre. Il voulait que cela cesse. Cela générait chez lui une grande anxiété et je ne comprends pas pourquoi. Un gars si volubile et si dégourdi ! Pourquoi cet inconfort devant une situation aussi banale que celle-là ? « À chacun ses blocages socioaffectifs », me dis-je.

Je commence à faire des liens avec son mode de vie polygamique, les malaises en situations plus sérieuses, le peu de relations amoureuses antérieures, les mensonges à son réseau social, sa peur de décevoir les gens… Ce gars a visiblement des lacunes sociales et un grand manque de confiance vis-à-vis les femmes et cela s'étend en périphérie aux gens qui gravitent autour de lui. Il dégage une belle force et une belle solidité de loin ; de près, par contre, on peut voir toutes les fissures dans la charpente de sa personnalité. Cette vulnérabilité le rend attendrissant à mes yeux. Les durs de durs sans failles sont des robots ! Et je ne couche pas avec des machines !

Nous ne reparlons pas de cet entretien du reste de la journée. Un beau déni collectif bien orchestré ! Je sais que nous n'en reparlerons jamais. Je crois que mon message s'est tout de même rendu jusqu'à ses oreilles. Nous retournons en ville plus tard pour souper avec son équipe avant son spectacle. Je vais prendre un verre avec les consœurs ce soir. Bobby viendra nous rejoindre après sa performance.

Belle soirée de coïncidences

Lorsque j'arrive, toutes les filles sont déjà là. Nous en profitons pour faire le point sur le H de chacune étant donné que la dernière fois que nous avons abordé le sujet date déjà de quelques semaines. Tant de choses peuvent se passer en si peu de temps dans cette consœurie.

— Je propose la réunion ouverte ! que je dis.

— J'appuie cette proposition ! déclare Sacha.

Nous aimons rendre nos réunions officielles en proposant des choses stupides que quelqu'un doit appuyer comme dans les rencontres syndicales.

— Je propose Ge comme secrétaire pour la transcription du procès-verbal ! que je lance.

— J'appuie parce que c'est plate ce *job*-là dans les *meetings* au bureau ! dit Cori.

— Ouf ! La rencontre va être longue ! que je soupire.

— Oui oui ! Je vais vous en faire un, moi, procès-verbal, vous allez voir ! ajoute Ge.

— Qui commence ? demande Sacha.

— Je peux bien y aller, ce n'est pas long. Un seul et unique candidat actif du nom de Bobby et vraiment aucun potentiel de recrutement à des kilomètres à la ronde ! C'est la platitude dans mon H ! Mes carottes de réserve pourrissent dans mon frigo et je suis en manque d'hommes chaque fois que je retourne en Gaspésie ! Avez-vous des questions ?

— Oui ! Je sens le danger du grand A dans cette relation d'unicandidat ! souligne Cori, un sourcil en l'air.

— Je suis consciente du danger et je sais très bien que je n'ai présentement rien d'autre à faire que de tomber amoureuse de lui, mais bon, je ne le vois pas souvent et ça aide à diminuer mes ardeurs. Mais le contrôle de la situation est encore total ! que j'explique, convaincante.

— Tant mieux, mais on va garder un œil là-dessus ! précise Sacha en me faisant un clin d'œil.

— Suivante ! que je propose.

— Bon, je vais y aller, dit Sacha. J'ai un membre actif en règle : Carl, mon cher vendeur de HD. Fréquence des contacts : élevée ; danger de tomber en grand A : moyen ; activité de S : très satisfaisante ! En gros, on se voit toutes les semaines, mais je ne suis pas en amour, surtout parce que je ne veux pas être en couple maintenant. Notre relation semble plus ou moins claire pour lui. Il pose des questions et il veut savoir où cette histoire va mener. Je reste vague sur les détails. Pour les candidats potentiels, il y a un nouveau *prospect* dans le décor depuis quelques jours justement. Un inhalothérapeute engagé depuis deux semaines à l'hôpital dans le département adjacent au mien. J'ai déjà accumulé de l'information sur lui : il s'appelle Jonathan. Célibataire, sans enfant, environ trente-cinq ans, il vient de Granby. Il est venu ici pour des raisons inconnues. Quelques carottes ont déjà été échangées de part et d'autre entre deux patients endormis ! Il est assez grand, les cheveux pâles et les yeux bleus, mais je ne connais pas son style vestimentaire : on est toujours en uniforme quand on se voit ! explique-t-elle.

— Ça doit être dur de carotter habillé de même ? interroge Ge dans toute sa spontanéité.

— Bien non, tout le monde est habillé comme ça ! répond Sacha.

— Moi, je veux amener un point : qu'est-ce que vous avez toutes à vous ramasser des gars qui viennent de votre milieu de travail ? Ça, c'est l'étape des matantes trop vieilles pour sortir dans les bars ! Vous êtes trop jeunes pour être rendues à *cruiser* durant les pauses-café ! que je déclare avec visiblement trop d'émotion pour le sérieux de la chose.

— Écoute, le collègue de travail est facile d'accès, plutôt carottable et il vient avec nous en congrès aussi des fois ! commence Cori.

— Bon ! Elle a amené son prépubère en congrès pour abuser sexuellement de lui toute la semaine ! que je rétorque, découragée.

— Tu vas avoir la Direction de la protection de jeunesse sur le dos, toi ! dit Sacha en me tapant dans la main.

— Moi, je veux tout savoir sur cette bête de sexe au pénis dur comme le roc ! gesticule Ge, toujours aussi excitée par le candidat de Cori.

— Donc, dans les règles de l'art, je vous dirais que mon H ne compte qu'un membre en règle : mon nouveau candidat, Alex, que nous continuerons d'appeler « l'employé » ! Il est à mon service et pas juste pour faire des commandes de la compagnie, je vous le jure ! Ouf ! Nous avons expérimenté tous les recoins du bureau en nous permettant même quelques classiques comme le photocopieur et le bureau du patron ! dit-elle en faisant semblant d'aller se cacher sous la table à la fin de sa phrase.

— QUOI ? disent toutes les filles en chœur, visiblement traumatisées.

Je regarde Sacha, les yeux écarquillés. Sacha regarde Ge avec des yeux semblables aux miens.

— Bien oui ! On a « un peu » joué aux fesses sur le bureau de mon patron un soir de réunion..., confesse-t-elle, un sourire en coin.

— T'es terrible, Cori, j'aime ça ! dit Ge.

— Non, t'es une dévergondée, Coriande ! Tu perds de la maturité en vieillissant ! Le bureau de ton patron, te rends-tu compte ? que je précise, scandalisée.

— Bon, on a bien du plaisir ! Il est gentil comme tout, puis la cerise sur le *sundae* : il fait vraiment bien sa *job* ! dit-elle, un peu plus sérieuse.

— Sa *job* en *overtime* sur le bureau du patron ou son emploi rémunéré de jour ? que je demande pour la taquiner.

— Les deux ! Oui, il fait les deux à merveille ! garantit Cori.

— Toi, Ge, comment ça va ton H ? Il me semble que t'es discrète là-dessus ces derniers temps ? demande Cori.

— Excusez-moi ! Avant de parler, je vais essuyer la bave qui me coule en entendant parler de vos H !

Elle prend une serviette de table et fait semblant de s'essuyer la bouche.

— Bon, bien je suis discrète, car il ne se passe rien ! Mon H est vide, ma banque de candidats potentiels aussi, mon vibrateur va bientôt me lâcher pour usure extrême ! Je dois vraiment trouver quelqu'un bientôt, le printemps me rentre dedans. Je suis en feu et il ne se passe rien ! rétorque-t-elle.

— Je te comprends tellement ! Moi, j'ai le goût de rapprochements tout le temps depuis que la neige fond ! C'est l'appel de la nature, l'instinct de reproduction ! Freud pourrait nous éclairer là-dessus. Je l'inviterai au prochain congrès comme conférencier, que je dis pour rire.

— Donc j'attends, je sors peu, alors il ne se passe rien ! C'est à suivre…, affirme-t-elle.

— Bon, il n'y a que trois membres actifs dans cette consœurie ! que je fais remarquer en regardant Ge, compréhensive face à son manque de candidats.

Nous commandons toutes un autre kir royal pour clôturer cette mise au point collective sur nos H. Sacha propose la levée de la réunion pour qu'on prenne conscience du potentiel masculin de ce bar qui commence à se remplir tranquillement. Dès la discussion terminée, Ge reçoit un verre du serveur qui lui explique la provenance du donateur... Un beau gars assis au bar lève son verre lorsque nous nous retournons pour regarder dans la direction indiquée par le serveur. Il est en compagnie de deux autres amis.

— Ho ! C'est toi qui t'es fait prendre en chasse on dirait ! dit Sacha.

Mon chanteur m'écrit un message texte à la fin de son spectacle pour me dire qu'il va rejoindre des amis de la région dans un bar et qu'on se rappelle plus tard. C'est parfait, je suis avec les filles de toute façon !

Cinq minutes plus tard, Bobby entre dans le bar où nous sommes ! Il cherche quelqu'un du regard. Il se dirige directement vers le gars qui a offert un verre à Ge. Très drôle ! Cet homme est l'ami qu'il s'en allait rejoindre ! Il a dû rapidement expliquer à Bobby l'histoire du verre et tout, car les quatre gars se retournent vers nous en même temps. Bobby rit en me voyant. Il semble ensuite leur expliquer que je suis une de ses maîtresses. Je lui fais un clin d'œil séducteur qu'il me renvoie. Après un certain temps, nous les rejoignons. Moi, pour pincer discrètement une fesse de mon chanteur, et Ge pour remercier le charmant jeune homme pour son verre. Nous restons là au bar à discuter tous ensemble de n'importe quoi.

Ge semble avoir beaucoup d'affinités avec le gars en question. J'en suis ravie. J'en profite pour butiner quelques informations auprès de Bobby que je transmets à Ge aussitôt que j'en ai la chance. C'est un entrepreneur en construction de la région, célibataire, et il a une petite fille de cinq ans (en garde partagée). « Un super bon gars », selon mon chanteur ! Mais bon, on s'entend que la dernière information est plus ou moins crédible. Bobby n'aurait certainement pas dit du mal de son ami pour nuire à ses chances de se « farcir » Ge en fin de soirée. Nous cherchons des informations concrètes, et non une évaluation psychologique de sa personnalité. Je donne ces renseignements à Ge lors d'un « mini-*meeting* » improvisé dans les toilettes du bar.

— Vraiment charmant ce gars ! dit Ge.

Je lui fais part de ce que Bobby m'a dit.

— Tu sautes sur cette carotte maintenant, Ge, ça presse, sinon je le fais ! avertit Sacha à la blague.

— Je travaille fort là-dessus ! Puisqu'il m'a vue à *Tout le monde en parle*, il est comme impressionné, c'est gagnant ! constate-t-elle.

— Ge a des *groupies* maintenant ! rétorque Cori en riant.

Nous rejoignons les gars qui rient de notre escapade de groupe aux toilettes. Ils ne peuvent pas comprendre. Toute fille qui se respecte a besoin, à un moment ou à un autre dans la soirée, de vivre un « moment toilettes » avec ses amies. C'est évident, et surtout quand une des filles reçoit une carotte intéressante ! Ça nécessite un *meeting* express ! Nous restons avec eux jusqu'à tard dans la nuit, à boire un coup et à discuter futilement de plein de sujets drôles et inutiles. Une soirée facile à ne pas se casser la tête. Bobby est un as dans ce genre de contexte.

À la fin, Ge quitte le bar en bonne compagnie et, les deux filles s'appellent un taxi. Bobby et moi regagnons sa chambre d'hôtel. Nous nous pratiquons pour être sexuellement compatibles, un peu « cocktails », et cela donne une autre dimension à nos contacts humains. Le sexe en léger état d'ébriété amène une spontanéité et une perte des inhibitions amusante et révélatrice. J'apprécie ce laisser-aller. Nous nous couchons tout de suite après nos ébats, sans avoir besoin de berceuse pour nous endormir…

Matinal comme toujours, Bobby se lève vers neuf heures, bien trop en forme pour tout ce que nous avons bu la veille. Je tente de somnoler mais, en vain, je me lève avec lui en essayant de retrouver mes esprits et de chasser le mal de cœur que j'ai à cause des *shooters* que les gars nous ont payés en fin de soirée. Monsieur est frais et dispos, prêt à aller déjeuner à dix heures. Un instant, on se calme ! Je sens le besoin de prendre une douche et de flâner en écoutant le canal D. Ce que nous faisons, finalement. Ge m'appelle vers onze heures pour me demander si nous voulons aller manger. Nous rejoignons nos amis, le « *match* parfait de la veille », à un restaurant non loin de l'hôtel. Ils semblent aussi complices le matin que la veille. Je crois que Ge aura sous peu une présentation de candidat à nous faire.

Après le déjeuner, je quitte Bobby, car il retourne chez lui. Nous nous disons notre « À la prochaine » traditionnel et maladroit avant de nous quitter. Cette fois-ci, je trouve le départ difficile. Pour la première fois, je me dis à moi-même : « Je vais m'ennuyer de lui »… et ce n'est pas bon signe.

Ge et moi nous rendons chez Sacha pour voir les filles. Nous trouvons, en entrant dans la maison, deux corps morts, encore en pyjama, étendus sur le divan et entourés de sacs de livraison de la cantine du coin.

— Bien là ! Activez vos neurones ! déclare Ge en pénétrant dans son salon.

— Tu vois bien qu'on le fait, on écoute un film…, répond Sacha, à demi comateuse.

— Moi, j'ai mal à la tête et ça tourne quand je me lève, donc je reste en position horizontale, confesse Cori.

— Nous, on est en forme ! dit Ge en me faisant un clin d'œil.

— Oui, mais vous, vous avez fait de l'exercice cette nuit pour faire passer tout cet alcool…, affirme Sacha en riant.

— Mets-en ! Très charmant ce gars, vraiment, je soumets sa candidature au prochain *meeting* ! déclare Ge.

— Moi, t'as déjà mon vote, je suis en amour avec lui. Je trouve que c'était le plus sympa des trois, approuve Sacha.

Manifestement, Ge a le sourire accroché au visage. Elle surfe vraiment sur une bonne vague de sa vie.

Nous restons chez Sacha une partie de l'après-midi à dire des stupidités et à nous remémorer des faits saillants de la soirée. Je retourne chez mes parents pour souper avec eux et pour me préparer afin de repartir le lendemain matin. Le départ avec les filles est moins pénible que les fois précédentes. Le mois de juin arrive vite et mon été augure bien là-bas. Je suis moins triste de regagner mon petit coin gaspésien.

Le début de ma fin de Gaspésienne

Le lendemain de mon retour en terre gaspésienne, je travaille au cégep. Soudain, mon téléphone sonne. Mon afficheur indique : numéro inconnu.

— Oui allô ?

— Bonjour, dit la voix d'un homme qui m'est familière.

— Tiens donc, regardez qui est au bout du fil ! Nick Seether ! À moins que ce ne soit pas ton vrai nom ? que je lui lance avec assurance.

— Regarde, je voulais te dire que je suis désolé que tout se soit passé de cette façon..., commence-t-il.

Je l'interromps.

— Comment aurais-tu voulu que ça se passe ? Plus tard, quand on aurait été amants pendant un an, deux ans peut-être, sans que je sache rien de ta vie familiale ? T'as un enfant, Nick !

— OK. Oui, au départ, c'était un flirt de congrès, mais finalement je t'ai trouvée vraiment « tripante ». Je suis devenu tout mêlé dans cette histoire-là, laisse-t-il tomber.

— Pauvre toi, ça n'a pas dû être facile ! Mais regarde, l'honnêteté est une de mes vertus et visiblement pas une des tiennes. Donc, je ne sais pas quoi te dire sauf que t'es chanceux d'être tombé sur une personne saine d'esprit comme moi parce que ta femme aurait été surprise d'entendre parler d'une de nos baises torrides entre deux rangées de piments ! que je précise.

— Ouais ! Merci pour ça, en fait !

— MERCI ? MERCI ? C'est pour ça que tu m'appelais ? Veux-tu mon adresse pour m'envoyer des fleurs ?

— Je comprends que tu sois amère, mais bon, je voulais seulement te dire que j'ai beaucoup de respect pour toi. T'es une fille géniale et je regrette de t'avoir fait vivre ça, c'est tout, je ne sais pas quoi dire d'autre, dit-il, repentant, la voix chancelante.

— Sais-tu quoi ? Je le sais que je suis une fille géniale. Je sais aussi que je ne mérite pas que des égocentriques comme toi viennent déverser leur poison dans ma vie. La prochaine fois, ne te présente pas dans les congrès avec une pancarte sur laquelle est écrit « célibataire » dans le front. Peut-être que tu vas éviter de faire des gaffes et de se faire sentir comme de la merde des gens qui ne méritent pas ça. Je n'ai rien d'autre à te dire, Nick.

— Je suis désolé, Mali..., que je l'entends me dire, juste avant que je raccroche.

En posant mon téléphone portable sur mon bureau, je suis un peu sous le choc. En même temps, je suis contente de ne pas avoir été trop hystérique (je l'étais ?), mais de lui avoir dit ma façon de penser. Il a touché ma corde sensible de haine pour les gars mariés et infidèles. Oui, je vous l'accorde ! Je joue sur plusieurs tableaux à la fois aussi, mais je ne suis pas engagée à l'exclusivité dans aucun !

Bref, je peux maintenant ranger son dossier dans la filière treize, et ce, pour de bon. Son cas est réglé et avec un sentiment de libération en prime ! Je me rends compte en regardant dans mon classeur (au sens figuré !) que j'ai plus de gars dans ma fameuse filière treize que dans mon H. C'est un peu contradictoire à mes désirs.

Malheureusement, Cath n'est pas au bureau à ce moment-là pour entendre la scène.

Je parle à Sacha mardi soir et elle me propose de me connecter sur la webcam même si les autres filles ne peuvent pas être là.

— Bon, au moins comme ça, on peut se voir. Je suis rendue dépendante de ce truc-là, avoue Sacha lorsque nos visages apparaissent dans notre écran respectif.

— Tu ne travailles pas ce soir ? que je lui demande.

— En fait, non, et je suis presque déçue. Il y a vraiment eu beaucoup d'échanges de carottes avec mon nouveau *prospect* cette semaine. C'est pas mal excitant !

— Mais aucune proposition encore ?

— Non, mais c'est correct, on va apprendre à se connaître un peu, tranquillement. Je ne le connais pas ou presque pas. Toi, ton retour ? Es-tu triste ?

— Sais-tu quoi ? Non, je ne suis pas triste. Je suis là et je vois la fin arriver doucement. Je veux profiter de mon temps ici au maximum. Il fait beau, mes cours sont le *fun*, j'aime ma *job* au bar. Je veux être dans « l'ici et maintenant » pour le reste de mon été. En passant, Nick m'a appelée aujourd'hui…

Je lui raconte le coup de téléphone et les propos échangés. Elle trouve la situation bizarre, mais elle souligne quand même un bon point.

— Ah ! Ce n'est pas un ange ce gars-là, mais au moins il t'a appelée. Il n'avait pas à faire ça du tout ! Je pense que, aussi curieux que cela puisse paraître, prends ça comme une certaine marque de respect à ton égard.

Elle n'a pas tort. Je n'avais pas rationalisé la situation de cette façon. Mais, en quelque sorte, aussi malhonnête que son stratagème ait pu être, il a quand même pris le téléphone et composé mon numéro en sachant très bien que j'allais être en colère.

— Mais il est quand même allé rejoindre mon dieu grec dans la filière treize, et ce, pour l'éternité. Allez en paix mes frères, dis-je en levant mes mains jointes vers le ciel en guise de prière.

— Ha ha ha ! C'est assez, la filière treize, là ! Tu vas trouver des candidats le *fun*, intéressants, à ta hauteur et qui vont t'amener plein de bon temps et de beaux moments dans ton été là-bas ! dit Sacha, enthousiaste.

— Non. Regarde, je me suis mise dans la tête de passer un été ici, toute seule, à faire des sous afin de terminer ce segment de ma vie en paix avec moi-même et avec mon H inactif.

— T'as Bobby au moins !

— Justement, il commence à me faire peur, lui. Je commence à penser à lui souvent, si tu vois ce que je veux dire ! Je l'ai trop vu dans le dernier mois et ça me rend triste de penser que je ne vais probablement pas le voir avant la fin juillet.

— OK, il prend petit à petit de la place dans ta tête, lui ?

— Un peu trop, oui ! Je vais prendre du recul et ne pas chercher à avoir de ses nouvelles pour quelque temps afin de laisser retomber ma frénésie un peu.

— Je comprends.

— Bon, je te laisse, je vais lire un peu avant de faire dodo.

— Gros becs. Bye.

Un nouveau candidat

En arrivant vendredi au bateau-bar pour mon quart de travail, je remarque un beau jeune homme, assis seul au comptoir. Je scrute la bête de loin… Après avoir compté ma caisse et fait mon inventaire, je m'approche de lui pour vérifier qu'il ne manque de rien. Je marche doucement dans sa direction pour ne pas lui faire peur… Il est grand, assez mince, les cheveux foncés et un regard racé avec des yeux bridés presque noirs. J'ai toujours eu un faible pour les yeux comme ça. Il a une gueule d'enfer, donc assurément un gars non célibataire en Gaspésie. Comme il n'y a que peu de clients en cette heure précoce, il entame une conversation.

— C'est une belle ville, Carleton, dit-il.

Donc, indice numéro un : le spécimen en question ne vient pas du coin.

— T'es en voyage ici ? que je lui demande.

— Non. En fait, je suis ici pour un contrat. Ils veulent modifier la structure des champs d'éoliennes qu'ils ont faits de l'autre côté de la montagne. Je viens évaluer la situation. Je suis concepteur de chantier si on peut dire. Habituellement des ponts, mais là il paraît que je suis qualifié pour ça aussi !

— T'es arrivé quand ?

— Hier… Je veux me louer un petit chalet près de la mer parce que mon contrat est indéterminé. J'ai pas d'attaches nulle part sauf mon *condo* en ville, donc je ne suis pas pressé de revenir à Montréal. Sais-tu si ça se trouve facilement dans le coin ? me demande-t-il.

Indice numéro deux : le spécimen n'a « pas d'attaches », donc probablement pas d'enfant ni de femme.

— Je ne sais pas trop. Je ne viens pas d'ici non plus.

Il me pose alors des questions sur ma motivation à avoir déménagé mes pénates ici. Je lui fais un court récit de ma vie en relatant les principaux faits en lien avec mon immigration en Gaspésie. Il me paraît bien sympathique. Il a un regard spécial.

Le genre de regard accrocheur, charmeur, qui vous transperce l'âme tout entière. Je vais lui tendre une carotte…

— Je m'appelle Mali, que je dis, souriante, en lui tendant la main (avec une carotte dedans).

— Xavier, enchanté, fait-il, tout aussi souriant.

Il l'a prise, je pense !

Je dois retourner travailler, car des clients sont arrivés sur la terrasse. De plus, retenons que l'objectif numéro un de mon travail est l'argent et non le flirt. Quoique…

Il reste une bonne partie de la soirée à discuter avec moi quand je suis derrière le bar et à lire une revue de je-ne-sais-quoi. Plus le temps passe, plus les indices de flirt s'installent doucement avec mon client si charmant : regard coquet, clin d'œil, effleurage de bras…

— Qu'est-ce qu'il y a d'amusant à faire par ici ? demande-t-il.

— Je vais t'avouer que je suis arrivée en septembre, que je ne connais pas beaucoup de monde. Je ne fais pas grand-chose de ma vie outre que travailler au cégep et ici. Je ne suis donc pas une bonne ressource pour conseiller un nouvel arrivant comme toi.

Il rit. Avant de partir vers minuit, il me remet son numéro de portable en me disant :

— Regarde, entre immigrés, on pourrait peut-être découvrir ce qu'il y a d'intéressant à faire autour d'ici ensemble !

— Peut-être bien, oui ! que je réponds en souriant.

— Donne-moi de tes nouvelles, alors. Bye ! Bonne fin de soirée !

Wow ! Mon troisième quart de travail dans ce bateau et déjà un *prospect* intéressant. Je n'aurais jamais pensé que le rendement serait aussi efficace. Je ne le connais pas, mais, à première vue, il semble bien. Je l'appellerai dimanche pour aller souper avec lui. Le scénario me semble idéal ! Il est ici pour un bon moment et il a des temps libres. Un candidat de choix pour divertir mon été et pour passer du bon temps en bonne compagnie. Est-ce le début du remboursement de la dette que la vie a accumulée envers moi dans les derniers mois ?

Xavier ? Oui ou non ?

J'appelle Xavier dimanche matin sans me poser soixante mille questions. Je me dis : « J'ai quoi à perdre ? Fonce ! » L'appel ne dure point une seconde et le rendez-vous est fixé : dix-huit heures au pub.

Le stress du nouveau rancard ne m'envahit que vers la fin de l'après-midi. Au moment où je commence à me préparer. C'est un bon stress, mais que j'ai vécu souvent dans la dernière année. Je commence à en être lassée un peu. Les « vais-je le trouver intéressant ? » ou « vais-je l'intéresser ? » tourbillonnent dans ma tête. Je ne développe pas du tout de tolérance au phénomène. Je tente malgré tout de partir la tête légère à ce souper.

Lorsque j'arrive au lieu de rendez-vous, il n'y est pas. Je prends une table un peu à l'écart et j'attends. J'attends… J'attends… Voyons, est-ce que je lui ai bien dit dix-huit heures ? Il arrive finalement avec vingt-cinq minutes de retard en me disant :

— Excuse-moi, il y avait beaucoup de trafic…

Je ris. Nous commandons un verre pour ensuite commencer à discuter rondement de nos vies. Il est né à Montréal et m'explique être un citadin du bout des doigts jusqu'au bout des orteils. Il me fait rire. Il a visiblement beaucoup de charisme et beaucoup d'entregent. En fait, je n'ai pas parlé beaucoup de toute la soirée. C'est correct. Je le trouve intéressant. Il a su me captiver avec ses histoires et son sens de l'humour. Il insiste pour payer l'addition à la fin de la soirée. Je trouve le geste aimable et je ne m'oppose pas à l'idée, même si l'invitation venait de ma part.

Il me reconduit ensuite tranquillement à ma voiture, qui est garée dans le stationnement. Il me demande :

— Tu me sembles être une fille bien sympathique, Mali. Tu ne veux pas venir terminer cette belle soirée dans ma chambre d'hôtel ? J'habite juste à deux pas d'ici.

Hein ? Il habite à deux pas d'ici et il a eu un retard aussi long ?

— Merci pour le repas, mais non, je vais rentrer. J'enseigne tôt demain matin. On se revoit ?

Il s'approche pour m'embrasser. Le baiser est maladroit, mal coordonné, mais bon ce sont des choses qui arrivent avec un nouveau gars. Ses lèvres sont douces, mais je le trouve un peu intense lorsqu'il m'embrasse. Du genre, je veux te montrer à quel point je te désire. Je finis par me dégager doucement de son étreinte pour rejoindre ma voiture. Je lui dis au revoir en souriant en lui remettant mon numéro de portable. Il me souhaite bonne nuit.

Je reviens chez moi ce soir-là en me répétant que je ne dois pas comparer les gars entre eux. Je ne dois pas espérer avoir les papillons que j'ai eus instantanément dans le ventre avec mon dieu grec. Je ne dois pas espérer avoir la fluidité spontanée que j'ai ressentie avec Nick. Ou encore je ne dois pas espérer avoir la complicité que j'ai avec Bobby. Xavier est un autre homme. Je dois voir ce qu'il peut m'apporter, et non tenter de le comparer aux derniers candidats dans ma vie.

Je tente de réfléchir aux moments positifs de la soirée. Il est charmant. Il a de la conversation. Il est très beau bonhomme. Bon, qu'est-ce qu'une fille veut de plus ? Je dois lui laisser une chance. Cependant, j'ai une appréhension négative face à lui. Je n'arrive pas à définir exactement la cloche qui sonne. Je me dis en m'endormant que, de toute façon, mes signes d'alarme pour déceler les gens malhonnêtes sont défectueux. Je n'ai pas vu venir Nick qui a été depuis le début malhonnête avec moi. Je dois vérifier si j'ai une garantie sur mon « décodeur de menteurs », car il n'est pas infaillible.

Comme j'étais en session de recrutement dimanche soir, le rendez-vous webcam avec les filles a été remis au lundi soir. J'ouvre donc la séance en leur racontant ma *date* avec ce Xavier. Sacha m'interrompt dans mon récit.

— C'est drôle, déjà, là, je ne te sens pas convaincue, avoue Sacha.

— Je suis vraiment transparente à ce point ?

— Oui !

— Non, ce n'est pas ça… Je ne le connais pas ! que je réponds.

— Mali, arrête donc d'avoir une carapace si difficile à percer… Tente le coup ! Paie-toi du bon temps ! Je comprends que tu veuilles toujours attendre et connaître le parcours précis de la vie d'un gars avant d'avoir du *fun* avec lui, mais essaie autre chose pour une fois..., propose Ge.

— Moi, par exemple, j'ai déjà eu de belles nuits avec des gars que je connaissais à peine et j'ai vraiment pris mon pied, je te le jure ! renchérit Cori.

— C'est vrai, il ne te reste que quelques semaines là-bas ! Saute quelques étapes et amuse-toi ! Vois-le comme ça ! conseille Sacha.

— Peut-être bien..., que je dis en réfléchissant tout haut.

— Il te plaît. Tu lui plais. Posons-nous donc moins de questions et profitons de la vie un peu ! fait remarquer Sacha.

— Alors, quoi ? Je lui saute dessus à notre prochain rendez-vous ? que je demande, anxieuse.

— Pourquoi pas ? T'as quoi à perdre ? dit Cori.

— C'est vrai...

Les filles racontent alors à tour de rôle toutes les histoires folles qu'elles ont vécues avec de purs inconnus. Visiblement, le tout semble excitant. Elles me font comprendre que oui, j'ai eu, une fois dans ma vie, une mauvaise expérience de sexe avec un presque inconnu, mais que ce n'est pas garant du futur. Cette expérience en soi n'a pas été si négative. C'est juste qu'au moment où ce gars inconnu me faisait l'amour, j'avais ressenti un malaise lié au fait que je ne le connaissais pas. Il faut dire que je n'avais que dix-huit ans à l'époque, ce qui est bien différent d'aujourd'hui. Les filles ont raison. Je dois arrêter de me mettre des barrières associées à une seule mauvaise expérience de sexe avec un gars moins connu. Dix ans après, ma perception des choses va probablement être différente.

Meloche envoyé au tapis

Mon début de semaine se déroule rondement. Le cégep est vide. Les cours réguliers sont terminés. Il n'y a que notre groupe qui prolonge les cours dans le principe du DEC, deux ans. Les seuls profs qui restent dans le cégep sont Cath, Meloche et moi. Je tente de croiser Du Con Meloche le moins souvent possible et je feins de ne pas le voir lorsqu'il traverse le corridor en même temps que moi.

Mercredi, nous avons des visiteurs tout l'avant-midi pour les élèves. Un organisme communautaire en construction à Chandler viendra en aide aux personnes judiciarisées aux prises avec des problèmes de santé mentale. Comme beaucoup de cégépiens aimeraient travailler en relation d'aide, le département a jugé pertinent d'inviter les dirigeants de ce projet pour en parler aux étudiants. Il y a comme assistance dans l'auditorium : tous les jeunes du programme, Cath, Meloche, moi, le directeur clinique qui supervise le projet et deux futurs intervenants de l'organisme. Comme le cours de santé mentale est donné par moi, j'aurais dû être celle qui était chargée du projet. Mais bon, j'ai eu vent que Meloche a expliqué à la direction que je n'étais pas qualifiée pour faire le travail. Il a pris le dossier sous sa responsabilité.

La rencontre se déroule en deux parties : une partie où l'on donne de la théorie aux élèves en présence des divers acteurs de ce projet et une partie où ces derniers expliquent plus précisément les perspectives d'emplois à venir.

Naturellement, Meloche est le professeur chargé de la partie théorique. Je ne bronche pas. À quoi bon me battre avec lui ? Je suis plutôt curieuse à l'idée de le voir développer un sujet qui n'est pas tout à fait dans son champ de compétences.

Il commence son exposé de façon dramatique en entretenant quelques préjugés envers les gens qui ont un problème de santé mentale. Je ne réplique pas, me disant que je reprendrai ses propos incorrects dans mon cours la semaine suivante.

Cependant, au milieu de sa piètre performance, il clame haut et fort que le fondement biologique de la dépression n'est pas encore prouvé scientifiquement et que le mal à l'âme de ces pauvres gens pourrait être dû à une constitution précaire de leur capacité à faire face aux difficultés. Quoi ? C'est comme s'il venait de dire que les gens dépressifs avaient une structure de personnalité plus faible. Je me redresse sur ma chaise, offusquée ! Quel con ! Une étudiante lève la main en disant que j'ai affirmé le contraire dans mon cours. Meloche rit. En ne réfléchissant pas, je me lève pour répondre à cette jeune fille.

— Excuse-moi, Éric. En effet, j'ai dit le contraire dans mon cours parce que c'est la vérité. Le fondement de la dépression majeure au point de vue du diagnostic venant du *DSM-IV*[11] ainsi que les recherches faites sur le sujet depuis les trente dernières années tant au Canada, aux États-Unis ou en Europe nous prouvent clairement qu'un débalancement des neurotransmetteurs, entre autres la sérotonine et la dopamine, est identifié lorsque les gens sont atteints de dépression majeure…

Je transmets l'information avec une fluidité désarmante. En fait, c'est mon sujet de mémoire de maîtrise. Je connais le sujet de fond en comble. Meloche tente de m'interrompre, mais je l'en empêche :

---

[11] Le *DSM-IV (Diagnostic and Statistical Manual – Revision 4)* est le livre de référence en psychiatrie clinique pour attribuer les différents diagnostics en santé mentale. Il contient une description des maladies et des symptômes de base ainsi que des pronostics concernant la durée.

— Donc Éric, comme convenu, je vais continuer sur ce sujet étant donné que c'est mon expertise… que je lui dis en souriant et en m'avançant devant la classe.

Il va s'asseoir, bouche bée, rouge comme une tomate et manifestement déstabilisé par mon intervention. De plus, pour ajouter à ma crédibilité, le directeur clinique du futur établissement m'appuie trois fois durant ma performance. Du Con Meloche est cassé ! K.O. !

Je pense que, sans le savoir, c'est une des pires choses que je pouvais lui faire. Et comme si je n'en avais pas eu assez de ma vengeance personnelle, j'anime le reste de la rencontre, et ce, avec une assurance éloquente, tout en amusant les gens. Meloche quitte les lieux à la fin sans même dire au revoir à nos intervenants invités. Je jouis mesquinement de plaisir de l'avoir ainsi vissé au plancher sans fournir trop d'effort.

À notre retour dans le bureau, Cath me félicite en me rappelant les faits saillants de la conférence.

— Mali, je t'admire ! Tu l'as mis en miettes, le pauvre ! Je suis avocate et même moi je m'étais rendu compte qu'il disait n'importe quoi ! Mais c'est surtout dans la façon que tu l'as fait… souriante, intelligente. Il doit être en train de ronger les pattes de son bureau de travail !

— Tant mieux si mon périple en Gaspésie aura servi à faire comprendre à ce con qu'il n'est pas le roi de l'univers, je suis contente !

Mais je sais bien que l'histoire ne va pas en rester là. Lorsque je le croise au photocopieur, deux jours plus tard, il me dit :

— Tiens, regarde la vedette qui se valorise de faire son *show* devant de pauvres élèves fumeux de *pot* qui n'ont rien d'autre à foutre. T'as l'air fière, hein !

Je l'observe, furieuse qu'il ose me relancer de la sorte. Toute la frustration que j'ai accumulée durant mon année en Gaspésie explose soudainement devant ce photocopieur.

— Sais-tu quoi ? T'es un méchant trou de cul, puis des cons comme toi on en voit partout qui se promènent en liberté… On ne s'habitue juste pas à entendre les stupidités qui peuvent sortir de leur bouche, et toi en plus, c'est ton sport préféré de dire des niaiseries…

Il tente de me couper la parole.

— Laisse-moi finir, c'est moi qui parle ! Je veux juste te dire que oui, tu l'as gagnée ta petite bataille à la con… Je m'en vais… Je te laisse ton beau royaume pour que tu y règnes en paix. Puis je pars en ayant de la pitié pour tous ceux qui doivent t'endurer ici au quotidien. T'es une mauvaise personne, t'es méchant, mais dis-toi une chose : moi, je pars heureuse. Et ça, c'est une force que j'ai de plus que toi que tu ne pourras jamais avoir : je suis capable d'être bien et heureuse dans la vie !

Il est là devant moi. Il ne dit rien, le visage impassible, sérieux, pas un mouvement de sourcils ou un battement de cils, la rigidité totale… Je m'en vais. Je reviens finalement sur mes pas et je me place tout près pour rajouter :

— Et en passant, ton parfum sent *cheap* puis tu t'habilles mal !

Il reste là, sans mot dire. La fin de mon discours est juste un petit bonus pour me faire du bien. Ah ! ce que je me sens légère !

Xavier ? Pourquoi pas...

De retour chez moi, je reçois un appel de mon nouvel ami Xavier. Il m'invite à me joindre à lui pour écouter un film dans sa chambre d'hôtel. Pas très subtil comme deuxième rendez-vous. Un peu plus, il me disait : « Viens faire l'amour dans ma chambre d'hôtel et on va mettre un film en sourdine pour se faire accroire que c'était ça le but au départ ». N'importe quoi ! Mais bon, les filles m'ont convaincue ! J'y vais ! Au diable les beaux principes !

Lorsque j'arrive à sa chambre, il est étendu sur le lit et il regarde une émission à la télévision. Il met le film qu'il a loué et il m'embrasse assez rapidement. Le baiser est déjà plus synchronisé que la dernière fois. Nous commençons à écouter le film en question, collés, mais sans plus.

Cependant, plus le film avance, plus les mains de monsieur avancent aussi partout sur mon corps. Je le trouve un peu prévisible, mais il met de l'humour et tourne le tout à la blague et c'est drôle. Son humour me détend un peu, car je suis un peu nerveuse de coucher avec un presque inconnu. Tranquillement, nous commençons à nous dévêtir l'un et l'autre. Tout en respectant son intention de départ, soit écouter un film qui sert de bruit de fond. Il a un très beau corps, donc je ressens une attirance physique pour lui. Cependant, un déclic ne se fait pas chez moi ! Je dois sans arrêt me ramener au moment présent, car mes pensées fuient dans tous les sens... Concentrons-nous sur son beau torse d'apollon. Je me dis que je ne le connais pas... Non ! Embrassons plutôt sa nuque *sexy*. Ah ! merde ! Qu'est-ce que je fais là à m'envoyer en l'air avec un inconnu ?... Arrête Mali et vis le moment présent. Je m'énerve ! Je me redresse alors et je m'assois dans le lit, l'air visiblement troublé.

— Qu'est-ce qui se passe ? J'ai fait quelque chose de pas correct ?

— Non non, c'est moi... Heu... on ne se connaît pas en fait et...

Il s'approche de moi et m'embrasse en me ramenant à l'horizontale dans le lit.

— Détends-toi, on est juste deux personnes seules en Gaspésie qui veulent se faire du bien, c'est tout...

— Non mais, je ne fais pas ce genre de truc d'habitude et je ne suis pas si à l'aise que ça... et...

— Arrête, voyons ! Une fille de ton genre... Voir si tu n'as jamais couché avec un gars que tu ne connais pas !

— Quoi ? J'ai l'air de quoi ?

Vous allez peut-être trouver ma réaction un peu *too much* face à la situation, mais il m'a insultée ! Je remets mon chandail en le regardant, fâchée, et je ramasse mes choses. Une vraie folle, vous vous dites ! Mais bon, il m'a presque traitée de traînée ! Il me dit, en me voyant me rhabiller :

— T'es insultée ? Je ne comprends pas, voyons ? Y'a pas de mal à ce que j'ai dit...

— Regarde, c'est correct, on oublie cette histoire et excuse-moi, j'aurais jamais dû venir ici dès le départ ! Au revoir !

Je quitte la chambre d'hôtel troublée. Je m'en veux ! Je me trouve un peu débile !

Ce n'est pas moi de faire ça ! Ce n'est pas moi du tout et je viens d'être prise à mon propre jeu ! C'est beau la consœurie, le H en expansion, les amants, les baises, mais là, un instant ! Je suis en train de franchir certaines barrières que j'ai depuis toujours sous prétexte que je dois me garnir d'un H florissant. Stop ! De toute ma vie, j'ai toujours aimé mieux me passer de sexe que de faire la chose avec n'importe qui, et voilà que j'étais prête à m'envoyer en l'air avec un pur inconnu sous prétexte que c'est ça avoir du *fun* dans la vie. Non ! OK, les filles ont déjà eu du plaisir dans des moments de ce genre et tant mieux pour elles, mais moi, je ne peux pas. Un point, c'est tout ! À chacune sa façon de vivre la chose ! Je note :

Madame a eu un égarement face à ses valeurs profondes. Elle a tenté de vivre une expérience d'intimité sexuelle avec un inconnu en suivant les conseils de ses amies. Traumatisée à la suite de l'événement, elle ressent maintenant de la culpabilité. Malgré ce sentiment négatif, sa réflexion sur l'authenticité de ses choix est pertinente.

Une fois chez moi, je m'interroge à savoir : est-ce que j'avance dans toute cette histoire ou est-ce que je suis en train de régresser ?

Le lendemain, je me lève très zen même si je me suis couchée plutôt tard, réfléchissant une partie de la nuit. Il fait beau et je décide d'aller courir un peu sur un chemin différent que celui où je vais habituellement. C'est une péninsule mince d'environ un kilomètre de long et quelque deux cents mètres de large à peine. Tout au bout de l'étendue de terre, il y a un phare. La plage où ce phare trône est, selon moi, une des plus belles que j'ai vues depuis mon arrivée ici. Elle est large et sauvage. Le sable qui l'entoure est recouvert de milliers de petits cailloux de couleurs sobres. Allant du verdâtre à la couleur rouille, en passant par différentes gammes de couleurs bleutées, les pierres ovales et bien lisses ont été victimes de l'érosion, due aux marées hautes, ce qui leur donne une douceur surprenante. Cette journée-là, les vagues sont calmes et suivent un rythme de va-et-vient constant et discret. Il n'y a qu'une légère brise.

Je fais mon jogging jusque-là et je m'assois au bout de la péninsule, à la limite où les vagues viennent doucement lécher le début du lit de pierres multicolores. Je suis seule au monde avec cette mer qui s'étend devant moi. Je médite assise en indien en écoutant les vagues bercer mes pensées…

Au revoir You Go

Je m'en vais de la Gaspésie dans deux jours. Déjà la fin de mon aventure ici ! Durant mon dernier mois et demi, j'ai alterné entre l'enseignement, ma *job* de serveuse, certaines soirées sur le bord de la mer avec Cath et ses amis. Curieusement, je n'ai jamais revu Xavier. C'est drôle, car la ville est petite et jamais je ne l'ai croisé ! Il est peut-être déjà reparti. Je crois que c'était mieux comme ça, vu la scène intense que je lui ai faite. Pauvre gars, il a dû faire sa valise le lendemain matin en se disant que les gens ici étaient cinglés !

Sinon, les rendez-vous webcam avec les filles ont été peu fréquents étant donné l'horaire estival chargé de toutes. Mais on s'en va à la pêche ensemble, on va en profiter pour tout se raconter.

Ce soir, je soupe avec Hugo pour la dernière fois. Je me rends chez lui le cœur gros. Comme tout le monde, je déteste les « au revoir ». En entrant dans son appart, il me crie :

— Je vais te séquestrer dans mon sous-sol ! Je ne veux pas que tu partes !

— You Go… *I have to go* !

— *Wow !* Ça sonne bien ton discours de départ !

Hugo me fait un bon repas. Il me dit qu'il a une surprise pour moi après. Nous discutons tranquillement. Je lui parle de mon projet secret.

— Super bonne idée, Mali ! Vraiment, je choisirais la même option à ta place. Je suis fier que tu te lances !

Nous nous rappelons certains bons souvenirs de cette année passée à se voir régulièrement. Au moment du dessert, on frappe à la porte. Hugo se lève en disant :

— Ah ! c'est ma surprise !

Je le regarde, curieuse. Il revient à la cuisine, accompagné. Je comprends tout de suite.

— Mali, je te présente Sandra, ma blonde ! Je voulais absolument que les deux femmes de ma vie se rencontrent.

Je salue chaleureusement Sandra. Je suis très contente de mettre un visage sur l'amoureuse d'Hugo. Au cours des deux heures qui suivent, je me rends compte que cette fille est vraiment gentille. Humaine, douce, j'aurais aimé faire sa connaissance avant. Hugo la regarde avec des yeux… C'est indescriptible !

À vingt et une heures, je me lève en murmurant :

— Bon, je dois vous quitter. J'ai encore beaucoup de bagages à préparer pour mon départ.

Sandra se lève pour m'embrasser avant de se retirer dans la chambre d'Hugo avec le téléphone en main. Elle nous laisse seuls. C'est très délicat de sa part. Je me lance :

— Bon bien You Go, c'est l'heure. Je m'en vais…

— On dirait que je ne réalise pas que tu ne seras plus là… Jamais ! À qui je vais raconter ma vie, moi ?

— Justement, tu sembles avoir trouvé une bonne alliée dans ta vie ! que je lui réponds en regardant en direction de sa chambre.

— C'est sûr, mais je vais m'ennuyer.

— Moi aussi ! Et je tiens vraiment à te dire merci, Hugo.

Bon, j'ai les yeux pleins d'eau.

— Merci d'avoir été là, merci de m'avoir brassée un peu quand je m'enlisais. Merci de m'avoir écoutée, conseillée, merci de m'avoir fait rire ! J'ai eu une année difficile, Hugo, et t'étais là tout le temps aux premières loges à veiller à ce que la vie ne soit pas trop plate. Mon temps passé en Gaspésie va rimer avec « You Go » pour le reste de ma vie.

Hugo semble très touché. Il ne dit rien sauf :

— C'était pas un effort, Mali !

Il m'approche de lui et il me serre fort dans ses bras.

— Merci à toi aussi, dit-il, avant que je m'éloigne pour me diriger doucement vers la porte.

— On se tient au courant…

— C'est sûr !

Je lui envoie un bec soufflé avant de traverser la porte, nostalgique.

Mon départ

Je pars de la Gaspésie demain matin. Et ce, pour de bon ! Je suis ambivalente entre ressentir un grand bonheur ou un genre de nostalgie. J'ai quand même passé un an ici à rire et à pleurer (surtout à pleurer, disons-le !). J'appréhende un moment qui sera très triste : dire au revoir à Cath ! Elle m'a fait un souper de départ avec tous ses amis avant-hier. J'ai dit au revoir à tout le monde sauf à elle. Elle a refusé :

— Non, je ne veux pas te dire au revoir, pas tout de suite ! T'es pas partie encore et je suis pas prête mentalement ! En fait, je ne veux pas te dire bye, donc je ne te dirai pas bye !

Sacrée Cath !

Elle sera au bureau demain matin et je lui ai dit qu'on se saluerait quand j'irai chercher mes effets personnels. Je passe une drôle de dernière soirée dans mon appartement minable avec toutes mes choses (le peu que j'ai !) dans l'entrée. C'est comme une soirée bilan que je veux faire avec moi-même ! Je fume des cigarettes sur mon balcon devant le ciel étoilé (unique à la Gaspésie !) que j'ai si souvent contemplé. Je revois les moments marquants de cette année que je laisse derrière moi. Je pense entre autres : à mon arrivée ici, au week-end avec les filles au Nouveau-Brunswick, à mes débuts en tant que professeure, à la rencontre avec Bobby, à la rupture amoureuse de groupe, à mon dieu grec, à mon opération, à l'annonce de mon cancer, à ce cher Hugo, aux beaux moments avec Cath, Meloche… Ouf ! Je tourne une page et je suis prête à le faire ! En avant, marche !

Le lendemain, j'entre doucement dans notre bureau. Cath s'y trouve. Elle se retourne et me regarde, sérieuse :

— Je ne suis pas prête, bon ! dit-elle en faisant une moue d'enfant déçue.

— Bien, continue à travailler quelques minutes, je dois mettre mes boîtes dans l'auto, après je vais faire le tour des autres profs, donc tu as le temps de te faire à l'idée !

En fait, je ne suis pas plus prête qu'elle ! Je commence à remplir ma voiture en étirant le temps pour repousser les adieux. Je fais une tournée rapide des gens que je connais à l'administration et dans la salle des professeurs. Je retourne au bureau les larmes déjà aux yeux. En me voyant entrer, Cath se met les mains devant le visage pour pleurer. Je ferme la porte. Je suis debout. Je pleure en regardant Cath, le visage caché derrière ses mains.

— On dirait que, depuis hier, je me sens ridicule de mal gérer ton départ, Mali, mais je le prends vraiment mal ! J'ai tellement de peine de penser que tu ne seras plus dans ma vie, c'est terrible !

— Cath, c'est pareil pour moi ! T'as été là depuis ma première journée ici. T'es une des seules personnes que j'aie connues ici et tu m'as fait voir du monde, sortir, une chance que t'étais là !

Je me tais et nous nous observons en pleurant comme deux fillettes. Nos douces larmes du départ sont maintenant devenues de bruyants sanglots… entremêlés de rires nerveux. On ne dit rien, et ce, pendant trop longtemps…

— C'est fou, hein ? La forte psychologue et la redoutable avocate qui se tapent un délire de pleurs incontrôlables ! s'amuse Cath en s'essuyant les yeux.

— Je sais, mais…

— Mali, y'aurait tellement de choses à dire ! Je ne suis juste pas capable !

Elle se remet à pleurer de plus belle et moi de même…

— Bon, faut le faire comme des grandes, on va le faire !

— Je vais tellement m'ennuyer !

Elle s'approche et nous nous serrons fort dans nos bras.

— Bonne chance, Mali, on ne se perd jamais de vue, hein ?

— Jamais ! Promis, fais attention à toi aussi.

Je prends un mouchoir dans la boîte déjà bien entamée et je jette un dernier regard vers mon amie pour lui dire :

— Merci pour tout, Cath ! Je suis sûre que t'es un ange…

Elle me regarde, l'air triste, et je pars en refermant la porte avant de mettre mes lunettes de soleil pour sortir du cégep afin de n'effrayer personne avec mes yeux rouges et bouffis ! En franchissant les limites de la ville, qui a été mienne pendant un an, je comprends que le moment de séparation avec Cath a été un des plus bouleversants que j'ai vécus depuis longtemps.

Les huit heures de route me permettront de faire le point sur cette page de ma vie que je tourne… Cette fois-ci, je fais le chemin en sens unique.

Retour au bercail… à la pêche

En arrivant chez mes parents ce soir-là, je ne suis pas prise par la frénésie habituelle que j'avais lorsque je venais en visite. Je suis un peu nostalgique. Mes parents ne sont pas là. Ils sont à une soirée. Je suis contente d'être toute seule. Je n'ai pas le goût de célébrer ou de sortir. De toute façon, je pars après-demain pour le voyage de pêche annuel avec les consœurs. Je me dois d'être en forme. Habituellement, ce sont quatre jours assez intenses. En plus, demain, j'ai des démarches à faire pour mon projet secret. Lorsque je me couche, mes parents ne sont pas revenus de leur soirée. Tant pis, je les verrai demain !

Au petit matin, en mettant le pied hors de mon lit, ma mère me saute au cou.

— Ma fille chérie qui est revenue pour toujours… je suis contente, on s'est ennuyés, tu sais !

Nous déjeunons tous ensemble et je commence à préparer cette partie de pêche. Toute la journée, je parle au téléphone avec les filles. Je fais des allers-retours à l'épicerie, je fais mes bagages et je tente surtout de ne rien oublier. Y pensez-vous ? On s'en va dans le bois, pas rien qu'une fille mais quatre ! Il ne faut rien oublier. De la lime à ongles (en cas d'accident) à la torche de survie en forêt (en cas de force majeure). C'est tout un contrat !

Pour vous donner une idée : Cori se charge entre autres des côtes levées (pour remplacer les hotdogs), du Baileys (pour les cafés du matin) et des gaufres (sur le feu de camp, c'est génial). Sacha doit apporter les fromages fins (pour remplacer les œufs dans le vinaigre), les charcuteries (on ne mange pas n'importe quoi dans la chaloupe) et quelques bordeaux (pour accompagner les côtes levées). Ge achète les fruits (un jus frais est de mise chaque matin), les poitrines de poulet désossées et marinées (on ne se fait pas le coup du steak minute), les vins rosés (on ne boit pas non plus de Molson Export en canettes dans le bateau). Pour ma part, je dois dénicher des légumes bio du Québec fraîchement cueillis (pour accompagner le poulet et les côtes levées), un pain blanc enrichi pour Ge, un multigrain pour Cori et un de grains concassés fait avec de la farine biologique pour Sacha (et moi, je pige dans les trois), du tonic et du gin (pour lorsqu'on n'aura plus de vin) et finalement des vers de terre (pour pêcher, là !). Bon, je pense qu'on a tout !

Nous allons à la pêche toujours à la même place. À l'endroit où j'ai passé du temps l'été dernier. Le camp est assez grand pour quatre. Mais surtout, c'est en plein bois pour un maximum de plaisir. Les filles y sont souvent venues, donc aucun dépaysement pour personne. Tout le monde connaît les aires de la place.

Le départ se fait de chez mes parents. Nous n'avons que trois petites heures de retard sur notre plan de match initial. C'est le chaos total.

— Qui a les lampes de poche ! demande Sacha.

— C'est Cori ! annonce Ge.

— Bien non, c'est toi... je ne les ai pas..., répond Cori.

— Bien moi non plus ! rajoute Ge.

— Pas grave, j'en ai une..., que je dis.

— Qui a les trucs de pêche ?

— C'est moi !

— Sacha, t'as pas oublié le percolateur pour le café ?

— Non, je l'ai…

— Moi, j'ai une tonne de chasse-moustiques. Vous vous souvenez l'année dernière ? se rappelle Ge.

— Parle-moi-z'en pas, j'ai encore des cicatrices de leurs attaques féroces, dit Sacha.

Mon père qui travaille à modifier le cabanon extérieur devant la maison semble découragé de nous voir partir toutes seules dans le bois comme chaque année. Ma mère, elle, tente de voir à ce que nous n'ayons rien oublié. Elle dit sans y penser :

— Je vais vous donner une trappe à souris au cas où. La dernière fois que nous y sommes allés, il y avait des rongeurs dans le camp…

— Quoi ? dit Ge, visiblement hystérique. Y'avait des quoi ?

— Maman ! que je m'offusque en lui faisant de gros yeux. Des riens, maman fait des blagues…, que je mens à Ge.

— Non non ! Elle a dit des rongeurs ! C'est gros comment ça, un rongeur, et ça ronge quoi ?

— Tes orteils, Ge ! Arrête, t'es venue souvent et on n'a jamais rien vu, donc pas de panique…

Nous finissons par partir à deux voitures pour transporter tout ce matériel. Mon père et ma mère nous font au revoir de la main, en riant.

En arrivant sur les lieux, nous avons beaucoup de pain sur la planche : premièrement, vider les voitures, ce qui prendra au moins deux heures, ranger les choses dans le camp, faire un feu et prendre un verre ! Beaucoup de points à l'ordre du jour ! Allons-y par priorité : Cori s'affaire donc à nous préparer un bon

« Gin Tony » pour se donner le courage d'ouvrir le coffre arrière trop rempli de sa familiale. Une discussion s'amorce.

— Mali, t'es de retour pour de bon ! J'ai peine à y croire..., dit Sacha.

— Tu vas faire quoi, au juste ?

— Je vous dirai tout ça en temps et lieu...

— En tout cas, tu peux venir vivre chez moi si tu veux te trouver une *job* en Estrie..., me propose Sacha.

— Bien non ! Viens vivre dans mon *condo* à Montréal, y'a bien plus de chances que tu trouves un emploi intéressant par là.

— J'ai de la place chez nous aussi et il y a un gros cégep à Drummondville..., précise Cori.

— On verra, on verra... Bon, on fait le feu ?

À sa dernière visite, mon père a coupé beaucoup de bois qu'il a cordé là, tout près du camp. Donc, n'allez pas vous imaginer que nous étions parties avec la scie à chaîne pour nous couper un arbre en forêt... Quand même !

— On dirait qu'on s'est presque pas parlé de l'été..., constate Ge.

— Bien, c'est ça en fait ! On a discuté juste deux fois via la webcam en presque un mois et demi. Et ça a duré quelques minutes pour se dire « Allô ! » et « Ça va ? ». On n'a pas fait de bilan depuis un sacré bout de temps.

— Je propose que ce congrès en forêt s'appelle « le congrès de pêche-bilan » !

— J'appuie !

— Bon, je vais commencer parce que je n'ai pas grand-chose à dire : comme vous le savez toutes, je vous en ai parlé cet été, j'ai tenté de me laisser aller et de coucher avec ce Xavier, l'inconnu du bar, mais non, pas capable ! Blocage total ! Je ne peux pas faire ça. Grâce à lui, j'ai quand même fait une prise de conscience. Pour entrer en relation intime avec quelqu'un, il faut que ce gars me plaise vraiment beaucoup. Et qui dit « me plaise beaucoup » dit risque de grand A. Je pense que je ne peux pas faire autrement… Il faut donc que je sois prudente face aux règles de la consœurie, car je crois que je suis la membre la plus en danger de tomber amoureuse avec les gars que je fréquente. Je devrais dire « que je fréquenterai » parce que là, j'ai passé l'été en solitaire. Je vais sûrement voir mon beau chanteur au retour de notre voyage de pêche, mais sinon, c'est le calme plat. Mais je vis ça pas trop mal. Je commence à m'y habituer ! Je vis maintenant depuis un an sans avoir trop de sexe… C'est correct.

— Ça fait longtemps que tu n'as pas vu Bobby. Tu dois avoir hâte de le voir, dit Ge.

— Oui, presque deux mois. On s'est donné des nouvelles au téléphone par contre. C'est drôle, il a été vraiment plus présent dans mon dernier mois et demi en Gaspésie que dans toute mon année je pense.

— C'est normal, vous vous êtes rapprochés les dernières fois.

— Donc, c'est bien, Mali, t'as validé une de tes limites et t'as découvert un peu ton mode de fonctionnement affectif, dit Sacha.

— Oui, je suis contente ! Je suis d'attaque pour continuer à vivre sous le mode de la consœurie encore un temps. Je me sens trop fragile pour être en couple tout de suite ! Bon, je prendrais un autre verre, moi !

— Parfait !

Cori s'affaire à nous préparer un autre verre pendant qu'on remet du bois dans notre beau feu. Chaque fille regarde la voiture du coin de l'œil en ne disant rien, mais en faisant un déni évident – personne n'ose vider le coffre. On continue un peu à discuter de ma situation et de mon année passée en Gaspésie. Les moments de ma vie passés si loin font un lien évident avec la vie que Ge a menée cette année. Elle poursuit la discussion.

— Je te comprends, Mali. Je ne suis pas partie aussi longtemps que toi, mais c'est fou de vivre comme en parallèle de sa vie. Déconnectée, comme si on faisait du temps ! Mais moi, au moins, j'avais un bel amant là-bas. Je ne vous ai pas parlé souvent de lui, hein ?

— Jamais ! Tu nous as dit que tu voyais un gars, mais aucune présentation officielle ! On t'a donné une chance parce que t'étais occupée à sauver la planète ! Sinon, tu aurais dû y passer comme tout le monde.

— C'était un genre d'intellectuel « star porno » !

— Bien non, ça ne va pas ensemble ça, dit Cori.

— Je vous le dis, le gars a l'air d'un *nerd* à lunettes, pas très beau, un peu trop maigre, pas sûr de lui. Mais quand il enlève ses lunettes, il devient une vraie bête de sexe.

— Tu niaises, je ne te crois pas ! Soit tu exagères le personnage du *nerd*, soit tu exagères la bête de sexe ! Un des deux ! que je prétends en rigolant.

— En tout cas, croyez-moi ou croyez-moi pas, je vais même pouvoir vous montrer des photos. Il est sur les photos avec notre équipe, même s'il était de New York. Et disons que j'ai une vidéo d'une de nos parties de jambes en l'air…

— Pas vrai ? s'exclame Sacha en s'étouffant avec la gorgée qu'elle vient de prendre dans son verre.

— Bien non, franchement ! Penses-tu que je vous aurais montré ça ? Malgré que, pour prouver que j'ai raison peut-être…

Nous rions sur le sujet de l'intellectuel sexuel de Ge pendant un moment…

— Bon, je veux un autre verre, moi, son « *nerd* pervers » me traumatise un peu…, annonce Sacha.

Cori, qui a maintenant installé son « bar à Gin Tony » sur la valise du véhicule de Sacha, nous empêche vraiment de vider le coffre de sa voiture… dommage !

— Et il se passe quoi, Ge, avec l'ami de Bobby ? demande Cori.

— Bien, je dois vous le présenter officiellement…

— Vas-y, on t'écoute !

— Vous l'avez tous vu au bar, le beau Éric. Il a trente-six ans, il est entrepreneur en construction et il a une maison gigantesque, vous vous imaginez ! Il m'aime bien, mais il est très occupé. On ne se voit pas très souvent, mais quand même au moins trois ou quatre fois par mois depuis le début de l'été. Un vrai Don Juan ! Quand on se voit, il me sort dans les grands restos…

Sacha la coupe, hystérique :

— Accepté, accepté, accepté ! Merde, t'as frappé le jack pot ! crie-t-elle, maintenant debout, son verre à la main.

— Laisse-la finir. Peut-être qu'elle commence par les fleurs et que le pot va suivre… Il t'excite ce gars-là, toi, hein ? que je dis à Sacha.

— Moi, il était vraiment de mon goût…, approuve Sacha.

— Bien, je t'inviterai un de ces soirs : monsieur m'a confié avoir un gros fantasme de *trip* à trois…

— Je t'avais dit que le pot suivrait… Ouache ! Il ne t'a pas dit ça ?

— Oui madame, il m'a dit ça, et la troisième fois qu'on s'est vus en plus…

— Attends ! Attends ! Il y a deux façons d'aborder, avec une fille, LE fantasme du *trip* à trois : soit le gars le fait comme ça en disant qu'il serait curieux de le faire et que c'est son fantasme, soit il demande carrément à la fille de faire ça avec lui… Dans ton cas, c'était quoi ?

— Bah… je te dirais à mi-chemin entre les deux… je ne sais pas trop, je ne le connais pas beaucoup encore…

— Tu ne vas pas faire ça ? demande Sacha, inquiète.

— Non…

— J'espère ! que je dis, un peu répugnée.

— Bref, il est bien, mais le gars n'est pas fou : il me rencontre, je suis entreprenante, on couche ensemble le premier soir, je lui dis que je ne veux pas m'engager tout de suite… Il tente le coup du *trip* à trois, c'est sûr et c'est légitime, je pense. Il m'en a parlé juste une fois aussi. Il a tendu sa carotte et il a tenté de voir si je mordais dedans.

— Parlant de sa carotte… Il sait comment s'en servir ? demande Sacha, curieuse.

Ge nous parle un peu du sexe qu'elle a eu avec lui. Elle semble satisfaite.

— Qui vote pour accepter le candidat de Ge ?

Les trois filles lèvent la main bien haute dans les airs…

— Super, *I drink to that* ! Un autre verre, serveuse ?… demande Ge en regardant Cori.

— Parfait !

Nous continuons sur cette lancée de championnes tout le reste de l'après-midi. Nous buvons gin tonic sur gin tonic pour nous retrouver un peu ivres lorsque le soleil commence à descendre dans le ciel. Nous faisons à manger sur le feu, un peu soûles. Nous ne vidons pas le contenu des voitures, remettant le projet au lendemain matin. Nous disons des stupidités le reste de la soirée, sans entrer en profondeur dans la situation respective des H de Sacha et de Cori. Nous avons quatre jours, après tout…

Pêche-bilan deuxième jour

Le lendemain matin, j'ouvre l'œil très tôt, car j'ai une mouche fatigante qui se pose sans cesse sur mon visage depuis déjà quelques minutes.

— Voyons, la mouche, va vivre ta vie ailleurs…, que je dis avec une voix témoignant que j'ai trop bu et trop fumé la veille.

— Moi aussi, j'ai une mouche fatigante qui n'arrête pas de m'agacer..., dit Cori, impatiente.

Nous sommes couchées un peu partout sur les divans défraîchis du camp. Pas de couvertures et d'oreillers, car le nécessaire pour dormir est resté dans la valise d'une des deux voitures.

— Ouf, on a donné une bonne performance pour l'ouverture du congrès... J'ai mal à la tête..., exprime Ge en s'assoyant sur son divan couleur saumon très *vintage*.

— Moi, j'ai chaud ! Enlevez une bûche du poêle, s'il vous plaît ! demande Sacha.

— Non mais, je pense qu'il fait vraiment beau et chaud dehors. On se met en action ? que je propose.

— On va aller pêcher en fin d'avant-midi de toute façon... planifie Coriande, emballée.

— On aura jamais le temps de pêcher..., dit Sacha.

— Heu, c'est parce qu'on est en voyage de pêche ?

— Et puis ? Ça empêche pas qu'on n'aura pas le temps de pêcher, répète Sacha en souriant, l'air innocent.

Les filles rient. Sacha dit toujours qu'on n'a pas le temps de pêcher... Chaque année. C'est son classique !

Rapidement, chacune se trouve une tâche constructive à faire. Cori et Ge vident les voitures. Sacha et moi préparons le café et le déjeuner. Nous terminons notre troisième café en allant nous asseoir sur le quai, près du lac, à quelques minutes du camp.

— Pour revenir à notre bilan qui s'est terminé en conneries après les histoires de Ge… toi, Cori, comment va ton H ? demande Sacha.

— Pour reprendre les propos constructifs d'hier, ça va très bien de mon côté avec ledit « employé »… Je vous le jure ! En fait, on ne fait pas la première partie de la *date* : le resto, le cinéma, la marche en forêt… Non, nous on baise ! C'est juste ça… On travaille ensemble, on se parle de la *job* toute la journée, donc le soir je n'ai pas le goût d'aller manger avec lui au resto pour ensuite faire du sexe. Non ! On passe tout de suite à l'action. Parfois au bureau, parfois chez moi, mais jamais chez lui… Il a deux colocs…

— Ha ! ha ! deux colocs ! Tout aussi prépubères que lui, je suppose, que je présume.

— Bien, en fait, je suis heureuse… La fête dudit « employé » est dans quelques semaines. Il aura vingt ans… Ouf ! C'est déjà moins pire, il me semble…

— Vingt ans, *wow* ! Tu vas l'amener chez McDonald's ? Il va avoir droit à sa surprise ! ironise Sacha en riant.

— Vous pouvez bien rire, mais je vous jure que j'ai le *top* sexe de ma vie ou presque. C'est vraiment charnel et intense…

— Moi, il m'excite, ton jeune étalon ! Mais c'est drôle quand on y pense, il a presque vingt ans de différence avec mon candidat…, dit Ge.

— *Wow !* On ratisse large, hein ? Deux générations de carottes…, que je précise.

— Et toi, Sacha, ça roule comment ? s'informe Cori.

— Bien moi, je suis la seule à respecter la règle du pluralisme dans cette consœurie. J'ai deux candidats maintenant ! Et j'en suis bien contente ! explique-t-elle.

— C'est vrai, tu nous avais dit rapidement que ça avait abouti avec ton nouveau gars au travail. Présente-le-nous !

— C'est un inhalothérapeute comme moi. Je vous le présente, mais c'est un peu précoce, on est au tout début du début. On s'est vus deux fois à ce jour.

— Et tu n'as pas encore couché avec lui. Bravo ! que je fais.

— Je prends exemple sur toi, ma chère... Non mais, sans blague, Jonathan est gentil... C'est un petit gars tranquille, il vient de se séparer il n'y a pas longtemps, d'où la raison pour laquelle il a déménagé. Il est intelligent, intéressant, *cute*... On est allés au resto et au cinéma ensemble et c'était bien. Je reste prudente parce que je ne sais pas trop s'il se cherche une blonde ou quoi... Vous seriez surprises de le voir, il n'est vraiment pas dans mes cordes de « *bum* au cœur tendre » habituelles. Mais c'est correct, je me permets d'explorer une autre sphère. Les mauvais garçons ne m'ont rien apporté de bon dans ma vie depuis les dix dernières années, il est peut-être temps que j'y comprenne un message...

— Moi, juste pour ça, je l'accepte sur-le-champ ! que je déclare.

— Moi aussi !

— Pareillement !

— Mon Dieu ! Vous aviez vraiment hâte que je change de style de gars ou quoi ! dit Sacha.

— Oui ! répond tout le monde en chœur.

— En tout cas, bref, reste à voir comment je vais explorer les possibilités avec lui... Sinon, je vois mon vendeur de motos encore et encore. Il veut qu'on se marie et qu'on ait beaucoup d'enfants, mais bon, je le gère. Je pense que dans le fond, il sait que jamais ça va se produire...

— Bon au moins, il sait ça ! C'est bon...

— C'est à toi, Sacha, que va le prix de la consœur la plus active de cette organisation ! Félicitations ! Les autres, il faut qu'on se force un peu..., admet Cori en riant.

— C'est drôle, si on avait un trophée de la consœur la plus active, il aurait, à ce jour, passé dans les mains de Ge au départ et le voilà maintenant dans les mains de Sacha. Il n'y a que moi et Mali qui tirons de la patte depuis le début...

— On va se mettre là-dessus..., que j'affirme, convaincante.

— Bon bien, on se met en action. Allons taquiner la truite un peu ! suggère Cori, enthousiaste.

— Je vous dis qu'on n'a pas le temps, réitère Sacha.

— Allez, viens-t'en !

Après avoir fait les sandwichs et rempli une glacière de tout le nécessaire pour passer un après-midi suffocant sur l'eau, nous partons. Cori aime beaucoup la pêche, tout comme moi. Ge et Sacha approuvent, puisque nous sommes toutes ensemble parce que, sinon, un week-end à la plage ferait bien plus leur bonheur. Mais je crois que plus les années passent, plus elles apprécient le sport. En peu de temps, nous nous retrouvons au beau milieu du lac, seules au monde. L'étendue d'eau, qui est protégée, possède des berges vierges de toutes habitations (sauf celles des castors, bien sûr). Pour les poissons y barbotant, les algues bleu-vert n'existent pas.

— *Wow*, ce n'est pas ça le paradis, les filles ? que je dis en lançant ma ligne à l'eau.

— Tout à fait..., affirme Cori, sous son chapeau de pêche démodé et bien trop grand pour elle.

— Moi, je pense que le bonheur, c'est... Hé ! j'ai un monstre au bout de ma ligne, c'est gros ! crie Sacha en se levant dans la chaloupe rapidement, faisant vaciller l'embarcation de façon inquiétante.

— Calme-toi merde, on va couler ! Bon, prends ta ligne et ramène ton fil tranquillement...

Le poisson en question sort de l'eau gracieusement à quelque dix mètres du bateau...

— Ho ! C'est un achigan et un beau..., que je dis, excitée.

— Je fais quoi, là ? Je fais quoi ?

— Bien tu le pêches..., dit Cori en riant.

— Donne-lui du fil un peu, il va se débattre de toute façon... Bon... là c'est bien... ramène-le doucement...

Sacha, visiblement dans tous ses états, ramène le poisson près de la chaloupe et Cori le prend avec le filet.

— Bravo ! C'est un beau !

Sacha a l'air d'une enfant. Elle ne décroche pas son poisson, ne le touche pas non plus pour prendre une photo, mais elle est contente. Nous passons l'après-midi de la sorte à sortir quelques poissons de temps à autre et à discuter en se laissant bercer au gré des vagues.

Le soir venu, nous faisons cuire les meilleures côtes levées du monde sur la braise ardente d'un feu ayant brûlé tout l'après-midi. Les trois autres journées de notre périple de filles se déroulent ainsi. Encore un moment mémorable passé en compagnie de mes chères amies.

Déjà fini...

Le matin avant de quitter le chalet, je suis la première à terminer de ranger mes trucs. Je laisse mes bagages près du camp afin qu'on range le tout stratégiquement dans les deux voitures. Je vais boire mon café matinal sur le quai pendant que les filles finissent de préparer leurs bagages.

Assise face au lac, je réfléchis à la dernière année de ma vie. Je crois que j'ai cheminé. Le sentiment qui me vient à l'esprit au moment où je me remémore ces souvenirs est de la fierté. Je suis fière de moi ! Fière d'être une fille forte, fière de ne pas m'abrutir dans la vie. Fière d'être consciente de mes forces, de mes faiblesses, et fière de faire en sorte de ne pas stagner et de toujours avancer. Ma quête à vouloir être seule en m'affiliant à cette consœurie avait plusieurs buts, dont celui d'éviter la souffrance pour soi ou pour les autres, mais elle avait aussi un but non officiel de découverte de mon moi affectif et de guérison de mes démons. Trop de gens s'assoient sur leur potentiel, en se plaignant de ne pouvoir rien changer à leur destin, se complaisant dans leur rôle de victimes. Ce n'est pas mon cas ! Je me considère comme une bonne personne, mais je veux être mieux encore. Pas parfaite, cela n'existe pas, mais juste plus consciente, plus connectée à moi-même... plus saine de corps et d'esprit. Les filles me sortent de mon moment intense de réflexion. Je les entends venir au loin. Elles me rejoignent.

— Bon, tout est prêt. On peut partir, annonce Sacha.

— C'est bon, je réfléchissais à ma vie… La consœurie, qu'en fait-on ? Les six mois de prescription sont écoulés…, que je mentionne.

— Avec nos discussions du week-end, je crois qu'on a cheminé, mais je crois qu'il reste du travail à faire, dit Ge.

— Je suis d'accord. Je suis bien comme ça, moi, précise Sacha.

— Je nous refais une prescription de six mois ? que je demande.

— Moi oui, dit Cori, en plaçant sa main ouverte au milieu de nous quatre.

— Moi de même, approuve Sacha, en plaçant sa main sur celle de Coriande.

— C'est sûr, dit Ge, en faisant de même.

— Parfait, un autre six mois. Je vous signe ça dès demain.

Nous nous regardons en riant, les quatre mains au centre du groupe, en ne disant rien.

— Parlant des six prochains mois… Tu ne nous as même pas fait part de tes plans pour septembre. Tu as trouvé une *job* à quel endroit ? demande Cori.

— Les filles, heu… Je n'ai pas trouvé de *job*…, que je commence, hésitante.

— Bien tu vas faire quoi ? s'inquiète Sacha.

— Je m'en vais au Honduras pour tout l'hiver pour faire ma certification de plongée… Je pars dans une semaine.

La surprise

Les filles sont déçues de me voir partir à l'autre bout du monde encore une fois. Elles pensaient vraiment que je revenais parmi elles pour un bout de temps. Mais non, j'ai décidé de cocher un de mes rêves sur ma liste de choses à faire pour mes trente ans. En remontant le chemin vers le camp, elles restent silencieuses, mais un genre de frénésie semble flotter dans l'air. Je ne comprends pas trop.

En arrivant au chalet, j'aperçois mes affaires, qui sont restées sur le perron du camp.

— Vous avez oublié de mettre mes bagages dans la voiture ?

— Ah oui, dit Cori en riant.

— Où y a-t-il de la place de libre, dis-je en empoignant mon sac de voyage.

— Il n'y a plus de place, Mali, explique Sacha, l'air sérieux.

— Bien là, on fait quoi ? que je réplique, confuse.

— Tu vas rester ici. Tu aimes ça t'isoler, donc reste seule un peu. La paix dans le bois, c'est génial, non ? dit Cori tout aussi sérieuse, une pointe d'amertume dans la voix.

— C'est quoi, vous m'en voulez de m'en aller en voyage ?

— Bien non, on t'agace. C'est qu'on a une surprise pour toi, fait Sacha en regardant sa montre.

— Ah, justement, dit Cori en regardant en direction du chemin.

Mon regard se tourne vers le chemin. Une voiture s'en vient vers le camp. Une voiture que je connais. Non, elles n'ont pas fait ça ! La voiture s'immobilise près de nous. Je souris. Le conducteur descend.

— Salut Bobby, contente de te voir !

— Moi aussi, ma belle. Ça fait un bail.

— Nous, on vous laisse ! On retourne dans la civilisation, lance Cori en souriant.

— On compte sur toi pour nous la ramener en un morceau demain ? dit Ge en regardant Bobby avec de gros yeux.

— Ne vous inquiétez pas les filles, répond-il, amusé.

Nous saluons les filles qui se sauvent presque en courant. En reculant la voiture, Sacha crie par la fenêtre :

— Tu lui raconteras tes projets excitants pour septembre…

Les filles quittent les lieux. Bobby s'assoit et me dit sans préparation :

— Mali, je suis content que tu sois revenue et je suis content que les filles m'aient appelé pour venir te rejoindre ici. J'ai pensé beaucoup à toi et ce n'est pas mon genre… Je veux qu'on se parle un peu, mais d'abord, c'est quoi ton projet ?

Elle n'aurait pas pu se mêler de ses affaires, elle ! Je veux savoir ce qu'il a à me dire. Je suis complètement déstabilisée.

— Heu… Je m'en vais au Honduras passer le début de l'hiver.

Son visage change drastiquement.

— Tu pars quand ?

— La semaine prochaine.

— Pour combien de temps ?

— Trois mois, peut-être quatre…

Bobby reste là, silencieux. Je ne sais pas quoi dire.

— Qu'est-ce que tu voulais me dire ?

— Ah ! rien, laisse faire… Bon, tu me fais faire un tour du coin, ça a l'air vraiment beau ici, dit-il en se levant d'un bond.

Remerciements

Le plus grand des MERCIS va tout d'abord à mes fidèles amies et consœurs Pascale et Karine pour la folie, l'amitié et la solidarité. MERCI également du fond du cœur à la *familia* – Nicole, Jean-Pierre, Marie-Ève et Patrick – qui me soutient et croit en moi. MERCI à Catie, Francine et Nicole d'avoir pris le temps de me lire. MERCI à toute l'équipe des Éditeurs réunis de m'avoir fait confiance pour réaliser ce beau projet. Un MERCI tout spécial à la Gaspésie et à ses habitants pour m'avoir tant inspirée. Et finalement, MERCI aux hommes de ma vie, que j'aimais, que j'aime et que j'aimerai…

Imprimé au Canada par
Transcontinental Gagné